JIRAI GURIKO
ⓒYugo Aosaki 2023
First published in Japan in 2023 by KADOKAWA CORPORATION, Tokyo.
Korean translation rights arranged with KADOKAWA CORPORATION, Tokyo.

이 책의 한국어판 저작권은 (주)디앤씨미디어에 있습니다.
저작권법에 의해 한국 내에서 보호를 받는 저작물이므로 무단전재와 복제를 금합니다.

차례

지뢰 글리코
GLICO WITH LANDMINES
007

스님 쇠약
THE BOUZU BREAKING DOWN
067

자유 규칙 가위바위보
FREE FORM ROCK-PAPER-SCISSORS
127

달마 인형이 셈했습니다
DARUMASAN GA KAZOETA
229

포 룸 포커
4 ROOMS POKER
305

에필로그
437

지뢰 글리코(GLICO WITH LANDMINES)
 '가위바위보 계단 오르기' 변형 게임

① 플레이어는 계단 가장 아래 단에 나란히 서서 '글리코'라고 외치며 가위바위보를 한다.
② 이긴 사람은 자기가 낸 손 모양에 따라 계단을 오른다.
③ 가위로 이기면 '가위손가위질'이라고 외치며 글자 수에 맞춰 6계단 오른다.
④ 바위로 이기면 '바위섬'이라고 외치며 글자 수에 맞춰 3계단 오른다.
⑤ 보로 이기면 '보자기펼치기'라고 외치며 글자 수에 맞춰 6계단 오른다.
⑥ '골인' 지점인 계단 꼭대기에 먼저 오르는 사람이 승리!

변형 규칙 : 지뢰

1

약속 장소인 제2화학실에서는 아직 수업을 받아 본 적이 없어서 어딘지 찾느라 좀 고생했다. 문을 여니 상대방은 이미 와 있었다.

버튼이 두 줄 달린 교복 재킷을 단정하게 입었고 네모난 안경이 잘 어울리는 남학생과 키가 크고 세련된 인상의 남학생. 구누기 선배와 에스미 선배다. 직접 만나는 건 처음이지만 이름은 안다. 학생회 임원들은 교내에서도 유명하다.

구누기 선배가 손끝으로 손목시계를 두드렸다.

"육 분 늦었어."

"죄송해요. 구관에는 별로 안 와 봐서요."

"괜찮아, 괜찮아." 에스미 선배가 사교적인 미소를 지었다. "그나저나 결승 상대가 1학년이라니 깜짝 놀랐네. 누가 이모리야지? 너야?"

"아, 저는 참관인이에요. 고다라고 합니다. 마토는······."

쿠우우욱.

빨대를 빠는 소리가 소개말을 끊었다.

뭉게구름처럼 유유자적해 보이는 소녀가 새끼 고양이 같은 가벼운 몸놀림으로 구누기 선배 앞에 섰다.

오른손에는 아까 매점에서 구입한 딸기 우유가 들려 있다. 긴 황갈색 머리에 조금 짧은 주름치마. 헐렁헐렁한 카디건은 당장이라도 어깨에서 흘러내릴 것 같다. 칠칠하지 못해 보이니까 매무새를 단정히 하라고 매일같이 타일러도 나아질 낌새는 전혀 없다. 마토는 사기꾼처럼 입으로만 웃더니 경쾌하게 자기소개를 했다.

"안녕하세요, 이모리야입니다. 1학년 4반, 이모리야 마토."

"너야?" 구누기 선배가 값어치를 평가하듯 마토를 훑어보았다. "차이니스 체커●로 장기부 오사와를 이겼다면서?"

"무사시의 법칙이 효과를 발휘한 모양이에요."

"무사시?"

● 꼭짓점이 여섯 개인 별 모양 판의 한쪽에서 출발하여 자신의 모든 말을 반대편으로 옮기면 승리하는 보드게임. 최대 6인이 플레이할 수 있다.

"미야모토 무사시.* 늦게 등장한 사람이 이긴다는 그거요. 그래서 오늘도 일부러 늦게 왔답니다."

"징크스에 의지해서 이길 수 있을 만큼 '구엔 시합'은 만만치 않아."

도발을 받아도 구누기 선배의 표정은 변함없었다. 냉정하고 침착한 3학년 남학생과 촐랑거리는 1학년 여학생. 참으로 대조적이다.

구누기 선배가 안경을 밀어 올리고 어째선지 교실 구석 쪽에 말을 걸었다.

"다 왔어. 시작하자."

"알겠습니다."

깜짝 놀랐다.

언제부터 있었을까, 그늘에 녹아들어 있었던 것처럼 남학생 한 명이 갑자기 모습을 드러냈다. 흐리멍덩해 보이는 눈을 내리떴고, 왼쪽 머리카락은 부자연스럽게 삐져나왔다.

"누, 누구세요?"

"호지로 축제 실행 위원인 1학년 누리베라고 합니다. 오늘 심판을 맡았어요. 잘 부탁드립니다."

"잘 부탁해." 마토가 말했다. "누리베, 머리가 까치집이네."

● 일본 전국시대 말기 검객. 의도적으로 대결 시간에 늦게 오는 전략을 자주 사용했다고 전해진다.

"남성 패션지를 보니까 꾸민 듯 만 듯 헝클어진 헤어스타일이 인기 있다고 해서요."

"그래서는 인기 없어. 잠깐 와 볼래?"

"됐으니까 빨리 시작해."

구누기 선배가 재촉했다. 에스미 선배도 기대어 있던 실험 책상에서 몸을 일으켰다.

"뭐로 할 거야? 체스? 바둑? 아니면 포커?"

"아니요. 누구나 아는 간단한 게임을 준비했습니다. 일단 밖으로 나가시죠."

"밖으로?" 구누기 선배가 눈살을 찌푸렸다. "뭘 하려고?"

"와 보시면 압니다."

누리베는 나지막하게 말하고 문으로 향했다. 심판이 하라면 하는 수밖에 없다. 학생회 임원 두 명이 따라갔고, 우리도 그 뒤를 이었다.

쿠우욱. 또 귀에 거슬리는 소리가 났다. 1학년 4반 대표는 딸기 우유를 마시며 영화 상영을 기다리는 듯한 눈으로 구누기 선배의 뒷모습을 바라보았다. 여전히 긴장감은 눈곱만큼도 느껴지지 않았다.

"마토……. 알겠지만 우리 반의 운명은 너한테 달렸어."

"알겠지만, 그렇게 무거운 짐은 딱 질색이야." 마토는 빨대에서 입을 떼고 말했다. "하지만 이걸 얻어먹었으니 고다를 위해

힘 좀 써 볼까."

"뭘 위해서든 상관없으니까 아무튼 이겨."

복도 창문 너머로 맞은편 신관(신관이라고는 해도 지은 지 이십 년이 지났지만)이 잘 보였다. 나란히 늘어선 창문과 아무 특색도 없는 흰색 외벽. 나는 시선으로 그걸 쭉 따라가다가 문제의 장소를 바라보았다. 은색 난간. 물탱크. 배경처럼 펼쳐진 물빛 하늘.

모든 것은 바로 저 옥상 때문이었다.

5월에 들어서면 도립 호지로 고등학교는 바빠진다.

창립 기념 문화제인 호지로 축제가 다가오기 때문이다. 각 반, 동아리, 동호회 등 쉰 개가 넘는 단체가 준비에 나서는데, 판매 부스와 이벤트 내용을 결정해서 당일 사용하고 싶은 장소를 실행 위원회에 신청한다.

이 신청이 골치 아프다. 어느 단체나 손님을 모으기 유리한 곳을 차지하고 싶어 하기에, 매년 특정한 장소에 신청이 집중된다. 예를 들면 사람이 제일 많이 지나다니는 학교 현관. 연극이나 영화를 관람하기에 적합한 시청각실. 교실 두 개 크기 공간을 활용할 수 있는 대회의실.

그리고 가장 인기가 많은 옥상.

평소는 출입이 금지된 옥상도 호지로 축제 기간에는 규제를 풀고 특별히 개방한다. '난간이 높아서 안전이 확보되는 신관

남쪽만 이벤트나 판매 부스로 사용 가능.' 운영 규칙에는 그렇게 적혀 있었다.

언덕 위에 자리한 호지로 고등학교에서도 제일 높은 장소. 경치가 뛰어나고, 바람도 잘 통하고, 간판을 내걸지 않아도 밖에서 눈에 잘 띈다. 무엇보다 평소는 들어갈 수 없는 곳이기에 호기심으로 학생이 많이 모여든다. 호지로 축제에서 옥상 사용권을 손에 넣는 건 문화제의 성공을 손에 넣는 것과 같은 의미이다. 그 성공을 꿈꾸며 매년 열 개 이상의 단체가 옥상 사용권을 신청한다.

하지만 물론 모든 단체가 옥상을 사용할 수는 없다. 호지로 고등학교의 옥상은 원래 사람의 출입을 상정하지 않고 만든 탓에 펜스를 둘러놓았다. 따라서 '사용 가능'한 공간에는 한 단체밖에 들어갈 수 없다.

그래도 어떻게든 그 한 단체를 선정해야 한다.

처음에는 단순히 추첨으로 정했지만, 운에 맡기기는 싫다는 비판이 쏟아졌다. 그리하여 이십 년 역사 속에서 규칙이 하나씩 추가되면서 독자적인 결정 방식이 탄생되기에 이르렀다.

신청 기간이 끝나면 호지로 축제 실행 위원회가 토너먼트 방식의 대진표를 짠다. 옥상을 희망한 단체는 각각 대표와 참관인을 한 명씩 선출. 심판을 맡은 실행 위원 한 명과 참관인 두 명의 입회하에 대표들은 평화적이면서도 명확하게 승패가 갈리는 게임으로 대결하고, 토너먼트에서 우승한 단체에게 옥상 사용권이 주어진다.

5월에 들어서면 도립 호지로 고등학교는 바빠진다.

옥상을 신청한 단체가 교내 여기저기서 대치해 격렬한 쟁탈전을 벌인다.

'바보(愚)와 연기(煙)는 높은 곳을 좋아한다'● 는 속담이 있다. 피어오르는 연기처럼 우직하게 옥상을 노리는 바보들의 싸움.

누가 이름 붙였는지는 모르지만 언제부터인가 이 토너먼트는 **'구엔(愚煙) 시합'** 이라고 불리기 시작했다.

우리도, 선배도 그런 바보들 중 하나였다.

방과 후 학교에는 어쩐지 나른한 분위기가 감돌았다. 축구부가 구호를 내지르는 소리에서도, 브라스밴드부가 연습하는 소리에서도 그다지 열정이 느껴지지 않는 것 같았다. 누리베는 달리기 중인 유도부가 지나가기를 기다렸다가 교문을 빠져나갔다.

"학교 밖으로 나가는 거야?"

"교내에서도 할 수는 있습니다만, 쭉 뻗어 있는 곳이 더 바람직해서요."

● 위험을 고려하지 않고 높은 위치나 눈에 띄는 자리에 가고 싶어 하는 사람을 비판하는 일본 속담

의미심장한 대답이 돌아왔다. 쭉 뻗은 곳이 더 바람직하다니, 뭘 하려는 걸까. 100미터 달리기? 남녀 차이를 고려해서 운동으로 승부를 겨루지는 않을 줄 알았는데. 입학한 지 두 달도 되지 않아 화학실 위치조차 긴가민가하는 만큼, 우리는 '구엔 시합'에 관해 모르는 점이 많았다.

원래 같으면 옥상을 희망하지 않고 좀 더 무난한 곳을 신청했을 테지만……

"1학년 4반에서는 호지로 축제 때 뭘 할 거야?"

에스미 선배가 물었다. 나는 가방에서 기획서를 꺼내 선배에게 보여 주었다.

"카레점 '가람마살라'●?"

"네. 카레를 팔려고요. 반 친구가 역 앞 인도 카레 식당에서 아르바이트를 하는데, 본고장 향신료를 구할 수 있다길래 다수결로 정했어요. 가람마살라는 안 쓸 예정이지만."

"허위 표기잖아……. 그나저나 카레라." 에스미 선배는 턱을 쓰다듬으며 말했다. "교내에서는 못 팔던가."

"맞아요. 옥상에만 판매 부스를 차릴 수 있죠."

다른 단체에 민폐고 냄새가 밸 가능성도 있다는 이유로 만두나 카레같이 냄새가 강한 음식은 교내에서 판매 금지다. 앞뜰

● 인도 요리에서 널리 사용되는 혼합 향신료

에 노점을 내려 해도 테이블을 놓을 공간을 확보하기가 어려워서 카레 판매에는 알맞지 않다. 남은 후보지가 옥상뿐이라 우리는 '구엔 시합'에 참가할 수밖에 없었다.

"선배님들은 뭐 하실 건데요?"

"작년, 재작년이랑 똑같아. 오픈 카페 '킬리만자로'. 킬리만자로 원두는 사용하지 않을 예정이지만."

"허위 표기인데요……. 그나저나 카페인가요." 나도 턱을 쓰다듬으며 말했다. "카페는 교내에도 차릴 수 있잖아요?"

"여유롭게 차릴 수 있지. 하지만 '구엔 시합'은 승자독식이야."

카레를 팔고 싶으면 구누기에게 이기라고 돌려서 말한 셈이다. 답답함을 참으며 기획서를 가방에 넣었다. "그래야죠." 쉽사리 이길 수 있으면 얼마나 좋을까.

나는 적의 얼굴을 곁눈질했다.

3학년 1반, 구누기 하야토.

1학년 때부터 학생회 대표로 '구엔 시합'에 참가했고, 이 년 연속 우승을 거머쥐어 이 년 연속 오픈 카페를 성공시킨 남자.

올해야말로 연승 기록을 저지하려고 많은 단체가 기를 썼지만, 그는 끄떡없이 결승까지 올라왔다. 결승 상대가 학생회임이 알려지자 1학년 4반에서도 불운을 한탄하는 목소리가 새어 나왔다. 글렀네, 구누기 선배 상대로는 승산이 없어, 우리 동아리 선배는 작년 '구엔 시합' 때 포커로 대결하다 완전히 박살 났대, 카레점의 대안을 생각하는 편이 낫겠군 등등.

하지만 나는 희망을 버리지 않았다.

구누기 선배에서 마토에게로 시선을 옮겼다. 딸기 우유를 들고 산책하듯 걷는 친구를 바라보았다.

이모리야 마토는 승부에 강하다.

중학교 3학년 때 알게 된 사실이다.

운동회 때 학급 대항 전체 이어달리기를 했다. 반 아이들 모두가 운동장을 반 바퀴씩 뛰고 바통을 넘겨주는 방식인데, 다들 우리 반이 꼴찌일 게 분명하다고 예상했다. 우리 중학교 육상부는 전국 대회에 출전할 만큼 유명했지만, 우리 반에는 육상부원이 한 명도 없었으니까.

질 때 지더라도 최대한 달리는 순서를 잘 짜서 창피를 덜 당하고 싶었다. 운동회 닷새 전 방과 후, 나는 주자 배정을 맡아 아이들의 기록표와 눈싸움을 벌이고 있었다. 체육 선생님은 빠른 사람→느린 사람→빠른 사람→느린 사람…… 이렇게 교대로 달리는 편이 제일 낫다고 했고 다른 반들도 그 방식을 따른다고 했다. 우리 반도 그 방식으로 주자를 조합할 작정이었다.

그런데 주자의 이름을 다 적고 샤프펜슬을 내려놓았을 때, 마토가 종이를 들여다보았다.

"고다, 뭐 해?"

"이어달리기에서 달릴 순서를 정했어. 너무 못 뛰어서 창피를 당하기는 싫으니까."

"이어달리기? 아, 곧 운동회지, 참."

당시부터 학교행사에 무관심했던 마토는 깜박했다는 듯 말하더니 한 손으로 스마트폰을 만지작거리며 물었다.

"저기, 고다. 첫 번째 주자는 운동장의 어느 쪽을 달려?"

"……북쪽인데."

내 대답에 마토는 종이를 집어 들고 주자의 이름을 바꿔 적었다.

"이래야 창피를 안 당할 거야."

확인해 보니 내가 조합한 방식과 그리 다르지는 않았지만, 느린 사람→빠른 사람→느린 사람→빠른 사람…… 이렇게 빠른 사람과 느린 사람의 순서를 바꾸었다. 이유를 물어봤지만 능글맞게 웃으며 얼버무렸다. 뭐, 어차피 꼴찌일 테니 상관없지만. 나는 반쯤 자포자기한 채로 그 순서대로 적어 제출했다. 운동회 날이 오기 전에 몇 번 연습했지만, 역시 다른 반을 이길 수 있을 것 같지는 않았다.

하지만 운동회 당일.

우리 반은 전체 이어달리기에서 1등을 했다.

"모래야."

폐회식 후 "그 방식으로 어떻게 이긴 거야?" 하고 물어보자 마토는 당연하다는 듯이 대답했다.

"운동회 날 일기예보를 알아보니까 낮에 강한 남풍이 분다고 하더라고. 3학년 전체 이어달리기는 운동회 후반부에 치러지잖아. 그동안 내내 운동장은 바람에 맞으면서 모래의 양이 불균일해져. 바람을 받는 방향인 북쪽은 모래가 많아지고, 바람이 불어오는 남쪽은 모래가 적어지지. 모래가 많은 북쪽 코스는 잘 미끄러질 테니, 남쪽이 더 빨리 달릴 수 있어."

"······."

이어달리기는 운동장 북쪽에서 시작하고, 반 전체가 반 바퀴씩 달린다. 즉 홀수 번호 주자는 모래가 많아서 미끄러운 북쪽 코스를 달리고, 짝수 번호 주자는 모래가 적어서 발을 딛기에 안정적인 남쪽 코스를 달리는 셈이다.

그래서 마토는 달리기가 빠른 학생을 짝수 번호에 넣었다. 육상부원을 비롯한 다른 반의 빠른 학생은 모두 홀수 번호였으므로 제 실력을 발휘하지 못했다.

"그런데 코스가 다르다고 해서 그렇게 차이가 나나? 육상부원은 자세부터 다르고, 다리 힘도 좋을 텐데······."

"뭘 모르는구나, 고다. 육상부원이 제일 못 뛰어."

에이스 러너들의 마음을 다 안다는 듯 마토가 말을 이었다.

"코스가 미끄럽다는 건, 즉 넘어지기 쉽다는 뜻이지. 전국 대회를 노리는 애들이 운동회에서 뛰다가 다치면 큰일이잖아."

이모리야 마토는 승부에 강하다.

그렇기에 '구엔 시합'에 끌고 온 것이다. 마토는 '무거운 짐은 딱 질색'이라고 투덜거리면서도 착실하게 승리를 거듭해 결승까지 올라왔다. 옥상까지 앞으로 한 발짝. 승산이 없지는 않을 것이다. 설령 상대가 이 년간 무패를 기록한 학생회 임원이라 해도.

"아직이야?" 그 임원의 목소리를 듣고 현실로 돌아왔다. "어디서 뭘 하려는 건데?"

어느 틈엔가 학교에서 제법 멀어졌다. 언덕을 내려가서 주택가를 지나 미끄럼 방지용 동그란 패턴을 새긴 오르막길로 올라갔다.

누리베가 이쪽을 돌아보지 않고 나직한 목소리로 말했다.

"옥상 사용권을 차지하기 위한 '구엔 시합' 결승전이니만큼, 그 콘셉트에 어울리는 게임으로 승자를 가려야 한다고 생각합니다. 여러분, 호지로 고등학교의 옥상에 올라가기 위해 반드시 해야 하는 일은 뭘까요?"

우리는 얼굴을 마주 보았다.

옥상에 올라가기 위해 해야 하는 일. 열쇠 준비? 자외선 차단 대책? 아니…….

"계단 오르기."

에스미 선배가 대답했다.

"그렇습니다. 호지로 고등학교에는 엘리베이터나 에스컬레이터가 없으니까 옥상에 가려면 긴 계단을 올라야 하죠. 대표인 두 분은 이제 그걸 실행하셔야 합니다."

누리베가 걸음을 멈췄다.

오르막길 끝에 이끼 낀 고마이누* 한 쌍이 떡 버티고 앉아 있었다. 그 사이로 돌계단이 쉰 개 정도 쭉 이어졌고, 계단 꼭대기에는 칙칙한 붉은색 도리이**가 보였다. 계단 양옆은 울창한 대나무 숲이라 바람이 불 때마다 조용하게 버스럭대는 소리가 났다.

호지로 신사다.

"총 마흔여섯 계단입니다. 경내는 건물 5층 정도 높이니까 거기서 보이는 풍경도 우리 학교 옥상과 거의 일치하겠죠. 이 계단을 옥상으로 올라가는 길이라고 치고서, 누가 먼저 꼭대기에 다다르는지 겨루겠습니다."

"계단 뛰어오르기?"

"안심하세요, 이모리야 씨. 뛰어오를 필요는 없습니다. 한 단씩 천천히 올라가면 됩니다. 가위바위보를 하면서."

가위바위보. 계단. 모르는 사람이 없는 간단한 게임.

초등학교 시절의 기억이 되살아났다. 하굣길. 쉬는 시간. 공원이나 학교에서 친구와 했던 그 게임.

● 신사나 절 입구에 세워 놓는 개 모양의 조각상
●● 기둥 두 개 위에 가로대를 놓은 문. 신사 입구에서 볼 수 있다.

"그거 혹시……."

"글리코 놀이⁕구나." 마토가 반갑다는 듯이 말했다. "옛날 생각 나네."

"시시하군." 구누기 선배가 입을 열었다. "어린애 놀이잖아."

"뭐, 어때?" 에스미 선배가 대꾸했다. "애초에 시시한 대결인데."

우리의 반응을 예상했다는 듯 누리베는 계단을 올려다보았다.

"평범한 글리코 놀이가 아닙니다. 이 계단은 위험하기 그지 없는 '지뢰밭'이기도 해요. 밟으면 무거운 벌칙이 있습니다. 이기기 위해서는 서로 수를 읽어서 상대의 지뢰가 어디 있는지 알아내야 합니다."

"지뢰?"

심판은 고개를 끄덕이고 우리를 돌아보았다.

"어떻게 지뢰를 찾아내서 얼마나 빨리 계단을 오르느냐에 승패가 달린 이 게임의 이름은." 누리베가 입매를 음침하게 누그러뜨렸다. "'지뢰 글리코'입니다."

● 오사카의 포토존인 글리코 사인 광고로도 잘 알려진 제과 회사 명칭에서 유래했다. 가위바위보로 계단을 오르는 놀이로, 이길 때 손 모양에 따라 올라가는 계단 수가 달라진다.

2

주변 분위기가 달라졌다.

아니, 호지로 신사의 계단은 아까와 마찬가지로 경건한 분위기다. 달라진 건 사람 쪽, 계단을 올려다보는 마토와 구누기 선배의 분위기다. 지뢰라는 흉흉한 단어에 스위치가 눌린 듯 두 사람의 눈빛이 날카로워졌다. 누리베가 말한 '수읽기'가 이미 시작된 것 같기도 했다.

"지뢰라." 마토가 고개를 갸웃하며 물었다. "구누기 선배, 밟아 본 적 있어요?"

"일본 고등학생 중에 그런 경험을 해 본 사람은 거의 없겠지."

"저는 자주 밟아요. 영화 채널 같은 데서."

"그냥 C급 영화를 봤다는 얘기잖아."

선배는 철벽을 두른 듯 농담을 튕겨 낸 후 "구체적으로는 어떤 게임이야?" 하고 심판에게 물었다.

"그럼 규칙을 설명하겠습니다."

누리베는 머리카락을 아무렇게나 만지작거리며 말을 이었다.

"기본은 일반적인 글리코와 똑같아요. 두 분은 '글리코'라는 구호와 함께 가위바위보를 합니다. 가위바위보에 이긴 사람이 낸 손 모양에 따라 계단을 올라가고요. 가위로 이기면 **'가위손 가위질'**이라고 6음절을 외치며 여섯 계단, 바위로 이기면 **'바위**

섬'이라고 3음절을 외치며 세 계단, 보로 이기면 '**보자기펼치기**', 6음절로 여섯 계단입니다. 이걸 되풀이해서 계단을 먼저 오른 사람이 최종 우승입니다."

글리코 놀이 규칙에 대해 이렇게 꼼꼼한 설명을 들을 기회는 별로 없다.

"다음으로 **지뢰**입니다. 게임을 시작하기 전, 두 분은 계단 세 개에 지뢰를 설치합니다. 게임을 하다가 지뢰가 설치된 계단에 멈춰 서면 지뢰를 '밟았다'고 간주합니다."

누리베가 호주머니에서 스트랩이 달린 작은 기기를 두 개 꺼냈다. 노란색 별 모양과 분홍색 하트 모양이다.

"무선 버저를 준비했습니다. 두 분이 지뢰를 밟았는지는 이걸로 알 수 있어요."

"장난 아니네." 마토가 감탄했다. "비싸지 않아?"

"균일가 매장에서 산 거예요."

누리베는 하트 모양 버저를 마토에게, 별 모양 버저를 구누기 선배에게 준 후, 리모컨 같은 것을 꺼내서 버튼을 조작했다.

콰광!

두 사람의 손안에서 폭발음이 울렸다.

"지뢰 폭발에는 '**공격**'과 '**실수**' 두 종류가 있습니다. 상대방이 설치한 지뢰를 밟으면 '공격'받은 것으로 보고 폭발음이 울립니다. '공격'받은 사람은 벌칙으로 즉시 그 자리에서 **열 계단**을 내려가야 합니다."

"열 계단이라······."

에스미 선배가 신음하듯이 말했다. 글리코 놀이에서는 많아도 한 번에 여섯 계단밖에 못 올라간다. 열 계단이나 내려가는 건 아주 심각한 벌칙이다.

누리베가 다시 리모컨을 조작했다.

부우우우웅.

이번에는 버저가 소리 없이 진동했다.

"게임을 하다 보면 자기가 설치한 지뢰를 스스로 밟을 수도 있겠죠. 그럴 경우는 '실수'로 보고 버저가 진동합니다. 터지지 않으므로 계단을 내려가는 벌칙은 없습니다. 다만 지뢰를 설치한 곳이 상대방에게 드러납니다. 따라서 '실수'도 충분히 주의하시기 바랍니다."

"잠깐." 구누기 선배가 손을 들었다. "터지지 않는다면, '실수'한 후에도 지뢰의 효과는 유지되는 건가?"

"그렇습니다. 나중에 상대방이 그 계단을 밟으면 폭발합니다."

"저요, 저요." 이번에는 마토가 딸기 우유를 높이 쳐들었다. "예를 들어 내가 '실수'했고 다음번에 선배가 그 계단에 멈췄다고 쳐. 그럼 선배는 '공격'받은 거잖아? 같은 계단에 있는 나도 폭발에 휘말리는 거야?"

"아니요. 같은 계단에 있다가 지뢰가 터져도 둘 다 벌칙을 받지는 않습니다. 폭발음이 울린 사람만 벌칙을 받아요. 지금 그 예시에 맞춰 설명하면, 이모리야 씨는 그 계단에 그대로 있고, '공격'받은 구누기 선배만 열 계단 내려갑니다."

"아, 그렇구나. 알았어."

"한 가지 더. '비기기 규칙'에 대해 설명하겠습니다. 가위바위보를 다섯 번 연속으로 비겼을 경우, 게임을 원활하게 진행하기 위해 그 차례에는 '골인 지점에 가까이 서 있는 사람'이 이긴 걸로 하겠습니다. 이긴 사람은 세 계단이나 여섯 계단 중 원하는 만큼 올라갈 수 있습니다. 양쪽이 같은 계단에 있다면 먼저 와 있던 사람을 '골인 지점에 가깝다'고 간주합니다."

이건 좀 기묘하달까, 너무 세세한 부분까지 신경 쓴 것 같았다.

"다섯 번 연속 비기다니, 그런 일은 웬만하면 없지 않을까?"

"아니요, 고다 씨. 이 게임에서는 충분히 그럴 수 있어요."

또 의미심장하게 말한 후 "이제 보충 설명입니다." 하고 누리베는 다시 말을 이었다.

"지뢰는 계단당 하나만 설치할 수 있습니다. 이제 두 분께 종이를 나누어 주고 희망하는 계단을 세 개 적는 방식으로 지뢰를 설치하겠습니다. 희망하는 계단이 겹치면 그 계단만 공개한 후 다시 설치하고요. 이상입니다."

설명이 끝나자 규칙을 곱씹듯 모두가 잠시 침묵에 잠겼다. 나도 얻은 정보를 머릿속으로 정리했다.

기본은 일반 글리코 놀이와 똑같다. 다만 지뢰가 총 여섯 개 숨겨져 있다. 상대방이 설치한 지뢰를 밟으면 열 계단 내려간다. 본인이 설치한 지뢰를 밟으면 상대에게 지뢰 위치가 탄로난다. 요약하자면 그게 전부다.

"과연." 구누기 선배가 팔짱을 풀었다. "시시하긴 매한가지지만 제법 재미있어 보여."

"영광입니다."

"누리베, 심판이 제격이네." 마토가 말했다. "이런 거 좋아해?"

"학생회장님의 부탁으로 심판을 맡았을 뿐인데요."

"무슨 동아리? 보드게임부?"

"라크로스*부입니다."

의외의 사실이 밝혀졌다. 역시 사람은 겉만 봐서는 모른다.

"그럼 일단 지뢰부터 설치하겠습니다. 이 종이에 희망하는 계단 위치를 써 주세요."

라크로스부원은 종이와 펜을 두 개씩 꺼내서 역시 익숙한 동작으로 두 사람에게 나누어 주었다. "우리는 좀 떨어질까." 에스미 선배의 말에 참관인들은 고마이누 옆으로 물러났다.

"있지, 있지." 마토가 종이를 받으며 누리베에게 물었다. "이 계단은 총 몇 개야?"

* 그물망이 달린 스틱으로 공을 주고받으며 상대 골대에 공을 넣어 득점하는 스포츠. 빠른 속도와 격렬한 몸싸움이 특징이다.

"마흔여섯 개입니다. 처음에 말씀드렸을 텐데요."

"아, 그래? 미안, 미안. 문과라서 숫자에 약해."

꺄하하하, 하고 전혀 미안하게 들리지 않는 웃음소리가 울려 퍼졌다. 구누기 선배는 기가 찬다는 듯 한쪽 눈썹을 치켜올렸고, 나도 입매가 굳어졌다. 마토, 게임을 시작도 하기 전부터 그래서 괜찮겠니? 그게, 이 게임은.

"이 게임, 꽤 머리 아플지도 모르겠어."

에스미 선배가 내가 생각한 내용 그대로 작게 속삭였다.

"지뢰를 어디 설치하느냐로 전략이 결정될 텐데, 문제는 설치 장소가 제한돼 있다는 거야. 고다, 너 같으면 어디 설치할래?"

"⋯⋯12번째 계단부터 시작해서 그 계단을 포함해 3의 배수에 해당하는 열두 계단 중 세 곳에요."

"그렇지. 나도 그래."

출발 지점과 골인 지점을 제외한 마흔다섯 계단 중, 지뢰가 설치된 계단은 자신과 상대의 것을 합쳐서 총 여섯 개다. 얼핏 보기에는 '공격'을 받거나 '실수'를 저지를 위험성이 별로 없을 것 같지만, 실은 그렇지 않다. 두 가지 이유로 지뢰를 설치하기에 적합한 곳은 꽤 줄어든다.

첫 번째, '공격'받았을 때 벌칙이 열 계단이라는 것. 이 벌칙을 충분히 활용하려면 지뢰는 10번째 계단 너머에 설치하는 것이 좋다. 예컨대 6번째 계단에 지뢰를 설치했다고 치자. 이때는 상대가 '공격'받더라도, 여섯 계단밖에 내려가지 않으니 네 계단을 낭비하는 셈이다. 출발 지점보다 아래로는 내려갈 수 없기 때문이다.

두 번째, 글리코는 반드시 3의 배수로 진행되는 게임이라는 것. 바위로 이기면 세 계단. 가위나 보로 이기면 여섯 계단. 어떤 조합으로 계단을 올라가더라도 플레이어는 3의 배수에 해당하는 계단만 밟는다.

따라서 '10번째 이후 계단' 및 '3의 배수에 해당하는 계단'에 지뢰를 설치하는 것이 최선의 선택이다. 즉, 지뢰 설치에 적합한 계단은 12, 15, 18, 21, 24, 27, 30, 33, 36, 39, 42, 45로 총 열두 곳이다.

양쪽이 이 방식으로 지뢰를 설치한다면 지뢰가 묻힌 계단은 열두 곳 중 여섯 곳. 12번째 계단부터 2분의 1 확률로 지뢰를 밟게 되는 셈이다.

따라서 각오하고 임해야 마땅하건만.

"여기."

마토는 딱히 고민하는 낌새도 없이 지뢰 위치를 적은 종이를 금세 제출했다. 몇 초 후에 구누기 선배도 제출했다. 누리베는 종이 두 장을 확인한 후 까치집 머리를 끄덕였다.

"좋습니다. 숫자는 겹치지 않았어요. 두 분의 지뢰는 무사히 설치됐습니다. 그럼 출발 위치에 서세요."

골인 지점

계단
45
44
43
42
41
40
39
38
37
36
35
34
33
32
31
30
29
28
27
26
25
24
23
22
21
20
19
18
17
16
15
14
13
12
11
10
9
8
7
6
5
4
3
2
1

···지뢰가 있을 가능성이 높은 계단

출발 지점

"아, 잠깐만."

마토가 이쪽으로 다가와서 내게 딸기 우유를 맡겼다.

"남은 거 마셔도 괜찮아."

"마토, 괜찮겠니? 이길 수 있겠어?"

"음, 글쎄. 선배가 지뢰를 잘 밟아 주면 좋을 텐데."

말투와 달리 여유만만한 표정이라 어디서 자신감이 나오는 건지 오히려 불안해졌다.

"구누기, 응원할게."

"안 해도 돼. 올해는 대단한 상대가 아니니까."

상대도 자신만만했다. 둘은 겉보기에는 대조적이지만, 지기 싫어한다는 점에서는 똑같을지도 모르겠다.

두 대표가 계단 앞에 나란히 섰다. 구누기 선배는 별 모양 버저를 가슴 주머니에 넣었고, 마토는 하트 모양 버저를 허리춤에 찼다. 허리 뒤쪽으로 뒷짐을 진 누리베가 그 사이에 서서 선언했다.

"그럼 '구엔 시합' 결승전, '지뢰 글리코'를 시작하겠습니다. 두 분, 첫 번째 판을 준비해 주세요."

두 사람은 마주 서서 동시에 오른손을 쳐들었다. 옥상을 걸고 벌이는 일대 승부. 묘한 긴장감이 주변을 감쌌고, 나는 기도하는 듯한 기분으로 미지근해진 딸기 우유를 들이켰다.

화창한 오후에 신성한 신사 입구에서.

고등학생 두 명이 초등학생처럼 소리쳤다.

"글, 리, 코!"

3

마토는 보를 냈고 구누기 선배는 가위를 냈다.

'가, 위, 손, 가, 위, 질.' 구누기 선배는 목소리를 내지 않고 계단을 올랐다. 일단은 여섯 계단. 버저는 반응하지 않았다.

"이어서 두 번째 판. 두 분 준비를."

다시 손을 쳐들고 구호를 붙였다.

"글, 리, 코!"

마토는 이번에도 보를 냈다. 구누기 선배는 바위.

"보, 자, 기, 펼, 치, 기."

마토는 경쾌한 발놀림으로 계단을 뛰어올라 구누기 선배와 같은 계단에 섰다. 당연히 버저는 반응하지 않았다.

"후후훗. 따라잡았어요, 선배."

"겨우 여섯 계단인데 뭘 그렇게 의기양양해하냐?"

뭐랄까……. 아무리 봐도 이건 보통 글리코 놀이다.

아니. 옆에서는 안 보일 뿐 두 사람 사이에서는 격렬한 신경전이 벌어지고 있을지도 모른다. 예를 들어 방금 진행된 두 번째 판. 6번째 계단에 있는 구누기 선배는 차이를 벌리고 싶겠지만, 여섯 단을 오르는 가위나 보로 이기면 지뢰가 설치됐을 가능성이 높은 위험 지대인 12번째 계단을 밟게 된다. 그래서 안전책으로 바위를 내서 9번째 계단으로 올라가려 했다. 마토는 그 마음을 읽고 보를 내서 가위바위보에 승리했다……. 이런 식으로?

"삼 년 연속으로 옥상을 독차지하려 하다니." 갑자기 에스미 선배가 말을 걸었다. "학생회면서 양심도 없다고 생각하니?"

"딱히 그런……. 뭐, 조금은 그렇지만요."

"그렇겠지. 나도 동의해. 하지만 일단 학생회에는 학생회 나름의 이유가 있어."

"이유요?"

"안전 때문이지. 난간이 있다고 해도 옥상에는 사고가 따르기 마련이고, 호지로 축제는 어린아이도 많이 구경하러 오잖아. 안전 의식이 낮은 단체에 옥상을 맡겼다간 만에 하나의 사태가 발생할 수도 있어. 그랬다가는 옥상이 영원히 봉쇄되겠지. 하지만 그런 유의 관리에 익숙한 학생회가 계속 사용하면 학교 측도 안심하고 열쇠를 내어 줄 수 있어."

"……저희도 안전에는 주의하는데요."

"그야 그렇겠지만, 문화제 때는 누구나 들뜨는 법이니까. 돌다리도 두들겨 보고 건너는 편이 확실하다는 뜻."

설령 다른 사람에게 원망받더라도 말이지, 하고 에스미 선배는 말을 덧붙였다. 나는 땅바닥으로 시선을 돌렸다.

 다들 그저 문화제에서 눈에 띄고 싶어서 옥상을 원하는 건 아니다. 단체마다 각자 이유가 있다. 그렇기에.

 "저희도 진심으로 카레점을 하고 싶으니까 양보할 수 없어요."

 "알아. 그러니까 이렇게 싸우는 거잖아."

 "싸운다고 해도 글리코 놀이지만요."

 "글리코든 지뢰 찾기든 구누기는 안 져. 누구에게도 지지 않지. 저 녀석은 게임의 달인이거든. 난 1학년 때부터 '구엔 시합'에 참관했는데, 저 녀석이 당하는 건 상상조차……."

 부우우우웅.

 진동음이 들려서 우리는 다시 게임에 집중했다.

 폭발하는 소리 대신 버저가 진동했다는 건.

 "구누기 선배, '실수'입니다."

 누리베가 간결하게 알렸다.

 구누기 선배는 15번째 계단에 있었다. 아무래도 6번째 계단→9번째 계단→15번째 계단 순서로 올라간 듯했다. 그리고 본인이 설치한 지뢰를 밟고 말았다…….

 "그렇군."

 구누기 선배는 전혀 동요하는 기색 없이 아래쪽에 있는 마토를 돌아보았다. 마토는 9번째 계단에 있었다. 방금까지 쾌활하게 게임을 즐기는 듯하던 분위기가 옅어졌고, 카디건 소맷자락에 반쯤 덮인 손을 꽉 부르쥐었다.

"봤지?" 하고 에스미 선배가 말했다.

"뭐, 뭐가요? 지뢰를 설치한 곳이 한 군데 들통났으니 마토가 유리하잖아요."

"아니야. 위기에 몰린 건 이모리야 쪽이지. 잘 생각해 봐."

"……?"

15번째 계단에 지뢰가 있다는 사실이 확실해졌다. 그리고 마토는 현재 9번째 계단에 있다. 그렇다면 다음 가위바위보에서 바위를 내서 12번째 계단으로 이동하면.

"앗."

가위나 보를 내서 여섯 계단 올라가면 지뢰에 '공격'당한다. 따라서 마토는 바위밖에 낼 수 없다. 그리고 구누기 선배도 그걸 안다. 즉, 구누기 선배는 보를 내면 반드시 마토에게 이긴다. 게다가 한 번으로는 끝나지 않는다. 다음 판도, 그다음 판도 9번째 계단에 머무르는 한 마토의 선택지는 바위뿐이다. 그렇지만 계속 바위를 내면 차이가 점점 벌어진다.

구누기 선배는 일부러 자기 지뢰를 밟은 것이다.

마토에게 지뢰 위치를 알림으로써 다음 수를 제한하고 딜레마로 몰아넣었다.

'실수'에 이런 사용법이 있을 줄은 꿈에도 몰랐다.

"과연, '구엔 시합' 연속 우승을 거저 가져간 건 아니네요."

마토가 황갈색 머리를 쓸어 올리며 말을 이었다.

"하지만 선배, 보는 추천하지 않을게요. 21번째 계단에는 제가 지뢰를 설치해 놨으니까요."

"블러핑이로군. 정말로 설치해 놔서 벌칙으로 열 계단을 내려가더라도 그때 내 위치는 11번째 계단이야. 지금 네 위치보다 높지. 게다가 네가 바위밖에 내지 못하는 상황은 변함없고."

"뭐, 그건 그렇지만요."

마토는 어깨를 움츠리더니 "자, 다음 판 갈까." 하고 누리베를 재촉했다. 위기에 몰렸는데도 어째선지 초조해하는 낌새는 없었다.

어떻게 하려는 거지? 평범하게 생각하면 바위를 내는 수밖에 없지만, 그 수는 이미 적에게 읽혔다. 그럼 가위나 보? 딜레마에서 빠져나오기 위해서는 일부러 지뢰를 밟는 것도 한 가지 방법이다. 구누기 선배가 바위를 노려서 보를 내고, 마토가 역공해서 가위를 낸다면 가위바위보를 이겨서 15번째 계단으로 올라간다. 그 직후에 '공격'당해 벌칙으로 5번째 계단까지 내려가겠지만, 그다음부터는 훌훌 털고 대결할 수 있다.

하지만 가위를 내려는 것까지 구누기 선배가 읽었다면? 마토가 그걸 예상하고 허를 찔러서, 아니, 구누기 선배는 허의 허를 찌른다면……?

"그럼 여섯 번째 판입니다. 두 분 준비를."

결론을 내리기 전에 누리베가 입을 열었다. 두 사람이 손을 쳐들었다. 구호가 계단에 울려 퍼졌다.

"글, 리, 코!"

마토는 바위를 냈다.

구누기 선배는 가위였다.

"됐다!"

나답지 않게 주먹을 불끈 쥐며 기쁨을 드러냈다. 마토가 주먹으로 이겼다! 이상적인 결과다.

"바, 위, 섬."

궁지에서 벗어난 마토가 춤추듯 몸을 흔들며 12번째 계단으로 올라갔다. 구누기 선배와 불과 세 계단 차이다. 다음 판에서 역전도 가능한…….

콰광!

내 기쁨은 단숨에 사그라들었다.

마토가 허리춤에 찬 하트 모양 버저에서 폭발음이 울렸다.

"이모리야 씨, '공격'받았습니다. 열 계단 내려가 주세요."

폭발음의 여운이 사라지기도 전에 누리베의 목소리가 들렸다.

"경솔하구나, 이모리야." 구누기 선배도 입을 열었다. "15번째 계단에 지뢰가 있다고 밝혀진 시점에, 12번째와 18번째 계단도 경계했어야지."

그 말을 듣고 나도 겨우 깨달았다.

3의 배수인 계단에 연속으로 지뢰를 설치해 놓으면, 예를 들어 12번째와 15번째 계단에 지뢰를 연속해서 설치하면 상대를 백 퍼센트 '공격'할 수 있다. 왜냐하면 가위손가위질, 바위섬, 보자기펼치기 중 어느 조합으로 계단을 오르든, 플레이어는 반드시 둘 중 한 계단을 밟을 수밖에 없으니까. 어느 계단도 밟지 않고 아홉 계단 위로 올라가기는 불가능하니까.

"난 처음부터 가위를 낼 작정이었어. 네가 보를 내면 난 이겨서 여섯 단 올라가지. 네가 가위를 내서 비겨도 '비기기 규칙'이 있으니 결국은 이겨. 그리고 네가 바위를 낸다면 12번째 계단에 설치된 지뢰를 밟겠지. 15번째 계단보다는 12번째 계단에서 '공격'해야 너랑 차이를 더 벌릴 수 있으니까 그게 더 나아."

아주 주도면밀한 덫이었다.

마토의 선택지는 하나씩 뭉개졌고, 전부 구누기 선배가 노린 대로 됐다. 선배는 지금 15번째 계단. 12번째 계단에서 '공격' 받은 마토는 2번째 계단으로 내려간다. 두 사람의 차이는 열세 계단.

"이야, 운이 좋았네요."

하지만 내가 충격을 받거나 말거나 마토는 속 편한 목소리로 대꾸했다.

"마침 열 계단 내려가고 싶었거든요. 제가 선배보다 위에 있으면 치마 속이 보일지도 모르니까."

"굳이 볼 마음은 없어."

"에이, 진짜요? 누리베는 어때?"

"저라면 볼 겁니다."

"어머나. 누리베, 의외로 엉큼하구나."

"뭐, 농담은 접어 두고……."

마토는 진지한 표정을 지으며 말을 이었다.

"12번째 계단에 지뢰가 있을 거라고 예상은 했는데, 어찌 됐든 상관없어요. 이 상황도 머릿속에 다 들어 있었답니다. 선배는 조만간 고생깨나 할 거예요."

"……뭐라고?"

"별말 아니에요. 자, 열세 단 차이니까 열심히 해야겠네."

마토는 노래하듯 말하며 2번째 계단까지 내려갔다. 누리베도 게임 상황에 맞춰(아니면 자기를 엉큼하다고 여기는 게 싫어서일지도 모르지만) 계단을 이동해 두 사람의 중간 지점에 섰다.

머릿속에 다 들어 있었다. 내게는 그 말이 훤히 들여다보이는 허세로밖에 느껴지지 않았다.

"어쩐지 죄송하네요." 에스미 선배에게 사과했다. "좀 별난 애라서요."

"아니, 완전히 허세는 아닐지도 몰라. 실제로 아까 이모리야는 바위를 내는 게 최선책이었어. 바위 말고 다른 걸 내면 구누기가 계단을 올라가잖아."

"하지만 결국 지뢰를 밟았는걸요."

"그거 말인데……. 방금 든 생각인데 혹시 이 게임, 일단 지뢰를 밟은 사람이 유리해지는 거 아니야?"

무심코 옆을 보았다. 에스미 선배는 골똘히 생각에 잠긴 표정이었다.

"지뢰에 '공격'받았을 때 벌칙은 열 계단. 열 개라는 게 포인트야. 이모리야는 지뢰를 밟고 2번째 계단까지 내려갔지. 다음에 바위로 이기면 5번째 계단으로 올라가. 가위나 보로 이기면 8번째 계단이고. 11, 14, 17, 20……. 앞으로 이모리야가 밟는 계단은 지뢰가 설치됐을 가능성이 높은 3의 배수 계단과는 절대 일치하지 않아. 즉, 이모리야는 지뢰의 위협에서 해방됐다고 할 수 있어. 반면 구누기는 어때?"

에스미 선배는 그렇게 말하며 자기 쪽 대표를 올려다보았다.

"이모리야의 지뢰는 아직 세 개 숨어 있어. 12번째와 15번째는 구누기 본인이 지뢰를 설치했으니 '공격'받을 위험이 없었지만, 앞으로는 계단 하나하나가 도박이야. 방금 공방전에서도 그랬듯이, 지뢰를 경계하는 플레이어는 선택지가 제한돼. 예를 들면 조금씩 오르기가 무서워서 바위를 내기 꺼려진다거나. 한편 그런 만큼 이모리야는 구누기가 뭘 낼지 예측하기 쉬워지는 셈이지."

"……."

그러고 보니 마음에 걸린 점이 있었다. 게임을 시작하기 전에 누리베가 한 말이다.

―이기기 위해서는 서로 수를 읽어서 상대의 지뢰가 어디 있는지 알아내야 합니다.

―어떻게 지뢰를 찾아내서 얼마나 빨리 계단을 오르느냐.

공평한 입장인 심판은 지뢰를 '피해야 한다'는 말을 한 번도 꺼낸 적이 없다.

마토는 살을 내어 주고 뼈를 취한 걸까. 게임의 특성을 정확하게 파악해 열 계단의 벌칙과 맞바꾸어 행동의 우위를 차지했다. 앞으로 가위바위보에서 연승하기 위해······.

"그럼 일곱 번째 판입니다. 두 분 준비를."

누리베가 말하자 두 사람은 오른손을 쳐들었다.

"글, 리, 코!"

마토는 가위. 구누기 선배도 가위. 비겼다. 다시 구호를 외쳤다.

"글, 리, 코!"

마토는 또 가위. 구누기 선배는 보로 바꾸었다.

"가, 위, 손, 가, 위, 질."

마토는 바로 8번째 계단까지 올라왔다. 아까 서 있었던 9번째 계단과 거의 같은 위치. 벌칙은 만회한 셈이다. 허리춤에 한 손을 대고 홈런을 예고하듯 상대방을 가리켰다.

"선배, 기대해요. 금방 앞질러서 멋진 내 비장의 속……."

콰광!

하트 모양 버저의 폭발음이 그 출랑거리는 말을 막았다.

"이모리야 씨, '공격'받았습니다. 출발 지점까지 내려가 주세요."

누리베의 무자비한 말에 처음으로 마토의 얼굴이 경악으로 물들었다. 오작동을 의심하듯 허리에 얹었던 왼손으로 버저를 만졌다. 방금 '이모리야는 지뢰의 위협에서 해방됐다'라고 단언했던 에스미 선배도, 물론 나도 입이 떡 벌어졌다.

"확실히 넌 지뢰를 잘 밟는 체질 같네." 구누기 선배만 냉정했다. "일단 지뢰를 밟은 사람은 행동의 우위를 얻는다. 그건 나도 알고 있었어. 그래서 '공격'받고 나서 올라갈 계단에도 지뢰를 하나 설치해 놨지."

"아, 아주 무의미한 짓을 하는군요." 마토는 말을 더듬거렸다. "8번째 계단에 설치하면 열 계단 벌칙이니 두 계단 낭비……."

"그렇지. 대신에 널 출발 지점으로 되돌리는 데 성공했어. 이제 넌 지금까지처럼 3의 배수에 해당하는 계단을 올라야 해."

구누기 선배는 발끝으로 15번째 계단을 두드렸다.

"이 게임의 본질은 지뢰의 위치를 어떻게 감추느냐가 아니야. 상대가 내놓을 가위바위보를 어떻게 조종하느냐지. 15번째 계단에는 내 지뢰가 한 발 남아 있어. 이 계단이 가까워지면 넌 아까와 똑같은 딜레마에 빠지겠지."

내 뺨에 식은땀이 맺혔다.

수를 읽은 건 마토만이 아니었다. 구누기 선배는 적이 '공격' 받은 이후까지 읽었다. 8번째 계단에서 한 번 더 '공격'을 적중시켜 마토를 출발 지점으로 되돌려 놓았다. 세 번째 지뢰를 대가로 첫 번째 지뢰를 부활시킨 것이다. 결국 본전 아니냐고 생각하기 십상이지만 그렇지가 않다.

예를 들어 2번째 계단으로 내려간 마토에게 구누기 선배가 "'공격'받고 나서 올라갈 계단에도 지뢰를 설치했어."라고 선언해도, 3의 배수에 영향받지 않기 때문에 신빙성은 낮다. 마토는 블러핑이라고 판단해 지뢰를 신경 쓰지 않고 나아갈지도 모른다.

하지만 15번째 계단에는 분명히 지뢰가 있다. 마토는 '공격' 회피를 의식하지 않을 수 없고, 결과적으로 구누기 선배는 마토가 뭘 낼지 읽기 쉬워진다. 선배는 지뢰를 부활시키는 것과 동시에 마토에게서 행동의 우위를 빼앗은 것이다.

마토는 아무 말 없이 출발 지점으로 계단을 내려갔다. 고마이누 근처에 선 나와 눈이 마주쳤다. 게임을 시작하기 전의 여유로운 모습은 이미 사라졌고, 입가의 미소는 철사처럼 일그러졌다.

이모리야 마토, 출발 지점. 구누기 하야토, 15번째 계단.

차이는 열다섯 계단.

"올해도 우승이로군." 에스미 선배가 남의 일처럼 말했다. "원두를 사 놔야겠다."

4

 호지로 신사의 돌계단에 '글리코'라는 구호가 수없이 울려 퍼졌다.
 게임은 누리베의 진행 아래 원활하게 진행됐고, 나와 에스미 선배도 게임 상황에 맞춰 계단을 올라가며 두 사람의 싸움을 지켜보았다.
 구누기 선배는 한 번도 지뢰를 밟지 않고 착실히 승리를 쌓아 '옥상'으로 다가갔다. 한편 마토는 아니나 다를까 15번째 계단 앞에서 애먹었고 '공격'은 간신히 피했지만, 그 후로도 따라잡으려 하면 할수록 뭘 내려고 하는지 선배에게 읽혀서 허탕을 쳤다. 안타깝게도 차이를 좁히지 못하고 질질 끌려다니는 형국이었다.
 해가 기울면서 길게 뻗은 대나무 숲 그림자가 계단을 덮기 시작했을 무렵.
 "그럼 열아홉 번째 판입니다. 두 분 준비를."
 구누기 선배의 현재 위치는 39번째 계단. 골인 지점까지 일곱 계단 남았다.

마토의 현재 위치는 27번째 계단. 구누기 선배와는 열두 계단 차이다.

역전은 거의 절망적이었다.

"마, 마토."

우리와 누리베는 두 사람의 중간에 서 있었다. 몇 계단 아래의 마토를 머뭇머뭇 불러 보았다.

고개를 숙인 마토는 간신히 꺾이지 않고 버티는 느낌이었다. 이마에 땀이 맺혔고 카디건은 어깨에서 흘러내렸다. 심판의 말에도 도통 반응하지 못했다. 지고 또 져서 완전히 초췌해진 그 모습을 보자 납작하게 찌그러진 딸기 우유갑이 연상됐다.

"'구엔 시합'에 나설 때마다 의아해." 냉철한 목소리가 들렸다. "왜 다들 기껏해야 문화제 장소 선정에 연연하는 걸까."

나는 위쪽으로 고개를 돌려 땀방울 하나 흘리지 않는 구누기 선배를 노려보았다.

"서, 선배도 엄청 연연하시잖아요."

"옥상은 학생회가 관리해야 하기 때문이지. 우리 학교와 학생들을 위해 그게 최선의 선택이야."

"최선의 선택은 1학년 4반이 카레점을 여는 거예요. 본고장의 향신료가 들어간다고요! 선배도 먹어 보면 놀라실걸요!"

"이모리야 생각은 어때?" 구누기 선배는 내 말을 들은 척도

하지 않고 마토에게 물었다. "카레점을 고집할 이유가 있나?"

"……저는 단 걸 좋아해서요. 매운 음식은 싫어요."

마토는 미묘하게 엇나간 대답을 하고 나서 천천히 고개를 들었다.

"하지만 고다는 싫지 않으니까 고다를 위해서 이길 거예요."

너덜너덜해진 상황인데도 아직 투지가 불타오르는 눈이었다. 본고장 향신료가 들어간 인도 카레처럼.

"선배, 이상하지 않아요? 계단을 서른아홉 개나 올라왔는데 선배는 한 번도 제 지뢰를 밟지 않았죠. 이모리야의 지뢰는 어디 있을지 궁금하지 않았나요?"

"……."

"42번째와 45번째 계단에 설치해 놨어요."

누리베를 제외한 모두가 골인 지점 코앞에 있는 그 계단을 올려다보았다.

현재 구누기 선배가 있는 곳에서 세 계단 위와 여섯 계단 위. 다음 판에 그가 가위, 바위, 보 중 뭐로 이겨도 반드시 밟아야 하는 두 계단.

"선배도 같은 방법을 사용했으니까 알죠? 3의 배수에 해당하는 계단에 연속으로 지뢰를 설치하면 상대방이 반드시 '공격'받는다는 걸. 그래서 저도 골인 지점 직전에 두 개를 나란히 설치해 뒀죠. 저는 다음 판에 한 방에 역전할 거예요. 내기해도 좋아요."

아주 대담하기 짝이 없는 선언이었다.

하지만 구누기 선배의 표정은 변함없었다. 코받침을 밀어 올려 네모난 안경의 위치를 바로잡은 후, 말의 진위를 판단하듯 차가운 눈으로 마토를 쏘아보았다. 그리고.

"처음부터 그러지 않았을까 싶었지."

뜻밖의 한마디를 던졌다.

"처음부터라고?" 에스미 선배가 의문을 표했다. "그게 무슨 뜻이야?"

"지뢰 설치용 종이를 나누어 줬을 때, 이모리야가 누리베에게 '이 계단은 총 몇 개야?' 하고 물어봤잖아. 그 한마디가 마음에 걸렸어. 지뢰를 설치하는 타이밍에 계단 개수를 궁금해하는 이유는 뭘까? 나처럼 계단 초반부에 설치할 생각이라면 전체 개수는 상관없어. 그렇다면 이모리야가 노리는 곳은 계단 후반부, 골인 지점 코앞이 아닐까? 골인 지점 한 발 앞에 지뢰를 설치하기 위해 골인 지점이 몇 번째 계단인지 확인할 필요가 있었던 것 아닐까······."

격의 차이가 느껴졌다.

구누기 선배는 게임을 시작하기도 전부터 마토의 지뢰가 있는 곳을 점찍었다. 골인 지점 코앞에 지뢰가 집중됐을 것이라 예상했기에 여기까지 망설임 없이 계단을 올라올 수 있었다.

"정말로 설치해 뒀다면 분명 '공격'을 피할 수 없겠군."

구누기 선배는 고개를 내젓고 "하지만 이모리야." 하고 말을 이었다.

"'한 방에 역전'이라는 말은 너무 지나치지 않나? '공격'을 당해도 나는 32번째 계단이나 35번째 계단으로 내려갈 뿐이야. 27번째 계단에 있는 너보다 훨씬 유리한 위치지."

마토의 눈동자가 흔들렸다.

입을 다문 채 흘러내린 카디건을 어깨로 끌어 올렸다. 열두 계단 차이가 얼마나 큰지 곱씹으며 뭔가를 정신없이 생각하는 것처럼 보였다.

"열아홉 번째 판을 진행해도 될까요?"

누리베가 다시 재촉했다. 마토가 오른손을 들자 구누기 선배도 응했다.

이 고비를 잘 넘겨야 한다. 나는 불안을 억누르듯 마토를 바라보았다. 마토와 눈을 마주 보며 괜찮다고, 이길 수 있다고 서로 고개를 끄덕이고 싶었다. 하지만 마토는 나를 보지 않았다. 구누기 선배에게서 눈을 떼지 않았다. 구누기 선배도 마토를 쏘아보았다. 적의 진의를 헤아리려는 두 사람의 시선이 불꽃을 튀겼다.

긴장된 한순간이 지나간 후.

"글, 리, 코!"

두 사람이 손을 내밀었다.

마토는 가위.
구누기 선배는 바위.

잇새로 고통을 밀어내는 듯한 기묘한 소리가 들렸다.
마토였다.
동공이 다 보일 만큼 두 눈을 크게 부릅떴고, 내민 손은 가위 모양으로 굳어 버렸다. 예상외의 일에 직면해 경악과 당혹감을 맛본 인간의 얼굴이었다. 그 모습을 보고 나도 심장이 미친 듯 뛰었다.
'무슨 일이 일어난 거지?'
마토가 뭔가 실수한 걸까. 하지만 구누기 선배는 바위로 이겼으니 42번째 계단으로 올라가서 예정대로 지뢰를······.
"42번째 계단에 지뢰는 없어. 그렇지, 이모리야?"
구누기 선배의 말이 내 생각을 막았다.
지뢰가 없다고? 갑자기 그게 무슨 말이지.
"어째서요? 아까 선배도."
"그래, 하마터면 속을 뻔했어. 하지만 논리적으로 생각하면 답이 보이지."
"······."

"이모리야는 '42번째와 45번째 계단에 지뢰가 있다'라고 스스로 선언했어. 그 선언 때문에 난 양자택일을 강요당했지. 세 계단 올라가서 지뢰를 밟을 것인가, 여섯 계단 올라가서 지뢰를 밟을 것인가. 둘 중 하나라면 반드시 후자를 고르게 돼 있어. 조금이라도 골인 지점에 가까운 곳에서 '공격'받아야 벌칙의 피해가 더 적으니까."

⋯⋯확실히 나라도 그럴 것이다. 42번째 계단에서 '공격'받으면 32번째 계단으로 내려가고, 45번째 계단에서 '공격'받으면 35번째 계단으로 내려간다. 세 계단이라고는 해도 후자가 피해는 더 적다.

"이모리야의 선언 때문에 나는 45번째 계단을 노릴 수밖에 없는 상황에 빠졌어. 하지만 이건 이상해. 내가 45번째 계단을 밟는 건 이모리야에게 불리한 일이니까. 이모리야 입장에서 생각해 보면 상대방이 42번째 계단을 밟길 바랄 거야. 입 꾹 다물고 다음 판을 진행하면 내가 그럴 가능성도 충분했어. 그런데 굳이 선언해서 그 희망을 스스로 없애 버렸지. 그냥 실언이었을까? 아니. 아무리 그래도 '구엔 시합' 결승까지 올라온 녀석인데 그렇게 부주의한 실수를 저지르지는 않겠지. 그렇다면 나를 45번째 계단으로 유도하기 위해 일부러 선언한 셈이야. 왜 보통은 피하려 할 45번째 계단으로 유도하려 했을까? 대답은 하나, 42번째 계단을 밟지 말았으면 해서. 즉, 42번째 계단에 지뢰는 없어."

구누기 선배는 위쪽 계단을 힐끗 보고 나서 말을 이었다.

"따라서 내가 밟아야 할 곳은 42번째 계단. 내야 할 것은 '바위섬'의 바위. 이건 정해졌어. 문제는 이모리야가 뭘 내느냐지. 45번째 계단으로 유도하고 싶을 테니 내가 가위나 보로 이기도록 보나 바위를 낼 거야. 내가 바위로 이기려면 그 손을 가위로 바꿀 필요가 있었어. 그래서 우리가 얼마나 많이 떨어져 있는지 상기시킨 거지."

지뢰를 어디 설치했는지 마토가 선언한 후 구누기 선배는 "'한 방에 역전'이라는 말은 너무 지나치지 않나?" 하고 지적했다.

그 말을 듣고 마토는 어떻게 생각했을까.

다음 판에 '보자기펼치기'나 '가위손가위질'로 한 번 이기면 현재 위치인 27번째 계단에서 33번째 계단으로 올라간다. 그 후 구누기 선배가 35번째 계단까지 내려오면 차이는 고작 두 계단. 역전하기가 더 쉬워진다. 그렇게 생각한 것 아닐까.

"꾐에 넘어간 이모리야는 '공격'을 미루고 일단 가위바위보에 이기기로 했어. 이모리야는 내가 가위나 보를 낼 것이라 믿고서, 어느 쪽에도 지지 않을뿐더러 이기면 여섯 계단 올라가는 가위를 낸 거야."

지뢰의 위치도. 가위바위보에서 뭘 낼지도.

전부 구누기 선배에게 간파당했다. 마토는 완전히 그의 손안에서 놀아났다.

구누기 선배가 계단을 올라갔다. 더는 마토를 거들떠보지도 않았다. 바, 위, 섬으로 세 계단. 이걸로 다시 열다섯 계단 차이. 골인까지는 고작 네 계단.

이제 게임은 어떻게 흘러갈까? 구누기 선배는 45번째 계단을 피하기 위해 가위나 보만 낼 것이다. 마토는 가위만 내면 안전하지만, 계속 그랬다가는 '비기기 규칙'이 적용돼 결국 질 테니까 다른 것도 섞어서 내면서 대결해야 한다. 가위에 바위로 맞서든가, 보로 바뀐 타이밍에 가위를 내든가. 마토가 구누기 선배를 앞질러서 승리하기 위해서는 그런 식으로 한 번도 지지 않고 적어도 네 번, 최악의 경우에는 일곱 번 이겨야 한다. 지금까지의 확률을 고려하면 거의 불가능에 가깝다.

에스미 선배의 말이 가슴에 사무쳤다. 구누기 선배는 누구에게도 지지 않는다. 아무도 못 이긴다. 그는 게임의 달인이니까.

콰광!

그 달인의 가슴팍에서.
균일가 매장에서 산 버저의 폭발음이 울렸다.
"구누기 선배, '공격'받았습니다. 열 계단 내려가 주세요."
누리베의 단조로운 목소리. 구누기 선배는 한 박자 늦게 고개를 돌려 카메라의 초점을 맞추듯 적을 노려보았다.

마토의 얼굴에 웃음이 돌아왔다.

중학교 3학년 때 운동회를 마치고 돌아가는 길에 내게 보여 주었던 표정이다. 상대방의 마음을 꿰뚫어 봤다는 듯 능글맞으면서도 당당하게 웃는 얼굴.

"아주 자신만만한 추리였지만……. 전 문과라고 그랬잖아요, 선배. 숫자에는 약하니까 발음에 맞춰서 지뢰를 설치해 뒀어요. 시비(12)를 따지다 죽는(4) 42번째 계단에."

"군소리는 됐어." 구누기 선배는 여전히 냉정했다. "뭘 어떻게 한 거지?"

"'무사시의 법칙'이에요."

토끼가 깡충깡충 뛰어다니듯 마토는 통통 튀는 목소리로 말했다.

"처음에 저희가 늦었을 때 선배는 '육 분 늦었어'라고 했죠? 오 분이 아니라 육 분이라고 정확하게 표현했어요. 누리베에게는 '빨리 시작해.'라면서 진행을 재촉했고요. 제가 도발했을 때는 포커페이스를 무너뜨리지 않았는데, 밖으로 나간다는 말을 들은 순간 눈살을 찌푸렸죠. 그걸로 성격을 거의 파악했답니다."

나는 제2화학실에서 있던 일을 떠올렸다. 늦게 등장한 사람이 이긴다고 호언장담했던 마토. 구누기 선배의 뒷모습을 바라보며 유쾌하게 딸기 우유를 마신 마토.

"선배는 성격이 급하고, 쓸데없는 행동을 아주 싫어하고, 항상 정확함을 추구하는 철저한 합리주의자예요. 논리적으로 그렇다고밖에 결론을 내릴 수 없는 문제를 던져 주면 낚을 수 있겠다 싶었죠."

"⋯⋯일부러 지뢰 위치를 드러냈다는 거야? 내가 42번째 계단을 선택하리라는 걸 읽었다고?"

"그럼요. 전부 일부러. 선배가 그랬잖아요. 이 게임의 본질은 지뢰의 위치를 어떻게 감추느냐가 아니라 상대가 내놓을 가위바위보를 어떻게 조종하느냐, 라고. 차이를 좁히지 않고 여기까지 온 것도 일부러예요. 제가 가위를 내도 선배가 의심하지 않을 상황이 필요했거든요."

'지뢰 글리코'는 수읽기 게임이다. 서로 행동과 발언에서 정보를 모아 지뢰 위치를 알아낸 사람, 가위바위보에서 뭘 낼지 조작한 사람이 이긴다.

구누기 선배는 마토의 발언을 논리적으로 읽어 내서 결론을 내렸다.

마토는 그런 구누기 선배의 성격을 읽고 가짜 정보를 주어서 결론을 내리게 했다.

"과연. 한 방 먹었어."

구누기 선배는 가볍게 한숨을 쉰 후 걸음을 옮겨 처음으로 계단을 내려갔다. 42번째 계단에서 41번째 계단으로. 41번째 계단에서 40번째 계단으로.

"방심은 하지 않았는데 대단하군, 이모리야. 1학년이지만 결승까지 올라올 만도 해."

"감사요."

"하지만 그게 전부 계략이었다면…… 성과가 너무 어중간하지 않나?"

38번째. 37번째. 잘 손질한 로퍼를 내디딜 때마다 발소리가 울렸다.

"내 충고대로 넌 차이를 좀 더 좁혀야 했어. 난 32번째 계단으로 내려가. 지금 네가 있는 곳보다 다섯 계단 위지. 내가 유리한 건 변함없어."

35번째. 34번째. 우리 옆을 지나쳤다.

선배의 말에서는 이 정도로는 절대 지지 않는다는 강한 자신감이 묻어났다. 마토는 난감하다는 듯 어깨를 움츠린 채 "음." 하고 소리를 냈다.

"다섯 계단 차이라면 그렇겠지만요. 말했잖아요, 다음 판에 역전하겠다고."

33번째. 32번째.

"선배, 이제 외통수예요."

콰광!

폭발음이 울렸다.

시간이 얼어붙은 듯한 정적 속에서 누리베가 담담하게 말했다.

"구누기 선배, '공격'받았습니다. 열 계단 더 내려가 주세요."

5

"……무슨 소리야."

금이 갔다는 걸 알 수 있었다.

도발이나 놀림을 당해도, 계략에 빠져도 지금까지 흠집 하나 생기지 않았던 구누기 선배의 아성에 작은 균열이 생겼다.

"열 계단 더? 나 원 참, 벌칙이라면 이미 받았는데……."

"누리베." 마토가 경쾌한 목소리로 물었다. "뭔가 이상한 점 있어?"

"아니요. 전혀 없습니다."

"선배는 이해가 잘 안 되나 봐. 규칙을 확인해도 될까?"

"그러시죠."

"분명 이랬지. 지뢰가 설치된 계단에 멈춰 서면 지뢰를 '밟았다'고 간주한다. 상대방이 설치한 지뢰를 밟으면 '공격'받은 것으로 보고 폭발음이 울린다. '공격'받은 사람은 벌칙으로 즉시 그 자리에서 열 계단을 내려가야 한다."

"네. 저는 그렇게 말했습니다."

지뢰가 설치된 계단에 멈춰 선 경우.

즉시 그 자리에서 열 계단.

"……앗."

마치 망치로 내려친 것처럼.

균열이 단숨에 퍼져 나가고, 철벽을 자랑했던 아성이 산산이 부서졌다.

온몸에서 땀이 뿜어져 나오는 소리가 들리는 것만 같았다. 구누기 선배는 굳은 얼굴로 마토를 내려다보았다. 마토는 아주 차분한 태도로 파릇파릇한 여고생답지 않게 잔뜩 비아냥거리는 웃음을 던졌다.

"그래요, 선배. 이 게임은 '**연쇄 폭발**'을 노릴 수 있어요. 첫 번째 지뢰의 열 계단 아래에 지뢰를 하나 더 설치하면 상대가 자동으로 밟게 되죠."

마토는 42번째 계단과 32번째 계단에 지뢰를 설치했다. 42번째 계단의 지뢰를 밟은 구누기 선배는 벌칙으로 열 계단 내려가서 32번째 계단에 멈춰 섰다. 그리하여 두 번째 지뢰를 밟았다…….

"이게 무슨." 구누기 선배의 목소리가 높아졌다. "말도 안 돼. 이렇게 단순한 방법을 왜 지금까지……."

"알아차리지 못했느냐고요? 어쩔 수 없죠. 제가 마법 주문을 걸었으니까."

"……마법 주문?"

"아까 선배가 지적했잖아요. 지뢰를 설치할 때 제가 한 말요."

메모 용지를 받으며 마토가 누리베에게 물어본 한마디.

―있지, 있지. 이 계단은 총 몇 개야?

"그 한마디 때문에 선배는 제가 계단 후반부에 지뢰를 설치할 거라고 믿었어요. 그리고 이렇게 생각했겠죠. 그렇다면 나는 계단 초반부에 지뢰를 설치해야겠다고. 왜냐하면 후반부에 설치한 저와 위치가 겹칠 가능성이 있으니까요. 위치가 겹치면 그 계단은 지뢰를 재설치해야 하죠. 그러면 제가 계단을 바꿀지도 모르니까 자신만 입수한 적의 지뢰 위치라는 정보는 무용지물이 돼요. 선배는 그런 불합리한 짓은 하지 않아요. 성격상 절대로 못 하죠."

마토는 말 속 깊은 곳으로 한 걸음씩 발을 내디뎠다.

"애당초 계단 초반부에 지뢰를 설치하면 이점이 있어요. 게임 초반에 지뢰로 공격해서 차이를 벌리면 '비기기 규칙'의 도움도 받아서 더 쉽게 우위에 설 수 있으니까요. 실제로 유도할 것도 없이 계단 초반부에 지뢰를 설치할 작정이었죠? 뭐, 어쨌거나 선배는 그렇게 계단 초반부에 의식을 집중한 거예요. 시야가 10번째에서 20번째 사이의 계단으로 좁아지면, 당연히 '연쇄 폭발'을 떠올리기는 힘들어지겠죠. 만약 그 방법을 사용했더라도 10번째에서 20번째 사이 계단 안에서 일어나는 '연쇄 폭발'이라면 제가 입을 피해는 최소한에 그쳐요. 출발 지점보다 아래로는 내려갈 수 없으니까요."

선배가 이야기를 이해했는지는 확실치 않았다. 두 팔을 축 늘어뜨린 채 넋이 나간 것처럼 미동도 없었다. 나와 에스미 선배도 충격으로 몸이 덜덜 떨렸다.

게임이 시작되기 직전 상황을 돌이켜 보았다. 내가 "이길 수 있겠어?" 하고 묻자 마토는 "선배가 지뢰를 잘 밟아 주면 좋을 텐데."라고 대답했다. 아직 시작도 하지 않았는데 어쩜 이렇게 여유 만만한가 싶어서 어이가 없었다.

아니었다.

그때 이미 마토는 공격을 마쳤다. 구누기 선배는 지뢰를 밟아 버렸다. 마토가 사용할 전략을 알아차리지 못하도록, 그 전략을 가로챌 수 없도록 무의식중에 생각을 유도당했다.

─이 계단은 총 몇 개야?

그 한마디야말로 지뢰였던 셈이다.

"구누기 선배."

누리베가 32번째 계단에 우두커니 서 있는 선배를 불렀다.

선배는 알았다는 듯이 불안한 걸음걸이로 계단을 내려갔다. 30번째 계단을 지나 마토가 서 있는 27번째 계단으로 다가갔다.

"아직이야."

자존심 강한 남자의, 포기하지 않은 목소리가 들렸다.

"27과 22. 고작 다섯 계단 차이지. 한 턴 만에 역전할 수 있어. 나라면 간단히……."

도중에 말이 끊겼다.

구누기 선배가 그 사실을 알아차린 건 마토가 있는 27번째 계단에 나란히 선 순간이었다.

"이…… 이모리야."

마토는 더 이상 까불까불 말하지 않고 에스코트하듯 고개만 끄덕했다. 악마에게 홀린 선배는 계단을 비틀비틀 내려갔다. 잠꼬대하듯 적의 이름만 계속 부르면서.

"이모리야……."

설치한 지뢰는 총 세 개.

마토의 지뢰는 지금까지 몇 개 밝혀졌지? 42번째 계단에 하나 있었다. 32번째 계단에도. 마지막 하나는 45번째 계단?

아니다. 마토의 마지막 지뢰는 계단 어딘가에 아직 숨어 있다. 연쇄 폭발은 끝나지 않았다.

"이모리야아아……!"

굴욕감을 내뱉듯 소리치며 구누기 선배가 22번째 계단을 밟았다.

콰광!

"구누기 선배, '공격'받았습니다. 열 계단 더 내려가 주세요."

마토가 예언한 대로 한 방에 역전했다.

압도적 우위에 서서 골인하기 직전이었던 구누기 선배가 벌칙으로 단번에 서른 계단이나 내려갔다. 최종 위치는 12번째 계단. 한편 마토는 27번째 계단에 있다.

양쪽의 차이는.

"여, 열다섯 계단 차이……."

"둘 다 지뢰 위치가 다 드러났어. 앞으로 큰 역전은 없겠지." 에스미 선배가 멍하니 중얼거렸다. "이모리야의 승리야."

'차이를 좁히지 않고 여기까지 온 것도 일부러예요.' 마토는 아까 그렇게 말했다. 가위를 내도 의심받지 않을 상황을 만들고 싶었다고 설명했다.

정말로 이유는 그것뿐일까.

12번째와 27번째 계단. 혹시 마토는 게임 초반에 자신이 맛보았던 열다섯 계단 차이를 선배에게 되갚아 주기 위해 서는 위치까지 계산한 건 아닐까.

"선배, 문화제 날 카레점 '가람마살라'에 와요."

마토는 구누기 선배를 돌아보지 않고, 나와 그 너머의 골인 지점을 올려다보았다. 황혼에 물든 하늘빛에 도리이의 붉은색이 녹아드는 듯했다.

"옥상에서 기다릴게요."

6

앞뜰에서 여자 농구부원들이 브레이크 댄스를 선보였다.

간판과 풍선을 달아서인지 학교 건물 외벽도 평소보다 조금은 특색 있어 보였다. 음료수나 팸플릿을 들고 돌아다니는 사람들. 체육관에서 들려오는 밴드의 음악 소리. 그리고 한층 높은 이곳에는 식욕을 자극하는 향기가 풍겼다.

"성황이로군."

"아."

계산대 옆에서 한숨 돌리고 있는데 손님이 왔다. "손님 두 분 입장." 하고 영업용 미소 없이 말한 후, 옥상을 둘러보았다. 붐비는 시간대지만 운 좋게 두 자리가 비어 있었다.

"정말로 오실 줄은 몰랐네요."

"적의 동향을 정찰하러 온 거야. 비가 내리길 바라며 해나리 인형을 거꾸로 매달았는데, 날씨 한번 화창하네. 아쉬워라."

"간판을 시원찮게 묶었잖아. 바람에 날아가면 어쩌려고. 좀 더 튼튼하게 보강해."

재수 없는 농담을 날리는 에스미 선배와 시어머니같이 참견하는 구누기 선배. 조리 공간에 있는 마토를 부르자 변함없이 가벼운 발놀림으로 냉큼 달려왔다. 뽀얀 피부에 인도 전통 의상인 사리풍으로 만든 드레스가 아주 잘 어울렸다.

"안녕하세요, 선배. '가람마살라'에 오신 걸 환영합니다. 봐요, 봐요, 이 옷 굉장하죠? 수작업으로 만든 거예요."

"카레 라이스 보통으로 두 개."

"선배 성격상 어차피 무난한 메뉴를 주문할 것 같아서 미리 준비해 뒀답니다."

마토가 밥을 담은 접시와 카레(카레 하면 떠오르는 램프 같은 은색 용기에 담겼다)를 솜씨 좋게 차려 놓았다. 구누기 선배가 벌레 씹은 듯한 표정을 지었다. 한 편의 개그 같다고 생각하며 나는 에스미 선배와 이야기를 나누었다.

"'킬리만자로'는 잘되나요?"

"오픈 카페가 아니라서 작년보다는 손님이 줄었지만, 뭐 그럭저럭 나쁘지는 않아. 아까 누리베가 왔었어. 여자친구와 함께."

우와, 의외의 사실이 밝혀졌다. 역시 사람은 겉만 봐서는 모르는 법이다.

"자자, 잡숴 보시옵소서."

마토가 테이블에서 물러나자 선배들은 스푼에 손을 뻗었다. 둘이 동시에 카레를 떠 먹고, 둘이 동시에 "음." 하고 한마디 했다.

"……어떠세요?"

"내년부터는 운영 규칙을 바꾸자고 학생회에 건의해 봐야겠는걸."

"일리 있어. 옥상에서만 이걸 먹을 수 있는 건 문제야."

솔직하지 않은 감상을 늘어놓은 후, 에스미 선배는 작게 웃음을 터뜨렸고 구누기 선배도 입매를 누그러뜨렸다. 나와 마토도 얼굴을 마주 보고 웃었다. 조리 공간에서 피어오르는 김이 푸른 하늘에 녹아들었다.

바보와 연기는 높은 곳을 좋아한다.

하지만 여기서 보이는 경치는 결코 바보 취급할 수 없다.

스님 쇠약(THE BOUZU BREAKING DOWN)
 '카드 그림 맞추기' 변형 게임

① 백인일수 그림패 100장을 사용하는 그림 맞추기 게임.
② 그림패에는 '남자', '귀공녀', '스님' 세 종류의 그림이 있다.
③ 그림패 100장을 뒷면이 보이도록 뒤집어서 늘어놓는다.
④ 선공과 후공을 정하고 교대로 그림패를 두 장씩 뒤집는다.
⑤ 짝이 맞지 않으면 '무덤'에 버리고, 맞으면 그림패를 가져온다. 짝이 맞았을 경우 보너스로 두 장 더 뒤집을 수 있다. (단 보너스는 한 번뿐)
⑥ 늘어놓은 카드가 모두 뒤집혔을 때, 손에 패를 많이 가진 사람이 승리!

변형 규칙 : 그림 효과

스님 쇠약

THE BOUZU BREAKING DOWN

1

"'인생은 게임'이라니, 그런 헛소리를 지껄이는 인간은 믿으면 안 돼."

신발장에서 로퍼를 꺼내는 마토는 웬일로 저기압이었다. 5교시 수학 시간에 하시모토 선생님이 잡담하다 꺼낸 한마디가 아무래도 마음에 안 든 모양이다.

─대학 입시에 취업 준비에 육아. 앞으로 수많은 시험대가 너희를 기다리고 있겠지만, 뭐든지 즐기지 않으면 손해야. 인생은 게임 같은 법이니까.

"마토는 그런 사고방식을 좋아할 줄 알았는데."

"어? 내가? 에이, 무슨 소리야, 고다. 오히려 그런 사고방식은 싫어하는 편이랄까."

"왜?"

"인생은 무를 수 없잖아."

학교 현관을 나섰다. 7월의 햇살이 사정없이 우리의 피부를 태웠다.

"게임을 즐기는 감각으로 대학 입시를 준비했다가 떨어지면 일 년 날아가는 거고, 게임을 즐기는 감각으로 아이를 키우다 잘못돼도 성장한 아이는 삭제 못 해. 그러니까 인생은 게임이 아니야."

마토의 입가에는 주정뱅이 같은 웃음이 맺혀 있어서, 꺼내놓는 말과 마찬가지로 생각이 깊은 건지 얕은 건지 종잡을 수가 없었다. 짧게 접어 올린 치마와 허리에 묶은 카디건이 꼬리처럼 흔들렸다. 빨간색 브래지어가 교복 위로 비쳐 보여서 남학생과 마주칠 때마다 시선을 막고 싶어졌다. 좀 더 눈에 띄지 않는 색깔로 바꾸라고 매일 잔소리하는데도 이렇다.

"그럼 마토에게 인생은 뭐야?"

"고다, 철학과 지망이었어?"

"그런 건 아니지만 마토의 인생관에는 흥미가 있어."

"내게 인생은 고다와 배스킨라빈스에서 아이스크림을 먹는 거려나."

"맥도날드로 하지 않을래? 밀크셰이크 먹고 싶어."

"그런 인생도 괜찮지."

공을 옮기는 야구부와 스트레칭 중인 육상부를 곁눈질하며 운동장 가장자리를 걸었다. 연습을 시작하지도 않았는데 그들의 이마에서는 땀이 번들거렸다. 장마는 끝났지만 여름방학까지 아직 일주일쯤 남았다.

교문에 다다랐을 때 아는 사람의 모습이 눈에 들어왔다.

네모난 안경을 끼고 셔츠 단추를 목까지 다 채운 남학생, 학생회의 구누기 선배다. 문설주 앞에 서 있는 선배 주변에 학생이 열 명쯤 모여 있었다. 전부 여학생이었다.

"구누기 서언배." 마토가 목소리를 높였다. "여학생들한테 그렇게 둘러싸여서는 과시용 데이트라도 하는 건가요? 역시 권력자는 인기가 많네요."

"이모리야나." 선배는 이쪽을 거들떠보지도 않았다. "오늘은 바쁘니까 말 걸지 마."

"인스타그램에 올릴 거니까 이쪽 보고 브이 사인해 줘요."

"넌 그런 거 안 하잖아."

"어떻게 알았죠? 무서워라."

고지식하고 건실한 3학년 남학생에게도 밀리지 않는 태평하고 촐랑거리는 1학년 여학생. 지난 5월, '구엔 시합' 결승전에서 마토는 '글리코'로 구누기 선배를 꺾었다. 그 후로 이렇게 우호적인 관계를 쌓았다, 라고 할 수 있을지는 잘 모르겠지만 아무튼 선배를 놀리는 것이 마토의 일과로 자리 잡았다.

그나저나 이건 무슨 모임일까. 마토의 과시용 데이트설은 백 퍼센트 틀렸을 것이다. 여학생들의 표정은 침울했고, 좀 무거운 분위기가 감돌았다. 내가 아는 사람은 같은 반인 야스키와 2반의 호리. 어? 얘들은.

"카루타● 부인가?"

분명 모두 다 그렇다. 자세히 보니 부장인 나카쓰카 선배도 있었다.

일본 전통 정형시인 와카(和歌) 백 선을 모은 선집 《백인일수(百人一首)》로 겨루는 이른바 '경기 카루타'●● 동아리이다. 만화와 영화의 영향으로 요즘 인기가 점점 많아지고 있으므로 나도 이름 정도는 안다. 호지로 고등학교의 카루타부는 생긴 지 사년밖에 되지 않아 그렇게 실력이 강하지는 않은 듯하지만.

카루타부와 학생회……. 좀처럼 접점이 보이지 않는다.

"전부 모였군. 가자."

구누기 선배가 손목시계를 보더니 교문 밖으로 걸어 나갔다. 여학생 열 명도 뒤따라갔다. 나는 무심코 구누기 선배에게 "어

● 그림이 그려진 카드 50장과 설명이 적힌 카드 50장의 짝을 맞추는 일본 전통놀이. 가장 많은 패를 얻은 사람이 승리한다.
●● 《백인일수》에 수록된 시가가 적힌 카드로 진행되는 카루타. 낭독자가 시가의 앞 구절을 읽으면 그에 맞는 뒤 구절이 적힌 카드를 먼저 쳐내는 형식이다. 일본에서는 스포츠로 여겨진다.

디 가시는 건데요?" 하고 물었다.

"카페에."

"……과시용 데이트?"

"사과하러."

강철처럼 딱딱한 목소리에 작은 한숨이 섞였다.

걸어가면서 나카쓰카 선배에게 이야기를 들었다.

나는 몰랐지만 역 맞은편에 '카루타 카페'라는 이름의 카페가 있다고 한다. 경기 카루타 팬이 차린 개인 카페인데 역대 우승자의 사진을 장식해 놓고, 유명한 시가에서 이름을 따온 메뉴를 판매하고, 카루타 연습 공간을 제공하는 등 요즘 유행하는 콘셉트 카페의 일종이라고 한다.

근처에 그런 카페가 있으면 당연히 가야 한다는 생각으로 카루타부원들은 그곳을 휴식 장소로 삼았다. 동아리 활동을 마친 후 가끔 차를 마시러 갔고, 지난달 지역 대회에서 8강에 그쳤을 때도 '카루타 카페'를 전세 내서 위로회를 열었다.

"그때 사장님과 좀 말썽이 생겨서……."

동아리원 한 명이 유리잔을 깨뜨린 것이 계기였다. 사장은 처음에는 가볍게 야단만 쳤지만, 말이 나온 김에 얘기한다는 양 가게를 너무 시끄럽게 사용한다고 잔소리를 늘어놓았다. 한편 동아리원들 딴에는 조용하게 사용했으므로 말다툼이 벌어졌다. 내가 보기에도 카루타부 학생들이 카페에서 민폐를 끼칠 것 같지는 않았다. 아무래도 사장이 원래부터 고등학생에게 좋지 않은 인상을 품었던 듯하다.

"결국 정중히 사과했는데, 왜, 싸움이 끝난 후에도 계속 투덜대는 사람 있잖아. 사장님도 그런 성격인지, 이러니까 어린애들은 가게에 오면 안 된다는 식으로 말하더라고. 그 말을 듣고 우리도 화가 확."

"치밀 만하네요."

"치밀었지."

그렇게 일이 꼬이고 뒤틀린 결과.

"전원 출입 금지래."

나카쓰카 선배가 어깨를 축 늘어뜨렸다. 출입 금지. 운동부가 그런 처분을 받았다는 소리는 가끔 듣지만, 카루타부 중에서는 전국 최초 아닐까. 아니, 다른 학교 카루타부가 어떤지는 모르지만.

"뭐, 우리는 출입을 금지당해도 상관없지만, 내년에 들어올 후배가 못 가면 가엾잖아. 그래서 일단 출입 금지를 풀러 가기로 했어."

나카쓰카 선배는 조심스레 구누기 선배를 쳐다보았다. 불상사에 대한 사죄. 과연, 그래서 동아리원이 전부 모였고, 구누기 선배도 동행하는 건가.

"학생회도 참 힘들겠네요."

"카페 출입을 금지당했다는 소문이 돌면 우리 학교의 평판이 떨어져. 이것도 일이야."

퉁명스럽게 대꾸하는 선배는 화과자 가게의 종이봉투를 들고 있었다. 그야말로 사회인의 면모가 느껴지는 모습이었다. 선배의 메신저 아이디를 캐물으면서 계속 무시당하는 촐랑이가 옆에 있어서인지 그 차이가 훨씬 두드러져 보였다.

"어, 그런데 우리는 왜 따라온 거야?"

그 촐랑이에게 묻자 마토는 고개를 휙 돌려서 대답했다.

"카페잖아? 차 마시고 가자. 맥도날드랑 배스킨라빈스만 먹으면 질리니까."

……아까 말했던 인생은 어디로 간 걸까.

"너희 마음대로 해. 하지만 이쪽 이야기에는 끼어들지 마."

"제삼자가 중재해야 이야기가 원만하게 진행될지도 모르잖아요."

"넌 너무 미끈미끈해서 도움이 안 돼."

"사람을 무슨 로션이라도 되는 것처럼 얘기하시네요."

건널목을 건너서 쇠퇴한 상점가의 응달을 따라 걸었다. 야스키가 내게 얼굴을 가까이 댔다.

"저기, 고다. 이모리야의 참관인이었지?"

나는 고개를 끄덕였다. 참관인이라고 하니까 선거 얘기 같지만, '구엔 시합' 이야기다. 바보와 연기는 높은 곳을 좋아한다는 속담에 빗대어 문화제의 옥상 사용권을 두고 벌이는 싸움. 나는 참관인으로 각 경기에 동행해 마토의 대결을 지켜보았다.

"이모리야가 정말로 '구엔 시합'에서 이겼어?"

"응."

"어떻게?"

"……."

대답할 수 없었다.

마토가 어떻게 이겼는지 실은 나도 신기하다. 세세한 부분까지 치밀하게 계획한 전략으로 함정에 빠뜨린 걸까, 로션처럼 미끄러뜨렸을 뿐인 걸까. 승부에 강한 건 확실하지만, 그 이유와 원천이 뭔지는 나도 잘 모른다.

예이, 하고 무사태평한 목소리가 들렸다. 구누기 선배는 집요한 요구에 질렸는지 마토와 메신저 아이디를 교환하는 참이었다. 내친김에 저하고도, 하고 부탁하자 선배는 에이리언에게서 달아난 후 프레데터와 마주친 것 같은 표정을 지었다.

'카루타 카페 HATANO'는 상가 빌딩 1층에 있었다.

전통미를 살린 카페이지 않을까 상상했는데, 의외로 그렇지도 않았다. 예전에는 다이닝 바였던 듯한 흔적이 느껴지는 내부에 2인용과 4인용 테이블이 몇 개. 벽에는 경기 카루타와 관련된 사진 패널과 사인지. 들어가자마자 눈에 들어오는 선반에는 희귀해 보이는 것부터 학교 등지에서 자주 볼 수 있는 것까지, 수많은 종류의 백인일수 카루타 상자가 놓여 있었다. 구석에 다다미를 네 장쯤 깔아 둔 곳이 연습 공간인 듯했다. 손님은 한 명도 없었다. 구누기 선배의 성격상 손님이 뜸한 시간을 노렸으리라.

안쪽에 자리한 흑단 카운터 너머에서는 마흔 살 안팎의 남자가 접시를 닦고 있었다.

'HATANO'의 사장 하타노 씨다(이름은 아까 나카쓰카 선배에게 들었다). 단정하게 다듬은 머리, 입 주변에 기른 수염, 그리고 황동 테인 듯한 안경까지. 앞치마를 벗기고 아이패드를 쥐여 주면 웹 라이터라고 해도 통할 듯했다. 카루타부에서 얻은 선입관 때문인지도 모르지만, 아주 원칙주의자일 것같이 생겼다.

"어서 오세…… 어, 뭐야?"

줄줄이 들어오는 고등학생들을 보고 하타노 씨는 눈살을 찌푸렸다.

"호지로 고등학교 학생회 구누기라고 합니다. 잠깐만 시간을 내주실 수 있을까요?"

"이렇게 우르르 몰려와서 어쩌자는 거야."

"아, 저희는 그냥 손님이라 이쪽과는 상관없어요."

마토가 2인용 테이블에 자리를 잡았다. 나도 슬그머니 앉았다. 손님이라는데 불친절하게 대할 수도 없으므로, 하타노 씨가 메뉴와 물을 가져왔다.

나는 안미쓰*와 호지차 세트, 마토는 레어 치즈 케이크와 병 콜라를 주문했다. 백인일수와 연관된 요소는 어디에도 없구나.

하타노 씨가 메뉴를 준비하러 카운터 안쪽으로 돌아갔다. 구누기 선배가 본론으로 들어갔다.

"지난번에 카루타부가 말썽을 부려서 정말 죄송합니다."

"아아, 뭐, 됐어. 이미 끝난 일인걸."

"앗." 나카쓰카 선배의 얼굴이 환해졌다. "그럼 출입 금지는."

"아니, 그런 게 아니라……. 이미 결정된 일이잖아."

갑자기 냉방이 강해진 것 같은 기분이었다. 사장의 손 언저리에서 달그락달그락, 하고 메뉴를 준비하는 소리가 들렸다. 만드는 사람의 애정이 요리의 맛을 좌우한다면, 곧 나올 안미쓰는 분명 아주 맛없으리라.

"보시다시피 동아리원 모두 반성하고 있습니다. 부디 출입 금지를 풀어 주시면 안 될까요?"

"미안하지만 그럴 수는 없어."

"아참, 약소한 물건입니다만."

"필요 없어. 가져가."

---

* 한천 젤리에 팥앙금, 과일, 찹쌀떡 등을 곁들여 먹는 일본의 전통 디저트

"제발 부탁드릴게요. 저희는 이 가게를 좋아해요."

"그럼 나한테 그딴 식으로 말하면 안 되지."

"그건 그, 어쩌다 보니······."

한동안 교섭이 이어졌다. 구누기 선배와 나카쓰카 선배가 주로 말을 꺼냈고, 다른 동아리원들은 시든 꽃처럼 뒤편에 가만히 서 있었다. 구누기 선배가 저자세로 나가는 상황은 좀처럼 없기에 솔직히 좀 구경거리였지만, 더는 보고 있기 힘들었다.

하타노 씨는 아주 까다로운 적이었다. 어디까지나 온화한 목소리로 화난 기색 하나 없이 담담하게 사과를 물리쳤다. 하지만 공무원 같은 그 대응에서는 가학적인 성향이 묻어났다. 나카쓰카 선배가 고개를 숙였을 때, 황동 테 안경 안쪽의 눈이 한순간 가늘어지는 것을 나는 놓치지 않았다. 상대가 허둥대는 모습을 즐기는 눈빛. 말로 남을 꺾는 데에서 우월감을 느끼는 눈빛. 미성년자를 무작정 애송이 취급하는 어른의 눈빛이었다.

그 모습이 카운터 아래로 몇 초 사라졌다. 다시 나타났을 때 하타노 씨는 병 콜라를 들고 있었다. 병따개로 뚜껑만 열면 끝나는지, 우리 테이블로 쟁반을 들고 왔다. "천천히 드시고 가세요." 하고 웃음을 지었지만, 더는 여기서 시간을 보내고 싶지 않았다.

"마토, 얼른 나가자."

"에이, 왜? 방금 왔잖아. 밖은 덥단 말이야."

"분위기가 안 좋아. 너무 안 좋다고."

"음, 제법 괜찮은데. 베리 소스가 포인트네."

마토는 기쁜 표정으로 치즈 케이크를 먹었다. 나도 일단 안미쓰를 떠서 입에 넣었다. 맛있었다. 요리에 애정은 관계없는 모양이다.

하타노 씨는 카운터 안쪽으로 돌아갔다. 구누기 선배가 다시 물고 늘어졌다.

"서약서도 준비했습니다. 여기에 동아리원들이 서명할 테니까……."

"너희, 참 끈질기네."

"저, 부탁드립니다!" 나카쓰카 선배도 필사적이었다. "뭐든지 할게요."

"뭐든지가 뭔데? 꿇어앉아서 머리라도 조아리려고?"

"어……."

"농담이야." 자기 혼자 재미있어하는 웃음. "진짜로 그래도 난감해. 난 그저 원칙을 지키고 싶을 뿐이니까."

"그, 그걸 어떻게 좀……."

"미안하지만 돌아가."

하타노 씨가 한 손으로 문을 가리키며 웃는 얼굴로 말했다.

"난 한번 정하면 굽히지 않는 성격이거든."

뭔가 기폭제가 된 것처럼.

마토가 고개를 번쩍 들었다.

포크를 입에 문 채, 지금까지 남의 일이라는 듯 외면하던 카운터 쪽을 보았다. 그리고 도마뱀처럼 기어다니는 시선으로 하타노 씨의 머리부터 발끝, 뒤편 인테리어, 카루타부원들에 이르기까지 거침없이 관찰했다. "마토?" 내가 부르자 마토는 대답하는 대신 포크 끄트머리를 위아래로 흔들었다.

끼익, 하고 소리를 내며 의자를 뒤로 빼자 모두가 이쪽으로 시선을 돌렸다. 마토는 치즈 케이크 접시를 든 채 아지랑이처럼 일어서서, 카루타부원들 사이를 헤치고 하타노 씨 앞에 섰다.

"뭐, 뭐야, 넌."

"이야, 요즘 고등학생들은 끈질겨서 큰일이라니까요." 마토는 카운터석에 앉았다. "하타노 씨라고 했나요? 이 사람들 좀 빨리 쫓아내면 안 될까요?"

사장의 얼굴에 경계하는 빛이 서렸다. 카루타부와는 상관없다던 호지로 고등학교 학생이 갑자기 끼어든 데다 자기를 편들었으니까 당연하다. 아니면 속옷이 비쳐 보여서 당황했는지도 모르고.

마토는 천연덕스러운 표정으로 잔 받침을 집었다. 백인일수 카루타의 그림패가 인쇄된 물건이다.

"백인일수를 좋아한다면서요?"

"그야……. 뭐, 그렇지."

"그럼 저랑 경기 카루타로 겨루는 건 어때요?"

마토가 포크로 다다미가 깔린 공간을 가리켰다.

"낭독자는 카루타부 부장에게라도 부탁하면 되겠죠. 하타노 씨가 이기면 이 사람들은 즉시 퇴장, 제가 이기면 하타노 씨가 조금 양보해 주는 조건으로."

당돌한 제안에 하타노 씨는 눈을 부릅떴고, 카루타부원들도 술렁거렸다. 나는 허둥지둥 일어나서 마토를 말리러 갔다.

"마토, 경기 카루타 할 줄 알아?"

"백인일수라면 기억나. 중학교 2학년 수업 시간에 배웠잖아."

"아, 안 돼. 경기 카루타는 그런 수준이 아니라, 좀 더 본격적이랄까⋯⋯. 아무튼 아마추어는 경험자를 못 당한대. 그렇지?"

말끝의 "그렇지?"는 야스키에게 던진 질문이었다. 야스키는 목이 떨어져 나갈 것 같은 기세로 고개를 몇 번이고 끄덕였다.

나도 인터넷이나 텔레비전으로밖에 본 적이 없지만, 경기 카루타가 얼마나 격렬한 게임인지는 안다. 첫 글자를 읽는 순간 덤벼드는 건 기본이고, 복잡한 기술이나 전략도 있어서 내가 아는 일반적인 카루타 놀이와는 전혀 다르다. 아무리 마토가 승부에 강해도 야구를 좋아하는 소년이 메이저리거와 맞붙는 격이다. 절대 못 이긴다.

"그 정도로 불리한 대결이어야 딱 좋잖아. 이쪽이 부탁하는 상황이니까." 마토는 카운터에 팔꿈치를 짚고 손바닥에 턱을 괜다. "어때요, 하타노 씨? 카루타 안 할래요?"

어린애가 부탁하는 듯한 말투였다. 무거운 분위기가 깨졌고, 나도 카루타부원들도 얼떨떨한 기분이 되었다. 구누기 선배와 하타노 씨만이 진의를 파악하려는 듯 강렬한 눈빛을 던졌다.

"얘, 정말로 아마추어야?"

이번에는 내가 고개를 마구 끄덕였다.

"음, 아마추어를 박살 내는 것도 좀 그런데……." 하타노 씨는 뒷머리를 긁적거리다가 제안했다. "백인일수 카루타를 이용한 다른 게임이 있는데 그쪽은 어때?"

마토는 의외라는 듯 입술을 오므렸지만, 바로 웃음을 되찾은 얼굴로 이야기를 재촉했다.

하타노 씨는 다시 나를 보고 말했다.

"저기, 가게 앞의 팻말을 'CLOSED'로 뒤집어 줄래? 집중해서 게임하고 싶으니까."

나는 문으로 가서 뙤약볕 속에 고개를 살짝 내밀고 문에 걸린 팻말을 뒤집었다.

"고마워. 아, 거기까지 간 김에 그쪽 선반에서 '리코도'의 백인일수를 가져와 줘. 제일 윗단의 오른쪽 가장자리…… 그래, 그거."

문 옆에 있는 선반에서 하타노 씨가 원하는 상자를 꺼냈다. '리코도'는 제조사 이름일까. 다른 상자보다 조금 두툼하고 고급스러워 보였다. 마토가 "헤이, 고다." 하며 손을 내밀길래 건네주었다. 상자는 마토를 거쳐 하타노 씨에게 넘어갔다.

"우리 카페, 밤에는 주류도 제공하거든. 그때 친한 사람들끼리 가끔 하는 게임인데."

아까 메뉴를 준비할 때처럼 카운터 안쪽에서 하타노 씨가 손을 움직였다. 상자 뚜껑을 여는 듯한 동작이었다.

"백인일수 카루타를 사용해서 할 수 있는 놀이는 경기 카루타 말고 하나 더 있어."

"스님 뒤집기로군요."

구누기 선배의 말에 하타노 씨는 고개를 끄덕였다. 아아. 나도 생각났다.

스님 뒤집기. 그림패 더미를 한 장씩 뒤집으면서 나오는 패의 그림에 따라 손에 든 패를 늘리거나 줄이는 놀이. 어렸을 적에 할아버지 집에서 한두 번 해 본 기억이 있다. 어른들이 술을 마시며 그걸 하는 광경은 상상이 잘 안 되지만.

"일반적인 스님 뒤집기는 운에 의존하는 단순한 게임이지만." 내 마음을 알아차린 것처럼 하타노 씨가 안경을 밀어 올리고 말했다. "지금부터 할 게임은 전혀 달라. 특수한 규칙을 덧붙인 스님 뒤집기. 기억력과 판단력을 시험하는 두뇌 대결. 이름하여."

카운터 위에 뚜껑을 연 상자가 놓였다.

"'스님 쇠약'이라는 게임이야."

2

마토는 말없이 치즈 케이크를 포크로 떴다. 하얀 케이크 조각이 입술 사이로 사라지고, 혀끝이 베리 소스를 핥았다. 생각에 잠긴 채 무심코 한 행동이겠지만, 옆에서 보기에는 어쩐지 요염하게 느껴졌다.

"규칙을 들어 보죠."

"요컨대 백인일수 그림패를 사용한 신경 쇠약*이야. 백인일수 그림패에는 시 구절과 함께 그 시가를 읊은 사람의 그림과 이름도 적혀 있는데……. 그 정도는 알지? 그림패 속 사람은 크게 나누어 세 종류야. '**남자**', '**귀공녀**', '**스님**'이지."

하타노 씨는 상자에서 그림패를 꺼냈다. 그리고 종류를 말하면서 거기 맞추어 한 장씩 선택해 카운터에 내려놓았다.

남자 — 기노 쓰라유키. 사람마음은 알수없구나 고향에서는 지금도변함없이 꽃내음풍기건만

● 트럼프 카드를 뒤집어 놓고 한 번에 두 장씩 뒤집어 같은 숫자나 그림을 찾는 게임. 우리나라에서는 보통 '도둑 잡기', '카드 짝 맞추기'라고 한다.

귀공녀―오노노 고마치. 꽃잎빛깔은 바래어버렸도다 속절도없이 세월이흘러간다 긴비내리는사이

스님―사이교 법사. 서글픈마음 휘영청밝은만월 때문이련가 내 눈물인데 누구를탓할쏘냐

'남자'는 전통 두건에 검은 머리, '귀공녀'는 머리가 긴 여성, '스님'은 가사 차림에 까까머리라서 확실히 구분된다.

기초 지식을 확인한 후 하타노 씨는 그림패 다섯 장을 카운터에 더 늘어놓았다. 이번에는 전부 뒷면이다. '리코도'의 그림패는 다른 카루타 패보다 두툼하고 색깔은 예쁜 청록색이었다.

"그림패를 전부 뒷면으로 놓아둔 상태에서 선공과 후공을 정하고 교대로 두 장씩 뒤집어. 짝이 맞으면 가져오고, 보너스로 두 장 더 뒤집을 수 있어."

하타노 씨가 가장자리의 두 장을 뒤집었다. 주나곤 가네스케와 산조인. 둘 다 '남자'였다.

"'남자' 한 쌍에는 특수 효과가 없어. 그냥 둘 다 가져올 수 있을 뿐이야."

또 두 장 뒤집었다. 이즈미 시키부와 다이니노 산미. 둘 다 '귀공녀'.

"'귀공녀' 한 쌍은 큰 효과를 발휘해. 두 장 다 가져오고, 무덤에 있는 패도 전부 자기 손으로 가져올 수 있어. 다만."

마지막으로 남은 패를 마저 뒤집었다. 소세이 법사. '스님'이다.

"'스님'을 뒤집으면 아웃이야. 자기가 가지고 있는 패를 전부 무덤에 버려야 해. 순서도 강제로 바뀌어서 상대방 차례로 넘어가지. 설령 한 장밖에 뒤집지 않았더라도 말이야."

하타노 씨는 소세이 법사 패도 포함해 지금까지 자기가 들고 있던 패를 전부 카운터 가장자리로 밀어 놓았다. 거기가 '무덤'인 것이리라.

"이런 식으로 반복하다가 패가 전부 없어진 후, 손에 패를 더 많이 가지고 있는 사람이 승리. 어때, 간단하지?"

할 건지, 말 건지. 하타노 씨는 온화하게 재촉했다. 마토는 하타노 씨도 그림패도 아니라 카운터에 놓인 '리코도' 상자를 바라보고 있었다.

"이모리야."

구누기 선배가 뭐라고 말하려는 것을 마토는 손을 내밀어 제지했다. '리코도' 상자를 집더니 머리 위로 들고 쳐다보았다.

"이 백인일수 카루타, 멋지네요."

"……그렇게 특이한 물건은 아니야. 역 앞 백화점에도 파는걸. 그냥 그림패 두께와 감촉이 마음에 들어서 '스님 쇠약'을 할 때는 이걸 자주 사용하지."

"규칙을 좀 더 자세히 확인할게요." 마토는 상자를 카운터에 내려놓았다. "'스님'을 뒤집었을 때는 그 '스님'도 무덤에 버리는 거죠?"

"맞아."

"세미마루는 어디에 포함되나요?"

"'스님'에. 그럼 '남자'가 짝수가 돼서 패가 안 남거든."

무슨 소리인지 못 알아들어서 몰래 야스키에게 설명을 들었다.

백인일수 카루타의 그림패는 '남자'가 66장, '귀공녀'가 21장, '스님'이 12장이다. 그리고 마지막으로 세미마루라는 시인 패가 있는데, 이 사람은 까까머리에 전통 두건을 쓰고 있어서 '남자'로도 '스님'으로도 보인다고 한다. 그래서 지역에 따라 '남자' 또는 '스님'에 포함시키는데, 이번에는 '스님'에 포함시킨다는 뜻이리라.

……그나저나 '남자'가 66장이나 있구나. 그럼 일반적인 신경쇠약과 달리…….

"짝을 맞추기가 아주 쉬울 것 같은데요." 마토가 내 생각을 소리로 바꾼 것처럼 말했다. "짝이 맞아서 보너스로 한 쌍 뒤집었는데 또 짝이 맞으면요? 한 번 더 뒤집나요?"

"아니, 보너스는 한 번이야. 한 번에 뒤집을 수 있는 패는 최대 네 장인 거지. ……해 보면 알겠지만 보너스는 없는 편이 낫겠다고 생각할걸."

"두 장씩 짝을 맞춰서 가져가면 '귀공녀'는 한 장이 남는데요. 21장이니까."

"그건 마지막으로 뽑는 사람이 가져가면 돼. 하지만 이번에는 신경 쓸 것 없어. 100장으로 하면 시간이 걸리니까 절반인 50장 정도로……."

"100장으로 하죠."

마토가 끼어들었다. 어리둥절해진 하타노 씨를 본체만체 치즈 케이크 덩어리를 입안 가득 넣었다. 접시가 텅 비었다.

"이왕 게임하는 김에 규칙을 하나 더 추가해도 될까요?"

접시를 옆으로 치웠다. 빈 공간을 채우듯 마토가 웃음 띤 얼굴을 하타노 씨에게 들이댔다.

"하타노 씨가 지면 양보한다는 건 애매모호한 조건이니까요. 게임이 끝났을 때 제가 가지고 있는 패 10장 당 한 명씩 출입금지를 풀어 주는 건 어때요?"

……뭐?

우리는 그 말이 무슨 뜻인지 잠깐 생각하다가 안색이 바뀌었다. 지금까지 조용히 있던 나카쓰카 선배가 당황해서 마토의 어깨를 흔들었다.

"이, 이, 이모리야? 카루타부는 열 명인데?"

"알아요."

"백인일수 카루타는 100장이야."

"그렇겠죠."

"무슨 말이 그래……. 이모리야, 그럼 100 대 0으로 이겨야 한다는 뜻이잖아."

"100 대 0으로 이길게요."

미래를 보고 온 것처럼 자신만만한 대답이었다.

체념한 나카쓰카 선배 대신 이번에는 구누기 선배가 얼굴을 가까이 댔다. 포커페이스에서 약간 불안감이 엿보였다.

"이모리야. 너도 알겠지만."

"알아요."

"……이길 수 있겠어?"

"제일 좋아하는 일이에요."

대답하는 동안에도 마토의 시선은 사장에게 고정돼 있었다. 부추기듯 웃는 그 얼굴을 잠시 쳐다본 후 하타노 씨는 한숨을 쉬었다.

"알았어, 그렇게 하지. 하지만 결판난 후에 떼를 쓰거나 울며 불며 매달리기는 없기야."

"물론이죠. 그럼 준비 부탁드릴게요."

하타노 씨는 그림패를 몇 더미로 나누고 익숙한 손놀림으로 섞은 후, 그림패를 뒤집어 카운터에 내려놓았다. 신경 쇠약을 할 때 흔히 그러듯 사방에 무작위로 늘어놓는 게 아니라, 한 장씩 차례대로 늘어놓았다. 이미 대결이 시작됐다는 듯 마토는 그 모습을 가만히 바라보았다. 무슨 생각을 하는 걸까? 흑단 카운터에는 광택이 없으니까, 유심히 들여다본들 엎어 둔 패의 앞면이 비치지는 않을 것 같은데.

 나는 기다리는 시간을 사과하는 데에 사용하기로 했다. 구누기 선배에게 다가가서 작은 목소리로 말을 걸었다.

"죄송해요. 어쩌다 보니 일이 이렇게 돼 버렸네요."

"카루타부에 이모리야와 절친한 친구라도 있나?"

"아니요, 딱히 그런 건……."

"오지랖 한번 넓은 녀석이로군."

 구누기 선배가 벽에 몸을 기대고, 마토처럼 카운터에 놓인 패에 시선을 집중했다.

"이번 게임, 구누기 선배는 어떻게 생각하세요?"

"'귀공녀'를 어떻게 사용하느냐가 관건이겠지."

 방금 규칙을 들었는데 이미 게임의 핵심을 알아차린 듯했다.

"'남자'로 짝을 맞춰서 패를 차근차근 모으는 건 크게 의미가 없어. 공개된 '귀공녀'의 위치를 잘 기억해 뒀다가 무덤에 패가 쌓인 타이밍을 노려서 '귀공녀'로 짝을 맞춰야지. 그렇게 해서 단숨에 패를 잔뜩 획득하는 게 필수야."

"아, 과연……."

 무덤에 버려진 패까지 모조리 가져올 수 있는 '귀공녀'. 효과가 센 만큼 무덤에 패가 두세 장밖에 없을 때 '귀공녀'로 짝을 맞추면 아깝다. 따라서 무덤에 패가 쌓일 때까지는 어디 있는지 알아도 '귀공녀'에 굳이 손을 대지 않는다는 전략이 생긴다.

상대도 그럴 경우, 누가 먼저 인내심의 한계에 다다르느냐를 두고 일종의 치킨 레이스 같은 전개가 벌어질지도 모른다.

"어쨌거나 '스님'이 골치 아파. 뒤집은 순간 아웃이라는 건 위치를 파악하기 위한 단서가 없다는 뜻이야. 공개되지 않은 패는 '스님'일 위험성이 늘 따라다녀. 현재 몇 장 제거됐고 몇 장 남아 있는지 '스님'을 카운팅하는 것도 중요하겠지. 세미마루를 포함해 13장이라면 그렇게 어렵지는 않을 거야."

스님 카운팅……. 처음 듣는 단어 조합이다.

"뭐, 제대로 된 대결이라면 말이지만."

"……?"

"됐다." 하고 말하는 하타노 씨의 목소리가 들려서 카운터로 의식을 되돌렸다. 20장씩 다섯 줄, 100장을 전부 깔끔하게 늘어놔서 준비를 마친 듯했다.

"자, 시작할까. 선공과 후공 중 어느 쪽? 선택권을 줄게."

후공을 고르기를 빌었다. 선공이 짝을 맞추지 못한 패의 위치를 알 수 있는 만큼 신경 쇠약은 후공이 유리하다. 마토도 당연히 후공을…….

"선공이요."

놀라 자빠질 뻔했다.

카루타부원들도 불안한 듯 시선을 교환했다. 하타노 씨는 터져 나오려는 웃음을 참듯 일그러진 얼굴로 그럼 먼저 해, 하고 손으로 재촉했다. 마토가 손을 느릿느릿 뻗었고, 나는 침을 꿀꺽 삼켰다. 흑당 시럽 맛이 났다.

에어컨이 윙윙 돌아가는 카페. 앞치마 차림으로 서 있는 사장과 칠칠하지 못한 차림새로 의자에 앉은 소녀. 두 사람 사이를 가로막은 카운터 위에는 디저트도 커피도 아니라 청록색 카루타 패가 100장.

장소와 규칙에다 내기 조건까지 모든 것이 기묘한 스님 뒤집기가 시작됐다.

3

마토가 처음으로 뒤집어 앞면을 확인한 패는 '남자'였다. 후지와라노 요시타카.

그리고 손가락을 이리저리 옮기다가 대각선 위쪽 구획에 있는 패를 뒤집었다. 아베노 나카마로. 또 '남자'다.

"아자! 좋아, 좋아!"

마토는 주먹을 불끈 쥔 후 뒤집은 카드 두 장을 자기 손으로 가져왔다. 반 이상이 '남자' 패니까 확률상으로는 이런 결과가 나오는 게 보통이겠지만······.

"짝을 맞췄으니 두 장 더 뒤집을 수 있어."

"아차, 그랬죠."

마토는 우쭐해하는 표정으로 보너스 기회를 사용하려 했다. 하지만 의기양양한 태도는 금세 자취를 감추었다. 부채로 얼굴을 가리듯 획득한 패 두 장을 이마 위에 대고 가만히 생각에 잠겼다. 나도 비로소 아까 하타노 씨가 한 말이 무슨 뜻인지 깨달았다.

─해 보면 알겠지만 보너스는 없는 편이 낫겠다고 생각할걸.

그럴지도 모르겠다.

왜냐하면 언제 '스님'을 뽑을지 모르니까. 지금 마토는 지뢰밭에서 보물찾기를 하는 셈이나 마찬가지다. 패를 더 많이 뒤집을수록, 패를 입수할 기회 그 이상으로 가지고 있는 패를 전부 잃을 위험성도 커진다.

마토는 신중하게 손을 뻗어 지뢰밭에서 패를 뒤집었다. 이세. 이어서 산조노 대신. '귀공녀'와 '남자'였다. 어떤 의미에서는 마음이 놓였다. 하타노 씨가 재빨리 손을 뻗어 마토가 짝을 맞추지 못한 패를 도로 엎었다. 마토 차례가 끝났다.

"이제 내 차례네."

하타노 씨는 일단 방금 마토가 놓쳤던 산조노 대신을 뒤집었다. 위아래 방향이 바뀌도록 세로로 빙글 뒤집는 마토와 달리, 하타노 씨는 책을 넘기듯이 옆으로 패를 뒤집었다. 이어서 세 장 옆에 있는 패를 뒤집었다. 다이나곤 쓰네노부, '남자'다. 무사히 짝을 맞췄다.

하지만 보너스로 한 장 더 뒤집었을 때.

"어이쿠."

전직 대승정…… 뭐더라, 전직 대승정 지엔(?)을 뒤집고 말았다. 하타노 씨 방식으로 뒤집으면 이쪽에서 볼 때 위아래가 거꾸로이므로 긴 이름은 읽기 힘들다. 어쨌거나 빨간 가사를 입고 머리가 반들반들한 사람이니 '스님'이다.

"아아, 이게 나오네. 영 일진이 안 좋은데."

쓴웃음을 지으며 가지고 있던 패 두 장에 '스님'을 더해서 세 장을 무덤에 버렸다. 하지만 이것도 어떤 의미에서는 행운이라 할 수 있을지도 모른다. 패를 몇십 장이나 가지고 있을 때 '스님'을 뽑는 것보다는 지금 같은 상황이 훨씬…….

갑자기 생각이 정지됐다.

친구가 기묘한 짓을 한다는 걸 알아차렸기 때문이다. 마토는 하타노 씨에게 보이지 않는 카운터 아래에 손을 숨기고는 은밀히 스마트폰을 만지작거리고 있었다. 자기 차례가 와서 "음." 하고 고민하는 동안에도 한 손으로는 연신 자판을 두드렸다. '대결 중에 뭐 하는 거야?'

몇 초 후, 내 스마트폰에서 메신저 수신음이 울렸다. 잠시 후 구누기 선배의 호주머니에서도 진동음이 들렸다.

몇 발짝 뒤로 물러나서 스마트폰을 몰래 확인했다. '이모리야 마토'가 보낸 메시지였다.

'고다에게

부탁①

· 구누기 선배가 돌아오면 고다는 나한테서 왼쪽으로 두 자리 떨어져서 카운터석에 앉을 것.

· 그리고 내가 콧등을 긁적이면 병 콜라를 주문할 것.

부탁②

· 다음 지시를 카루타부원 모두에게 전달할 것.

대결 중에 이모리야 마토가 어떤 행동을 해도 절대 놀라거나 동요하거나 목소리를 내지 말 것.

이건 고다도 마찬가지야. 잘 부탁해.'

"······?"

발신자 쪽을 보았다. 마토는 내게 연락했다는 내색 하나 없이 카운터에 대고 "어, 느, 것, 을, 고, 를, 까, 요."라고 말하고 있었다.

비밀리에 진행하라는 걸까. 하지만 첫 번째 줄부터 무슨 의미인지 모르겠다. 구누기 선배가 돌아오면 뭐?

"죄송합니다." 구누기 선배가 불쑥 말했다. "학교에 두고 온 게 있어서요. 금방 돌아오겠습니다."

구누기 선배는 화과자 가게 종이봉투를 들고 재빨리 카페를 나섰다.

잠시 망설이다가 나도 선배를 따라갔다. 도어벨 소리가 요란하게 울렸지만, 하타노 씨도 카루타부원들도 게임에 집중해서 우리에게 아무 말도 하지 않았다.

선배는 이미 달려가고 있었다. 빠, 빠르다.

"구, 구누기 선배? 어디 가세요?"

"전화해!"

선배는 그렇게만 말하고 길모퉁이를 돌아서 사라졌다.

가만히 서서 이야기할 시간 없으니 궁금한 게 있으면 전화하라는 뜻으로 이해하고, 아까 아이디를 교환한 메신저의 통화 기능으로 전화를 걸었다. 발신음 세 번 만에 연결됐다.

"뭐야?"

"아니, 그게, 어디 가시는 건가 싶어서요."

"이모리야가 조달해 오라는 물건이 있어서."

금방이라도 숨이 넘어갈 것 같은 목소리였다. 역시 선배도 마토에게 개별적으로 '부탁'을 받은 모양이다.

"아까 메신저 아이디를 교환하길 잘했네요."

"이만 끊는다."

"아, 잠깐만요. 저도 이상한 지시를 받았는데요."

"뭐든지 시키는 대로 해. 이대로 가면 이모리야는 백 퍼센트

스님 쇠약 97

지니까."

"네?"

"그 게임은 사기야."

신호에 걸린 듯, 헐떡이던 선배의 숨소리가 잦아들었다. 나는 카페 앞에서 스마트폰에 귀를 댄 채 입을 떡 벌리고 있었다.

"아까 사장이 너한테 이것저것 시켰잖아. 묘하지 않았어? 영업 표시 팻말은 사장이 직접 바꾸는 게 보통이야. 그리고 백인일수 카루타라면 아무거나 사용해도 괜찮을 텐데, 그 녀석은 제조사와 상자 위치까지 정확하게 지정했어. 꼭 그걸 써야 한다면 카운터에서 나와서 직접 가져오는 게 편할 텐데, 굳이 너한테 시켰지."

"……듣고 보니."

"이모리야도 묘하다 싶었겠지. 네게서 상자를 받았을 때, 이모리야가 상자 아래쪽 모서리에 베리 소스를 바르는 걸 봤어."

"소스…… 치즈 케이크요?"

전혀 몰랐다. 분명 그때 나는 마토에게 상자를 건네주긴 했다. 마토가 "헤이, 고다." 하고 손을 내밀었으니까.

"물론 아주 조금이지만. 그 후에 상자가 어떻게 됐는지 떠올려 봐."

그 상자는 하타노 씨에게 넘어가서 그의 손 근처에서 한 번

사라졌다. 카운터가 방해돼서 우리 시야에는 상자가 들어오지 않았다.

다음으로 나타났을 때 상자는 뚜껑이 열려 있었다. 마토는 그 상자를 들고 아래에서 관찰하듯이 바라보았다.

"나타난 상자 모서리에 소스는 묻어 있지 않았어. 즉, 카운터 안쪽에서 상자를 바꿔쳤을 가능성이 커."

"카운터 안쪽에 똑같은 상자가 하나 더 있었다……. 그런 말씀이세요?"

"응. 녀석의 상투 수단이겠지. 핑계를 대서 손님을 선반 근처로 보내고, 겸사겸사인 척 상자를 가져오게 하는 거야. 직접 가져왔다는 기억 때문에 손님의 머릿속에는 공평하다는 인상이 새겨지거든."

하지만 실제로는 카운터 안쪽에서 상자를 바꿔쳤다.

"바꾼 상자의 그림패에는 분명 잔꾀를 부렸을 거야. 사장은 친한 사람들끼리 가끔 하는 게임이라고 했어. '스님 쇠약'으로 내기라도 하는 거겠지. 확실히 이겨서 지인들에게 푼돈을 뜯어내기 위한 사기 게임. 술자리에서는 흔한 이야기야."

그래서 선배는 마토를 말리려고 했던 건가. "너도 알겠지만." 이라는 말은 상자 바꾸기를 가리킨 것이었다.

"그런데 잔꾀라니 어떤 식으로요?"

"아마 그림패 측면이겠지. 정황상 거의 확실할 거야."

신호가 파란불로 바뀌었는지 뛰어가는 소리와 보행자 신호음이 들렸다.

"'리코도'의 그림패는 일반적인 카루타 패보다 두툼해서 측면에 표시를 하기 쉬워. 그리고 패는 전부 같은 방향, 우리 쪽에서 보았을 때 위아래가 거꾸로인 방향으로 놓아뒀어. 따라서 게임 중에 기본적으로 패 아래쪽 측면은 사장에게만 보여. 손님이 패를 가져오더라도 보통 아래에서 들여다보지는 않지. 분명 그 아래쪽 측면에 자세히 보지 않으면 모를 만큼 작은 점이나 흠집이 있을 거야. '귀공녀'라면 하나, '스님'이라면 두 개라는 식으로. 두 차례를 마친 후 이모리야도 같은 결론에 다다른 것 같아."

게임이 시작되기 전에 마토와 구누기 선배는 카운터에 늘어놓는 패를 부자연스러울 만큼 유심히 바라보았다.

처음 보너스를 받았을 때. 생각에 잠긴 척 마토는 가져온 패 두 장을 이마 위에 댔다. 마치 패 아래쪽을 들여다보듯이.

그리고 패를 뒤집는 방법. 하타노 씨는 책을 넘기듯 가로 방향으로 뒤집는 반면, 마토는 세로 방향으로 빙글 뒤집었다. 세로로 뒤집으면 패의 위아래가 바뀌므로 마토도 아래쪽 측면을 확인할 수 있다. 마토가 짝을 맞추지 못했을 때 재빨리 손을 뻗어 패의 방향을 되돌린 사람은? 하타노 씨다. 돌이켜 보니 수면 아래에서 다양한 공방전이 일어났다는 걸 알 수 있었다.

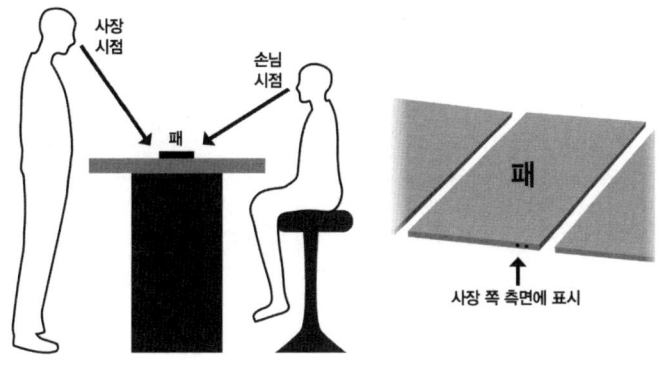

마토가 일부러 선공을 선택한 것도 이 때문인가. 한시라도 빨리 각 패의 측면을 확인해 사기 여부를 판가름할 필요가 있었으니까.

"카운터를 사이에 둔 대결이라는 것이 핵심이야. 카운터 안쪽은 사장의 영역이라는 심리적인 이유로 손님은 들어가기가 힘들지. 상대가 뒤로 돌아들거나 품속을 확인할 걱정은 없어. 카지노라면 들통날 만한 사기도 그 카페에서는 통해."

"그럼 하타노 씨는 어디에 무슨 그림패가 있는지 전부……."

"보이겠지."

인적 없는 길에 내 목소리가 울려 퍼졌다.

교활해, 라는 목소리가.

"뭐예요, 그게. 엄청 약아 빠졌잖아요! 이딴 대결은 당장 그만둬야 해요!"

"이모리야는 그만두는 것 말고 다른 방법으로 이길 작정인 것 같아. ······다 왔다. 이제 끊을게."

통화가 종료됐다. 다 왔다니 어디에? 이기다니 어떻게? 스마트폰 화면에 뺨의 땀이 묻어서 블라우스 끄트머리로 닦았다.

'CLOSED' 팻말이 걸린 문을 열고 냉방 중인 카페로 돌아갔다. 게임은 순조롭게 진행돼서 엎어 둔 패가 3분의 1 정도 줄어들었다. 야스키가 다가와서 현재 상황을 알려 주었다.

"지금 이모리야 차례야. 이기고 있어. 사장님은 벌써 세 번이나 '스님'을 뽑았고. 오늘 운이 별로인가 봐."

마토가 가진 패는 10장 정도. 한편 하타노 씨가 가진 패는 4장이고 무덤에는 20장 정도가 쌓여 있었다.

마토는 느긋한 손놀림으로 패를 뒤집었다. 기요하라노 모토스케, 고시키부노 나이시. '남자'와 '귀공녀'라 짝이 맞지 않아 하타노 씨 차례로 넘어갔다.

"'귀공녀'는 아까도 분명 나왔는데. 음, 어디였더라······."

하타노 씨는 수염을 쓰다듬으며 한복판 쪽으로 한 손을 내밀었다. 허공을 헤매던 손가락이 뒤집은 건 기센 법사. '스님'이었다.

"으아아." 하타노 씨가 목소리를 높였다. "뭐야, 이게. 큰일이네, 재수 옴 붙은 날인가······."

가지고 있는 카드와 스님까지 총 5장을 무덤에 버려서 마토와 차이가 더 벌어졌다. 하타노 씨는 난감하다는 듯 이마를 눌렀고, 카루타부원 사이에서 키득거리는 소리가 새어 나왔다.

내 눈에는 아까까지와 완전히 다른 광경이 비쳤다.

하타노 씨는 무슨 패가 어디 있는지 훤히 아니까 지금 '스님'을 뒤집은 건 고의고, 억울해하는 것도 연기다. 그는 마음만 먹으면 '스님'을 한 번도 뒤집지 않고 이길 수 있다. 하지만 그래서는 운이 너무 좋은 것 아니냐고 상대방과 주변 사람들이 의심할 우려가 있다. 그러므로 게임을 하면서 어느 정도는 '스님'을 뽑을 필요가 있다.

어차피 뽑을 거면 게임 초반부에 연속해서 뽑는 것이 제일 좋다. 획득한 패가 별로 없으니 피해가 적고, 중반 이후에 자연스러운 형태로 역전할 수도 있다. 무엇보다 상대방과 주변 사람에게 '운 나쁜 사람'이라는 인상을 심어 줄 수 있다. 그러면 게임 종반부에 '스님'을 한 번도 뒤집지 않고 이기는 기적이 일어나도 크게 의심받지 않는다. 초반에 액땜한 효험이 있는 건가, 이제야 운이 돌아온 건가, 그런 식으로 생각하니까.

어느 틈엔가 뺨에 또 땀이 배었다. 역시 하타노 씨는 익숙하다. 이 게임과 이 반칙에.

일단 나는 야스키에게 마토의 '두 번째 부탁'을 보내는 것부터 시작했다. 내용을 바로 카루타부 채팅방에 공유했는지, 다들 미심쩍다는 듯한 표정으로 상황을 지켜보았다.

마토는 또 손바닥에 턱을 괴고 있었다. 하지만 손바닥에서 턱이 반쯤 미끄러져서 손목으로 겨우 지탱하는 듯한 상태였다. 점심시간에 스마트폰을 할 때와 전혀 다를 바 없는 모습이었다. 구누기 선배 말로는 사기 행각을 눈치챘다고 했는데 정말로 그럴까. 무슨 일이 일어나도 절대로 놀라지 말라고 지시했는데 대체 뭘 어쩌려는 걸까······.

답을 안 건 십 분 후였다. 나는 무심코 소리를 낼 뻔했다.

4

'카루타 카페'의 사장 하타노에게는 소소한 꿈이 있었다.

가게를 질적으로 향상시키는 것. 돈을 벌어서 인테리어와 메뉴를 고급화하고 텔레비전과 인터넷에 언급된다. 경기 카루타 선수와 현역에서 은퇴한 전설적인 선수, 낭독자, 작가, 역사가 등 업계 저명인들의 방문을 받는다. 이윽고 그들은 단골이 되고, 따스한 햇살이 비치는 아침에 도어벨을 울리며 들어온 그들을 하타노가 웃는 얼굴로 맞이한다. 이 카페는 카루타의 새로운 성지로 자리매김한다.

그 꿈에는 물론 놀이 삼아 카루타를 하며 시끄럽게 구는 근처 학교 여고생은 포함되지 않는다.

시계를 보았다. 오후 4시 30분. 청소와 요리 준비도 해야 하는데 몹시 쓸데없는 일에 시간을 쓰고 있다. 역시 50장으로 대결할걸 그랬다.

몇 장으로 게임하든 결과는 이쪽의 승리니까.

"어, 느, 것, 을, 고, 를, 까, 요."

카운터에 엎어 둔 패는 30장 정도 남았다. 대결을 신청한 이모리야라는 촐랑거리는 여학생은 자기 차례마다 앓는 소리를 내거나 기원하는 등 패 뒤집기에 시간을 많이 들였다. 패의 위치를 기억할 마음도 별로 없는 듯했다. 겉보기와 똑같이 머리가 나쁘다.

양쪽이 가진 패는 이모리야가 40장, 하타노가 20장. 무덤에 쌓인 패는 10장이 좀 안 된다. 여전히 이모리야가 우위에 선 상황이다. 하지만 이건 공평하게 보이기 위한 연출이었다. 몇 차례 전부터 하타노는 '스님'을 더 뒤집지 않고 이모리야가 자폭하기를 기다렸다.

그리고 지금 지뢰를 밟기 직전이다. 하느님이 선택한 오른쪽에서 두 번째 패는 '스님'이다. 하타노에게는 다 보인다.

뒤집힌 패는 도인 법사였다.

'무정한그대 아직은이내목숨 붙어있으나 서글픔에북받친 눈물은참지못해.' 연모하는 사람의 무정한 태도에 참지 못하고 흘린 눈물을 읊은 시가다.

이모리야는 "어머나." 하고 중얼거렸고, 구경꾼들은 어깨를 축 늘어뜨렸다. 40장이나 모아 둔 패를 전부 무덤에 버려야 한다.

"아하하, 아쉽게 됐네. 자, '귀공녀'는 분명 이쯤에 있었을 텐데……."

하타노는 경쾌하게 말하며 골랐다. 패가 아니라 이 게임의 향방을.

방금 뽑은 스님이 열 번째, 게임에는 3장이 남아 있다. 자신도 이미 몇 번 뽑았으니, 더 이상 뽑지 않아도 의심받을 걱정은 없다. '귀공녀' 한 쌍을 뒤집어서 멀리 달아나도록 하자.

그렇다, 하타노에게는 전부 보였다.

'귀공녀'와 '스님' 패 아래쪽 측면에 패의 색깔과 거의 똑같은 진한 녹색 매직펜으로 작은 점을 찍어 놓았다. '귀공녀'에는 한 개, '스님'에는 두 개. 이걸로 '남자', '귀공녀', '스님' 모두의 위치와 남은 숫자를 파악할 수 있다.

패 아래쪽은 전부 하타노를 향해 놓여 있으므로 기본적으로 이모리야에게는 보이지 않는다. 뒤집은 순간 보일 수도 있겠지만, 그 짧은 시간에 들킬 걱정은 없다. 아는 사람이 보면 한눈에 들어오지만, 모르는 사람은 절대로 알아차릴 수 없다. 그 정도로 미묘한 차이다.

하타노는 매번 이 방법으로 게임에 이겨서 지인들에게 돈을 뜯었다. 한 단계 더 올라가기 위한 필요악이다. 이번 대결도 목적은 마찬가지. 방해되는 어린애들을 쫓아내기 위해서다.

청록색 바다 위에서 손가락을 이리저리 움직였다. 몇 년이나 된 예전 기억이 되살아났다. 학생 선수권 1차전. 상대는 알려지지 않은 고등학교 1학년 선수였고, 뒤에서 기도하는 듯한 자세를 취하는 친구들이 눈에 거슬렸다. 대학교 4학년에다 동아리의 에이스이기도 했던 하타노가 패배할 요인은 없었다. 전혀 없었다. 그런데 어째서 그런, 애송이 주제에……

딸랑딸랑, 도어벨이 울렸다.

구누기라는 학생회 남학생이 돌아왔다. 학교에 두고 온 물건을 찾으러 간다고 했는데, 뛰어서 왕복했는지 땀을 뻘뻘 흘렸다. 그는 부리나케 이쪽으로 다가와 이모리야 뒤에서 카운터를 들여다보았다.

"상황은?"

"29장 남았어요."

자기편이 아주 불리한 상황이었지만 어째선지 구누기는 안심한 듯 숨을 내쉬고 이모리야의 오른쪽에 앉았다. 알고 보니 친구인 듯한 여학생도 왼쪽으로 두 자리 건너에 앉아 있었다. 하타노는 속으로 혀를 찼다. 앉을 거면 주문이라도 하든지.

"어디 보자, '귀공녀'는…… 분명 이거야."

두 번째 줄 왼쪽에서 다섯 번째. 점이 하나 찍힌 패를 뒤집었다. 니조인노 사누키. 당연히 '귀공녀'다.

"좋아, 좋아. 그리고 다른 건…… 이거였던가."

세 번째 줄 오른쪽에서 여덟 번째. 무라사키 시키부. 이것도 몇 차례 전에 한 번 뒤집힌 패라 행운을 연출할 필요는 없었다.

짝이 맞은 '귀공녀' 한 쌍과 무덤에 버려진 패 50장이 전부 하타노의 손에 들어왔다. 이걸로 차이는 약 70 대 0.

카루타부 여학생들이 입을 떡 벌렸다. 구누기는 굳은 표정이었고, 이모리야는 희미하게 웃고 있었다. 게임을 시작하기 전에 100 대 0으로 이기겠다고 선언했던 그때처럼.

블러핑 스마일이라는 말이 머리를 스쳐서 하타노도 뺨을 누그러뜨렸다. 겉으로만 꾸민 게 아니라 진심에서 우러난 비웃음이었다.

10장마다 출입 금지를 풀어 달라고? 100 대 0으로 이기겠다고?

단 10장도 못 따게 해 주마.

"좋아, 따냈다!"

오 분 후, 이모리야의 활기찬 목소리가 카페에 울려 퍼졌다. 하지만 본인만 기뻐할 뿐 주변에는 공허함이 감돌았다. 이모리야를 응원해야 할 고등학생들은 차에 치인 고양이라도 바라보는 듯한 표정이었다.

이번 차례에 이모리야는 두 번 연속으로 '남자'로 짝을 맞춰서 가진 패를 4장에서 8장으로 늘렸다. 엎어 놓은 패는 이제 6장. 무덤에 있는 패는 4장.

하타노는 나머지 82장을 가지고 있었다.

"이제 막바지로군."

하타노는 카운터에 놓인 패들의 간격을 좁혀 6장을 가로 한 줄로 늘어놓았다.

"······뭐, 이제 승패는 결정된 것 같은데."

"그러게요. 아마 곧 외통수겠네요."

이모리야는 아무렇지도 않게 대꾸했다. 자신만만했었는데 승부를 내팽개친 걸까. 어쨌거나 백인일수 카루타에 기권은 없다.

"그럼 내 차례로군."

하타노는 안경을 고쳐 쓰고 패 6장을 쓱 훑어보았다.

왼쪽에서 첫 번째에 점이 두 개. 두 번째, 세 번째, 다섯 번째에 점이 하나 찍혀 있었다.

즉 왼쪽부터 순서대로 '스님', '귀공녀', '귀공녀', '남자', '귀공녀', '남자'다.

'귀공녀' 3장에 '남자' 2장, '스님' 1장. '귀공녀'와 '남자'로 한 쌍씩 짝을 맞출 수 있다. 자기 차례에 2장, 보너스로 2장, 총 4장 뒤집을 수 있으니 둘 다 이번에 가져올 수 있다. 이 가운데 오른쪽 가장자리의 '남자'만 아까 한 번 뒤집혔는데, 분명 미나모토노 시게유키였을 것이다. 그렇다면.

하타노는 방침을 정했다.

일단 '남자'로 짝을 맞춘다. 이어지는 보너스 기회에 '귀공녀'

로 짝을 맞춰서 무덤에 있는 패도 전부 가져온다. 첫 번째 패를 뒤집은 이후에는 행운을 가장해야 하지만, 패가 이 정도밖에 남지 않았으니 확률상 충분히 가능하다. 의심을 사지는 않을 것이다.

그러면 이모리야의 마지막 차례에는 '스님' 1장과 짝을 이룰 수 없는 '귀공녀' 1장만 남는다. 아무리 발버둥 쳐도 이모리야는 '스님'을 뒤집을 수밖에 없고, 애써 모은 약간의 패조차 무덤에 전부 버려야 한다. 그대로 게임 종료. 하타노가 가진 패는 90장. 이모리야가 가진 패는 마지막 차례에 동냥 얻듯 받은 '귀공녀'뿐.

압도적인 승리다.

"저기, 죄송한데요."

만반의 준비를 하고 패를 뒤집으려던 때였다. 이모리야의 두 자리 옆에 앉아 있던 단발머리 학생이 손을 들었다.

"병 콜라 하나만 주세요. 어쩐지 목이 말라서……."

"……그래."

카루타부나 구누기가 주문했다면 거절했겠지만, 이 학생은 일단 '손님'으로 들어온 아이다. 카페 사장으로 거절할 수는 없었다. 콜라는 준비하기도 간단하다.

하타노는 카운터 아래로 몸을 구부려 음료 냉장고를 열고 콜라를 한 병 꺼냈다. 일어서서 병따개로 병뚜껑을 열고 잔과 함게 학생 앞에 놓았다. 오 초도 걸리지 않았다. "감사합니다." 하고 인사한 후 그 학생은 콜라를 잔에 따랐다. 계산서는 대결을 끝낸 후 써도 되리라. 어차피 앞으로 일 분이면 끝난다.

카운터 위로 시선을 되돌렸다. 청록색 패 6장. 하타노는 다시 손을 뻗으려다 이변을 알아차렸다.

패의 배열이 아까와 달랐다.

왼쪽에서 첫 번째, 두 번째, 세 번째 패에 점이 하나, 네 번째에 두 개. 다섯 번째와 여섯 번째에는 없다.

왼쪽부터 '귀공녀', '귀공녀', '귀공녀', '스님', '남자', '남자' 순서다.

하타노는 깜짝 놀라서 이모리야를 보았다. 이모리야는 하타노를 외면한 채 졸업식에 참석한 것처럼 예의 바른 자세로 앉아 있었다. 의혹이 확신으로 바뀌었다.

이 녀석······ 패를 뒤섞었구나.

하타노가 카운터에서 눈을 돌린 틈에 패의 위치를 바꾼 것이다. 어쩌면 패를 뒤집어서 앞면의 그림을 확인하고 그랬는지도 모른다. 내 실수를 유도해 다음 차례에 역전할 수 있도록. 궁지에 몰린 끝에 꼼수를 쓴 건가. 참으로 영악한 계집애다.

하지만 화가 나기보다 우스꽝스러웠다.

위치를 바꿔 본들 아무 의미도 없다. 하타노는 무슨 패가 어디 있는지 다 아니까. 패의 앞면을 확인해도 헛수고다. 다음 차례에 이모리야가 뒤집을 수 있는 패는 2장밖에 안 남을 테니까.

손으로 입을 가리고 웃음을 참았다. 반칙을 지적하지 않고 진행하기로 했다. 애당초 반칙을 알아차린 이유를 꾸며 내기가 귀찮다. '방침'도 유지하기로 했다. 어쩌다 보니 같은 종류끼리 배열되도록 바꿨겠지만, 오른쪽 가장자리의 패는 아까와 마찬가지로 '남자'였다. 그렇다면 결과는 변함없다.

"그럼 뒤집는다. 분명 이게 '남자'였을 텐데……."

일단 오른쪽 가장자리, 점이 없는 패를 뒤집었다.

덴지 덴노. '남자'다.

예상대로 다른 패로 바뀌었다. 어라? 이건 미나모토노 시게유키인 줄 알았는데 이상하네. 일부러 놀란 척한 후, 그 패 옆에 있는 점이 없는 패에 손을 뻗었다.

"저, 지난번 문화제에서 카레점을 했는데요." 이모리야가 갑자기 말을 꺼냈다. "학생과 학부모, 리필을 요청하는 친구나 불평 많은 선배 등 남녀노소 다양한 사람이 가게를 찾아와서 힘들었지만, 시끌벅적하니 즐거워서 가게를 운영하는 건 꽤 재미있구나 싶었죠. 하지만 하타노 씨의 카페는 좀 배타적인 것 같네요."

"……뭐? 이제 와서 매달려도 소용없어."

"그런 건 아니고요. 그냥 하타노 씨의 인생관에 흥미가 생겨서요."

"난 이상적인 카페를 만들고 싶을 뿐이야."

"이상적인 카페."

"그래. 고급스러운 공간과 그에 걸맞은 손님이 풍요로운 시간을 보낼 수 있는 카페."

하타노는 카페 사장에게 어울리는 친절한 미소를 띤 채 이모리야에게 얼굴을 가까이 댔다. 그리고 이모리야에게만 들리도록 작은 목소리로 속삭였다.

"내 이상에."

패에 손가락을 대고.

"애새끼들은 필요 없어."

휙 뒤집었다.

'밤을지새워 그대를그리나니 빛들지않는 침실의틈새마저 참으로무정하네.'

슌에 법사.

황록색 가사를 걸치고 염주를 든 까까머리 인물이었다.

"……엉?"

하타노는 미소 띤 얼굴로 그 패를 잠시 쳐다보다가.

"으어엇?"

반쯤 갈려서 찌그러진 원두처럼 인상을 찡그렸다.

스님? '스님'이다. 왜? 도무지 이해가 가지 않았다. 분명 오른쪽에서 두 번째를 뒤집었는데. 점이 찍히지 않은 패를 골랐는데.

"아아, 역시 외통수였네요."

망연자실해진 하타노 대신 이모리야가 움직였다. 하타노 쪽에서 82장의 패를 모아서 슌에 법사와 함께 무덤에 버렸다. 그리고 덴지 덴노를 다시 뒷면으로 뒤집은 다음 멋대로 자기 차례를 시작했다.

"5장 남았나. 뭘 고를까. 자, 이거랑 이거."

아까 하타노가 뒤집었던 덴지 덴노와 그 왼쪽 옆의 점이 두 개 찍힌 패를 뒤집었다. 미나모토노 시게유키. '남자'였다.

"오, 럭키. '남자' 한 쌍이네요. 그럼 보너스로 한 번 더."

토끼가 깡충거리듯 위아래로 움직이던 손가락이 그 옆의 패를 뒤집었다. 우장군 미치쓰나의 어머니. 이어서 그 옆의 패. 세이 쇼나곤.

"이번에는 '귀공녀' 한 쌍이네요. 남은 패는 마지막으로 뽑는 사람이 가져간다는 규칙이었죠? 그럼 이거 전부 가져갈게요."

뒤집힌 '남자'와 '귀공녀'까지 총 4장과, 마지막에 남은 '귀공녀', 그리고 무덤에 버려진 87장. 모든 그림패가 엄정한 규칙에 따라 이모리야의 손으로 넘어갔다. 원래 이모리야가 가지고 있던 8장과 함께서 완전한 백인일수 카루타 한 벌이 완성됐다.

"자, 이걸로 게임 끝. 100 대 0으로……."

이모리야는 방금 당했던 대로 갚아 주겠다는 듯 몸을 내밀더니.

"내 승리."

하타노에게 사악한 웃음을 지었다.

하타노는 아무 말도 하지 못했다. 무슨 일이 일어난 건지 이해가 되지 않았지만, 뺨을 꼬집어 볼 기력조차 없었다. 축 늘어진 어깨에서 앞치마 끈 한쪽이 흘러내렸다.

그 끈을 다시 올려 주며 이모리야가 쐐기를 박듯 말을 덧붙였다.

"처음에 정한 대로 열 명 다 출입 금지를 풀어 줘요. 한번 정하면 굽히지 않는 성격이랬죠?"

5

카페에서 나오고 나서야 주문한 안미쓰를 다 먹지 못했다는 게 생각났다.

카루타부원들과는 역 앞에서 헤어졌다. 학교로 돌아가서 좀 더 연습하고 가겠다고 했다. 앞으로도 카루타 카페에 갈 거냐고 물어보자 글쎄, 하고 웃으며 답했다. 하지만 출입을 금지당해서 못 가는 것과 자신들의 의사로 가지 않는 건 큰 차이가 있다.

플랫폼으로 이어지는 계단을 내려갔다. 나는 정신적으로, 구누기 선배는 육체적으로 지쳤으므로 둘 다 발걸음이 무거웠다. 마토만 평소처럼 폴짝폴짝 뛰는 듯한 걸음걸이였다.

"치즈 케이크와 콜라가 천 엔이라니 비싸지 않아? 역시 우리 인생은 배스킨라빈스로 충분해."

"그리고 맥도날드도. 맥도날드의 밀크셰이크."

"아참, 구누기 선배. 심부름해 줘서 고마워요. 뛰어서 다녀오다니 좀 감동했어요."

"네가 아니라 카루타부를 위해서였어."

사실 마토가 한 일은 아주 단순했다.

한마디로 설명하자면 하타노 씨처럼 '패 바꿔치기'를 했다.

카페로 돌아온 구누기 선배가 마토에게 다가가 현재 상황을 물어봤을 때. 선배는 화과자 종이봉투에서 '리코도'의 백인일수 카루타와 진녹색 사인펜을 꺼내 카운터 밑으로 마토에게 넘겨주었다. 둘 다 새것이라 역 앞 백화점의 스티커가 붙어 있었다.

마토가 구누기 선배에게 보낸 '부탁'은 '게임에 사용하는 것과 똑같은 백인일수 카루타를 서둘러 준비해 주세요. 패와 비슷한 색깔의 매직펜도'라는 내용이었으리라. 하타노 씨는 '리코도'의 백인일수 카루타를 '역 앞 백화점에도 판다'고 했다. 구누기 선배는 백화점까지 전력 질주해서 같은 상품을 사 온 것이다.

학생회 임원을 심부름꾼으로 써먹다니 하늘이 무서운 줄 모르는 1학년이지만, 덕분에 100장으로 대결을 신청한 이유와 매번 고민하며 시간을 끈 이유를 알았다. 구누기 선배가 돌아올 시간을 벌기 위해서였다.

그렇게 백인일수 카루타를 한 벌 더 손에 넣은 후. 마토는 무릎 위, 카운터 너머에 있는 하타노 씨에게는 절대로 보이지 않는 곳에서 차근차근 작업을 진행했다. 소리가 나지 않도록 조심해서 포장을 벗기고, 뚜껑을 열고, 그림패를 구분했다. 필요 없는 패는 차례차례 옆에 앉은 구누기 선배에게 넘겼고, 선배는 받은 패를 종이봉투에 감췄다. 카루타부원들도 나도 지시받은 대로 아무 내색도 하지 않았지만 내심 기절초풍할 정도로 놀랐다.

카운터에 뒷면으로 놓인 패가 6장 남았을 때, 마토의 무릎에도 그림패 6장이 남았다.

'귀공녀'가 3장, '남자'가 2장, '스님'이 1장.

하타노 씨가 카운터에 놓인 패를 정돈하는 사이에 마토는 사인펜 뚜껑을 열고 무릎 위에 있는 그림패 4장의 측면에 점을 찍었다. '귀공녀' 패 3장에 점을 한 개, '남자' 패 1장에 점을 두 개. 그리고 콧등을 긁적였다.

나는 신호를 받고 병 콜라를 주문했다.

"고다도 정말 고마워. 이긴 건 그 콜라 덕분이야."

"아아, 응……. 그런데 왜 콜라였어?"

"처음에 나도 콜라를 시켰잖아? 메뉴를 준비할 때 하타노 씨가 카운터 아래로 한 번 사라졌어. 즉, 카운터 안쪽에 냉장고 같은 보관 장소가 있고 콜라는 거기 들어 있다는 뜻이지. 콜라를 시키면 하타노 씨는 반드시 카운터 아래로 허리를 구부릴 테고, 그러면 당연히 카운터 위쪽은 안 보여."

확실히 그때 하타노 씨는 말다툼을 하다가 허리를 한 번 구부렸다. 마토, 카운터는 무시하는 줄 알았는데 제대로 봤구나.

"다른 메뉴는 시간이 걸릴 테니 게임이 끝난 후에 주문을 받겠다고 할 것 같았지만, 콜라는 꺼내서 뚜껑만 열면 되니까 빨리 준비할 수 있잖아. 고다가 앉은 자리도 마침 냉장고 코앞이었고."

"그렇구나……."

결국 주문을 받기로 한 하타노 씨는 콜라를 꺼내기 위해 몸을 구부렸고, 오 초쯤 카운터 위에서 시선을 뗐다.

그 오 초가 모든 것을 뒤바꾸었다.

하타노 씨가 몸을 구부린 직후, 마토는 카운터에 놓인 패 6장을 쓸어 내고 무릎 위에 있던 6장을 재빨리 카운터에 늘어놓았다. 마술사처럼 화려한 손놀림이었다. 쓸어 낸 패는 구누기 선배의 무릎에 떨어졌고, 선배는 그 패들도 종이봉투에 숨겼다.

하타노 씨가 시선을 되돌렸을 때는 아까와 똑같이 '리코도'의

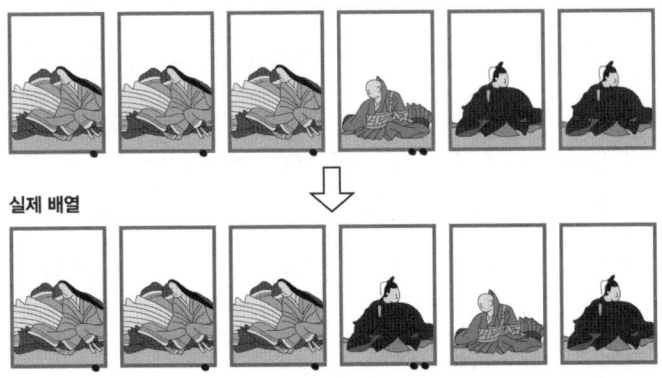

청록색 패 6장이 뒷면으로 놓여 있었을 것이다. '귀공녀' 3장, '남자' 2장, '스님' 1장이라는 구성도 똑같다. 배열 순서가 다르다는 건 알아차렸겠지만 하타노 씨는 지적하지 않았다. 그에게는 점이 똑똑히 보였으니까. 왼쪽 첫 번째부터 세 번째까지는 점이 하나, 네 번째에 점이 두 개. 순서대로 '귀공녀', '귀공녀', '귀공녀', '스님', '남자', '남자'라고 하타노 씨는 믿었다.

하지만 마토는 '스님'이 아니라 '남자' 중 하나에 점을 두 개 찍었다. 따라서 패는 사실 '귀공녀', '귀공녀', '귀공녀', '남자', '스님', '남자' 순서였다.

꼼수에 의존한 사장은 적이 허위로 표시한 점을 보고서 패를 뒤집었고, 그 결과 자멸했다.

"받은 대로 돌려준 셈이로군." 구누기 선배가 말했다. "하타노는 손님 측과 가게 측의 심리적인 벽을 이용해서 사기를 쳤어. 이모리야는 그걸 뒤집어서 가게와 손님의 입장을 이용해 빈틈을 만들었지."

"과연 구누기 선배. 저를 누구보다도 잘 아는군요."

기뻐하는 마토와 떨떠름한 표정을 짓는 구누기 선배. 전철이 막 떠났으므로 우리는 플랫폼 안쪽까지 느릿느릿 나아갔다. 마토만 벤치에 앉았다.

"하타노 씨가 '남자'부터 짝을 맞추려 했으니까 이겼지만, '귀공녀'부터 가져오려 했을 가능성도 있지 않아?"

"없어. 6장 중에 이미 공개된 패는 미나모토노 시게유키뿐이었고, 내가 패를 바꿔쳤을 때도 오른쪽 가장자리는 '남자'로 놔뒀으니까. 하타노 씨는 반드시 오른쪽 가장자리 패를 먼저 뒤집겠지. 그럼 짝을 맞출 수 있는 건 '남자' 한 쌍이야."

무슨 패가 어디 있는지 다 알기에, 의심받지 않도록 제일 자연스러운 방법으로 패를 선택한다.

'귀공녀' 한 쌍이 마지막 6장에 남아 있었던 것도 어쩌면 마토가 계산한 바였는지도 모른다. '10장당 한 명'이라는 규칙 때문에 하타노 씨는 마토에게 큰 차이로 이기려고 했다. 그래서 마지막 결정타를 날리려고 남겨 둔 '귀공녀'를 오히려 마토에게 이용당했다.

"가져가. 아르바이트비야."

구누기 선배가 마토에게 화과자 가게의 종이봉투를 내밀었다. 하타노 씨가 받지 않겠다고 거절해서 주지 못한 과자다.

"뭔데요?"

"딸기 찹쌀떡."

"엄청 좋아해요." 마토는 봉투를 들여다보며 말했다. "백인일수 카루타는 엄청 필요 없지만요."

"좋은 기회니까 카루타 연습이라도 해."

선배는 전광판으로 시선을 돌렸다. 다음 전철은 십 분 후에 온다.

"그러고 보니 처음에 경기 카루타로 대결하자고 했잖아. 하타노에게 이길 자신이 있었던 건가?"

"그럴 리가요. 하지만 하타노 씨가 그 제안을 받아들일 리 없었거든요."

"······?"

"어, 선배 눈치 못 챘어요? 하타노 씨, 입카루타예요."

익숙지 않은 말이었는지 구누기 선배가 한쪽 눈썹을 치켜올렸다.

"게임을 실제로 하지는 않으면서 입으로만 지식을 늘어놓는 사람 말이에요. 카루타부원들은 전부 손톱을 짧게 잘랐어요. 경기 카루타를 하다 보면 상대와 자주 손이 부딪히니까 다치지 않도록 그러는 거겠죠. 하지만 하타노 씨는 손톱이 길더라고요. 그 사람, 분명 연습을 제대로 안 하는 거예요. 실전에서는 꽤 약할걸요?"

······아무리 연습이 부족해도 완전히 초짜인 마토와 맞붙으면 이길 수는 있을 텐데.

하지만 그때 카페에는 카루타부원들도 있었다. 제안을 받아들이면 하타노 씨는 카루타부원들 앞에서 카루타 실력을 선보여야 한다. 애송이라고 무시했던 여학생들보다 실력이 더 없다는 사실이 드러난다면? 자존심 강한 하타노 씨로서는 반드시 피하고 싶은 사태이리라.

"어, 그럼 마토가 경기 카루타로 대결하자고 제안한 건?"

"협박이지. 그렇게 나가면 양보해 주지 않을까 싶었거든. 그런데 다른 게임으로 대결하자고 제안해서 놀랐어. 게다가 사기 게임이라니 웃음만 나더라."

아하하, 하고 마토는 실제로 웃었다.

나는 반소매 밑으로 드러난 팔을 괜스레 문질렀다. 상자가 바뀌었을 때부터가 아니다. 하타노 씨는 처음부터 마토의 손바닥 위에 있었던 것이다. 백인일수에는 사랑을 소재로 한 시가가 많은데, 어쩐지 그게 떠올랐다. 화려한 예복 차림으로 남자의 마음을 뒤흔드는 귀공녀가 마토. 그런 귀공녀에게 휘둘린 끝에 체면을 잃는 초라한 남자가 하타노 씨.

문득 이상한 점을 알아차렸다.

마토에게 직접 물어볼까 했지만, 이미 이것저것 많이 물어봐서 좀 꺼려졌다. 대신 선배에게 다가갔다.

"구누기 선배……. 백인일수 그림패는 각자 다르죠? 적혀 있는 시가랑 사람 이름도."

"이제 와서 무슨 소릴 하는 거야?"

"아니, 그게요. 마토가 바꿔친 패 6장은 원래 카운터에 있던 패 6장과 완전히 똑같았다고 할까……. 모두 한 번도 두 사람 손에 안 들어갔던 패일 거예요."

"그렇겠지. 하타노도 지적은 하지 않았어."

똑같은 카루타 세트에서 '귀공녀' 3장, '남자' 2장, '스님' 1장을 골라서 바꿔치기 했으니까 한 번 나온 시가와 겹칠 가능성도 충분했다. 하지만 마토가 고른 6장은 카운터에 엎어 놓았던 여섯 수의 시가와 딱 일치했다.

즉, 마토는 엎어 놓은 패 6장의 그림뿐만 아니라 시가와 시인의 이름까지 정확하게 알고 있었던 셈이다.

"이거, 이상하지 않나요? 하타노 씨가 표시한 점이 보였다고 쳐도 시가까지 적혀 있는 건 아닌데."

"그러게."

"그러게라니……. 아무튼 이상해요. 게임하면서 서로 따냈던 94장의 패를 처음부터 전부 외우지 않는 한……."

"이모리야는." 선배는 천천히 말했다. "외웠겠지."

그리고 석상처럼 미동도 없이 선로를 쳐다보았다.

나는 벤치로 고개를 돌려 그늘 속에 앉아 있는 친구를 바라보았다. 허리에 묶은 카디건이 옆쪽 의자까지 걸쳐 있다. 꼰 다리의 발끝에만 저물어 가는 햇살이 비쳤다. 멍한 시선이 향한 곳은 간판일까, 하늘일까. 평소 집에 갈 때보다 약간 피곤해 보였다.

마토.

마토에게 인생은 게임 같은 것인 줄 알았다. 대결에 임하는 마토는 내게 게임을 하러 축제장을 돌아다니는 어린애 같은 이미지였다. 사격장에서 장난감 총을 들고 들뜬 표정으로 과자를 조준해 코르크 총알을 날리는 어린애.

하지만 아닐지도 모른다. 내 머릿속에 새로운 정경이 떠올랐다. 장소는 축제장이 아니라 먼 옛날의 어느 외국이다. 머리에 사과를 얹은 사람이 허리를 쭉 편 자세로 서 있다. 마토는 숨을 멈추고 사과를 조준해 진지한 눈빛으로 활시위를 당긴다.

'인생은 게임이라니, 그런 헛소리를 지껄이는 인간은 믿으면 안 돼.'

'마토에게 인생은 뭐야?'

학교 현관을 나섰을 때 나누었던 대화. 나는 질문이 틀렸다는 걸 깨달았다.

"저기, 마토."

분명 이렇게 물어봐야 했을 것이다.

"마토에게 게임은 뭐야?"

마토는 어리둥절하다는 얼굴로 나를 보며 아무렇지 않게 대답했다.

"게임 별로 안 해서 모르겠는데."

자유 규칙 가위바위보
(FREE FORM ROCK-PAPER-SCISSORS)
 '가위바위보' 변형 게임

 '처음에는 주먹, 가위바위보!'라고 외치며 가위바위보를 한다.
② 가위는 보에 이기고 주먹에 진다. 바위는 가위에 이기고 보에 진다. 보는 바위에 이기고 가위에 진다.
③ 7전 4선승제, 가위바위보로 일곱 번 대결해서 네 번 이긴 쪽이 승리!

변형 규칙 : 독자손

물고기도 하늘을 난다는 걸 알게 됐다.

 저 멀리 위쪽, 푸른빛이 도는 빛 속을 수많은 물고기가 돌아다닌다. 글라이더처럼 날개를 펼친 물고기. 거품을 내면서 흐느거리는 물고기. 이쪽을 가만히 바라보는 물고기와 바위 뒤편에 숨는 물고기. 나는 난간을 붙잡고 한껏 발돋움해서 유리에 얼굴을 가까이 댔다. 신기했다. 하나하나만 보면 움직임이 제멋대로지만 전체를 보면 단체 댄스처럼 느껴졌다. 운동회에서 내가 췄던 호빵맨 체조와 똑같다. 다쓰루 아저씨가 차 안에서 "그렇게 큰 수족관은 아니지만." 하고 말했지만 거짓말이었다. 이 수조는 상당히 크다. 세상에 있는 물건들은 대부분 나보다 크다.

"어떠냐, 마토." 다쓰루 아저씨가 물었다. "예쁘니?"

"큰일이야."

"큰일?"

"물고기가 너무 많아서."

"아아, 이것저것 보려니 힘들다는 거구나. 마토는 어떤 물고기가 좋니?"

몹시 어려운 질문이었다. 음. 고민하다가 수조 바닥을 기고 있는 한 마리를 가리켰다. 좀 투명하고 새우같이 생긴 녀석.

"갯가재? 어째서?"

"펀치가 강해서 멋지니까."

"이야, 갯가재가 펀치를 날린다는 걸 아는구나. 도감에서 봤어?"

"몰랐어. 하지만 손을 꼭 움츠리고 있잖아. 저거, 딱밤 때릴 때의 손 모양이지? 맞으면 엄청 아파. 저번에 쇼타한테 맞아 봤거든. 쇼타는 기린반 남자애야."

아저씨는 눈을 끔뻑끔뻑했지만, 쇼타의 짓궂은 장난에 화가 난 건 아닌 듯했다. 안경을 고쳐 쓰고 머리 위에 있는 물고기 떼를 가리켰다.

"저 물고기는 어때? 몸 위쪽은 파랗고 아래쪽은 하얗네. 왠지 알아?"

"바다가 파래서 아니야? 위에서 새가 봐도 잘 안 보일 것 같

아. 안 그러면 몸이 조그마하니까 새한테 잡아먹히겠지? 아래쪽이 하얀 건 해님 같아 보이려고? 다른 물고기가 헷갈릴 것 같아."

"저건?" 아저씨가 벽에 붙은 포스터를 가리켰다. "저 심해어, 불빛이 달려 있구나. 왠지 아니?"

"심해어? 심해의 물고기? 심해는 어두우니까 밝게 해서 먹이를 모으는 거 아니야?"

나는 점점 귀찮아졌다. 포스터보다 진짜를 구경하고 싶은데.

아저씨는 어째선지 기쁜 듯한 얼굴로 나와 수조를 번갈아 보았다.

"마토가 물고기였다면 무서워서 다들 다가오지 못하겠네."

"앗. 왜?"

"어떤 생물이든 혹독한 자연에서 살아남기 위한 특기나 생태가 있지. 생존 전략이라고 하는 거야. 마토는 그걸 한눈에 꿰뚫어 보니까 물고기 입장에서는 겁날 만도 하지."

"사이좋게 지낼 수 있는데."

"하하, 그렇구나. 미안, 미안. B동으로 가 보자. 홀에 해파리 수조가 있대······."

유치원 중간반이었나 큰반이었나, 어린 시절의 기억이다.

물고기는 하늘을 날지 않으니 그날 배운 건 결국 틀린 셈이지만, 아저씨가 알려 준 또 하나의 가르침은 내 가슴속에 깊이 뿌리내렸다.

생존 전략. 혹독한 자연에서 살아남기 위한 특기나 생태. 캥거루의 주머니, 기린의 목, 고래의 이빨 등등 동물의 특징은 대부분 그 전략에 바탕을 둔다. 책과 텔레비전을 보는 눈이 달라졌다. 무의식중에 꿰뚫어 보던 것에 의식을 집중하게 됐고, 이윽고 그런 행동은 습관화돼서 다시 의식 아래로 숨어들었다.

초등학교에 올라가고 얼마 후, 한 가지 더 배웠다.

물고기나 동물뿐만 아니라 인간에게도 전략이 있다.

오쿠보의 전략은 텔레비전이나 동영상을 많이 봐서 모두와 말이 통하게 지내는 것. 사에키의 전략은 스포츠 이야기나 자기 자랑을 늘어놔서 강한 척하는 것. 사카쿠라의 전략은 자기 같은 우등생과 그룹을 이루는 것이고, 미야타의 전략은 눈에 띄지 않게 항상 혼자 있는 것이었다. 십인십색이지만 어느 전략이든 '적을 만들지 않는다', '말썽을 피한다'는 점에서는 같았다.

교실, 거리, 공원을 포함한 세상 모든 것은 혹독한 자연의 일부고, 모두가 살아남기 위해 머리를 썼다. 담임인 호리 선생님의 말버릇은 '독신'이라 미야타와 비슷한 전략인가 싶었지만, 동료 에구치 선생님과 결혼한 걸 보고 그 전략은 반대였음을 깨달았다. 계속 같은 말을 반복해 다른 독신자에게 신호를 보낸 것이다. 어른은 고도의 전략을 사용한다는 걸 또 배움으로

써 나도 어른에 가까워져 갔다.

뭔가 대단한 인간인 양 말했지만 수조의 관찰자 행세를 했던 건 아니다. 작은 물고기 한 마리에 불과한 내게도 물론 전략이 있었다.

한마디로 말하자면 실실 웃으면서 촐랑대는 것이었다. 친구와 놀다 보면 이야기가 맞물리지 않거나 의아한 표정이 돌아올 때가 많아졌다. 일일이 수습하려면 힘들어서 처음부터 이상한 아이 취급받기로 했다. 그리고 그런 아이와도 원만하게 지내 주는 느슨한 그룹의 말석에 끼었다. 같은 편은 늘지 않았지만 적도 늘지 않았고, 즐겁지는 않지만 따분하지도 않았다. 도마뱀, 갯가재, 나방처럼 미묘하고 비주류적인 위치를 지향했다. 도마뱀이 뭔지 알아? 알지. 도마뱀과 도롱뇽의 차이는? 글쎄, 모르겠는데. 갯가재와 새우의 차이는? 몰라. 이모리야라고 알아? 알긴 아는데 잘 몰라.

중학교에 올라가자 수조가 훨씬 커졌다.

반 아이들은 좀 더 전략적으로 변했고, 입학 첫날부터 그룹과 계층구조 만들기에 힘썼다. 쉬는 시간이 될 때마다 탐색하는 듯한 시선이 교실을 오갔다. 우리는 교복과 새로운 생활에 당황한 척하면서 위협이 될 만한 사람과 적대시할 만한 사람, 집단에 이질적인 사람이 섞여 있지 않은지 찾았다.

그리고 나는 만났다.

"이모리야, 우산 좋아해?"

"우산? 좋아해. 왜?"

"친구에게 제일 먼저 물어보기로 마음먹은 질문이거든."

"독특하네. 비를 좋아하느냐고 묻는다면 그나마 이해가 가지만."

"비는 다들 싫어하잖아. 우산은 비를 막아 주는 물건이고. 그러니까 보통은 우산을 좋아하겠지? 하지만 굳이 따지자면 다들 싫어하는 편이래. 비 오는 날만 사용하니까. 그게 참 안됐어."

"방금 친구라고 했어?"

"우산 좋아한다고 했잖아?"

"무기로 사용할 수 있으니까."

"이모리야는 독특하구나."

잠시 이야기를 나누어 보았지만 그 애를 잘 이해할 수 없었다. '전략'이 보이지 않았다. 내게 그 애는 수조에 던져진 이물질이었다. 생물과는 다른 원소로 이루어진 유리병이었다.

이 아이의 전략을 알고 싶다.

"어, 이름이 뭐였더라? 오십음도 순서로 이모리야보다 뒤니까……."

거기서부터 모든 것이 시작됐다.

1

 호지로 고등학교의 학생회실은 비싼 커피 메이커가 있는 것과 볕이 잘 안 드는 것으로 유명하다.
 오후 3시 반. 바깥은 화창한 가을 날씨지만, 북쪽으로 난 창문은 일찌감치 블라인드를 내렸다. 3학년 임원 구누기 하야토와 에스미 신이치는 책상 앞에 앉아 묵묵히 일하고 있었다. 들리는 것이라고는 서류를 넘기는 소리와 26도로 설정한 에어컨 소리, 그리고 잠든 사람의 숨소리뿐이다. 구누기도 에스미도 새근대는 숨소리는 신경 쓰지 않았다. 1학년 때부터 이랬으므로 이제 익숙해졌다.
 라크로스부의 장부를 확인한 후 구누기는 머그잔을 입에 댔다. 스틱 설탕 두 봉지를 넣은 커피로 뇌에 당분을 공급한다. 관자놀이를 문지르며 스마트폰의 날씨 앱을 열었다. 이틀 전에 발생한 태풍의 진로가 걱정됐다.
 "직격은 피할 모양인데."
 에스미가 옆에서 스마트폰을 들여다보았다.
 "접근해 봐야 알겠지. 태풍이 예상 진로 반경에 들어올 확률은 늘 70퍼센트야."
 "70이면 꽤 높잖아."
 "모의고사로 따지자면 B판정*이겠지."

자유 규칙 가위바위보 135

"그럼 방심은 못 하겠는걸."

호지로 고등학교가 강풍 반경에 들어가면 주의 환기와 창문 보강 등 학생회가 처리해야 할 잡일이 늘어난다. 여름방학이 끝나서 각 동아리의 장부를 확인하느라 안 그래도 바쁘니만큼 할 일이 늘어나는 건 사양하고 싶었다. 호지로 고등학교는 동아리 활동이 다채롭고 숫자도 많기에 더욱 그랬다.

"실례합니다."

문을 두드리는 소리 후 포니테일 여학생이 들어왔다. 너무나 다채로운 동아리 중 하나인 카루타부의 부장 나카쓰카였다.

"이거, 1학기 장부예요." "아아." 구누기가 장부를 받아 들고 그 자리에서 가볍게 훑어보았다.

나카쓰카는 문에 등을 대고 확인이 끝나기를 기다렸다. 한가한 듯 앞머리를 만지작거리거나 커피 향기에 코를 씰룩거리다가 침묵을 메우듯이 입을 열었다.

"그러고 보니 이모리야는 뭔가 게임 관련 동아리일 줄 알았는데 동아리 활동을 안 하더라고요."

"……응."

"좀 의외였어요. 그렇게 실력이 좋으니 어딘가 가입하면 될 텐데……."

● 일본의 대학 입시 모의고사는 성적을 A부터 E로 판정하며, B는 60~80퍼센트의 합격 확률을 나타낸다.

"잠깐." 구누기가 작은 목소리로 제지했다. "여기서 이모리야 이야기는 하지 마."

"어, 왜요?"

"이모리야?"

구누기 뒤쪽에서 목소리가 들렸다.

소파에서 새근새근 자고 있었을 학생회장의 목소리였다.

어느 틈에 깨어났을까. 구누기는 돌아보지 않고 무시하려 애썼다. 하지만 사람 좋은 나카쓰카가 대답했다.

"네. 1학년 4반 이모리야요. 7월에 말썽이 생겨서 카페 출입을 금지당했을 때, 이모리야가 도와줬어요. 사장님과 스님 뒤집기로 대결했는데 100 대 0으로 이겼죠."

"출입 금지?" 발소리와 함께 다가온 사람이 구누기의 어깨에 손을 얹었다. 헤어 왁스 냄새가 났다. "야야, 난 그런 말 못 들었는데, 구누기."

"……회장님에게 알려야 할 만한 일은 아니라서."

"그런데 그, 이모리야? 걔는 뭐야? 게임에 강해?"

나카쓰카에게 질문했다. 카루타부 부장은 얼떨떨한 표정으로 "그야 뭐." 하고 대답했다.

"'구엔 시합'에서 학생회를 이긴 것도 이모리야고……. 어, 사부리 회장님, 모르세요?"

구누기는 카루타부 장부를 힘차게 덮었다.

자유 규칙 가위바위보

"아무 문제도 없군. 이만 가 봐."

내쫓다시피 나카쓰카를 돌려보냈다. 하지만 이미 늦었다. 구누기는 자신의 어리석음을 후회했다. 장부를 확인하는 동안 나카쓰카는 할 일이 없어진다. 최근 구누기와 나카쓰카의 접점은 그 출입 금지 소동뿐이다. 카루타 카페 이야기가 나오면 이모리야의 이름도 따라 나온다. 충분히 예측 가능했다. 경계를 게을리하다가 이게 무슨 꼴인가.

"이모리야, 이모리야……. 오, 찾았다, 찾았어." 구누기의 어깨에 얹혔던 손이 어느새 학생 명부를 넘기고 있었다. "이모리야 마토. 난키 중학교 출신이라."

"사부리 회장님, 이모리야는 경박하고, 식견이 좁고, 소행이 불량합니다. '구엔'에서 이긴 것도 요행이에요. 회장님이 신경 쓸 만한 녀석은……."

"잠깐 나갔다 올게."

바지에 감싸인 다리가 방을 가로질러 문밖으로 사라졌다.

만류하려던 구누기의 손은 허공을 헤맸다. 에스미를 쳐다봤지만 남의 일이라는 듯 어깨를 으쓱했다.

학생회실에서 이모리야 마토의 이름은 발설 금지. 그것이 구누기와 에스미가 암묵적으로 정한 규칙이었다. 누가 말을 꺼낸 것도 아닌데 5월부터 오늘까지 아주 자연스럽게 그 규칙을 엄수해 왔다. 그 노력이 이런 형태로 물거품이 될 줄이야.

발설을 금지한 이유는 회장이다.

이모리야 마토의 이름을 꺼내면 회장이 관심을 보일 가능성이 있으니까.

관심을 보이면 골치 아파질 것이라는 확신에 가까운 예감이 들었으니까.

"뭐, 괜찮겠지." 에스미가 말했다. "이모리야는 만만치 않으니까, 회장도 잘 다룰지 몰라."

"진심으로 하는 말이야?"

"모의고사로 치면 E판정 정도려나."

가망이 거의 없다.

구누기는 한숨을 쉬고 남은 커피를 들이켰다. 스틱 설탕 두 봉지의 단맛은 어디로 갔는지 쓰게 느껴졌다. 자기 스마트폰을 들여다보던 에스미가 "어?" 하고 목소리를 높였다.

"예보가 좀 달라진 것 같은데."

태풍이 가까워졌다.

2

"마토는 동아리 안 들어?"

치킨 콩소메 맛 감자칩을 먹으며 별생각 없이 물어보았다.

날씨가 궂어지기 전에 돌아간 학생이 많은지, 방과 후 교실에는 우리밖에 없었다. 오느니 마느니 말이 많던 태풍이 결국 시내를 스치고 통과하기로 했는지, 하늘이 흐려지기 시작했다. 기념수가 버스럭버스럭 흔들리는 모습을 보니 바람도 강해진 듯했다.

우리도 일찌감치 집에 가는 편이 좋을 것 같았지만, 마토는 오늘도 자기 기분대로 방과 후의 태만을 만끽하고 있다. 딸기 우유갑 속에서 쿠우욱, 하고 공기를 빨아들이는 소리가 났다.

"동아리? 왜?"

"요즘 장기부나 보드게임부같이 게임 관련 동아리 사람이 자꾸 부탁해, 이모리야를 좀 가입시켜 달라고. '구엔 시합'과 카루타부 일 때문에 소문이 난 것 같아."

왜 나한테 다리 역할을 시키나 싶지만, 마토에게 직접 말을 걸기가 부담스러운 것이리라. 마토처럼 머리를 염색하고, 블라우스는 두 번째 단추까지 풀고, 허리에 카디건을 묶은 여학생은 호지로 고등학교에서 보기 드문 유형이다. 가끔 속옷까지 비쳐 보이기도 하고.

"사양할게. 이 새처럼 자유롭고 싶으니까."

마토는 감자칩 봉지를 들고 적당한 소리를 늘어놓았다. 닭 일러스트가 들어간 봉지다. 닭은 못 난다고 가르쳐 줘야 할까.

"고다가 어딘가 가입한다면 같이 들어가겠지만."

음. 고민하면서 팔을 보았다. 마토는 흰색으로 돌아왔지만 내 팔은 아직 약간 까무잡잡하다. 올해 여름방학은 음악을 듣거나 도서관에 가거나 마토와 바다까지 놀러 가는 등 속 편하게 지냈다. 동아리 활동에도 공부에도 힘을 쏟지 않는 여름은 오랜만이었다. 하지만 일정을 소화하다 보니 어느새 끝나는 건 예년과 마찬가지라 별로 낭비한 기분은 아니었다.

"중학교 때는 동아리 없는 일상을 상상도 못 했는데, 그만둬도 의외로 미련이 없네. 탭댄스는 취미로도 할 수 있고 말이야."

"유튜브에 영상 올려 보지? 다음에 수영복 골라 줄게."

"왜 수영복을 입고 찍어야 하는데?"

"뭐, 고다가 즐겁게 지내고 있다면 나도 만족이야."

마토가 창문으로 시선을 돌렸다. 날씨를 걱정하는 게 아니라 그냥 먼 곳을 보고 싶어서 그랬다는 느낌이었다. 빨대를 타고 올라온 액체가 립글로스를 바른 입술 사이로 들어갔다.

주체성이 없는 애라니까. 중학생 때부터 그랬지만.

"마토는 나랑 있으면 즐거워?"

"고다 지켜보기부의 동아리원이니까."

"뭐야, 그건. 보호자?"

"아기 판다를 지켜보는 느낌이랄까."

"판다는 네팔어에서 유래했대. '대나무를 먹는 것'이라는 뜻이라나."

"니갈랴 포냐."

"그래, 그거. 어떻게 아는 거야? 닭의 생태는 모르면서."

"포냐가 어감이 훨씬 귀여워. 자이언트 포냐, 어때?"

"동물 이름에 '포'가 들어가면 이상하지 않나?"

"그런 소릴 하면 어포섬이 울 거야. 그렇게 따지면 '판'이 들어가는 동물도 판다밖에 없잖아."

"빨판상어."

"오오!"

화제는 코스를 벗어난 수준을 넘어 옆으로 데굴데굴 구르는 사고를 일으켰다. 손가락이 교대로 감자칩을 꺼내고, 발끝은 의미도 없이 리듬을 탔다. 여름방학은 충실하게 보냈지만, 오늘의 이 시간은 낭비일지도 모르겠다.

손가락을 닦으려고 물티슈를 뽑으려 했을 때.

"이모리야!"

3학년 남학생이 교실에 들어왔다.

첫 번째 단추까지 꼭 잠근 셔츠에 네모난 안경. 학생회의 구누기 선배다. 5월에 '구엔 시합'에서 겨룬 후로 그럭저럭 안면을 트고 지내는 사이다. 하지만 마토가 집적거릴 때는 있어도 선배가 먼저 말을 거는 건 드문 일이었다. 더구나 교실로 찾아오다니, 처음 아닐까.

선배는 부랴부랴 우리에게 다가와서 밖을 가리켰다.

"이모리야, 지금 당장 집에 가."

"선배도 드디어 제게 부성 본능을 느낀 거로군요."

"잔말 말고 어서 가! 당분간 방과 후에는 학교에 남아 있지 말고. 쉬는 시간에도 되도록 교실에 있어."

"속박이 심한 남자친구는 싫은데."

"그나저나 갑자기 왜 그러세요?"

내가 물어보았다. 선배 얼굴에는 초조함이 가득했다. 이것도 보기 드문 일이었다. 선배는 잠깐 망설이다가 교실에 우리 말고는 아무도 없는데도 목소리를 낮추었다.

"사부리 회장이 널 학생회에 들이고 싶어 해."

"회장?" 익숙지 않은 외국 요리 이름이라도 들은 것처럼 마토가 물었다. "회장이라면, 학생회장이요? 우리 학교에 학생회장이 있었던가?"

"그야 있지. ……어, 마토. 사부리 회장님 몰라?"

"과문하여 무지로소이다."

뭐, 무리도 아닌가.

3학년인 사부리 회장은 학생회 업무를 다른 임원에게 떠넘긴 듯 공적인 자리에는 얼굴을 거의 내비치지 않는다. 나도 입학식에서 축사를 할 때 얼굴을 한 번 봤을 뿐이다. 분명 그때 마토는 자고 있었던가.

하지만 사부리 회장은 그 한 번의 축사로 신입생 모두에게 커다란 인상을 남겼다.

이 사람과는 얽히지 않는 게 좋다, 라는 인상을.

"그런데 들이고 싶어 한다니요?" 마토가 감자칩을 아작아작 먹었다. "학생회에는 안 들어갈 건데요."

"네 생각이 어떻든 그 사람이 말하면 들어가게 돼."

"무슨 중세 시대도 아니고 그런 폭정이 어디 있어요?"

"그런 뜻이 아니야. 그 사람은……."

"오, 여기 있었네."

드르륵.

다시 교실 문이 열렸다.

"구누기, 같이 가자고 했잖아. 멋대로 설치지 마."

"……죄송합니다."

새로이 나타난 3학년이 문을 닫고 다가왔다.

긴소매 셔츠에 남색 여름 조끼, 학교에서 지정한 교복 바지. 왼쪽 귀에는 피어스를 달았다. 걸음을 내디딜 때마다 짧은 볼 체인 끝에 달린 은색 십자가가 차락차락, 하고 작은 소리를 냈다. 짧게 친 검은색 머리를 파란색으로 부분 염색했고, 길쭉하니 시원스러운 눈으로 세상을 바라보며, 입가에는 포식자의 웃음을 띤…… 여학생이었다.

요즘은 남녀 구분 없이 교복을 선택할 수 있는 학교도 늘었지만, 우리 학교는 아직 그렇지 않아서 남학생은 바지, 여학생은 치마를 입는다. 이 사람의 머리색도, 피어스도, 바지도 전부 교칙 위반이다.

입학식에서 단상에 올라갔을 때도 이 사람은 지금과 같은 차림새였다. 지금과 같은 태도로 나타나, 지금과 같은 웃음을 띠고, 인사는 한마디 "입학 축하합니다."뿐이었다.

우리는 당황해서 웅성댔지만 바로 이해했다. 이해할 수밖에 없었다.

이 사람은 그래서 학생회장이 된 것이다.

교복이나 패션 때문에 주변의 잔소리를 듣기 싫었다. 단지 그 때문에 권력을 얻었다. 학생회 운영도, 내신 점수도 이 사람에게는 덤이었다. 회장은 선거로 뽑으니까 우등생들에게 이기려면 지지표 모으기와 물밑 교섭이 중요하다. 이 사람은 그걸 해내서 이겼다. 분명 콧노래를 흥얼거리며. 노력을 노력이라고 인식하지도 않고.

그러한 사정을 이 사람은 단 몇 분의 행동만으로 우리에게 인식시켰다.

호지로 고등학교 제62대 학생회장.

"사부리 니에코야."

회장은 근처에 있던 의자를 꺼내서 등받이를 앞으로 당기고 떡하니 앉았다. 취조실의 형사처럼.

"이모리야 마토지?"

"안녕하세요." 용의자는 동요하지 않았다. "무슨 용건이에요?"

"승부에 강하다면서?"

"내용에 따라서는요."

"이런저런 사정이 있어서 그런 인재가 필요해. 단도직입적으로 말할게. 학생회에."

"안 들어가요." 마토는 재깍 대답하고 의자에서 일어섰다. "자유롭게 지내고 싶거든요. 가자, 고다."

"좀 있어 봐."

회장이 손을 뻗어서 떠나려는 마토의 어깨를 잡았다. 마치 엉겨 붙는 뱀의 환영을 본 것 같았다.

"이렇게 하지 않을래? 나랑 게임을 해서 네가 지면 학생회에 들어오는 거야."

마토는 실소를 지으며 회장의 손을 떼어 냈다.

"저기요. 어, 사부리? 회장? 저를 게임에 환장한 제멋대로인 녀석이라고 생각한다면 큰 오산이에요."

제멋대로는 맞지, 하고 구누기 선배가 중얼거렸지만 마토는 무시했다.

"회장한테 이긴들 저한테는 아무 이득도 없잖아요. 그런 걸 할 의미도 의욕도 없다고요. 임원이 필요하면 다른 사람……."

"의외로 둔하구나, 이모리야." 도발과 실망이 반씩 섞인 목소리로 회장이 말허리를 끊었다. "내가 자신만만하게 나타난 시점에 '1차 방어선은 뚫렸다'라고 생각해야 하는 거 아니야? 교섭 카드를 쥐고 있을지도 모른다는 뜻이야. 내가 너라면 일단 그걸 확인할 텐데."

"……."

그제야 마토는 사부리 회장을 똑바로 쳐다봤다.

상대는 의자에 앉아 있으므로 상급생을 내려다보는 형태였다. 회장은 의자 등받이에 양팔을 대고 그 위에 턱을 얹었다. 연인한테 투정을 부리는 것처럼 마토를 아래에서 올려다본다.

"한 번 더 말할게. 나랑 게임하자. 내가 이기면 학생회에 들어오는 거야."

"……제가 이기면?"

"우키타 에소라와 맞붙게 해 줄게."

마토의 표정이 얼어붙었다.

"어?" 나도 무심코 목소리를 흘렸다. "에소라?"

너무 뜻밖의 이름이었다.

우키타 에소라는 중학교 때 우리와 같은 반이었다.

출석 번호가 가까워서 마토와 사이가 좋았고, 나도 가끔 함께 어울렸다. 조용하고 독특한 아이라는 것 말고 다른 인상은 흐릿했다. 성적이 아주 좋아서 분명 전국 최상위권 고등학교에 진학했을 것이다. 왜 회장 입에서 에소라의 이름이?

아니, 그것보다 더 이해가 안 되는 일이 있다.

왜 마토가 에소라의 이름에 과민 반응하는 걸까.

마토의 반응은 그저 친구의 이름이 나와서 놀랐다는 수준이 아니었다. 평소 나른하고 산만해 보였던 눈을 부릅떴다. 회장의 말을 절대로 놓치지 않겠다는 듯 집중한 상태다. 손에 든 딸기 우유갑도 찌그러졌다.

"물론 그냥 그쪽에 싸움만 걸고 나 몰라라 하겠다는 건 아니야. 서로 최선을 다해 진심으로 승부를 낼 기회를 제공해 줄게. 어때, 나쁘지 않은 조건이지?"

"⋯⋯마토, 에소라와 무슨 일 있었어?"

"고다는 몰라도 돼."

마토는 즉시 대꾸했다.

양손으로 가슴이 떠밀쳐진 것 같은 기분이었다.

"에소라는 어떻게."

마토가 물었다. "어떻게?" 하고 회장이 웃었다.

"당연히 조사했지. 우리 학교에도 난키 중학교 출신이 몇 명 있고, SNS를 뒤지면 다른 학교에 다니는 동창생들도 수두룩하게 나와. 열너덧 명에게 물어보고 다니면서 조각들을 조립했지. 시내만 돌아다니면 돼서 이틀 만에 끝났어."

아무렇지도 않게 말한 후 회장은 우리 얼굴을 둘러보았다.

"왜 다들 얼빠진 표정이야? 함락시키고 싶은 녀석에게 접촉할 거면 사전 조사는 기본이지."

"미안해. 이런 사람이야."

구누기 선배가 누구에게랄 것도 없이 사과했다. 어쩌면 구누기 선배와 에스미 선배도 이런 방식으로 학생회에 뽑혔는지도 모른다. 현재 학생회 임원은 회장이 일을 떠맡기기 위해 유능한 학생을 독자적으로 모았다……. 그런 소문도 들어 봤다.

나는 불안해졌다.

점찍고, 조사하고, 약점을 잡아서 방어선을 무너뜨리고, 함락시킨다.

그걸 종이접기라도 하듯 간단히 해치운다. 여력도 있고 여흥 삼아 '암약'할 수 있는 사람이다.

입학하고 나서 오늘까지 마토가 승부를 겨루는 자리에 몇 번 입회했다. 구누기 선배는 이론파였고 '카루타 카페'의 사장은 사기꾼이었다.

하지만 사부리 회장은 어느 쪽과도 다르다. 뭔가 차이가 있다.

논리나 교활함과는 다른 차원의 정체 모를 뭔가.

마토, 그만둬. 집에 가자. 에소라와 무슨 일이 있었는지는 모르겠지만 이런 제안을 받아들일 필요 없어. 나는 그렇게 말하려 했지만 목소리가 나오지 않았다. 방금까지 마주 앉아 잡담을 나누던 친구는 더 이상 내게 시선을 주지 않았다. 내가 모르는 심각한 표정을 띤 채, 내가 모르는 눈으로 사부리 회장만 쳐다보았다.

바람이 불어서 교실 창문이 덜컥거렸다.

"진심으로 대결할 기회를 제공하겠다니 뭘 어쩌려고요?"

"이기면 알려 줄게. 방법에 관해서는 믿어도 돼."

"……의욕이 좀 생기네요." 마토는 다시 의자에 앉았다. "다만 아까도 말했듯이 내용에 따라 달라요. 공평한 대결이라면 받아들일게요."

"물론 더할 나위 없이 공평한 대결이지. 규칙도 아주 간단해. 이 자리에서 당장 할 수 있어."

회장은 호주머니에서 메모지를 꺼내서 두 장 찢었다.

"학생회에서 다툼이 생겼을 때 가끔 하는 게임인데."

"그건가요?"

알아차렸다는 듯 구누기 선배가 앓는 소리를 냈다.

"이모리야. 아까 자유롭게 지내고 싶다고 했지? 나도 마찬가지야. 규칙은 모든 것의 기본이지만, 과도한 법은 세상을 좁게 만들어. 교복도, 연애도, 이 게임도 그래. 가위바위보만 내야 한다고 누가 정했지? 뭐든지 할 수 있는 편이 재미있어. 그렇지?"

회장은 동의를 구하듯 얼굴을 기울이며 말했다.

"이 게임의 이름은."

십자가가 차라락 소리를 냈다.

"'자유 규칙 가위바위보'야."

3

자유 규칙.

전통 시가에서는 들어 본 적 있지만, 가위바위보에서 자유 규칙이라니…….

그 말만 듣고서는 통 이해가 되지 않아서 나는 고개를 갸웃했다. 마토는 의자에 등을 기대고 회장의 다음 말을 기다렸다. 얼굴에는 평소 여유 있는 표정이 점점 되돌아왔고, 시선은 은색 십자가에 고정됐다.

회장이 곁에 있는 부하를 툭 쳤다.

"구누기, 규칙을 설명해 줘."

"왜 제가요."

"내가 떠들기는 귀찮고, 네가 심판이니까."

"멋대로 정하지 말았으면 하는데요……."

"전 괜찮아요. 구누기 선배라면 공평하게 심판을 볼 테니까."

본인의 의사와는 상관없이 이야기가 진행됐다. 선배는 불만스러운 듯 헛기침을 하고 나서 설명에 나섰다.

"가위바위보로 일곱 번 대결해서 먼저 네 번 이긴 쪽이 승리야. 가위바위보는 가위, 바위, 보에 양쪽 플레이어가 고안한 '독자손'을 더해서 총 다섯 가지 수를 사용해."

"독자손?"

"독자적으로 만든 새로운 손이라는 뜻이야." 사부리 회장은 내게 대답하고 나서 그제야 알아차렸다는 듯 이쪽을 보았다. "아, 네가 고다구나."

"왜, 왜요?"

"아니야, 그냥."

그렇게 말하자 오히려 더 걱정됐다. 나에 관해서도 뭔가 '사전 조사'한 걸까. 조사가 필요한 만큼 인생을 진하게 살아오지는 않았는데.

구누기 선배가 말을 이었다.

"게임을 시작하기에 앞서 각 플레이어가 해야 할 일이 두 가지 있어. 첫 번째는 '독자손' 공개. 고안한 기술의 '형태'와 '이름'을 선언해야 해. 가위, 바위, 보처럼 한 손으로 낼 수 있고, 손가락을 구부리는 것만으로 만들 수 있어야 한다는 게 형태의 조건이야. 이름은 형태에 어울리면 뭐든지 상관없어."

딸기 우유의 여운을 맛보듯이 마토가 입술을 핥았다.

"두 번째는 '독자손'의 효과 설정." 선배는 아까 회장이 찢어낸 메모지 두 장을 집었다. "이 종이에 자기가 만든 기술의 효과를 써서 내게 줘. 효과는 간단히 말해 '어느 기술에 이기고 어느 기술에 지느냐'야. 가위를 예로 들자면 '보에 이기고 바위에 진다'가 효과겠지."

"이 가위바위보는 다섯 종류의 수로 겨루는 거잖아요." 마토가 끼어들었다. "그렇다면 가위, 바위, 보, 적의 '독자손' 총 네 종류에 대해 이기느냐 지느냐를 각각 정하는 건가요?"

"그렇지."

"복잡하네."

"실제로 해 보면 더 복잡할걸?" 사부리 회장이 씩 웃었다. "'독자손'에는 특수한 효과도 덧붙일 수 있으니까. 제한은 없어. 자유롭게 발상하면 돼."

"완전히 자유로운 건 아니야." 구누기 선배가 보충했다. "'모든 기술에 이긴다', '내놓은 순간에 승부가 결정된다' 같이 너무 강력한 효과는 금지. 최소한 한 종류에는 지도록 설정해야 해. '조건에 따라 위력이 달라진다' 같이 효과가 너무 복잡하거나 객관적으로 판정할 수 없는 효과, 한쪽에게 너무 유리한 효과도 금지야. 어디까지나 가위바위보라는 범주에서 '뭐든지 가능'하다는 거지. 이 부분은 내 재량으로 판정할게."

"뭐, 완전히 자유로운 세상이라는 건 환상이니까요."

마토는 다 안다는 듯한 표정으로 말했다. 구누기 선배가 다시 설명을 이어 나갔다.

"'독자손'의 승패나 효과가 서로 충돌하는 경우는 '비긴' 걸로 취급해. 규칙은 이것뿐이야."

한동안 밖에서 부는 바람 소리만이 교실을 채웠다.

마토는 입을 살짝 오므린 채 흔들리는 나뭇가지와 운동장에 설치된 그물망을 바라보았다. 규칙을 한 마디씩 곱씹으며 음미하는 듯한 표정이었다. 잠시 후 만지작거리고 있던 빈 딸기 우유갑을 책상에 탁 내려놓았다.

"효과는 종이에 적어서 바로 심판에게 넘기는 건가요? 공개하지는 않고?"

"응."

"그렇다면 상대가 만든 '독자손'의 효과는······."

"서로 '모르는' 상태로 시작해. 상대의 '독자손'을 내놓는 건 가능하지만, 효과는 대결하면서 추리해야겠지."

"그게 이 게임의 재미있는 점이야. 정보전이라고. 적의 '독자손'에는 어떤 효과가 있는가? 내 '독자손'으로 이길 수 있는가, 없는가? 좀 더 많은 정보를 숨기고, 좀 더 많은 정보를 얻은 사람이 이겨."

나는 머릿속으로 규칙을 정리했다.

7전 4선승제. 낼 수 있는 수는 가위, 바위, 보에 양쪽의 '독자손'을 더해서 총 다섯 가지. '독자손'은 기본적으로 무슨 효과든 가능하다. 효과는 서로 모르는 상태로 게임을 시작한다.

단순하다면 단순하지만······. 사부리 회장 말마따나 게임이 복잡하게 전개될 것 같았다. 뭐든지 가능하다는 건 가설도 무한히 세워진다는 뜻이다. 일곱 번 동안 적의 '독자손'에 무슨 효과가 있는지 밝혀내기는 아주 어렵지 않을까?

마토는 준비운동하듯 오른손으로 가위, 바위, 보를 만들었다.

"새로 만든 것까지 포함해서 다섯 가지라. 다 외울 수 있으려나." 아주 미덥지 못한 말투였다. "실수로 지정된 형태와 다른 모양을 내면요? 다시 하나요?"

"그럴 때는 '빈손'으로 취급해." 구누기 선배가 대답했다. "손을 내지 않은 것과 마찬가지라 그 게임은 무조건 상대가 승리하지."

"사전에 정한 손 모양과 조금이라도 다르면 '빈손'인가요? 손가락 하나라도 다르면?"

"당연하지. 그것도 내가 판정해."

마토는 오른손을 '보' 모양으로 만들어 입가를 가렸다. 뭔가 생각하는 것처럼 보이기도 했고, 적에게 표정을 감춘 것처럼 보이기도 했다.

"중요한 거 하나만 더 물어볼게요. 가위바위보 할 때의 구호는 뭔가요?"

"⋯⋯? 특별히 원하는 게 없다면 '처음에는 주먹, 가위바위보'인데."

"그렇군요."

마토가 아주 진지하게 고개를 끄덕이자 구누기 선배는 어이없다는 표정을 지었다. 나도 콩트 속 세계에 있는 기분이었다. 구호가 뭐 그리 중요하단 말인가.

사부리 회장이 어째선지 턱을 한 번 쓰다듬었다. 마토에게 감탄한 한편, 경계심을 높인 듯한 몸동작이었다.

"그나저나 어때, 이모리야. 할 거야?"

"할게요."

마토가 회장의 제안을 받아들였다. 구누기 선배는 한숨을 쉬고 본격적인 준비에 들어갔다.

"그럼 일단 '독자손'부터 고안하겠습니다. 오 분 안에 이름, 형태, 효과를 결정해 주세요."

"고다."

"응?"

"마실 것 좀 사다 주지 않을래? 코코아, 뜨거운 걸로. 좀 으슬으슬하네."

……이 타이밍에? 왜냐고 따지고 싶었지만, 저기압이 다가와서 그런지 좀 쌀쌀해지기는 했다. 나는 승낙했다.

"천천히 다녀와도 돼."

마토가 그렇게 말했지만 대결하는 장면을 놓치고 싶지 않아서 서둘렀다. 1층으로 내려가서 현관 옆 자판기에서 뜨거운 코코아를 사서 계단을 뛰어올랐다. 삼 분쯤 걸렸다. 마토도 사부리 회장도 '독자손'을 다 만들었는지 느긋한 분위기였다.

"자."

"고마워." 마토는 코코아 캔을 받아 들자마자 호들갑을 떨었다. "으앗, 뜨거워! 뭐야, 이거. 달군 철?"

"그야 뭐, 뜨거운 음료가 담긴 알루미늄 캔이니까."

"좀 식으면 마셔야겠다."

캔을 책상 가장자리에 내려놓았다.

구누기 선배는 창가에 서서 손목시계를 노려보고 있었다. 뭔가 탐색하려면 지금밖에 없을 것 같아서 나는 작은 목소리로 말을 걸었다.

"구누기 선배, 심판을 볼 때는 존댓말을 쓰시는군요."

"회장도 플레이어 쪽이니까."

같은 학년인 데다 전혀 일하지 않는 사람이건만 '윗사람'으로 대하는 건가……. 구누기 선배, 사회인이 된다면 고생 좀 하지 않을까.

"저기, 마토는 학생회에 전혀 어울리지 않을 것 같은데요."

"동감이야."

"이런저런 사정이 있다고 했는데, 어떤 사정인가요?"

"다양한 사정이지."

전자사전을 찾아봐도 좀 더 성의 있는 설명이 나오지 않을까 싶었다.

"사부리 회장님은 게임에 강한가요?"

"강하다는 말이 만사를 본인 의도대로 끌고 나가는 재능을 뜻한다면 회장은 어마어마하게 강해." 선배는 카시오 시계 초

침을 바라보며 혼잣말하듯이 물었다. "이모리야는 어때? 강하다는 말이 뭘 뜻할까?"

"뭘까요……. 상대에게 '이길 수 있다'라는 생각을 심어 주는 재능?"

"본인이 그러디?"

"여자는 그렇게 유치한 주제로 대화 안 해요."

한순간 구누기 선배가 웃은 것 같았다. 하지만 다시 쳐다보았을 때는 이미 평소 얼굴로 돌아왔다. 시계에서 고개를 들고 다시 존댓말로 말했다.

"오 분 지났습니다. 그럼 사부리 회장부터 '독자손'의 이름과 형태를 공개해 주십시오."

"이거야."

사부리 회장이 오른손을 내밀었다.

가위, 바위, 보 어느 것과도 달라서 확실히 독자적인 형태였다.

접은 엄지손가락 위에 집게손가락, 가운뎃손가락, 약손가락을 구부려서 올리고 새끼손가락만 편 형태. 옆에서 보니 뭔가와 닮은 것 같았다. 이건.

"**'스네일'**. 달팽이야." 회장이 이름을 밝혔다. "포인트는 엄지손가락의 위치지. 이모리야, 잘 봐 둬. 조금이라도 다르면 '빈손'이야."

"보고 있어요."

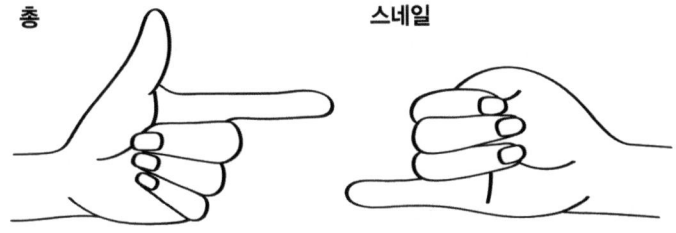

총   스네일

마토는 감자칩 봉지에 손을 넣어 부스러기를 찾으면서 말했다. 아까까지는 진지해 보였는데, 제대로 게임할 마음이 있는 걸까.

"회장은 '스네일'. 알겠습니다. 이모리야의 '독자손'은?"

마토는 마지막 감자칩을 입에 넣으며 겸사겸사라는 듯 손을 내밀었다.

그 형태는.

엄지손가락과 집게손가락을 펴고 다른 손가락은 접었다. 누구나 한 번은 만들어 본 적 있을 그 모양.

"'**총**'이에요."

공이치기에 해당하는 엄지손가락을 당기고 총신에 해당하는 집게손가락으로 회장을 겨누었다.

"의외로 단순하네."

"훌륭한 디자인은 그런 법이잖아요."

"이모리야는 '총'. 알았어." 구누기 선배가 고개를 끄덕였다.
"그럼 다음으로 효과를 확인하겠습니다. 이 종이에 내용을 써서 제게 주십시오."

구누기 선배가 메모지를 나누어 주었다. 마토는 기름기가 묻은 오른손을 물티슈로 닦고 볼펜을 쥐었다. 메모지를 손으로 가리고 재빨리 뭔가 적은 후 메모지를 반으로 접어서 구누기 선배에게 건넸다. 동시에 회장도 두 번 접은 메모지를 주었다. 구누기 선배는 내게서 몇 발짝 떨어진 곳에서 메모지를 펼쳤다.

그 순간.

마토와 회장의 눈이 동시에 빛났다.

†

게임이 재미있어질 듯했다.

사부리 니에코는 마음이 들떴다.

이모리야 마토를 학생회에 들이겠다는 명목으로 게임에 나섰지만, 그 이면에는 시험이라는 또 하나의 목적이 있었다. 이모리야가 정말로 쓸 만한 인재인지, 수하로 끌어들여 그것에 도전시킬 가치가 있는지 알아보기 위한 시험대인 셈이다. 진가는 아직 모르겠지만 제법 눈여겨볼 구석이 있었다. 예를 들어 지금, 이모리야는 사부리와 마찬가지로 구누기의 시선에 주목했다. 정보전이 이미 시작됐음을 녀석도 이해했다.

심판인 구누기는 두 사람이 만든 '스네일'과 '총'의 효과를 확인하려 한다. 서 있는 위치에도 신경을 써서 사부리와 이모리야는 물론 고다도 메모를 훔쳐볼 수는 없다. 하지만 이런 상황에서도 얻을 수 있는 정보가 하나 있다.

구누기가 메모를 훑어보는 시간이다.

일반적으로 읽는 시간은 글자 수에 비례한다. 그 시간을 재면 이모리야가 만든 '총'의 효과를 어느 정도 추측할 수 있다. 글자 수가 적으면 'ㅇㅇ에 이기고 △△에 진다'같이 단순한 효과일 가능성이 높다. 글자 수가 많으면 뭔가 특수 효과를 추가했다는 뜻이다.

구누기가 손을 움직였다. 사락사락, 두 번 소리가 났다. 두 번 접은 사부리의 메모지다. 사부리는 가만히 관찰했다. 구누기가 시선을 메모로 떨어뜨리고 문자를 좇았다. 속으로 시간을 헤아렸다.

하나, 둘, 셋, 넷……. 시선이 메모에서 떨어졌다.

헤아린 시간은 오 초였다.

'스네일'의 효과는 서른 글자 정도. 특수 효과를 넣었지만 그럭저럭 이해되게끔 글자 수를 절묘하게 조절했다. 사부리는 이모리야를 곁눈질하며 고민해라, 고민해, 하고 내심 부추겼다.

이어서 구누기가 이모리야의 메모지를 펼쳤다. 사부리는 또 시간을 헤아렸다. 하나, 둘…… 어엇? 소리를 낼 뻔했다.

'총'의 효과를 확인하는 데 걸린 시간은 고작 이 초 반이었다. '스네일'의 설정을 확인하는 시간을 기준으로 계산하면 '총'의 효과는 열 글자에서 열다섯 글자 정도인 셈이다.

예를 들어 평범한 가위라도 '보에 이기고 바위에 진다'니까 효과는 열 글자다. 거기에 필적할 만큼 간단한 효과라는 뜻일까? 특수 효과는 없고? '독자손'은 뭐든지 가능한데 그렇게 멍청하게 설정할까? 역시 그냥 얼간이였나?

아니면…….

"그럼 게임을 시작하겠습니다. 여기 마주 보고 서십시오."

구누기는 교실 뒤편, 사물함 앞쪽 공간으로 이동했다.

네. 이모리야가 의욕 없이 대답하고 의자에서 일어섰다. 사부리도 따라갔다.

짧게 접어 올린 치마와 흔들리는 카디건을 바라보다 보니 적의 본질이 파악된 것 같았다.

그래, 이모리야.

그게 네가 싸우는 방식이구나.

무너져 가던 전제를 일으켜 세우고 철골로 보강했다. 이모리야 마토는 영리한 인간이다. 모든 행동의 이면에 뭔가 숨겨져 있다고 받아들여야 한다. 예를 들어 아까 '구호'도. 천진난만함을 가장해 이 게임의 한 측면을 찌른 질문이었다. 우둔한 척하며 전략을 짜고, 방심을 유도해 보이지 않는 곳에서 친다. 이 녀석은 그런 식으로 남에게 이긴다.

알고 있으면 받아칠 수 있다.

사부리 니에코는 책상 사이를 걸으며 히죽거렸다. 사부리는 게임에 인생을 걸지는 않는다. 따분한 학생회 생활에 흥을 더하기 위해 반쯤 놀이 삼아 승부에 나선다.

하지만 사부리는 그 놀이로 적을 제압하고, 남은 힘으로 인생에 임한다. 그런 재능을 지니고 있다.

이번 게임도 이미 승리를 확신했다.

✄

이길 수 있을까.

이모리야 마토는 사물함 앞에 멈춰 서서 천장을 올려다보았다. 여기저기 구멍이 뚫린 석고보드는 아무 대답도 없었다.

구누기의 동태를 살폈다. 복잡한 표정이었지만, 그의 표정은 대개 복잡하므로 속내까지는 읽을 수 없다. 그 옆에서 두리번두리번 주위를 둘러보던 친구가 가까이 있던 의자를 꺼내더니 눈에 띄지 않겠다는 듯 어깨를 움츠린 자세로 앉았다. 고다. 회장이 내건 조건이 '고다도 함께 학생회에 가입할 것'이 아니라서 다행이었다. 그랬다면 무조건 받아들였을지도 모르니까.

친구 등 뒤로 아까 내려놓았던 코코아 캔이 보였다.

준비는 다 끝났다.

통할지 말지는 시작해 봐야 알겠지만.

몸속 깊은 곳에 뭔가가 똬리를 틀었다. 승부에 나서기 전이면 항상 느껴지는 감각이다. 스릴도, 유쾌함도, 각오도 아닌, 이름 붙이기 어려운 뭔가. 밑에는 허공뿐인 옥상 가장자리에 서서 자신의 보폭보다 15센티미터쯤 더 먼 곳에 있는 발판을 바라보는, 바로 그런 감각이다.

굳이 분석하거나 맞설 마음은 없었다. 이 감각을 승부에 수반되는 특유의 뭔가라고 받아들이는 건 큰 착각이다. 이모리야 마토는 그걸 안다.

왜냐하면 알아차리지 못할 뿐 이 감각은 늘 함께 있으니까.

―첫 번째 판부터 도박에 나서야겠네.

처음으로 낼 기술은 이미 정했다.

ᴖᴖ

구누기 하야토도 생각에 잠겼다.

심판인 그만이 양쪽의 '독자손'을 파악해 게임의 전체상을 이해할 수 있는 입장이다. 방금 보았던 메모지 두 장을 머릿속에 떠올려 비교했다.

창의성을 기준으로 '독자손'을 비교한다면, 현재로서는 역시 회장이 한 수 위라고 할 수 있으리라. 경험자밖에 만들 수 없는 손이고 전략도 명확하다.

한편 이모리야의 '총'……. 이 효과는 뭐지?

나쁘지는 않은 것 같지만 의도를 모르겠다. 임기응변에 의존한 시시한 기술로 느껴졌다. 구누기가 아는 평소의 이모리야답지 않았다. 대체 뭘 노리는 걸까?

'독자손'은 이 게임의 핵심이라 할 수 있다. 승부의 80퍼센트는 어떤 효과를 만드느냐로 결정된다. 이모리야도 그 정도는 알 텐데.

찜찜했다. 5월에 이모리야와 맞붙었을 때처럼 발밑에 지뢰가 묻혀 있는 기분이었다.

지금까지 이모리야가 했던 행동과 말을 되새겨 보았다. 이모리야가 설치한 지뢰를 찾으려 애썼다.

어떤 장면을 떠올린 순간 그는 벼락을 맞은 것처럼 충격을 받았다.

설마.

*

"구누기 선배?"

침묵에 잠긴 선배에게 말을 걸자 깜짝 놀란 듯 나를 쳐다보았다. "아아." 하고 대답하더니 자세를 바로 한다. 설마 자고 있던 건 아니겠지. 마토라면 그럴 수도 있겠지만.

"그럼 자유 규칙 가위바위보를 시작하겠습니다."

마토와 회장은 1미터쯤 간격을 두고 마주 서서 오른손을 들었다.

취객같이 흐늘거리는 총잡이 대 요사스러운 달팽이 조종자.

"첫 번째 판."

"처음에는 주먹!"

"처음에는 주먹!"

두 사람이 익숙한 구호를 힘껏 소리쳐서 의자에서 미끄러져 떨어질 뻔했다.

이러니저러니 해도 그냥 가위바위보다. 진지하게 볼 필요는 없는지도 모른다. 하물며 대결 횟수는 일곱 번이나 되니까.

"가위, 바위!"

"가위, 바위!"

하지만 한목소리로 울려 퍼지던 구호는 금방 끊겼다.

나는 정신이 얼떨떨해졌고 회장도 "뭐야?" 하고 의아하다는 듯 말했다. 구누기 선배가 당황해서 소리쳤다.

"이, 이모리야! 이제 못 바꿔."

"상관없어요."

마토 혼자만 웃었다.

자유 규칙 가위바위보 첫 번째 판. 동태를 살피기 위한 평범한 가위바위보 1회전.

마토가 처음으로 선택한 건.

"머…… 먼저 내기?"

4

†

사부리 니에코의 시선은 이모리야의 오른손으로 빨려 들어갔다.

'가위, 바위, 보'의 '바위'를 외쳤을 때 뜻밖에도 먼저 손을 내놓은 것이다.

이모리야 마토가 사용한 기술은 **'총'**이었다.

"속행하겠습니다. 회장님도 손을……."

구누기의 목소리를 무시하고 사부리는 생각에 잠겼다. '총'이라. 이모리야의 '독자손'인데, 심판이 동요하는 모습으로 판단컨대 그 효과와 먼저 내기는 관계없을 듯했다. 그렇다면.

아아, 그렇게 나왔단 말이지.

이 게임에 정통한 사부리는 적의 의도를 금방 알아차렸다.

가위, 바위, 보 중 뭐가 '총'에 이기는지 사부리는 전혀 예상할 수 없다. 하지만 '스네일'을 내면 승패가 어떻게 되는지는 안다. '총'에 이기는지 지는지 '스네일'을 설정할 때 본인이 정했기 때문이다.

만약 '스네일'이 '총'보다 강하다는 설정이라면 사부리는 망설임 없이 '스네일'을 낼 수 있다. 하지만 약하다는 설정이라면 그 밖의 다른 기술을 쓸 수밖에 없다.

베일에 휩싸인 '총'과 '스네일'의 역학 관계. 이모리야는 그걸 확인하기 위해 '총'을 먼저 내놓았다.

"가위, 바위……."

구누기가 구호를 시작했다. 사부리는 더 깊이 파고들었다.

이모리야가 만든 '총'은 어떤 설정일까? 자신만만하게 공격한 이상, '스네일'에 이긴다라는 설정일 가능성이 높다. 그렇다면 사부리의 '스네일'이 '총'에 이긴다라는 설정이더라도 승리VS승리 효과로 서로 충돌하여 비기는 결과가 나온다. '독자손'끼리 대결할 때는 종종 그런 식으로 무승부가 발생한다.

아니면 전부 블러핑인가.

선택 시간은 제한돼 있다. 사부리는 살짝 고민한 끝에.

"보!"

가장 안전한 방법을 택했다.

사용한 기술은 이모리야와 똑같은 '**총**'.

"비겼습니다."

구누기가 선언하는 것과 동시에 이모리야가 뺨을 끌어올려 씩 웃었다. 사부리가 보기에는 때리고 싶은 얄미움과 키스하고 싶은 매력이 공존하는 웃음이었다.

사부리는 '스네일'을 내지 못했다. 즉 '**스네일**'은 '**총**'에 진다.

자유 규칙 가위바위보는 정보전. 일단은 이모리야 마토가 적의 정보를 하나 빼앗았다.

"다시 하겠습니다. 처음에는."

"주먹!"

"주먹!"

구누기가 재촉해서 두 사람은 다시 구호를 외쳤다. 사부리는 이미 분석을 마쳤다.

이모리야는 분명 다음에도 '총'을 낼 것이다.

이유는 '독자손'을 설정하는 방식의 정석 때문이다.

보통 '독자손'은 가위, 바위, 보에다 적의 '독자손'까지 넷 중 세 가지에 이기도록 설정하는 경우가 많다. '모든 기술에 이기는 기술'만 금지이므로 세 가지까지는 허용된다.

지금 이모리야가 파악하기로는 '스네일'이 '총'에 진다. 그렇다면 '스네일'은 나머지 기술인 가위, 바위, 보에 이기는 설정 아닐까, 이모리야는 당연히 그렇게 생각할 것이다. 이 게임은 가위, 바위, 보에 '스네일'을 내고 싶은 사부리 대 '스네일'에 '총'을 내고 싶은 이모리야라는 구도인 상황……. 이모리야 눈에는 그렇게 보이겠지.

이모리야의 '총'도 정석에 따라서 만든 기술이라고 가정한다면, 이모리야 입장에서 가장 좋은 방법은 계속 '총'을 내는 것이다. '스네일'에 이기는 데다 사부리가 가위, 바위, 보를 내더라도 질 확률은 3분의 1. 승률이 가장 높다.

그렇다면 사부리는 어떻게 대처해야 할까.

다시 '총'을 내서 비기든지 가위, 바위, 보 중 하나를 내서 '총'을 격파하는 도박에 나서든지, 둘 중 하나다.

역시 무승부를 노리는 것이 무난하다. 도박에 나섰다가 지면 '총'에 포함된 특수 효과가 발동할 위험성도 있다. 교착 상태를 만드는 셈이겠지만 지금은 사부리도 '총'을 내서…….

이런 심리 상태까지 분명 이모리야는 읽었을 것이다.

"가위, 바위……."

"가위, 바위……."

두 사람이 손을 쳐들었다. 이모리야 마토는 여전히 웃음 띤 얼굴이었다.

그래, 이모리야. 넌 영리해. 내가 '총'을 낼 거라고 생각할 테니 넌 '총'에 이기는 기술을 사용할 거야.

그렇다면 내가 내야 할 기술은 이거다.

"보!"

"보!"

소녀들이 오른손을 내렸다.

이모리야 마토는 **바위**.

사부리 니에코는 **'총'**.

"첫 번째 판은 이모리야의 승리입니다."

구누기의 선언에 고다가 주먹을 불끈 쥐었다. 이모리야도 과장되게 가슴을 쓸어내렸다.

사부리는 목덜미를 긁적였다. 헤어 왁스 냄새가 주변에 퍼졌다.

"이모리야, 하나만 알려 줘. 게임을 시작하기 전에 구누기에게 '구호'를 확인했잖아. 그때부터 먼저 내려고 생각했던 거야?"

"뭐, 그런 셈이죠. 제가 한발 앞서 나가네요."

"응? 정말? 이모리야, 네가 얻은 정보 말인데 과연 믿을 수 있을까? 이 게임에서 확실한 점은 가위바위보로 승패를 가른다는 것뿐이야. 내가 거짓말을 하지 않았다는 확실한 증거가 있어?"

'스네일'과 '총'은 직접 맞붙지 않았다. '스네일'의 효과는 아직 베일에 싸여 있다.

"난 확실한 정보를 얻었어."

그것이 굳이 이모리야의 전략에 맞춰 준 이유였다.

'총'은 바위에 진다. 바위를 내면 격파할 수 있다.

이모리야의 '총'은 이제 최강의 무기가 아니다.

"……."

어깨를 움츠리는 이모리야의 얼굴에는 더 이상 웃음기가 없었다.

서로 위험을 감수한 첫 번째 판이 끝났다.

초장부터 살을 내어 주고 뼈를 취할 기세로 거세게 부딪쳤다.

누가 우위에 섰을까.

이모리야 마토는 첫 번째 판에서 바늘구멍을 지나가듯 어려운 도박에 이겼다. 한편 사부리 니에코는 1패와 맞바꾸어 '총'을 격파하는 방법을 알아냈다. 덧붙여 이모리야에게서 조그마한 정보를 하나 더 빼앗는 데에 성공했다.

그건 바로…….

5

"그럼 두 번째 판을 시작하겠습니다."

구누기 선배의 말에 마토와 회장이 다시 마주 섰다.

처음부터 차원이 다른 수준의 공방전을 봐서인지 나도 좀 더 긴장됐다.

회장의 이야기로 판단컨대 마토는 '스네일'에 이기는 기술을 알아내기 위해 손을 먼저 낸 듯했다. 두 사람이 어떤 식으로 수 읽기를 했는지는 모르지만, 가위바위보를 적당히 하고 있는 게 아니라는 건 알겠다.

마토 입장에서 다음에 뭘 낼지 생각해 보았다.

낼 수 있는 기술은 다섯 가지. 가위, 바위, 보, 총, 스네일.

찜찜한 건 역시 '스네일'이다. 자유 규칙 가위바위보는 평범한 가위바위보와 달리 기술들의 위력이 불균형하다. '스네일'이 뭐에 이기고 뭐에 지는지 빨리 알아내지 않으면 전략을 세울 방도가 없다.

한 번 이겼으니 여유도 있겠다……. 나 같으면 '스네일'을 내 볼 것이다. 아까 회장이 말한 대로 아직 정보의 정확도가 낮으므로 빨리 효과를 파악하고 싶다.

"처음에는 주먹. 가위, 바위, 보!"

"처음에는 주먹. 가위, 바위, 보!"

우리밖에 없는 교실에서 세 번째로 구호가 울려 퍼졌다.

마토는 **'스네일'**.

사부리 회장은 **가위**였다.

처음 나온 조합이다. 승패는……?

"두 번째 판은 사부리 회장님의 승리입니다."

구누기 선배가 사무적으로 알렸다.

회장은 '뻔할 뻔자'였다는 듯 큰 반응을 보이지 않았다. 내 예상도 마찬가지였으니, 마토가 '스네일'을 낼 것이라고 예상했는지도 모르겠다.

1 대 1로 동점. 하지만 **가위로 '스네일'을 이길 수 있다는** 사실이 확정된 건 수확일까. 마토를 응원해야 할 의리는 딱히 없지만, 이왕이면 이기길 바란다. 학생회에 들어가면 이야기할 시간이 줄어드니까.

"이어서 세 번째 판입니다. 양쪽 준비를. ……야, 이모리야."

구누기 선배가 불렀지만 마토는 아무 반응도 없었다.

'스네일' 모양으로 만든 오른손을 눈 위로 쳐들고 미술품의 진위라도 판정하듯 가만히 살펴보았다. 그리고 중얼거렸다.

"……가위."

방금 회장이 낸 기술에 큰 의미가 있다는 듯한 행동이었다.

"이모리야, 준비해."

"네에."

마토가 드디어 움직였다. 손 모양을 주먹으로 되돌리고 대치한 회장과 똑같은 위치까지 물러났다.

또 구호를 외쳤다.

"처음에는 주먹. 가위, 바위, 보!"

"처음에는 주먹. 가위, 바위, 보!"

마토는 **가위**.

사부리 선배는, 어?

"……보."

한순간 늦게 **바위**를 냈다.

"세 번째 판, 사부리 회장님의 승리입니다."

구누기 선배가 선언하자 회장은 손을 거두었다. 학생회 콤비는 태연한 얼굴이었다.

"자…… 잠깐만요, 선배. 방금 규칙을 위반했잖아요? 회장님이 마토보다 손을 늦게 냈어요."

"문제없어."

"없기는요! 먼저 내는 건 몰라도 나중에 내는 건 안 되죠. 꼼수잖아요!"

팔을 붙잡고 이리저리 흔들었지만 구누기 선배는 문제없다는 말만 되풀이했다. 이쪽에는 시선 한번 주지 않고 비뚤어진 안경을 고쳐 썼다.

"회장님 2승, 이모리야 1승입니다. 이어서 네 번째 판을 시작하겠습니다."

피가 거꾸로 솟는 기분이었다.

회장이 비겁한 짓을 하는 건 그렇다 치자. 하지만 심판이 그걸 눈감아 준다고? 공정함을 중시하는 사람인 줄 알았는데, 결국 가까운 사람을 편드는 건가. 카루타 카페 때는 함께 사기꾼을 해치웠으면서 이번에는 자기가 사기를 치는 쪽이야? 이런

자유 규칙 가위바위보

사람인 줄 몰랐네, 구누기 하야토.

"마토! 마토도 뭐라고 말 좀 해."

"내가 보기에도 늦게 낸 것 같지만, 구누기 선배가 괜찮다고 판정했다면 따라야지. 구누기 선배가 규칙이니까. 그렇죠, 회장님?"

"응. 구누기의 판정은 절대적이야."

"말도 안 돼……."

마토는 결과를 받아들인 듯했다. 사물함에 기대어 창문 밖을 바라보고 있었다. 마토의 머릿속에도 운동장처럼 바람이 휘몰아치고 있을까. 아니면 자기하고는 상관없는 일이라는 듯 맑은 하늘이 펼쳐져 있을까.

나 혼자 떼쓰는 어린아이가 된 것 같아 답답한 기분으로 팔짱을 꼈다.

"자, 지고 있는 데다 반환점을 돌았으니 저도 분발해야겠네요."

마토가 어깨를 빙글빙글 돌렸다. "너무 늦게 분발하는 거 아니야?" 하고 사부리 회장이 야유했다. 역전해서인지 여유가 엿보이는 태도였다.

"그럼 네 번째 판."

"처음에는 주먹. 가위, 바위, 보!"

"처음에는 주먹. 가위, 바위, 보!"

마토는 언더핸드스로를 구사하는 투수처럼 팔을 옆으로 크게 휘둘렀고, 회장은 지금까지처럼 위에서 아래로 내리치듯 오른손을 내밀었다. 이번에는 타이밍이 딱 맞았다.

마토는 한 번 더 '**스네일**'.

회장은 '**총**'.

야단났다 싶었다. 첫 번째 판에서 회장이 '스네일'을 내지 않은 건 분명 '스네일'이 '총'에 진다는 설정이기 때문이다. 그 정도는 나도 눈치챘다. 이번 대결도 회장의 승리인가?

"비겼습니다."

구누기 선배의 선언에 마토와 회장 둘 다 눈이 커졌다.

뭔가 있̇을̇ 수̇ 없̇는̇ 일̇이̇ 일̇어̇났̇다는 듯이.

확실히 비긴 건 의외지만…… 그렇게 놀랄 일일까. 구누기 선배는 "승패나 효과가 서로 충돌하는 경우는 '비긴' 걸로 취급한다."라고 했다. 분명 마토의 '총'도 스네일'에 진다는 설정이었으리라. 서로 지는 형태라 비겼다. 그랬을 뿐 아닌가?

두 사람의 얼굴을 물들인 경악이 동시에 웃음으로 변했다.

회심의 미소를 띤 채 두 사람은 다시 손을 흔들었다.

"처음에는 주먹. 가위, 바위, 보!"

"처음에는 주먹. 가위, 바위, 보!"

이번에 마토는 **보**.

사부리 회장은, 한순간 늦게 **가위**를 냈다.

"네 번째 판은 사부리 회장님의 승리입니다."

"잠깐, 또……. 구누기 이 자식아!"

편파 판정을 하는 심판에게 불만을 터뜨리려고 했지만.

"과아연." 느긋한 마토의 목소리가 나를 제지했다. "그런 효과였군요. 한 방 먹었네요."

마토는 자기 위치를 훌쩍 벗어나 다른 책상에 앉았다. 주름치마가 끌려 올라갔고, 마토가 편한 자세로 다리를 꼬았다.

"효과라니……. 마토, '스네일'의 효과를 알아낸 거야?"

"'스네일'은 방해 기술이야."

"방해?"

"'빈손'으로 취급해 모든 기술에 진다. 다음 판에서 상대는 손을 나중에 낼 수 있다. 이게 회장이 만든 '스네일'의 효과야. 아마도."

듣고 보니 회장이 나중에 손을 냈는데도 구누기 선배가 그냥 넘어간 건 두 번 다 마토가 '스네일'을 낸 다음 판이었다.

하지만 믿기지가 않았다.

'독자손'은 뭐든지 가능하다. 얼마든지 강한 기술을 만들 수 있는데 굳이 그런…….

"규칙의 구멍이지. '너무 강한 기술'은 금지하지만 '너무 약한 기술'은 금지하지 않아. 대결 중에 효과를 확인하려고 내가 '스네일'을 낼 확률은 꽤 높지. 한 번이라도 내면 '빈손'인 데다 손을 나중에 낼 수 있으니까 상대는 자동으로 2승. 내가 '스네일'

을 두 번 내면 상대는 4선승으로 승리 확정인 셈이야."

그야말로 역발상이다.

자신이 이기기 위해서가 아니라 마토가 지도록 하기 위해 만든 '독자손'.

'독자손'의 효과는 자유롭게 지정할 수 있다. 상대는 이쪽이 지정한 효과를 모르니까 네 번 먼저 승리한 사람이 이긴다는 조건에서라면 확실히 가장 약한 기술이 가장 강한 기술이 될 수 있다. 그리고 가장 약한 기술은 규칙에 확실히 명시됐다. 대결을 포기한 것으로 간주하는 '빈손'이다.

회장은 그저 '스네일' 이외의 기술을 사용하며 적당히 가위바위보를 하면 된다. 기다리면 마토가 함정에 빠져서 자멸할 테니까.

"첫 번째 판에서 회장이 진 것도 고의였을지 몰라. 어때요, 회장님?"

"'총'에 이기는 기술을 최대한 빨리 알아내고 싶었거든. 그것만 파악하면 나중에 내기 가위바위보에서 내가 패배할 일은 없어."

"이름도 참 그럴싸해요. '스네일'이라. 느릿느릿한 달팽이가 손을 늦게 내는 효과를 암시하죠. 이름을 영어로 지은 건 네일, 즉 못이라는 뜻을 포함하고 싶어서인가요? 다음 차례까지 지속되는 지효성 주술. 짚 인형에 박는 못이네요."

"창피하니까 일일이 해설하지 마."

사부리 회장은 유쾌해 보였다. 마토의 추리에 따르면 첫 번째 판에서 처음으로 가위바위보를 했을 때 회장이 '스네일'을 내지 못한 것도 이해가 간다. '총'뿐만 아니라 모든 기술에 지니까.

어라? 잠깐만.

방금 네 번째 판에서 '총'과 '스네일'이 충돌해서 비겼다.

'빈손' 취급을 받는 '스네일'을 냈는데 비겼다고?

"그나저나 한 방 먹었다는 건 내가 할 말이야. 4승을 확정한 줄 알았는데 설마 너도 똑같은 전략일 줄이야."

회장이 오른손으로 다시 총 모양을 만들었다.

"총이라고 해서 꼭 실탄이 들어 있는 건 아니지. 네 총은 빈 총이야."

그리고 마토의 이마에 총구를 향했다.

"**'빈손'으로 취급해 모든 기술에 진다**. 그게 '총'의 효과야. 모든 기술에 지는 '스네일'과 맞붙어서 **무승부**로 처리됐으니 그것 말고는 없겠지. 글자 수로 추측건대 다른 특수 효과는 없고. 그렇지?"

글자 수? 무슨 소리인지 모르겠다. 마토는 말없이 이야기를 재촉했다. 들이댄 총에서 총알이 발사되지 않는다는 걸 안다는 듯.

"나와 똑같이 **가장 약한 '독자손'**이라는 전략을 사용하다니. 초심자 중에 이런 발상을 하는 녀석은 좀처럼 찾아보기 힘들지. 성격이 아주 못됐구나?"

"'나중에 내기'를 덧붙인 회장님이 더 못됐죠."

"기막힌 설정이지? 2승을 확정하는 데다 가위바위보라는 게임의 범주에서도 벗어나지 않아. 상대는 착각인지 아닌지 헷갈리거나, 심판을 믿을 수 없어서 주의력이 흐트러지겠지. 실제로 넌 세 판을 소비하고 나서야 알아차렸어."

"……."

"큰일 났네. 안 그래, 이모리야?"

'빈손'끼리 비기는 예상치 못한 사태가 발생한 덕분에 회장이 노렸던 4연승은 아슬아슬하게 피했다. 하지만.

"현재 사부리 회장님 3승. 이모리야 1승. 앞으로 한 번만 더 이기면 회장님의 승리입니다."

마토는 코너에 몰린 상태였다.

네 번째 판이 끝났으니 이제 세 판 남았다. 마토가 역전하려면 이제부터 한 판도 지지 않고 3연승해야 한다. '독자손'의 효과가 밝혀져 공격 수단을 잃은 이 상황에서.

마토는 허리에 묶은 카디건의 소매를 잡고 빙글빙글 돌리면서 원래 자리로 돌아왔다. 너무나 태평한 친구 대신 내가 침을 삼켰다.

나중에야 알았다.

이 시점에서 이미 승부가 결정됐다는 사실을.

6

†

"'독자손'의 효과가 판명됐는데, 둘 다 대결에 이길 수는 없는 방해용 기술이라니……. 이제부터는 그냥 가위, 바위, 보로 겨룰 것 같은데. 좀 심심하기는 하겠지만, 뭐 어쩔 수 없지."

그렇게 말하며 사부리 니에코는 적의 반응을 살폈다.

포기한 건지 질리기 시작한 건지, 이모리야 마토는 대결을 시작할 때 드러냈던 적극성을 잃은 것처럼 보였다. 이제부터는 운을 하늘에 맡겨야겠다는 마음가짐이라면 이쪽이 유리하다.

사부리에게는 아직 전략이 남아 있었다.

'스네일'의 효과가 들통날 것을 상정하고 준비한 플랜B. 대결 후반부에 서서히 효력이 발생하는 또 다른 독이다.

"그럼 다섯 번째 판입니다."

"처음에는 주먹!"

"처음에는 주먹!"

두 사람은 주먹을 내밀었다가 다시 쳐들었다. 사부리는 이모리야의 손을 유심히 관찰했다.

플랜B는 '손 훔쳐보기'다.

손을 내미는 순간, 대부분의 사람은 사용할 기술의 징후가 주먹에 나타난다. 바위라면 주먹을 꽉 쥐고 있거나, 가위나 보라면 주먹을 펼칠 낌새가 보이는 식으로. 동체 시력으로 그걸 꿰뚫어 보고 승률이 높은 기술을 낸다. 나중에 내기와 마찬가지로 가위바위보에서 가장 단순하면서도 가장 일반적인 부정행위다.

하기야 사람에 따라 손을 내미는 방법이 다양한 데다 내밀기 직전에 손 모양이 바뀌기도 하므로, 실제로는 이론대로 훔쳐볼 수 없는 경우가 허다하다. 하지만 자유 규칙 가위바위보에서는 그 탁상공론이 통한다. 이유는 주로 두 가지다.

첫 번째는 '독자손'의 존재다. 아주 익숙한 가위, 바위, 보에 이물질인 '독자손' 두 가지가 섞여서 패턴이 복잡해지므로, 플레이어는 '아무 생각 없이 반사적으로 낸다'라는 전술을 사용하기 힘들다. 의식적으로 손을 내미는 만큼 징후가 잘 나타난다.

덧붙여 사부리는 '스네일'에도 작은 책략을 심어 두었다.

'스네일'은 접은 엄지손가락 위에 집게손가락, 가운뎃손가락, 약손가락을 구부려서 올리고 새끼손가락만 편 형태다.

이모리야에게 강조한 것처럼 엄지손가락 위치가 포인트였다. 가위, 바위, 보를 낼 때 엄지손가락이 다른 손가락 아래에 있는 경우는 보통 없다. 그리고 대결은 '처음에는 주먹'이라는 구호로 시작한다. 이모리야가 '스네일'을 낼 작정이라면 '처음에는 주먹'에서 보통 주먹을 낸 후, '엄지손가락을 다른 손가락 안쪽에 밀어 넣는' 동작이 반드시 필요하다. 엄지손가락에 주의하면 '스네일'과 다른 네 가지 기술을 구분하기는 간단하다.

그래도 물론 변칙적인 사태는 발생하는 법이다. 예를 들어 아까 네 번째 판에서 처음으로 가위바위보를 했을 때. 이모리야가 팔을 옆으로 휘두르며 손을 내미는 바람에 손이 무슨 모양인지 잘 보이지 않았다. 그래서 제일 승률이 높은(그 시점에서는 그렇다고 생각했던) '총'으로 대응했는데 뜻밖에도 '빈손'끼리 맞붙어서 비긴 것이다.

이번에 이모리야는?

위에서 아래다.

"가위, 바위!"

"가위, 바위!"

이모리야가 오른손을 내렸다.

주먹을 펼치는 모습이 확실히 보였다.

자유 규칙 가위바위보에서 '훔쳐보기'가 유효한 두 번째 이유는 일곱 번 대결한다는 것이다. 가위바위보를 여러 번 되풀이함으로써 통계를 내서 적의 버릇을 파악할 수 있다.

지금까지 이모리야 마토는 총 여섯 번 손을 내밀었다. '스네일' 두 번에 가위, 바위, 보, '총'을 한 번씩. 하나하나 면밀하게 관찰해서 사부리는 이미 이모리야 마토의 버릇을 알아냈다.

제일 흔한 유형이다. 바위를 낼 때는 '처음에는 주먹'이라고 말한 후, 쥐었던 주먹을 그대로 낸다. 가위, 보, '총'은 주먹을 약간 펼친 상태로 내고, '스네일'은 손을 내리는 시점에 엄지손가락이 이미 다른 손가락에 감싸인 상태다.

주먹을 펼쳤으니 이모리야는 가위, 보, '총' 중에 하나를 낼 작정이다. 아무 위력도 없는 '총'은 선택지에서 제외할 테니 실질적으로는 양자택일이다.

둘 중 어느 것에도 지지 않는 기술은.

"보!"

"보!"

안전권이라는 확신과 함께 사부리 니에코는 **가위**를 냈다. 운이 좋으면 4승으로 게임 끝, 그렇지 않더라도 가위끼리 비긴다.

손을 내민 직후, 미간에 주름이 잡혔다.

이모리야 마토는 **바위**를 냈다.

"다섯 번째 판은 이모리야의 승리입니다."

구누기의 선언에 고다가 가슴을 쓸어내렸다. 플레이어 두 명만 무슨 일이 일어난 건지 파악했다.

"속였구나, 이모리야."

"뭐, 가위바위보를 할 거면 이 정도는 기본이죠."

화장 전 보습에 대해 이야기하는 것처럼 가벼운 말투였다.

자유 규칙 가위바위보는 정보전이다. 사부리가 쥐고 있던 것은 가짜 정보였다. 이모리야는 일부러 버릇을 노출해 가위로 유도하고, 손을 내밀기 직전에 다시 주먹을 쥐었다.

"내가 훔쳐본다는 걸 눈치챘어?"

"확신은 없었지만 경계는 했죠."

"언제부터?"

"구호가 '처음에는 주먹'이라고 들었을 때부터요. '스네일'도 훔쳐보기 쉬운 형태였으니까요. 그리고 수상하다 싶었던 건 두 번째 판의 가위였죠."

두 번째 판. 이모리야는 손을 내리는 순간 주먹을 약간 펼치고 엄지손가락을 감쌀 듯한 징후를 보였다. 아마 '스네일' 아닐까 추측했지만, 아직 초반이라 확신이 없었다. 바위는 아니겠지만 보, 가위, '총'일 가능성은 동등했다.

그래서 사부리는 가위를 냈다. '총'에 이기느냐 지느냐는 아직 불확실했지만 보, 가위, '스네일'에는 지지 않기 때문이다.

대결을 시작하기 전부터 '훔쳐보기'를 경계했다면 확실히 그 한 수는 너무 티가 났을지도 모른다.

"회장님 3승, 이모리야 2승입니다. 그럼 여섯 번째 판을······."

"아, 잠깐 타임요."

이모리야는 자기 자리로 돌아가서 아까 고다에게 사 오라고 한 코코아 캔을 들고 왔다. 캔을 딴 후 왼손을 허리에 댄 채, 목욕하고 나서 시원한 우유를 들이켜듯 꿀꺽꿀꺽 마셨다. 이제 온도가 적당하다 못해 미지근해졌을 것 같지만, 어쩌면 뜨거운 걸 잘 못 먹는 체질인지도 모른다.

"나도 한 입만." "싫어." "에이, 내가 사 왔잖아." 이모리야는 고다와 긴장감 없는 대화를 나누었다. 캔에서 풍기는 달콤한 향기가 느슨해진 분위기를 고스란히 반영하는 듯했다.

'독자손'은 간파당했고, 훔쳐보기도 막혔다. 이제부터는 말 그대로 진정한 운의 대결이다.

"빨리 끝내지. 이러다 태풍이 오겠어."

"네에."

구누기가 야단치자 이모리야는 캔을 든 채 자기 위치에 섰다. 플레이어들은 동시에 손을 쳐들었다.

"그럼 여섯 번째 판."

"처음에는 주먹! 가위바위보!"

"처음에는 주먹! 가위바위보!"

사부리는 **보**를 냈다.

이모리야는…….

"에엥?"

'**총**'이었다.

엄지손가락으로 만든 공이치기와 집게손가락으로 만든 총신.

이해가 안 됐다. 더는 쓸모가 없다고 방금 판명된 '총'을 왜 낸 거지?

아무튼 '빈손' 대 보라면 승패는 명백하다. 보를 낸 사부리의 승리다.

"여섯 번째 판은 이모리야의 승리입니다."

사부리는 두 귀를 의심했고, 구경꾼인 고다도 "네?" 하고 의아하다는 듯 목소리를 높였다.

"야, 구누기. 안경 도수에 문제 있는 거 아니야? '총' 대 보잖아."

"규칙대로 판정했습니다. 여섯 번째 판은 이모리야의 승리입니다."

학생총회에서 회계 보고를 할 때처럼 포커페이스로 다시 말했다.

구누기는 분명 이모리야를 학생회에 가입시키는 데에 반대하는 입장이다. 그럼 학생회 가입을 저지하기 위해 반란을 일으켰다? 아니, 그건 아니다. 구누기는 고지식한 성격이라 황야 한복판에서도 신호를 지킬 인간이다.

그렇다면 이유는 눈앞에 있는 이 녀석이다.

"모든 기술에 '빈손'으로 적용되는 게 아니었나."

'총'의 효과를 잘못 파악했다.

오로지 방해가 목적인 최약체 기술이 아니었다.

'총'이 어떤 기술에 이기고 지는지 다시 정리해 보았다. '스네일'에는 '빈손'으로 적용된다. 바위에는 진다. 보에는 이긴다. 가위에는 어떻게 적용되는지 아직 모른다. '위력이 변화하는 기술'은 금지이므로 효과에는 일관된 법칙이 있을 텐데······.

"아주 희한한 기술을 만들었네."

"재미있죠?"

"재미있달까······ 영문을 모르겠군. 난 '독자손'이 사용자를 비추는 거울이라고 생각해. 그 사람만의 전략과 개성적인 사고가 반영되니까. 그런데 네 '총'에는 전략이 보이지 않아. 그냥 대충 만들었어?"

"그럴 리가요. 치밀한 전략을 바탕으로 만든 기술이랍니다."

"······뭐, 교란을 노린다는 의미에서는 무작위성도 전략이다만. 실제로 교란당했고." 한숨이 새어 나왔다. "넌 '자유'의 취지를 잘 이해하는 녀석일 줄 알았는데."

자유와 생각의 포기는 완전히 다르다는 것이 사부리 니에코의 견해다.

자유란 살얼음이 뒤덮인 큰 호수다. 어디든지 마음대로 나아갈 수 있지만 발을 디디는 강도, 각도, 발을 내려놓는 위치, 그 모든 것에 확고한 사고가 요구된다. 아무 생각도 없이 걸어가면 얼음이 깨져서 익사한다.

이 게임도 마찬가지다. '독자손'을 사용해 어떤 전략을 구사하는지 알아내는 것이 묘미인데, '적당히 만들었습니다'가 정체여서는 재미없다. 뭘 어쨌든 자유니까 의미는 필요 없다는 건 어린애 같은 변명이다.

사부리가 원하는 인재는 넘어질까 봐 두려워서 납작 엎드리는 겁쟁이도, 용감하게 군답시고 얼음물에 뛰어드는 바보도, 생각 없이 무작정 내달리는 어린애도 아니었다. 빙판 위에서 화려한 스텝을 밟는 피겨 스케이트 선수 같은 강자였다.

이모리야 마토는 이상적인 인재가 아닐지도 모른다.

"벌칙이 좀 더 혹독해야 했을지도 모르겠네. 지면 알몸으로 석고대죄한다든가."

"무슨 뜻이죠?"

"승부에 진심으로 응해야 네 모든 역량을 볼 수 있겠지."

모든 역량, 하고 이모리야는 중얼거렸다. 아랫입술을 손가락으로 문지르며 생각에 잠겼다.

"이 게임은 회장님에게 놀이인가요?"

"뭐, 반쯤 놀이이기는 해."

"그럼 예를 들어 목숨을 건 게임이었다면 전략이나 손을 내놓는 방침이 달라졌을까요?"

"……?"

"설령 목숨을 걸든, 아이스크림이나 주스같이 훨씬 하찮은 물건을 걸든 저는 지금과 똑같이 할 생각이거든요."

사부리는 이모리야 마토를 응시했다.

황갈색 긴 머리와 립글로스를 바른 입술이 형광등 불빛에 비쳤다. 치마 벨트로 조정했는지 모양이 잘 잡힌 짧은 주름치마. 오른쪽 양말이 살짝 내려가서 뽀얀 발목에 남은 희미한 자국이 보였다. 상대는 어디에나 있을 법한 여고생이라, 지금 이 말이 어느 쪽 의미인지 사부리는 구분이 가지 않았다.

"어떤 대결이든 적당적당히 넘어가겠다는 뜻이야? 아니면 어떤 대결이든 깊이 생각해서 싸우겠다는 뜻이야?"

"나비의 날갯짓은 무서워요."

"나비?"

"뭔가를 걸고 대결에 임하는 이상, 지면 뭔가를 잃겠죠. 작은 결과가 큰 변화를 초래하기도 하고요. 그런 건 싫거든요."

이모리야는 그렇게 대답하고 코코아 캔을 내려다보았다. 사부리는 시커먼 캔 주둥이와 캔 속에 가라앉아 있는 미지근한 액체를 상상했다.

입을 열려다가 바로 생각을 바꿔서 대화를 끝내기로 했다. 괜히 정신을 어지럽히는 말에 응할 필요는 없었다. 지금 두 사람은 더 효과적인 '면접'을 진행 중이니까.

이모리야 마토의 본성은 자유 규칙 가위바위보가 가르쳐 줄 것이다.

"그럼 마지막 판을 얼른 끝내도록 할까."

사부리가 앞장서서 오른손을 쳐들었다. 이모리야도 거울에 비친 모습처럼 손을 들었다.

구누기가 헛기침을 했다.

"현재 회장님과 이모리야 둘 다 3승. 이번 대결에 이긴 사람이 승자입니다. 그럼 일곱 번째 판."

"처음에는 주먹!"

"처음에는 주먹!"

주먹을 내밀면서 분석했다.

이모리야의 '총'. 대결을 시작하기에 앞서 메모지에 적은 '글자 수'로 판단컨대 특수 효과는 없다고 봐도 되리라. 현재 시점에서 '총'에 이기는 것으로 판명된 기술은 바위뿐. 지는 기술은 보. 최약체 기술인 '스네일'을 낸다는 선택지는 서로 없을 테니 나머지 네 기술로 겨뤄야 한다.

"가위……."

"가위……."

'총'과 가위의 역학 관계는 어떨까? '총'은 가위에 이길까, 질까?

'훔쳐보기'에 관련해 공방을 펼친 다섯째 판. 이모리야는 사부리에게 가위를 내게 하고 바위로 대응했다. 만약 '총'이 가위에 이기는 설정이라면, 그 상황에서 이모리야가 써야 할 기술은 바위가 아니라 '총' 아니었을까? 그때 사부리는 '총'을 최약체 기술로 인식했으니까 낼 수 있는 기술의 선택지는 가위, 바위, 보밖에 없었다. 이모리야도 그건 알고 있었을 터. 이모리야가 바위를 내면 이길 확률은 단순한 가위바위보와 똑같이 3분의 1이지만, '총'이 가위에 이기는 설정이라면 이길 확률은 3분의 2다. '총'을 내면 가위와 보에 이길 수 있으니까. 만에 하나 사부리가 가위 말고 다른 기술을 쓰더라도 안전성이 높다.

이모리야가 '총'을 내지 않았던 이상 **'총'은 가위에 진다**는 가설이 성립한다.

그렇다면 이길 확률이 높은 기술은 바위와 가위다. 바위는 가위와 '총'에, 가위는 보와 '총'에 각각 이길 수 있다. 양쪽이 맞붙는 경우는 바위가 이기니까 가장 좋은 선택은 바위라고 봐야 할까. 그런 생각의 빈틈을 찌른다면 보, 빈틈의 빈틈을 찌른다면 가위나 '총'. 내가 이모리야라면······.

"바위······."

"바위······."

어엇? 고다의 목소리가 울려 퍼졌다.

사부리도 어이없는 기분으로 눈앞의 손을 바라보았다. 지금까지 쌓아 올린 추리가 그 일격에 다 날아가 버렸다.

제일 중요한 마지막 판에 이모리야 마토의 선택은 또.

'총'을 먼저 내기.

"······속행하겠습니다. 회장님도 내십시오."

구누기가 첫 번째 판과 똑같이 지시했다. 이모리야의 입술이

미묘한 선을 그렸다. 웃는 건지 정색하는 건지 모를 표정이었다.
 이 녀석, 무슨 생각인 거지?
 역시 바보인가?
 "가위, 바위……."
 초반과는 사정이 완전히 다르다. '총'에 이기는 기술은 이미 판명됐다. 바위다. 바위를 내면 이쪽이 4승을 거둬서 승자가 확정된다. 사부리는 주먹을 부르쥐었다.
 함정이다.
 승부의 갈림길에서 직감이 제동을 걸었다.
 이모리야 마토는 영리하다. 모든 행동의 이면에 뭔가 숨겨져 있다고 받아들여야 한다.
 처음에 정한 방침이 떠오르자 미로 같던 숲에 길이 트였다. 그렇다, 녀석은 뭔가 획책하고 있다. 함정의 정체는 모르지만 선뜻 바위를 내놓는 건 위험하다.
 그렇다면 뭐로 맞서지?
 더는 고민할 시간이 없었다. 하지만 적이 손을 내놓았으니, 사부리에게는 확실하게 위기를 모면할 방법이 있었다. 이기지는 못하지만 지지도 않는, 비기기라는 방법이.
 "보!"
 사부리도 팔을 내렸다.
 사용한 기술은 '총'.

거울에 비친 듯한 권총 두 자루가 30센티미터쯤 거리를 두고 마주했다.

결판이 미루어지자 고다가 숨을 푹 내쉬었다. 강풍이 유리창을 흔들었다. 구누기가 한 손으로 안경다리를 만졌다. 이모리야는 코코아 캔을 입에 대고 한 모금 꿀꺽 마셨다.

내민 손은 아직 총 모양이다.

"일곱 번째 판은."

그 손이 천천히 눈높이까지 올라갔다.

"이모리야의 승리입니다."

"탕."

경쾌한 목소리와 함께.

이모리야 마토의 자유가 사부리 니에코를 꿰뚫었다.

7

"……뭐?"

사부리 회장이 뒤로 한 발짝 물러났다.

모르는 어른이 말을 걸어서 어쩔 줄 모르는 어린애 같은 반응이었다. 구경하던 나도 같은 심정이었다. 뭐가 어떻게 된 건지 전혀 이해가 되지 않았다.

"승리라니……. 무슨 헛소리야, 구누기? 비겼잖아."

"아니요, 이모리야가 이겼습니다."

"어째서? '총' 대 '총'이니까 당연히 무승부지."

"이모리야가 이겼습니다. 전부 규칙대로 판정한 결과예요."

"어이가 없네. 첫 번째 판에서는 비겼잖아! 아니면 뭐가 특수 효과라도 있다는 거야?"

"대결에 앞서 설정했던 양쪽의 효과를 발표하겠습니다."

구누기 선배가 메모지 두 장을 꺼내서 차례대로 펼쳤다.

"'스네일'의 효과는 **'빈손' 취급. 다음 가위바위보에서 상대는 손을 나중에 낼 수 있다**였습니다. '총'의 효과는 **가위, 바위, 보에 이기고 '스네일'에 진다**였습니다."

"뭐라고?"

메모지에는 마토 글씨로 분명 그렇게 적혀 있었다.

특수 효과는 전혀 없었다. '빈손'의 빈 자도 적혀 있지 않았다. 누구라도 떠올릴 법한 아주 평범한 '독자손'이다.

"가위, 바위, 보에 이긴다고? 그럼 첫 번째 판에서 내가 낸 '총'이 바위에 진 건 뭔데? 네 번째 판에서 '스네일'과 비긴 건? 뭘 내든 '빈손'에는 이길 텐데? 그리고 그 효과대로라면 '총'끼리는 비겨야 하잖아."

"비기지 않은 건 회장님이 낸 '총'이 '빈손'이었기 때문입니다."

"그런 억지가 어디 있어! 나와 이모리야의 손이 뭐가 다르……."

회장이 불평을 멈췄다.

간과했던 뭔가를 알아차린 듯 적을 향해 고개를 휙 돌렸다. 마토와 회장. 마주 내민 손과 손. 거울에 비친 총과 총.

"대결을 시작하기 앞서 이모리야가 확인한 내용에 제가 동의함으로써 규칙은 이렇게 정해졌습니다. 사전에 정한 손 모양과 조금이라도 다르면 '빈손'으로 처리한다. 설령 손가락 하나라도 차이는 인정하지 않는다라고요."

회장의 턱이 중력을 이기지 못했는지 구누기 선배의 말에 맞춰 입이 커다란 원을 그렸다.

"'독자손'을 설정할 때, 이모리야는 왼손을 냈습니다."

나는 새삼스레 마토를 보았다.

건들거리는 자세로 서 있는 친구는 지금 왼손으로 '총'을 내민 상태다. 여섯 번째 판부터 그랬다. 당연하다. 오른손에는 코코아 캔을 들고 있으니까.

대결을 시작하기 전에는? 마토는 분명 마지막 감자칩을 입에 넣으며 겸사겸사라는 듯 '총' 모양을 만들었다. 감자칩을 집은 손은 오른손이었다. 기름이 묻은 손가락을 물티슈로 닦고 볼펜을 쥔 게 기억난다. 주로 쓰는 손에 과자를 쥐고 있었으니, '총'

은 왼손으로 만든 셈이다.

오른손과 왼손.

나는 아직 완전히 이해하지 못했지만, 사부리 회장에게는 무슨 뜻인지 전달된 듯했다. 쭉 가위바위보에 사용한 자기 오른손을 바라보다 회장이 가냘픈 목소리를 흘렸다.

"이모리야……. 설마 처음부터."

"어떻게 된 건지 제가 설명하겠습니다." 구누기 선배가 입을 열었다. "일단 '독자손'을 설정할 때 이모리야는 왼손으로 '총' 모양을 만들어 우리에게 보여 줬습니다. '독자손'을 승인한 후에 깨달았죠. 손가락 하나 차이도 인정하지 않는 것이 규칙이라면, 팔̇ 하̇나̇ 차이는? 평범한 가위바위보는 좌우 어느 손을 내든 상관없지만, 이번 게임은 다릅니다. 이모리야가 유도해서 미리 언질을 받았어요."

— 사전에 정한 손 모양과 조금이라도 다르면 '빈손'인가요? 손가락 하나라도 다르면?

— 당연하지. 그것도 내가 판정해.

"오른손으로 '총'을 내면 이모리야가 설정한 형태와는 면̇대̇칭̇, 다시 말해 거울에 비친 모양이 됩니다. 규칙에 따르면 큰 차이죠. 그래서 저는 **오른손으로 낸 '총'은 '빈손'으로 처리**하기로 했습니다. 그 결과, 이모리야는 두 가지 무기를 손에 넣었죠. 방해가 목적인 오른손 '총'과 진짜 기술인 왼손 '총'."

공포탄이 장전된 오른손과 실탄이 장전된 왼손.

마토가 사용한 건 쌍권총이다.

조건에 따라 위력이 달라지는 '독자손'은 너무 복잡해서 금지라고 했다. 하지만 그 규칙을 역이용해 오른손과 왼손으로 나눈다면. 메모지에는 그 효과를 한 글자도 적지 않고서 규칙에 어긋나는 '변화 기술'을 성립시킨 셈이다.

언제부터 그런 생각을 한 걸까. 구누기 선배가 '독자손'의 형태에 대해 설명했을 때가 문득 떠올랐다. 명시된 조건은 '가위, 바위, 보처럼 한 손으로 낼 수 있고, 손가락을 구부리는 것만으로 만들 수 있어야 한다'였다. 반드시 오른손이어야 한다는 조건은 없었다. 그 말을 듣고 마토는 뭔가를 맛보듯 입술을 핥았다.

어쩌면 그 시점에 이미……

"구누기 선배에게 제 의도가 과연 전해질지 불안하긴 했어요." 마토는 어느 틈엔가 손을 내리고 사물함에 등을 기대고 있었다. "그래서 첫 번째 판부터 도박에 나선 거예요."

"먼저 내기?"

"아니, 아니요, 회장님. 먼저 내기는 '스네일'의 효과를 파악하기 위해 찔러 본 거예요. 저도 정보를 얻을 수 있으니 위험성이 큰 도박은 아니었죠. 비긴 후에 다음으로 가위바위보를 했을 때가 진짜 큰 도박이었어요. 회장님이 오른손으로 낸 '총'이 과연 제 바위에 지느냐가 문제였죠."

자유 규칙 가위바위보

첫 번째 판에 마토와 회장은 우선 오른손으로 '총'을 냈다.

구누기 선배가 보기에는 '빈손'과 '빈손'의 대결이다. 결과는 무승부. 하지만 유효한 기술끼리 맞붙어도 비기는 경우가 있으므로, 마토로서는 판단이 서지 않았다.

그리고 두 번째 가위바위보에서 '총'과 바위가 맞붙었다.

바위가 지면 오른손과 왼손에 관계없이 '총'은 유효한 기술이라는 뜻이다. 마토의 계획은 무너진다.

바위가 이기면 오른손 '총'은 '빈손'으로 처리된다는 뜻이다. 마토의 전략이 통한 셈이다. 여기서 비로소 판단이 가능해진 것이다.

그러고 보니 구누기 선배가 첫 번째 판의 승패를 선언했을 때 마토는 과장되게 가슴을 쓸어내렸다…….

"내가 다음에도 '총'을 낸다는 보장은 없었잖아. 그것도 포함해서 도박에 나선 거야?"

"'총'을 낼 거라고 확신했어요. 그 상황에서 가장 좋은 방법은 '총'을 내는 거였고, 허의 허를 읽더라도 정보를 얻기 위해 일부러 지려고 하겠거니 싶었죠. 척 보기에도 회장님은 승자로 인생을 살아온 느낌이라 분명 지고는 못 사는 성격일 거예요. 처음 가위바위보에서 제게 정보를 빼앗겼다면 어떻게든 되갚아 주려 하겠죠. 실제로 그렇게 됐잖아요?"

정곡을 찔렸는지 회장은 얼버무리듯 콧방귀를 뀌었다.

구누기 선배와 '구엔 시합'을 했을 때도, 하타노 씨와 대결했을 때도 그랬다. 마토는 항상 상대의 성격을 간파해서 이긴다.

"결과적으로 바위가 이겼어요. 이야, 역시 구누기 선배예요. 우리 사이에 말은 필요 없군요."

"도박에 이긴 덕에 이모리야에게는 여유가 생긴 것 같았습니다." 선배는 친한 척하는 후배를 무시했다. "두 번째 판에서 이모리야는 '스네일'의 효과를 확인하는 쪽으로 방향을 틀었죠. 두 판을 소비해 '스네일'이 방해용인 최약체 기술이라는 사실을 거의 파악했습니다."

"나중에 내기 효과는 예상외라서 좀 당황했어요. 하지만 동시에 큰 기회라고 생각했죠." 마토는 왼손과 오른손으로 총과 달팽이를 만들며 말했다. "'스네일'이 '빈손'으로 확정되면 왼손 '총'은 무적의 기술이 되는 거니까요."

"아, 그런가." 나는 중얼거리면서 생각을 정리했다. "'총'은 본래 가위, 바위, 보에 이기고 '스네일'에만 지는데······. 하지만 '스네일'이 '빈손'이라면 '빈손'은 대결을 포기하는 거나 마찬가지라서 지는 기술을 내도 이기니까······."

"그런 거지. 그래서 한 판 더 소비해서라도 확정하려고 했어. 확실한 방법은 오른손 '총'으로 '스네일'과 맞붙는 거야. 둘 다 '빈손'이라면 비길 테지. 회장 스스로 '스네일'을 낼 가능성은 없으니까 내가 내는 수밖에. 그렇다면 '총'은 회장이 내 줘야 해."

"어떻게 내게 했어? 우연?"

"내 '훔쳐보기'를 이용했군." 회장이 말했다. "손이 잘 안 보이도록 팔을 옆으로 휘둘렀어."

마토는 그때처럼 언더핸드스로 흉내를 냈다.

"말했잖아요. 분발하겠다고."

나는 여전히 알쏭달쏭해서, 눈빛으로 구누기 선배에게 물었다.

"회장님은 이모리야의 손을 훔쳐보면서 승률이 높은 기술을 낼 수 있는 상황이었어. 그런 와중에 변칙적인 사태가 발생하면 안전한 방법을 택할 공산이 커. 회장님이 보기에 그 시점에서 질 확률이 가장 낮은 기술은 '총'이었던 거야."

"그런가요?"

"'총'이 정석에 따라 만든 강한 기술이라고 생각했으니까."

"그렇군요······."

그 결과 '스네일'과 오른손 '총'이 맞붙어서 비겼다.

또 생각났다. 무승부가 선언된 순간 두 사람은 회심의 미소를 지었다. 서로 '독자손'의 효과를 알아차려서 그런 줄 알았는데, 마토의 웃음에는 좀 더 깊은 이유가 있었다.

"이모리야는 무적의 '독자손'을 손에 넣었을 뿐만 아니라 적은 그 사실을 모릅니다. 그 시점에 승자가 확정된 셈이에요."

네 번째 판이 끝났을 때. 마토는 1승 3패로 궁지에 몰렸다.

하지만 반대였다. 외통수를 당한 건 사부리 회장이었다.

"회장님이 '총' 말고 다른 기술을 냈으면 위험했던 거 아니야? '스네일'은 모든 기술에 지니까 마토는 3패지? 나중에 내기 효과로 그다음 판도 지면 회장님이 4승······."

"그건 아니야, 고다. 다음 판에 내가 왼손으로 '총'을 내면 회장이 나중에 뭘 내더라도 절대 못 이기니까."

"······아."

"여유가 있었으니까 네 번째 판에서 놀아 볼 마음이 생겼던 거지."

"네 번째 판의 또 다른 성과는 회장님 머릿속에 '총'이 최약체 기술로 자리매김한 겁니다." 구누기 선배는 약간 즐거운 듯한 표정으로 분석했다. "그게 화근이 돼서 왼손과 오른손을 바꾸는 트릭은 의식에서 완전히 사라졌어요. 이모리야가 도박에 나선 건 오히려 다섯 번째 판이었겠죠. 비장의 무기는 아껴 놓고 '훔쳐보기'를 역이용하는 형태로 일단 1승. 그리고 여섯 번째 판에서 진짜 '총'을 뽑았습니다."

그때. 마토는 타임을 외치고 대결을 시작하기 전에 준비해 둔 코코아 캔을 땄다. 내게 심부름을 시킨 것도, 몹시 뜨거워했던 것도 전부 사전 준비였으리라.

그렇듯 아주 자연스럽게 오른손을 봉인해서 누구에게도 의심받지 않고 가위바위보에 사용할 손을 왼손으로 바꾸었다.

이리하여 여섯 번째 판에서 왼손 '총'과 보가 맞붙었다. '총'의 본래 효과는 가위, 바위, 보에 이기고 '스네일'에 진다이므로 마토의 승리. 회장은 효과를 잘못 파악해서 졌다고 추측했지만, 반은 맞고 반은 틀렸다.

마지막 일곱 번째 판. 마토가 왼손으로 낸 진짜 '총' 대 회장이 오른손으로 내서 '빈손'으로 처리되는 '총'. 결과는 당연히 마토의 승리였다.

"다섯 번째 판부터 왼손을 사용할 생각은 없었어? 내가 그때 백 퍼센트 가위를 낼 거라는 보장은 없었잖아."

"회장님이 제 손을 빤히 쳐다봤잖아요. 그런 상황에서 손을 바꾸면 위화감이 생기겠죠. 일단 '훔쳐보기'를 깨부수고 나서 손을 바꿔야 했어요."

"아, 그런 거였군."

자유 규칙 가위바위보는 정보전이다. 더 많은 정보를 숨기고, 더 많은 정보를 얻는 사람이 이긴다.

가장 큰 정보를 독점해 게임을 좌지우지한 건 마토였다.

"'치밀한 전략을 바탕으로 만든 기술'이라." 회장이 마토의 말을 인용했다. "확실히 그랬네."

"회장님 덕분이에요."

"응?"

"그 멋진 피어스요. 왼쪽 귀에만 달았잖아요. 게임 이름을 들었을 때, 그걸 보고 아이디어가 번쩍 떠올랐죠."

총 일곱 판에서 각자가 사용한 기술과 승패도

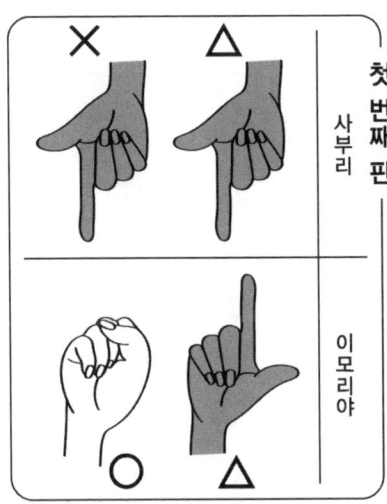

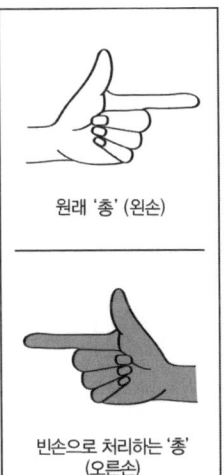

원래 '총' (왼손)

빈손으로 처리하는 '총' (오른손)

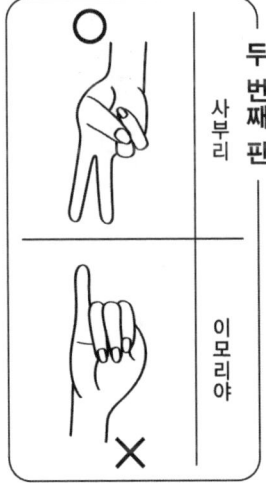

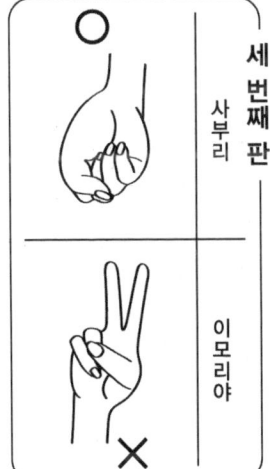

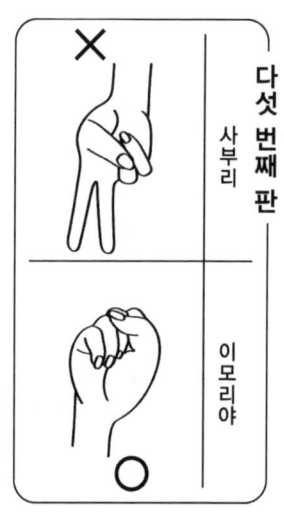
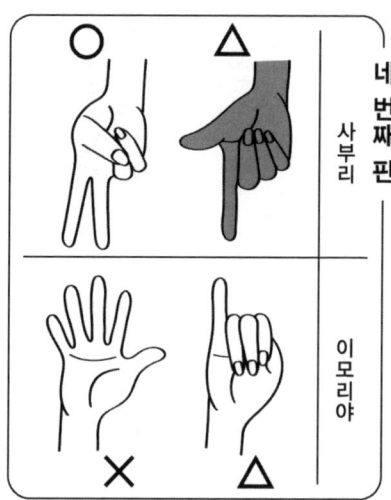
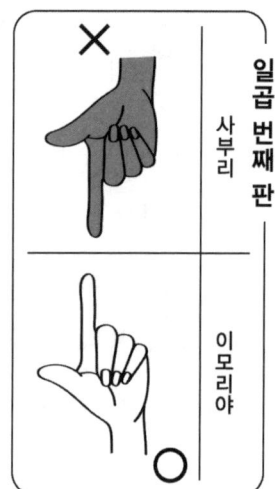
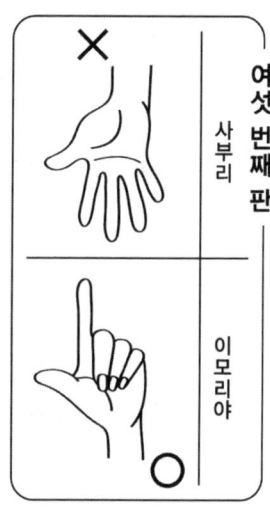

회장은 어리둥절한 표정으로 눈을 크게 뜨고 왼쪽 귀에서 흔들리는 십자가를 만졌다.

풍선에서 바람이 빠지는 듯한 웃음소리가 길게 이어졌다. 그러고 나서 회장은 부분 염색한 짧은 머리를 좌우로 흔들었다.

"내 완패야. 장난 아니네. 시작하기 전부터 승리를 확신했는데 예상을 완전히 뛰어넘었어, 이모리야. 넌 최고의 피겨 스케이트 선수야."

"비행기는 그만 태우고 약속이나 지켜요." 마토가 회장에게 한 발짝 다가갔다. "우키타 에소라와 맞붙게 해 주는 거죠?"

"너무 보채지 마."

패배를 받아들인 회장에게 위엄과 여유가 돌아왔다. 입학식에서 인사했을 때처럼 여유만만하게 책상 사이를 활보했다. 교실 시계로 시간을 확인하고 다른 사람 책상에 놓아둔 콜맨 백팩을 집었다.

장소를 바꾸자, 하고 회장은 턱으로 건물 밖을 가리켰다.

8

회장이 데려간 곳은 패스트푸드점도, 패밀리 레스토랑도, 커피 전문점도 아니라 빙수 가게였다.

역 앞에서 한 골목 안쪽으로 들어가면 있다는 건 알지만, 가격도 문턱도 높을 것 같아서 가 볼 마음은 없었다. 칠판형 입간판에 분필로 요일별 메뉴를 적어 놓는 유형의 가게다.

　태풍이 접근하는 탓인지 손님은 하나도 없었다. 안쪽 4인용 박스석에 앉았다. 빙수를 먹을 날씨도 아니라서 우리는 음료를 시켰지만, 마토 혼자 연유와 딸기 스페셜을 주문했다.

"혹시 나랑 구누기가 한턱내야 하는 분위기인가?"

"그야 그렇죠. 제가 이겼고, 후배니까요."

"여기 말고 편의점 앞에 쪼그려 앉아서 이야기할까."

"제가 낼 테니까 진정하세요."

"아, 구누기 선배. 괜찮아요, 괜찮아요. 마토가 낼 거예요. 내라고 할게요."

"구누기 선배, 너무 딱해 보여요. 생일 언제예요? 위장약 선물할게요."

"6월이야. 벌써 지났어."

"가르쳐 주다니 의외인걸, 구누기."

"학생회는 이 가게 단골인가요?"

"너무 북적거리지 않고 사장님이 미인이야."

"회장님은……."

"응?"

"뭐, 아무렴 어때." 마토가 잡담을 매듭짓고는 물었다. "그래서요?"

삐딱하니 앉아서 손바닥에 턱을 괬다. 귀 기울여 듣기 위한 마토 나름의 준비다.

나는 마토 몫까지 예의를 차리듯이 허리를 쭉 폈다. 마토의 속내는 모르겠지만, 에소라와 관련된 이야기라면 나도 알고 싶었다.

얼음 가는 소리를 배경음악 삼아 회장은 머리를 쓸어 올렸다.

"다들 내가 학생회 운영에 전혀 흥미가 없다고 생각하겠지. 뭐, 실제로도 그렇지만 이래 보여도 내 나름대로 학교 생각을 많이 해."

예상외의 도입부에 이맛살을 모았다.

"삼 년간 학생회 생활을 하면서 깨달은 점은 뭘 하든 결국 돈이 든다는 거야. 돈만 있으면 귀신도 부릴 수 있다지만, 반대로 돈이 없으면 울타리 수리고, 자판기 설치고, 호지로 축제 연예인 섭외고 뭐고 아무것도 못 해."

"진지하게 받아들이지 마, 이모리야. 이제부터 나올 이야기는 99퍼센트, 이 사람의 사욕과 흥미를 채우기 위한 거야."

구누기 선배가 끼어들었다. 회장은 어깨를 으쓱했을 뿐 부정은 하지 않았다. 회장은 물잔에 맺힌 물방울을 손가락으로 문지르면서 흔한 일상 이야기를 들려주듯 말을 꺼냈다.

"세이에쓰 고교라고 알아?"

나는 마토와 얼굴을 마주 보았다. 둘이 동시에 "아는데요." 하고 대답했다.

"사립 세이에쓰 고등학교. 사이타마현 이루마시에 있는 사립 학교지. 학생 수는 천 명, 올해로 창립 80주년. 성적은 전국 최상급이고 정치가, 기업가, 문화인을 다수 배출했어. 공립인 호지로 고교와는 비교도 안 될 만큼 명문고야. 비밀주의를 철저히 고수해서 교풍과 교과과정에 관한 정보가 몹시 적은 걸로도 유명하지. 나가노의 유기리 여학원, 가고시마의 고쿠게이주쿠와 더불어 '일본 3대 불가침 학교'로 불리기도 해."

회장은 위키백과를 달달 외워 온 것처럼 설명했다. 그렇게까지 자세하게는 몰랐다. 내가 아는 바는 높은 성적과 비싼 학비, 그리고 하나 더.

"에소라가 들어간 학교예요. 추천 전형에 합격해 학비를 면제받았죠."

미리 조사했는지 회장은 고개를 끄덕이고 백팩 주머니에 손을 넣었다.

"자. 그 영예로운 세이에쓰 고교에는 독특한 전통이 있어."

탁, 하고 테이블에 뭔가 내려놓았다.

오레오 정도 크기에 판 초콜릿 정도 두께의 원판 세 개였다. 합성수지로 만든 걸까, 노란색으로 칠한 테두리에 하얀 별무늬가 여섯 개 들어갔고 중앙에는 장식처럼 멋지게 도안한 알파벳

'S'가 박혀 있었다.

이건······.

"뭐 같아?"

"······카지노 같은 데에서 사용하는 칩?"

"거의 정답. 이건 **S칩**이라고 해. 'scholarship'의 S지."

"스칼러십? 장학금인가요?"

"댓츠 라잇. 미스 고다." 사부리 회장이 고개를 끄덕이며 매끄러운 발음으로 대답했다. "세이에쓰에서는 입학할 때 신입생 전원에게 S칩을 열 개씩 빌려줘. S칩을 삼 년간 간직하면 졸업할 때 보너스를 주지. 칩 하나당 십만 엔으로 환금할 수 있어."

몇 초 후에야 무슨 뜻인지 이해했다. 나는 얇은 칩 세 개를 새삼 바라보았다.

"환금······ 어? 이거 돈인가요?"

"장학금이라고 했잖아. 뭐, 들어 봐. 칩을 전부 돈으로 바꿀 수 있는 건 아니야. 처음에 빌려준 S칩 열 개에 해당하는 금액을 학교에 반납할 의무가 있어. 십만 엔 곱하기 십이니까 백만 엔을."

대체 무슨 이야기인가 싶어 물어보려 했지만 마토가 먼저 입을 열었다.

"삼 년간 간직한 칩 열 개를 돌려주면 본전이네요." 마토는 이미 이야기가 어느 방향으로 흘러가는지 보이는 듯했다. "그럼 열 개를 가지고 있지 않으면 어떻게 되는 거죠?"

"부족한 금액은 본인이 충당해야지. 예를 들어 졸업할 때 칩이 세 개뿐이라면 일곱 개에 해당하는 70만 엔을 학교에 납부해야 해. 뭐, 본인이 충당한다고 해도 대부분 부모님이 대신 납부하는 형태지만. 최고 백만 엔의 빚을 짊어지는 셈인데, 세이에쓰에 다니는 녀석들은 다들 부자니까 크게 부담되는 액수는 아니야. 아, 감사합니다."

사장님(확실히 미인)이 주문한 메뉴를 가져왔다. 과육이 듬뿍 들어간 시럽을 폭신폭신한 설산에 뿌린 연유와 딸기 스페셜은 아주 맛있어 보였지만, 마토는 스푼에 손을 뻗지 않고 이야기에 집중했다.

"과연. 보유한 칩이 열 개 미만이면 빚이라." 여기서부터가 본론이라는 듯 마토는 고개를 끄덕이고 말을 이었다. "그럼 반대로 열 개보다 많이 가지고 있으면요?"

"처음에 말했던 대로야. 개당 십만 엔으로 환금해서 가져갈 수 있어. 그야말로 장학금인 셈이지. 스무 개 가지고 있으면 열 개를 반납하고 열 개를 돈으로 바꿔서 백만 엔. 백 개라면 9백만 엔. 210개라면 2천만 엔이야."

고등학생인 우리에게는 익숙지 않은 액수가 튀어나왔다.

회장은 김이 피어오르는 블랙커피를 한 모금 마시고 마토에게 얼굴을 가까이 댔다. 꼭 밀담을 나누는 것만 같았지만 목소리는 낮추지 않았다.

"그렇다면 세이에쓰에서 무슨 일이 벌어지고 있을지는 상상이 가지? 녀석들은 S칩을 차지하기 위해 싸우고 있어. 학생들끼리 칩을 걸고 게임하는 방식으로 말이야. 사실상 도박이지만 교내에 한정된 일이라 불법인지는 미묘하고, 학교 측은 묵인해."

"S칩을 차지하기 위한 게임은 '**실력 향상**'이라는 이름으로 불린대."

구누기 선배의 말을 듣고 마토가 작게 웃음을 터뜨렸다.

"그거 농담이면 구누기 선배가 살면서 한 말 중에 제일 재미있는 말일 거예요."

"난 농담 안 해."

"그럼 더 재미있는걸요."

"S칩은 개당 십만 엔. 학생 천 명에게 열 개씩 나누어 주니까 총 만 개." 회장은 손끝으로 수식을 쓰면서 말했다. "도합 십억 엔에 해당하는 S칩이 세이에쓰 교내를 늘 빙빙 돌고 있는 셈이야."

아까보다 자릿수가 더 커진 숫자를 듣고 나는 잠시 굳어 버렸다.

처음에 떠오른 말은 복권이었고, 그다음에 떠오른 말은 석유왕이었다. 내게 십억 엔 하면 떠오르는 이미지는 그 정도가 한계였다. 그렇게 큰돈이 나와 동갑내기 학생에게 장학금으로 주어진다고? 격차가 너무 커서 현기증이 날 것 같았다.

"졸업할 때 대량으로 반출돼서 균형이 무너지는 사례도 드물게 발생하지만, 그럴 때는 학교 측에서 적절히 칩을 추가하는 모양이야. 뭐, 국가 재정과 똑같지."

"그, 그렇게 많은 돈을 어디서?"

"세이에쓰는 동문 층이 두터워서 매년 기부금이 어마어마하게 들어와. S칩의 밑천은 거기서 나오지. 그리고 매년 3억 정도는 학생에게서 회수할 수 있는 시스템이야. 보통 일부 학생이 칩을 독점하고 나머지 녀석들은 빈털터리가 되는 모양이니까."

나는 계산해 보았다.

전교생이 천 명이면 졸업생은 매년 삼백삼십 명 정도다. 칩을 마구 긁어모은 서른 명에게 3억 엔을 지급하더라도 나머지 삼백 명이 백만 엔의 빚을 지고 학교에 돈을 납부하면 삼백 곱하기 백만으로 3억 엔. 학교 측의 손실은 없다.

"타산적이고 추악한 자본주의의 축소판. 약육강식의 엘리트 양성소. '실력 향상'이라는 명목으로 장학금 쟁탈전을 벌이는 도박 학교. 그게 사립 세이에쓰 고교야."

회장이 말을 끊자 박스석에 침묵이 흘렀다.

마토는 그제야 스푼을 집어서 빙수를 떴다. 시간을 들여서 한 입 먹었지만, 딸기의 달콤한 맛을 만끽하는 것처럼 보이지는 않았다. 마토는 회장에게 시선을 고정한 채 손가락을 세 개

폈다.

"궁금한 점이 세 가지 있는데요. 그 이야기가 진짜라 치고 일단 '불가침 학교'의 비밀을 회장님이 어떻게 알고 있는 거죠? 그것도 조사했나요?"

"회장님이 독자적으로 조사한 부분도 있지만, 대부분은 우리 학교 학생회 임원에게 대대로 공유되는 정보야."

구누기 선배가 대답했다.

우리 학교 학생회 임원에게 대대로? 무슨 뜻일까. 마토도 고개를 갸웃하더니 말을 이었다.

"두 번째 질문. 그 불가침 학교에서 법에 저촉될락 말락 하는 게임에 사용되는 개당 십만 엔짜리 칩이 왜 여기에 세 개나 있는 거죠? 아니면 이거 모조품인가요?"

진품이야, 하고 회장은 대답한 후 재촉했다.

"내친김에 세 번째 질문도 말해 봐."

"……우키타 에소라와 맞붙게 해 주는 게 보수일 텐데요. 방금 들었던 이야기가 그거랑 무슨 상관인가요?"

회장은 커피를 옆으로 치우고 칩 세 개를 마토 쪽으로 밀었다.

이야기가 한 단계 진행됐다는 걸 분위기로 알 수 있었다.

"이 S칩은 당연히 기밀 사항이야. 세이에쓰 교내에서 정보를 철저히 관리하지. 그래도 아주 드물게 학교 밖으로 유출되기도 해. 도둑맞거나, 잃어버린 걸 줍거나, 멍청이가 남에게 팔기도 하지. 개당 십만 엔의 가치가 있는 데다 학교에서 주관하는 도박의 증거품이기도 하니까 유출되면 아주 골치 아프겠지. 단 하나라도 그냥 넘어갈 수 없어. 누군가가 회수해야 해."

"세이에쓰의 학생회 임원이 회수한다나 봐." 구누기 선배가 설명을 이어받았다. "겉보기에는 장난감이나 다를 바 없으니까 칩의 가치를 모르는 사람에게는 회수하기 쉽겠지. 하지만……. 가치를 아는 사람, 세이에쓰의 시스템을 파악한 사람이 상대라면 어떨까?"

마토는 잠시 생각한 후 대답했다.

"십만 엔을 거저 넘겨주는 사람은 별로 없겠죠. 서로 S칩을 가지고 있으니……. 출장을 나가서 '실력 향상'으로 상대를 꺾는 게 제일 빠르려나."

"너희 집 과외 교사는 일하기 편하겠군." 정답이라고 인정하는 웃음과 함께 회장이 손가락으로 칩을 두드렸다. "자. 이 S칩은 이십 년쯤 전에 우리 학생회에 흘러들어 왔어. 아무래도 그 당시 회장이 세이에쓰의 학생과 아는 사이라서 훔치든지 받았든지 했나 봐. 뭐, 경위는 아무래도 상관없어. 이 칩은 그 후부터 오늘에 이르기까지 역대 회장들이 물려받은 호지로 고교 학생회의 보물인 셈이야. 골동품이지만 내가 조사한 바에 따르면 현재도 S칩 디자인은 예전과 다름없어. 30만 엔의 가치가 있는 쌩쌩한 현역이지."

나는 믿기지 않는 기분으로 칩을 바라보았다. 이거 세 개로 연유와 딸기 스페셜을 이백 그릇쯤 먹을 수 있는 건가.

"당시부터 학생회는 '실력 향상'에 관해 알고 있었어. 칩을 손에 넣은 회장의 인맥 덕분이지. 그래서 이십 년 전 선배들은 이렇게 생각했어. '이걸 밑천으로 세이에쓰의 학생회를 계속 물리치면 거금을 만들 수 있지 않을까'라고."

"우와, 꿈같은 이야기……."

"맞아, 고다. 실제로 꿈이지. 세이에쓰 고교 학생회는 세이에쓰에서도 가장 뛰어난 녀석들이야. 머리가 더럽게 좋은 데다 '실력 향상'에도 익숙해. 우리같이 평범한 고교생이 덤벼 봤자 질 게 뻔해. 하지만 만약 해낸다면? 아니, 불가능해. 하지만 혹시? 아니지, 아니야……. 고백을 망설이는 중학생처럼 갈팡질팡한 끝에, 일단 결정을 보류하기로 했고 칩은 서서히 기억에서 잊혔어. 칩을 가지고 있다는 사실을 세이에쓰 쪽에 들키지도 않았지. 그렇게 이십 년이 지났어."

이십 년 전. 나는 아직 이 세상에 존재하지 않았고, 부모님도 결혼하기 전이었을까. 먼 과거와 그 시절의 호지로 고등학교를 상상하다가 문득 알아차렸다.

"이십 년 전이라면 혹시."

"그래. 내 생각에 '구엔 시합'은 그 때문에 만들어진 게 아닐까 싶어. 승부에 강한 학생을 효율적으로 찾아내기 위해서."

자유 규칙 가위바위보

구엔 시합.

문화제 때 옥상을 사용할 권리를 게임으로 따내는, 호지로 고등학교 특유의 전통.

기껏해야 장소를 선정하기 위해 아주 거창한 제도를 만들었다고 내심 어이없다 생각했는데, 다른 의도가 숨어 있었다면 바라보는 시각도 달라진다.

바보와 연기는 높은 곳을 좋아한다. 창시자들이 지향한 높은 곳은 단순히 옥상이었을까. 아니면 손을 뻗어도 닿지 않는 큰 돈을 획득하기 위한 계획이었을까.

"내가 회장이 되고 나서 선대 회장에게 그 이야기를 듣고 칩을 물려받았지. 동결된 계획을 재가동하고 싶더라고. 그래서 그로부터 이 년 반 동안 적임자를 찾으려 애썼어. 3월이 돼도 찾지 못하면 구누기를 시킬 작정이었는데, 네가 눈에 딱 들어온 거야."

커피 스푼으로 마토를 가리켰다. 마토는 민폐라는 듯 얼굴을 틀었다.

"이야기를 정리하면, 저더러 세이에쓰의 학생회와 대결해라, 그건가요?"

"그런 셈이지."

"구누기 선배가 적임자일 것 같은데요. 솔직히 별로 흥미 없어요."

"아니, 곧 흥미가 생길걸?"

"?"

"세 번째 질문의 대답 말인데." 회장은 그 말이 낳을 효과를 잘 안다는 듯이 짐짓 아무렇지도 않게 말을 꺼냈다. "우키타 에소라는 현재 세이에쓰 고교 학생회의 임원이야."

빙수를 뒤적거리던 스푼이 딱 멈췄다.

머리카락이 옆얼굴을 가려서 나한테는 마토의 표정이 보이지 않았다. 잠시 후 다시 스푼이 움직였지만 빙수를 떠먹지는 않았다. 자꾸 파내기만 하자 예쁘게 쌓여 있던 설산은 안쪽으로 무너져 내렸다. 마토는 남의 일처럼 그 광경을 바라본 후 회장에게 고개를 돌렸다.

"회장님……. 혹시 '자유 규칙 가위바위보'에 이기든 지든 같은 결론이었던 거 아니에요?"

"시작하기 전부터 승리를 확신했다고 했잖아. 이게 내가 싸우는 방식이야."

만사를 본인 의도대로 끌고 나가는, 플레이어가 아닌 기획자의 재능.

게임과는 또 다른 차원에서 사부리 회장은 마토에게 이겼다.

"그리고 일단 이기는 데에도 의미는 있었어. 널 학생회에 넣으면 회장 명령이라는 형태로 차출이 가능하고, 이겨서 따낸 돈은 학생회로 들어오지. 하지만 네가 개인적으로 싸우면 돈

문제가 미묘해지거든."

"돈은 학생회가 가져도 상관없어요."

"그렇게 말한다는 건 승낙하겠다는 뜻?"

마토는 S칩에 손을 뻗었다. 손톱 영양제를 바른 손끝으로 칩을 집어 무게, 크기, 촉감, 색깔, 모든 것을 파악하려는 듯 차분히 만지작거렸다.

"밑천이 세 개뿐이라니 든든하지가 않네요."

"세 개래도 30만인데. 불만이야?"

"에소라는 더 많이 가지고 있겠죠. 맞붙으려면 칩을 늘려야 해요."

"그렇군. 목표는?"

"최소한 3백 개."

나는 홍차를 내뿜을 뻔했고, 구누기 선배도 눈을 씰룩했다.

S칩 3백 개.

즉, 3천만 엔.

"그럼 일단 군자금부터 모아야겠네." 사부리 회장만 웃었다. "판은 짜 줄 테니까 나머지는 알아서 해. 빙수도 내가 살게."

이야기는 그걸로 끝났다. 마토는 "잘 먹겠습니다." 하고 녹아서 매력을 잃어 가는 연유와 딸기 스페셜을 먹어 치웠다.

소파에 나른하게 기댄 모습은 수업이 다 끝난 후 마토의 평소 모습과 똑같았다. 도저히 방금 게임으로 3천만 엔을 벌겠다고 선언한 사람으로는 보이지 않았다. 농담으로 한 말일지도 모른다. 그러길 바랐다. 이렇게 큰돈이 얽힌 이야기는 여름방학의 연장선상 같은 우리 일상에 어울리지 않는다.

하지만 자유 규칙 가위바위보를 할 때 마토가 꺼낸 말이 떠올랐다.

―설령 목숨을 걸든, 아이스크림이나 주스같이 훨씬 하찮은 물건을 걸든 저는 지금과 똑같이 할 생각이거든요.

마토가 에소라와 재회하는 것에 연연하는 이유는 뭘까. 마토에게 다음 승부는 얼마나 중요할까. 문화제의 장소 선정이나 반 친구의 출입 금지 해제나 오늘의 가위바위보와 비슷할까? 아니면 목숨을 걸 정도일까?

땅, 까랑, 하는 소리에 정신을 차렸다. 바람에 휘말린 빈 캔이 바깥을 굴러가는 소리였다. 어느 틈엔가 비가 내리고 있었다. 나는 빗방울이 흘러내리는 유리창을 말없이 바라보았다. 내 등골에도 그 빗방울이 흘러내리는 듯한 기분이었다.

스마트폰을 꺼냈다. 메신저로 들어가서 바로 옆에 앉아 있지만 평소보다 멀리 있는 마토에게 메시지를 보냈다. 선배들에게는 들려주고 싶지 않은 내용이었다.

'에소라와 무슨 일이 있었는지 알려 줘. 상담 받아 줄게.'

옆에서 스마트폰이 진동하고 마토가 메시지를 확인했다. 바로 답신이 왔다.

'아무것도 아니야.'

'거짓말.'

'진짜로. 괜찮으니까 걱정할 것 없어.'

'무슨 짓을 당한 거야?'

'안 당했는데.'

하지만, 하고 짤막한 메시지가 이어졌다. 메시지를 마저 보낸 후 마토는 스마트폰을 테이블에 엎어 놓고 딸기 시럽이 묻은 스푼을 입에 넣었다.

빨갛고 질척하게 뭉개진 과육이 한순간 사람의 피와 살점으로 보였다.

'하지만.'

'딱 하나 사과를 시키고 싶은 일이 있어.'

9

"결국 내리는군."

니즈마 하루오는 창밖을 바라보며 투덜거렸다. 혼잣말이 많은 남자다.

테니스 코트에 찍히는 물방울무늬가 순식간에 퍼져 나갔다. 라켓을 쥔 테니스부원들이 지붕 아래로 몸을 피했다. 중앙 정원에 면한 이 방에서는 하늘이 잘 안 보이지만, 맞은편 D동 반사 유리에 먹구름이 비쳤다.

"이거 야단났네. 신룡이 나올 때의 색깔이야. 으아, 주룩주룩 쏟아지네. 네오 대 스미스잖아.● 서두르지 않으면 전철 운행이 중지되겠어. 그렇지?"

그러게요. 소셜 네트워크 게임을 하는 소리와 함께 2학년 스도가 건성으로 대꾸했다. 소파에 떡하니 앉아 테이블에 발을 올리고 있다. 돈을 쓰지 않으면 못 이기는 게임이 뭐가 재미있는지 니즈마는 잘 모르지만, 수백만 사용자 중에서 최상위권이면서도 더 높은 곳을 노리는 자세는 본받고 싶었다.

"빨리 회의 마치고 갈까. 오늘 참석률이 별로네. 세 명뿐이야?"

"똑똑한 사람은 태풍이 올 걸 예상하고 집에 갔어요. 여기 온 건 한가한 사람뿐이에요."

"넌 바빠 보이는데."

"아, 망할, 실수했네. 먼저 주문으로 버프를 걸어야 했는데."

"선배와 대화 좀 하지 않을래? 그나저나 진짜로 세 명이야?"

"앞으로 이십 초 안에 공주님이 올 겁니다."

책상에서 도면을 그리던 오케가와가 불쑥 말했다. 또 기발한 오리지널 금관악기를 고안하는 모양이다. 웬만하면 난항을 겪

● 만화 《드래곤볼》에서는 신룡이 등장할 때 하늘이 어두워진다. 영화 〈매트릭스〉 3편에는 주인공 네오가 스미스 요원과 빗속에서 싸우는 장면이 나온다.

길 바랐다. 시제품을 만들기 시작하면 금속가공부에 틀어박혀 학생회에는 코빼기도 내비치지 않을 테니까.

잠시 후 다가오는 발소리가 니즈마에게도 들렸다.

"어제보다 소리가 무거운데." 오케가와가 말했다. "백 그램 살쪘든지 또 따낸 거겠지."

"니즈마 선배, 한마디 하는 편이 좋지 않을까요? 저 녀석, 제어 불능인데요."

"벌어 오는데 뭐 어떠냐. 학생회에 엄청난 녀석이 있다는 걸 알면 일반 학생은 함부로 설치지 못할 테니 우리도 활동하기 편해." 니즈마는 머리띠를 낀 갈색 머리를 쓰다듬었다. "그리고 말해 봤자 씨알도 안 먹힐걸. 이제 걔가 더 많이 가지고 있으니까."

노크 소리가 세 번 들린 후, 대답을 기다리지 않고 문이 열렸다.

소녀였다.

몸집은 작지만 등이 꼿꼿하다. 칠흑같이 긴 머리는 가지런히 잘랐고, 짙고 미려한 눈썹은 붓으로 칠한 듯했다. 약간 가늘게 뜬 눈매에는 순진함이 남아 있고, 무녀 비슷한 분위기도 풍겼다. 펄 그레이 빛깔의 세일러복 위에 하늘색 후드 집업을 걸쳤지만, 이 학교에서 그 정도 복장은 허용해 준다.

후드 집업의 왼쪽 가슴께에는 펼친 우산 마크를 박음질해 놓았다.

"늦어서 죄송해요. 요네하라 선배와 '실력 향상'을 했는데 시간을 많이 잡아먹었네요."

"요네하라? 연극부? 동아리방에서 여자애랑 그랬다는?"

"내일부터는 얌전해지지 않을까요?"

소녀는 책상에 트렁크 형태의 칩 케이스를 올려놓았다. 학교에서 대여해 주는 물건인데, 교내에서 소녀와 같은 크기의 칩 케이스를 들고 다니는 사람은 손가락에 꼽을 정도밖에 안 된다.

가죽을 댄 케이스에서 덜그럭, 하고 둔탁한 소리가 났다.

"지금 몇 개야?"

"3백 개 조금 넘어요."

"한 반을 전멸시킨 수준이네, 끔찍해라."

"선대 회장님은 1억을 가져가셨다던가요? 전 아직 멀었어요."

"그야 삼 년 동안 차곡차곡 모은 거잖아. 1학년이 9월에 3천만 엔이나 벌었다는 이야기는 못 들어 봤어."

"싱글 맘 가정이라 여러분과 달리 집안 형편이 어렵거든요. 변제하고 남은 돈을 다 가져갈 수 있다면, 최대한 많이 벌어야죠." 소녀는 창밖을 보았다. "비가 내리네요."

"신룡이 나오겠어."

"영화관에 성룡 영화가 걸렸다고 호들갑을 떠는 것만큼 재미없는데요."

"자살할 때 유서에 네 이름 쓸 거야."

"어째 기분이 좋은 것 같은데." 청각이 뛰어난 오케가와는 감정 변화에도 민감하다. "돈을 벌어서?"

"비가 오니까요."

"비를 좋아해?"

"우산을 좋아해요."

괴짜라는 걸 알기에 딱히 핀잔은 주지 않았다. 니즈마는 태블릿PC를 두드렸다.

학생회용 메일함을 열고 무심코 "응?" 하는 소리를 냈다.

"웬일이래. 회수 시합 요청이 들어왔어." 모두의 시선이 이쪽을 향하는 게 느껴졌다. "오랜만이네. 일 년쯤 전에 가나가와의 히텐인가 뭔가 하는 고등학교와 붙고 나서 처음인가?"

"회수할 분량은 몇 개인데요?"

"세 개뿐이야. 수월하겠군. 스도, 오케가와. 너희에게 맡길게."

"네? 우키타는요?"

"얘는 사교성이 없어서 안 돼." 실례 아니냐는 반론은 무시하고 말을 이었다. "뭐, 3학년으로 올라갔을 때의 예행연습이라고 생각하고 부탁 좀 하자. 나도 같이 갈게."

"집에 갈걸 그랬네." 스도가 툴툴거렸다. 오케가와는 의외로 마음이 내킨 듯 제도용 컴퍼스를 내려놓고 "상대는요?" 하고 물었다.

"음, 니시도쿄시에 있는 호지로 고등학교? 거기 학생회야."
"호지로?"
소녀가 반응했다.
"왜?"
"아니요······. 친구가 거기 다녀서요."
그립다는 듯한 표정으로 소녀는 창가에 어깨를 기댔다.
흙탕물, 빗방울, 늘어진 전선. 그리고 색색의 우산.
잔뜩 거칠어진 날씨 속의 풍경을 향해 우키타 에소라는 미소를 지었다.
"마토, 잘 지내려나."

달마 인형이 셈했습니다(DARUMASAN GA KAZOETA)
 '무궁화 꽃이 피었습니다' 변형 게임

① 플레이어는 '표적'과 '암살자'로 나뉜다.
② '표적'은 목적지 앞, '암살자'는 출발 지점에서 대기한다.
③ '표적'이 구호를 외치는 동안 '암살자'는 출발 지점에서 '표적'을 향해 다가간다.
④ '표적'은 얼굴을 가리고 구호를 외친 다음, 돌아보고 '암살자'의 모습을 확인한다.
⑤ '표적'이 구호를 다 외친 후 돌아볼 때까지를 한 세트로 설정한다.
⑥ 다섯 세트 안에 '표적'이 '암살자'가 걷는 모습을 눈으로 확인하면 '표적'의 승리!
⑦ 다섯 세트 안에 '표적'의 확인을 회피하며 접근해 '표적'을 터치하면 '암살자'의 승리!

변형 규칙 : 입찰

1

  몇백 번이나 지나다닌 길을 마지막으로 걷는다.
  폐업한 이발소의 처마에 삼색등만 방치돼 있다. 연립주택 앞 자판기에서는 희귀한 애플 사이다를 판다. 거기를 지나가면 주말농장 간판이 나오는데, 빛바래서 알아볼 수 없는 안내 지도가 그려져 있다.
  학교와 집을 잇는 가장 짧은 경로, 주택가 골목을 빠져나가는 지름길. 앞으로 인생을 살면서 이 길을 지나갈 일은 두 번 다시 없을 것이다. 하지만 그걸 알아도 딱히 아쉽지는 않았다. 풍경도, 걸음걸이도, 감정도 김이 샐 만큼 평소와 똑같았다. 교문 밖으로 한 발짝 나선 순간, 스위치가 꺼진 것처럼 나는 평범한 중학생으로 돌아갔다.

"고다, 펑펑 울던데."

눈물 한 방울 흘리지 않은 친구가 놀렸다. 졸업장이 든 지관통을 바통이라도 다루듯 한 손으로 빙글빙글 돌린다.

"마지막에 후배들에게 둘러싸여서 가슴이 약간 뭉클했을 뿐이야."

"후배들에게 사랑받는 건 좋은 일이지."

"글쎄. 사이좋다고 티를 내고 싶어서 몰려왔을지도 모르지. 나도 작년에 보내 주는 입장일 때는 그랬으니까."

댄스부에서 인기 있는 장르는 스트리트 댄스와 케이팝 계열이고, 내가 몰두했던 탭댄스는 꽤 비주류였다. 다들 '대하기 애매한 녀석'으로 여겼을 것이다. 후배들이 준 꽃다발은 불량배가 들고 다니는 알루미늄 배트처럼 어깨에 아무렇게나 걸쳤다.

"마토는 이야기 좀 했어? 친한 사람 꽤 있었잖아. 2학년 스와라든가 우치카와 선생님이라든가."

"난 누구에게도 제일가는 사람은 아니니까."

아무렇지도 않은 표정으로 서글픈 소리를 하고 있다. 나한테는 제일이야, 하고 오글거리는 위로를 해 줄까 싶었지만, 대화의 리듬을 놓치는 바람에 결국 "아, 그래."라고만 답했다. 교우 관계고 뭐고 마토는 정말로 개의치 않는지도 모른다.

반쯤 떨어진 정당 포스터. 폐품 회수업자의 물품 적치장. 보잘것없는 골목을 둘이 걷는다. 덧붙여 이 지름길을 발견한 건 마토다. 이렇게 별난 길을 찾아내는 것이 특기다.

애랑 왜 친해졌더라.

기억은 이미 흐릿해졌다. 2학년 때 같은 반이 되고 나서 한동안은 접점이 없었는데……. 아참, 그랬지. 갑자기 어떤 여자애가 말을 걸었더랬다. "떡을 영어로 라이스 케이크라고 하는 건 억지 아니야?"라고. 그때 그 여자애와 토론을 벌이고 있던 사람이 마토였다. 우리 세 명은 떡을 영어로 뭐라고 해야 하느냐는 이야기에 귀중한 점심시간을 사용했고, 사전을 찾아본 결과 'cake'에는 '으깬 생선살 등을 평평하게 굳힌 것'이라는 뜻도 있다는 지식을 얻고서 자기 자리로 돌아갔다. 그다음에도 우리는 툭하면 이상한 화제로 이야기를 나누었다.

"에소라와는 제대로 작별 인사했어?"

내가 마토에게 물었을 때였다.

"찾았다."

큰길로 나가는 모퉁이에서 한 여학생이 나타났다.

윤기 흐르는 검은 머리가 가슴께의 조화와 잘 어울려서 그대로 졸업 앨범 표지에 써도 될 듯했다. 마토가 그 애의 이름을 불렀다.

"에소라."

"먼저 간 줄도 모르고 기다렸네." 에소라가 스마트폰을 들고

다가왔다. "마지막이니까 사진 한 장 정도는 찍을까 싶어서."

"그런 캐릭터 아니잖아."

"그럼 어떤 캐릭터인데?"

에소라가 마토에게 살며시 미소 지었다. "찍자." 하고 나도 거들어서 2 대 1로 의견이 정해졌다.

마토와 나는 근처 호지로 고등학교에 가지만, 에소라는 이루마시에 있는 세이에쓰 고등학교에 간다. 조건이 까다로운 추천 전형에 합격한 모양이라 우리 학교 역사상 최초의 쾌거라고 선생님이 칭찬했다. 그러니까 에소라의 심정은 이해가 갔다. 우리와 에소라의 길은 여기서 갈라진다. 더 이상 예전처럼 셋이 어울리지는 못한다.

준비성 좋게도 에소라가 스마트폰용 미니 삼각대를 가져왔다. 타이머를 세팅해서 주차장 담 위에 놓고 조금 떨어진 곳에 자리를 잡았다.

마토와 에소라가 나를 사이에 두고 섰다. 어깨동무라도 하는 편이 나을까. 그럴 필요까지는 없나. 고민하는데 마토와 손등이 닿았다. 마토가 살짝 손을 잡길래 나도 마주 잡았다. 우리에게는 이 정도가 딱 좋으리라.

"고다는 사은회 참석 안 해?"

사진 촬영을 기다리는 동안 에소라가 작은 목소리로 물었다.

"아, 딱히 생각 없는데. 마토랑 근처에서 뭐 좀 먹고 집에 가려고."

"그런 캐릭터였구나."

"그런지도 모르지."

쓴웃음을 담아서 대답했다.

예전이었다면 이것도 추억이라며 사은회에 얼굴은 내비쳤을지도 모른다.

하지만 두 달 전에 겪은 일을 계기로 마음속에서 뭔가가 뻥 터져 버려서 전보다 조금 멋대로 행동하게 됐다. 굳이 분위기를 읽으려 노력하지 않는 것이 이렇게 직성에 맞을 줄이야. 나 스스로도 의외였다. '자아 찾기'에 드디어 성공했는지도 모른다. 교장 선생님은 훈화에서 "여러분도 이제 어른이 됐습니다." 하고 말했지만 그래도.

"모를 일뿐이네."

마음속을 읽은 듯한 한마디가 들렸다.

뭐? 내가 물어보려 했을 때 셔터 소리가 들렸다.

입을 반쯤 벌린 채 에소라 쪽으로 고개를 살짝 돌린 탓에 몹시 얼빠진 얼굴로 찍혔을 것이다. 한 번만 더 찍자고 부탁하고 싶었지만, 에소라는 재빨리 스마트폰을 집어넣었다.

잘 있어, 하고 손을 흔든 후 에소라가 떠났다. 봄바람을 맞고 찰랑거리는 검은 머리. 뒤는 돌아보지 않고 목소리만 우리에게 날아온다.

달마 인형이 셈했습니다 235

"사진, 공유할게."

하지만 나는 그 후로 그 사진을 본 기억이 없다.

에소라가 공유하는 걸 깜박한 걸까, 내가 메시지를 못 보고 넘어간 걸까. 내 얼빠진 얼굴을 본 기억도, 마토와 에소라의 웃는 얼굴을 본 기억도 없다.

─모를 일뿐이네.

명랑하게 웃는 에소라 옆에서 마토는 어떤 표정을 짓고 있었을까.

마토에 대해, 에소라에 대해 나는 얼마나 알고 있는 걸까.

그런 생각을 하면서 인스턴트 옥수수 수프를 다 먹었다.

보는 둥 마는 둥 틀어 놓았던 텔레비전을 끄고 세면실로 갔다. 거울 앞에서 동아리 활동복을 입은 남동생이 앞머리로 여드름을 감추려 애쓰고 있었다. "네 얼굴을 누가 본다고 그러냐." 하고 걷어차서 쫓아냈다.

너무 튀지 않을 정도로만 화장하고 머리 모양을 정리한 후 한 발짝 물러나서 상반신이 거울에 보이게 섰다. 긴소매 티셔츠와 짧은 니트 조끼, 아래는 데님 바지. 내게 패션이 뭐냐고 묻는다면 '튀지 않는 것'이라고 대답하리라.

현관에서 운동화를 신는데 엄마가 거실에서 고개를 내밀고 "어디 가는데?" 하고 물었다.

"고테사시에 있는 공원."

"공원?"

열여섯 살 먹은 딸이 그런 곳에 가겠다는 것이 꽤 의외였는지 되묻는다. 뭐 하러 간다고 할지 잠깐 고민한 후 대답했다.

"마토랑 놀다 올게."

"마토랑? 소풍이라도 가는 거야?"

문고리를 붙잡고 오래된 맨션 특유의 묵직한 철문을 몸 전체로 밀어서 열었다. 날씨가 쾌청했다. 외출하기에 딱 좋은 날씨다. 하지만 소풍을 가는 건 아니다.

문을 닫기 직전, 나직한 목소리로 엄마에게 말했다.

"3천만 엔을 벌 거래."

2

10시 50분, 약속 시간에 딱 맞춰 호지로역에 도착했다.

정기권으로 개찰구를 빠져나온 순간 "고오다." 하고 낯간지럽게 부르는 소리가 들렸다. 마토와 학생회 선배 두 명이 편의점 앞에서 기다리고 있었다.

웬일로 마토가 약속 시간을 지켰다. 그만큼 마음을 단단히 먹었다는 뜻일지도 모르지만, 복장은 평소 휴일 차림새와 다름

없었다. 헐렁헐렁한 니트 카디건에 무릎길이 치마, 그리고 굽 있는 앵클 부츠. 황갈색 긴 머리를 헤어밴드로 묶어서 어깨 앞쪽으로 늘어뜨렸다. 한쪽 팔에는 어째선지 뚜껑이 달린 등나무 바구니를 걸고 있었다.

"이거 봐 봐, 예쁘지 않아? 지브리 애니메이션에 나올 것 같잖아."

"아, 응……. 그런데 뭐 들었어?"

"카드 게임에 푹 빠진 백작이 고안한 음식."

"그건 속설이야."

구누기 선배가 끼어들었다. 샌드위치인가. 그나저나.

"이런 건 왜?"

"공원에 갈 거면 도시락은 필수잖아. 돗자리랑 프리스비도 가져왔어."

엄마가 마토를 더 잘 알고 있었던 모양이다.

"밥을 먹든 강아지처럼 원반을 쫓아다니든 상관없지만, 이쪽 볼일부터 먼저 끝내."

사부리 회장이 말했다. 한쪽 귀에서 흔들리는 피어스와 빈티지하게 데미지 가공한 긴소매 티셔츠. 교복을 벗은 회장은 평소보다 더 보이시해 보였다.

"네네, 알았어요." 하고 마토가 대답했다.

"샌드위치, 우리 것도 있나?"

"편의점에서 사든가요?"

"다 모였으면 가지. 약속에 늦겠어."

시간에 엄격한 구누기 선배가 개찰구 쪽으로 걸어갔다. 시간에 그리 엄격하지 않은 세 사람도 따라갔다.

"이모리야. 아까 그 이야기 말인데, 정말로 괜찮은 거지?"

"뭐, 상황 봐서 회장님한테 맡길게요."

플랫폼으로 계단을 내려가는 도중에 회장과 마토의 말소리가 들렸다. 내가 도착하기 전에 뭔가 상의했던 걸까.

구누기 선배가 땅이 꺼져라 한숨을 내쉬었다. 선배의 사복 차림은 처음 보았지만, 짙은 남색 셔츠에 슬랙스라 교복과 큰 차이는 없었다. 다만 미간에 잡힌 주름이 평소보다 깊었다.

"구누기 선배도 오셨네요."

"회장님이 불렀거든."

말을 걸자 퉁명스러운 대답이 돌아왔다. 기대했던 일정은 아니었던 듯하다. 나도 '모이는 시간을 통보받아서' 왔으니까 선배와 다를 바 없지만.

그래도 친구가 명문고 학생과 큰돈이 걸린 게임을 한다고 들으면 걱정되는 것이 인지상정이랄까. 적어도 나는 마토를 내버려두고 정보 방송의 영화 순위나 보고 있을 수는 없었다.

"마토, 이길 수 있겠어? 그, 몸 상태는 어때?"

"수면 부족이야. 샌드위치를 만들려고 일찍 일어났거든."

마토는 실실 웃었다. 오전인 데다 미성년자이건만 술이라도 한잔한 것처럼 입매가 풀어졌다. 역시 걱정된다. 여러 가지 의미에서.

사립 세이에쓰 고교.

비밀주의로 일관하는 국내 유수의 엘리트 학교. 그 교내에서 일종의 '화폐'로 유통되는 S칩이라는 물건이 있다.

S는 'scholarship'의 S로 명목상 장학금으로 취급된다. 칩의 가치는 개당 십만 엔. 보통은 세이에쓰 학생들 사이에서만 오가지만, 아주 드물게 유출돼서 외부인의 손에 넘어가기도 한다. 그럴 경우 세이에쓰의 학생회가 비밀리에 회수 작업에 나서는 모양이다.

회수 방식은 교내와 마찬가지로 S칩을 걸고 벌이는 게임, 통칭 '실력 향상'이다. 물론 세이에쓰가 지면 더 많은 칩이 유출되는 셈이지만, 엘리트 학교에서도 인재들이 모인 학생회인 만큼 회수에 실패한 적은 한 번도 없었다고 한다.

우리가 다니는 호지로 고등학교에서는 이십여 년 전에 유출된 S칩 세 개를 보관 중이다.

그리고 현재 학생회를 이끄는 사부리 회장이 마토를 점찍어서 세이에쓰와 한판 대결을 벌이기로 마음먹었다. 처음에 마토는 거절하려 했지만 회장이 어떤 조건을 내건 결과, 의욕에 타올랐다.

이제 세이에쓰에서 출장을 나온 학생회 임원들과 '실력 향상'을 하러 간다.

마토의 목표는 대결에 승리해 세 개밖에 없는 밑천을 3백 개로 불리는 것이라고 한다.

이상한 일에 휘말렸다는 실감이 몰려왔다. 지금이라면 돌이킬 수 있을지도 모르지만, 내게는 결정권이 없다. 마토가 플레이어니까 결정도 마토가 한다. 본인은 어떤가 하니 '언덕 넘어가 볼까요'● 부분의 멜로디에 맞춰 휘파람을 불고 있었다. 왜 두통약을 가져오지 않았을까.

뭐, 30만 엔이라고 해도 원래 넝쿨째 굴러떨어진 호박 같은 돈이다. 져도 돌려주면 그만이니……. 지금까지 마토가 임했던 대결보다는 오히려 마음 편할지도 모르겠다.

전철이 플랫폼으로 들어왔다.

우리는 마침내 결코 레일에서 벗어날 수 없는 차량에 올라탔다.

호지로역에서 세이부이케부쿠로선을 타고 한노 방면으로.

도쿄와 사이타마의 경계를 따라 이십 분쯤 가다가 고테사시역에서 내렸다. 구누기 선배가 지도 앱을 열고 앞장서서 우리를 안내했다.

● 영국 민요를 번안한 일본 동요 〈피크닉〉의 한 구절

십 분쯤 걷자 약속 장소인 '아카가네 공원'에 도착했다.

축구장이 통째로 들어가지 않을까 싶을 만큼 제법 큰 공원이다. 평평해서 사방이 잘 보이는 공원 내부에 미끄럼틀과 정글짐이 설치돼 있었고, 잔디밭에서는 초등학생들이 축구를 하고 있었다. 주택가 한복판이고 공원 둘레는 도로가 있지만, 2미터쯤 되는 산울타리가 빈틈없이 공원을 둘러싸고 있어서 날아간 공이 유리창을 깰 걱정은 없을 듯했다.

출입구 정면에는 커다란 떡갈나무가 서 있었다.

인터넷에서 찾아보니 '떡갈나무 공원'이라는 명칭도 나온 걸 보면 공원의 상징 같은 건가 보다. 떡갈나무를 사이에 두고 반대쪽에도 출입구가 하나 더 있는데, 어느 쪽으로 들어가도 일단 나무가 시야에 들어오는 구조다. 하지만 우리는 설계자의 기대를 저버렸는지도 모르겠다. 다른 곳이 먼저 눈에 들어왔으니까.

떡갈나무 옆, 나무 그늘에 놓인 벤치 앞에 남학생 세 명이 모여 있었다. 우리가 다가가자 한 명이 바로 돌아봤고, 나머지 두 명도 이쪽으로 고개를 돌렸다.

셋 다 사복이었지만 근처에 사는 아이들은 아니라는 게 분위기로 전해졌다.

머리가 좋은 것 같다거나 좋은 집안에서 자란 것 같다는 분위기는 아니다.

보통 사람이 아닌 것 같다거나 의식이 깨어 있는 사람 같다는 분위기와도 조금 다르다.

그들은 세상에서 반 발짝 내디딘 곳에 서 있는 듯한, 뭐라 형용할 수 없는 분위기를 풍겼다.

"어라, 혹시……."

"어, 그럼 그쪽은."

"아, 맞습니다."

"아, 그렇구나."

그리고, 그런 분위기와는 전혀 관계없이 오프 모임에서 처음으로 만난 듯한 느낌으로 인사를 나누었다.

"이야, 안녕하세요. 메일 드린 호지로 고교의 사부리입니다. 이쪽은 구누기와 고다."

"아아, 다행이다. 안녕하세요. 저는 세이에쓰 고교의 니즈마라고 합니다. 이쪽은 2학년 스도와 오케가와고요. 잘 부탁드립니다."

갈색 머리에 머리띠를 한 남학생이 싹싹하게 소개했다. 비싸 보이는 재킷을 입었지만 간사이 사투리 억양이 섞여서 그런지 무슨 만담꾼처럼 보이기도 했다.

"여기까지 오시라고 해서 죄송합니다. 멀지 않았나요?"

"아니요, 전철을 한 번만 타면 오는데요. 저희야말로 이쪽 사정 때문에 나오시라고 해서 죄송합니다."

"에이, 뭘요. 저희 업무인걸요. 전철 요금도 경비로 계산되고요. 이왕이면 하라주쿠에서 보자고 할걸 그랬다, 아깝다, 뭐 그런 얘기를 지금 하고 있었습니다."

"네? 핫하하하, 재미있네. 하하하."

"하하하하하."

대표 두 명은 '정치' 냄새를 풀풀 풍기면서 살갑게 이야기를 나누었다. 나는 니즈마 씨 뒤에 있는 나머지 두 명에게 시선을 옮겼다.

스도라는 사람은 한류 아이돌 같은 헤어스타일에 운동복을 오버핏으로 입었다. 무슨 일에도 흥미 없다는 듯한 인상이고, 선배들이 이야기하는데 고개도 들지 않고 스마트폰만 만지작거렸다. 옆으로 눕혀서 양손으로 잡고 바쁘게 화면을 연타하는 모습으로 보건대 게임을 하는 듯했다.

오케가와라고 불린 곱슬머리 남학생은 나처럼 이쪽을 관찰하는 중이었다. 눈이 마주쳐서 인사하듯 서로 고개를 살짝 숙였다. 블루종 주머니에 양손을 찔러 넣은 태도가 스도 씨와 마찬가지로 붙임성 없어 보였다.

"칩을 확인해도 될까요?"

스도 씨의 목소리가 두 회장 사이에 끼어들었다. 스마트폰에서 고개를 들지는 않았다.

"그럼. 자."

사부리 회장이 S칩 세 개를 보여 주었다. 노란색과 별로 테두리를 꾸민 합성수지 칩. 호지로 고교에 대대로 이어져 내려온

'보물'이다. 니즈마 씨 일행도 벤치에 놓아둔 가방을 열었다.

가방에는 트렁크 형태의 칩 케이스가 들어 있었다. 스도 씨와 오케가와 씨는 각각 칩을 마흔 개 정도, 니즈마 씨는 여든 개 정도 소유하고 있었다.

얼핏 고등학생이 장난감 카지노 칩을 서로 구경시켜 주는 걸로 보일 수도 있겠지만, S칩은 개당 십만 엔의 가치가 있다. 지금 여기 있는 칩을 돈으로 환산하면 얼마인지 계산해 보고 나도 모르게 혀를 내둘렀다.

약 1,600만 엔. 우리 집을 살 수 있을 정도의 금액이 공원 벤치에 아무렇게나 놓여 있다.

"자, 동의하에 확인도 끝냈으니……. '실력 향상'을 시작해 볼까요?"

니즈마 씨가 손뼉을 짝 쳤다.

"게임은 스도나 오케가와가 할 겁니다. 그쪽 플레이어는 사부리 씨?"

"나 아닌데."

"아, 그래요?" 구누기 선배 쪽으로 시선을 돌린다. "그럼 그쪽?"

"나도 아니다."

"아아, 그럼 얘?" 니즈마 씨가 내게 웃음을 지었다. "야무지게 생겼네."

"어, 저도 아닌데요……."

"그거 '브레스 마기아'?"

남은 한 명, 칠칠치 못하다는 말을 그림으로 그린 듯 야무짐과는 거리가 멀어 보이는 여학생이 어느 틈엔가 스도 씨의 스마트폰을 들여다보고 있었다.

거리가 너무 가까워서 놀란 듯 스도 씨가 몸을 뒤로 뺐다.

"맞는데…… 이거 해?"

"하지는 않지만 알긴 알아요. 해외에서 인기라죠? 일러스트 같은 건 자주 보는데, 저는 '줄'이라는 캐릭터를 좋아해요. 미인이고 글래머라서."

"줄은 남자야……. 멋대로 여자로 바꾼 팬 아트를 본 거겠지."

"이모리야, 자기소개 해."

회장이 부르자 마토는 뒷걸음으로 내 옆에 돌아와서 카디건의 무게를 못 이긴 것처럼 고개를 푹 숙였다.

"호지로 고등학교 1학년, 이모리야 마토입니다." 늘어진 앞머리 사이로 웃는 얼굴이 보였다. "잘 부탁드립다."

마토는 니즈마 씨의 말투를 흉내 냈다. 억양은 오사카라기보다는 교토 쪽이었다.

"1학년? 괜찮겠어요, 사부리 씨?"

"문제없어. 나도 구누기도 애한테 졌으니까."

"흠……. 뭐, 후배들끼리 대결하는 것도 나쁘지 않나."

3학년들이 이야기를 나누는 동안에도 마토는 천연덕스러운 표정이었다. 카디건 소맷자락에 반쯤 덮인 손으로 스마트폰 화면을 두드리며 뭔가 검색했다. 옆에서 들여다보니 온라인 게임 '브레스 마기아'의 공식 사이트였다. '오늘 낮 12시부터 한정 이벤트'라거나 '줄 출현 확률 2배!'라는 등 화려한 팝업창이 떴다. 원작의 줄은 우락부락한 근육질 아저씨였다.

"빨리 하죠. 샌드위치가 말라비틀어지겠어요."

마토는 벤치에 바구니를 내려놓았다. 알았어, 하고 대답하고는 니즈마 씨가 후배 두 명을 돌아보았다.

"우리는 누가 나갈래?"

스도 씨와 오케가와 씨가 상의하듯 시선을 교환했다.

"그럼 제가."

스도 씨가 나섰다.

부드러운 바람이 떡갈나무 잎을 흔들었고, 잔디밭에서는 남자애들의 환성이 들려왔다. 한적한 토요일 하늘 아래, 우리는 승부 가르기를 진행하기 위한 절차를 밟았다. 비밀 엄수 의무 등 몇 가지 제약이 고지된 서류에 사부리 회장이 사인했다. 심판은 니즈마 씨와 구누기 선배가 같이 맡기로 했다.

스도 씨가 드디어 게임을 끄고 마토와 마주 섰다.

"무슨 게임을 할까? 새 트럼프 카드며 이것저것 가져왔는데."

"빨리 끝나는 거면 뭐라도 상관없어요. 칩도 세 개 몽땅 걸어도 되고요."

 세 개를 올인, 30만 엔을 걸고 단판 승부를 벌이자는 뜻? 평소대로라고 하면 평소대로지만, 너무 될 대로 되라는 식이다. 정말로 괜찮을까.

 스도 씨는 생각에 잠긴 표정으로 주변을 둘러보았다. 벤치, 게시판, 시계, 그리고 떡갈나무.

 "그럼 모처럼 공원에 왔겠다, 이모리야 씨도 '실력 향상'은 처음일 테고……. 십 분 정도로 끝나는 2인용 게임이 있는데 어때?"

 "확실히 여기라면 그걸로 겨루기 좋겠네. 거리도 딱 적당하고."

 무슨 게임인지 알아차린 듯 오케가와 씨가 중얼거렸다. 마토가 어떤 단어에 반응했다.

 "거리?"

 "응." 스도 씨는 설명하면서 마토에게 한 발짝 한 발짝 다가갔다. "신중하게 걸어가서 표적과 거리를 좁힌다. 표적은 정기적으로 돌아보면서 접근을 저지한다……. 누구나 다 아는 그 게임 말이야. 규칙을 조금 더해서 심리전 요소가 있긴 하지만."

 그리고 멈춰 서는 것과 동시에 기묘한 말을 꺼냈다.

 "게임 이름은 '달마 인형이 셈했습니다'."

3

"'굴렀습니다'가 아니라 '셈했습니다'예요?"•

고다라는 여학생이 순수한 의문을 꺼냈다. "재미있을 것 같네요." 이모리야의 말에 스도가 규칙을 설명했다.

니즈마 하루오는 멍하니 그 설명을 들었다.

'달마 인형이 셈했습니다'가 무슨 게임인지는 모르지만, 스도가 선택했으니 이길 자신이 있다는 거겠지. 그렇다면 규칙이 어떻든 상관없다. 지금 니즈마에게 신경 쓰이는 건 따로 있었다.

바로 이모리야 마토라는 학생이다.

아까 니즈마만 알아차린 사실이 있었다.

"우리는 누가 나갈래?"라는 니즈마의 물음에 스도가 나선 순간 이모리야가 살짝 웃었다. 마치 먹잇감이 걸려들었다는 듯이. 순식간에 스쳐 지나간 표정이었지만, 이모리야 앞에 서 있었고, 세이에쓰 고교 학생회 임원으로서 수많은 대결을 경험한 니즈마는 그 웃음을 놓치지 않았다.

웃은 이유는 뭐지?

가설을 하나 세웠다.

호지로 고교 사람들이 공원에 들어왔을 때, 오케가와가 제일

• '달마 인형이 굴렀습니다'는 우리나라의 '무궁화 꽃이 피었습니다'와 유사한 게임이다.

먼저 반응했다. 남쪽 출입구에 등을 돌리고 서 있던 오케가와는 40에서 60킬로그램 정도 나가는 사람 네 명이 다가오는 발소리에 민감하게 반응해서 돌아보았다.

이모리야 마토가 그걸 수상쩍게 여겼다고 치자. '돌아보는 타이밍이 우연히 맞아떨어졌다'고 납득한 게 아니라 뭔가 이유가 있었을 것으로 생각했다고 말이다.

오케가와는 자신들이 다가가는 걸 어떻게 알아차렸을까. 등을 돌리고 있었으니 시각은 아니다. 실내가 아니니까 냄새를 맡았다고 보기도 힘들다.

소거법으로 청각이 남는다.

이모리야 마토가 그러한 추리를 통해 인사를 나누기 전에 오케가와의 청각이 예리하다는 사실을 알아차렸다고 치자.

인사한 후 니즈마가 '게임은 스도나 오케가와가 할 것'이라고 선언했다. 이모리야는 청각이 뛰어난 오케가와보다 스도와 싸우는 편이 유리하겠다고 판단했다. 그래서 스도가 좋아하는 게임을 깎아내리는 듯한 발언으로 시비를 걸어서 반감을 산다. 예상대로 스도가 자청해서 플레이어로 나섰기에 이모리야는 웃음을 지었다.

그렇게 생각하면 앞뒤가 맞는다.

대단한 녀석이로군. 니즈마는 속으로 감탄했다. 관찰력은 세이에쓰 고교 학생들과 맞먹는다. 연기 실력도, 사전 공작도 나무랄 데 없다.

그래 봤자 아마추어지만.

스도와 오케가와는 세이에쓰에서는 보기 드물게 개인플레이가 아니라 콤비플레이로 싸우는 유형이다. 태그전은 물론, 플레이어와 보조로 나뉘는 대결에도 익숙하다. 블로킹사인과 눈짓으로 적에게 들키지 않는 의사소통도 가능하다.

게임 자체는 전략에 특출한 스도가 오히려 잘한다. 오케가와의 청각은 게임 외적으로 보조하는 역할을 맡았을 때 그 진가를 발휘한다. 같은 편끼리 속삭이는 목소리나 긴장한 탓에 달라진 숨소리 등 적의 정보를 기민하게 알아채서 스도에게 전달할 수 있다.

'실력 향상'은 S칩이 걸린 진지한 승부이니만큼, 게임 외적으로 공작에 나서는 건 오히려 당연한 일이다. 부정행위나 거짓말을 꿰뚫어 보지 못하는 쪽이 잘못이며, '강하다'는 건 그런 요소도 포함해 모든 상황에 대응할 수 있는 힘을 통틀어 가리키는 말이다. 그것이 니즈마의 신조이자 세이에쓰 전체의 신조이기도 했다.

양자택일에서 실수했군, 이모리야.

니즈마는 카디건을 입은 소녀를 동정하듯 바라보았다.

여정에서 가장 중요한 첫 번째 갈림길을 잘못 선택했다.

앞으로 어떤 길을 선택해도 이모리야는 목표 지점에 다다를 수 없다.

*

"'굴렀습니다'가 아니라 '셈했습니다'예요?"

지역에 따라 놀이 명칭을 바꿔 부르는 건 아닌 듯했다. 구누기 선배와 사부리 회장도 의아하다는 표정이었다. 내 머릿속에서는 구르는 것 말고 다른 행동을 요구받은 달마 인형이 굵은 눈썹을 찡그렸다.

"재미있을 것 같네요." 마토가 말했다. "자세한 규칙을 들어 볼까요?"

"플레이어는 '**표적**'과 '**암살자**'로 나뉘어. '표적'은 저 떡갈나무 앞, 그리고 '암살자'는 공원 입구에 대기하지. 성큼성큼 걸으면 떡갈나무까지 마흔 걸음 정도려나."

스도 씨는 우리가 들어온 남쪽 입구를 가리켰다. 떡갈나무까지 일직선상이고 거리는 50미터 정도다.

"'암살자'는 출발 지점에서 '표적'을 향해 한 걸음씩 다가가. '표적'은 '구호'와 함께 정기적으로 돌아보며 적의 움직임을 확인해. '암살자'가 걷는 모습을 눈으로 확인하면 '표적'의 승리. 확인을 회피하면서 접근해 '표적'을 터치하면 '암살자'의 승리. 간단하지?"

간단하고 말고를 떠나서 그건 누구나 다 아는 '달마 인형이 굴렀습니다'의 규칙이었다. 그저 술래와 아이를 흉흉한 이름으로 바꿔 불렀을 뿐이다.

"'달마 인형이 셈했습니다'가 구호인가요?"

마토가 태평스레 질문했다. 스도 씨는 "응." 하고 고개를 끄덕이며 설명했다.

"하지만 구호에 완급을 주는 건 금지야. '달, 마, 인, 형, 이, 셈, 했, 습, 니, 다' 하는 리듬으로 한 글자씩 또박또박 발음해야 해. '암살자'도 빨리 걷는 건 금지야. 구호와 똑같은 리듬으로 한 걸음씩 나아가야 하지."

"둘 다 천천히? 그럼 게임이 성립되지 않잖아요."

"여기서부터가 좀 독특해. 구호는 방금 말한 열 글자가 기본이지만, 매번 글자 수가 똑같을 필요는 없어. 열 글자보다 짧아도 되고, 길어도 돼."

지퍼를 여는 소리가 들렸다. 오케가와 씨가 가방을 뒤지면서 규칙 설명을 이어받았다.

"이 게임에서는 '표적'이 얼굴을 가린 후 돌아볼 때까지를 한 세트로 치고, 다섯 세트로 나눠서 진행합니다. 그리고 '표적'과 '암살자'는 각 세트를 시작하기 전에 입찰을 합니다."

오케가와 씨가 색상이 다른 메모 패드 두 개와 사인펜 두 자루를 꺼냈다. 그리고 마토에게 하나씩 주었다.

"입찰?"

"종이에 숫자를 써서 심판에게 맡기면 돼요."

"무슨 숫자요?"

"'표적'은 구호 글자 수. '암살자'는 나아갈 걸음 수. 양쪽 플레이어는 반드시 그 숫자대로 행동해야 합니다."

마토가 어깨 앞쪽으로 늘어뜨린 머리카락을 만지작거렸다. 뭔가 알아차리고 생각의 실을 자아내기 시작한 듯한 동작이었다.

"예를 들면 이런 식이야."

스도 씨가 나뭇가지를 주워서 땅을 직직 문질렀다. 1미터쯤 간격을 두고 한쪽에는 나무를, 한쪽에는 출발선을 그린 후 양쪽에 돌멩이를 놓았다.

"'표적'은 8, '암살자'는 5를 입찰했다고 쳐. 각자 정해진 위치에 서면 게임이 시작돼. '표적'이 '달, 마, 인, 형, 이……' 하고 다섯 글자를 말하는 사이에 '암살자'도 다섯 걸음 나아가지. '암살자'는 입찰한 걸음 수를 소화했으니까 거기서 멈춰."

'암살자'로 가정한 돌을 들고 앞으로 다섯 번 움직였다.

"'표적'은 '셈, 했, 습'까지 말해서 입찰한 글자 수를 소화한 후에 돌아봐. 상대는 멈춰 있으니까 움직임을 확인하는 데에 실패. '암살자'는 살아남고 다음 세트로 넘어가."

'표적'으로 가정한 돌을 뒤로 휙 돌린 후 다시 원래대로 돌려놓았다.

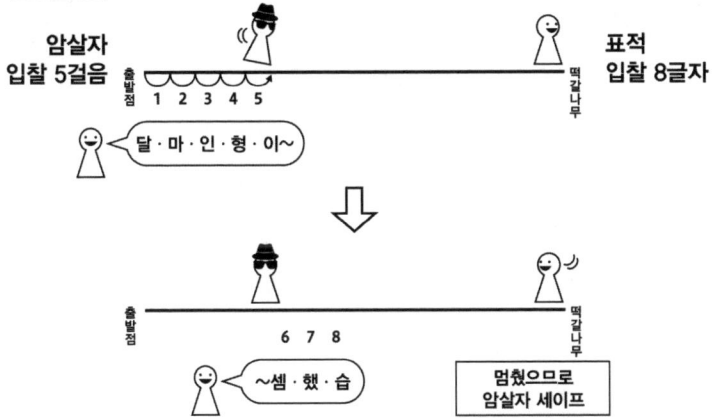

"두 번째 세트에서는 '표적'이 4, '암살자'가 7을 입찰했다고 치자. '표적'은 '달, 마, 인, 형'까지만 말하고 돌아봐. '암살자'는 네 걸음 나아갔지만 거기서 멈출 수는 없어. 입찰한 숫자가 7이니 아직 세 걸음 더 남았으니까."

"아, 그렇군요." 마토가 말했다. "돌아본 시점에 '암살자'가 걷고 있으니까 이때는 '표적'이 이긴 거네요."

"맞아. 원조 쪽보다 기준이 명확해서 머리에 쏙쏙 들어오지?"

원조인 '달마 인형이 굴렀습니다'는 구호를 빠르게 외치는 기술을 쓰기도 하고, 움직였네 안 움직였네 하며 말다툼이 벌어지기도 해서 판정하기가 쉽지 않다. 그에 비하면 괜찮은 규칙 같다고 나는 수긍했지만.

"질문이 있어." 구누기 선배가 끼어들었다. "총 다섯 세트랬지. 다섯 번째 세트가 끝난 시점에 '암살자'가 '표적'까지 다가가지 못하면 어떻게 되지?"

"암살에 실패했으니 그럴 경우도 '표적'의 승리입니다."

"그럼 '표적'에게 너무 유리한데. 한 번이라도 움직임을 확인한 순간 승리한다면, '표적'이 낮은 숫자를 계속 입찰할 경우 '암살자'는 승산이 없어. 확인을 회피하려면 '암살자'도 낮은 숫자를 입찰해야 하는데, 그러면 다섯 번 안에 '표적'에게 닿는 건 불가능하겠지."

"아, 그러고 보니 그러네요. 역시 구누기 선배야."

마토는 남의 일처럼 아양을 떨었다. 하긴 나도 지적을 듣고서야 깨달았다.

'암살자'가 나무에 다다르려면 다섯 세트 만에 총 마흔 걸음을 나아가야 한다. 세트당 세 걸음이나 네 걸음밖에 못 나아가면 분명히 진다.

항의가 나올 걸 예상했는지 스도 씨는 차분하게 말을 이었다.

"게임의 균형을 맞추기 위해 '표적'에게는 제한이 하나 더 있습니다. '표적'이 입찰하는 숫자는 **다섯 세트를 합쳐서 반드시 50이 돼야 해요.**"

마토가 입술 사이로 혀를 내밀어 평소보다 약간 화려한 연분홍색 립글로스를 한 번 핥았다.

"요컨대?"

"쉰 글자를 적절히 나눠서 입찰해야 한다는 뜻이지. 첫 세트에서 열 글자를 입찰하면 나머지는 마흔 글자. 두 번째 세트에서 다섯 글자를 입찰하면 나머지는 서른다섯 글자야."

'표적'에게 주어진 제한을 포함해서 한 번 더 생각해 보았다.

구누기 선배 말처럼 '표적'이 작은 숫자 전법을 사용했다 치자. 그렇다면 후반부에 글자 수가 많이 남는다. '표적'은 게임이 끝났을 때 글자 수가 남지 않도록 어느 타이밍에 20이나 30쯤을 한꺼번에 입찰해야 한다. 하지만 '암살자'도 그걸 알 테니 '표적'의 대량 입찰에 맞춰 거리를 크게 좁히려 할 테고……. 그런 식으로 눈치 싸움이 발생한다.

'표적'은 쉰 글자를 전부 사용해야 하고, '암살자'는 들키지 않고 마흔 걸음을 나아가야 한다.

자신과 상대의 목표 소비량을 계산하며 진행하는 '달마 인형이 굴렀습니다'.

"확실히 심리전이네요."

마토는 기쁜 듯이 고개를 끄덕였다.

"덧붙여 양쪽이 똑같은 숫자를 입찰하면, 즉 확인과 정지가 동시에 이루어졌을 경우는 확인에 실패했다고 간주해. 그리고 양쪽이 입찰한 숫자는 각 세트가 끝났을 때 공개해. 부정행위나 규칙 위반이 발각되면 그 시점에 위반한 쪽의 패배. 규칙은 이상이야."

세세한 내용을 보충한 후 스도 씨는 설명을 마쳤다.

"게임 이름이 재미있네." 지금까지 잠자코 있던 니즈마 씨가 평했다. "'달마 인형이 굴렀습니다'는 딱 열 글자라 옛날에는 어린아이가 숫자를 셀 때 사용했다는 설도 있거든. '셈했습니다'라면 원점으로 회귀한 셈이지. 난 이 게임은 처음 들어 봤는데 스도가 고안했나?"

"네, 뭐. 신입생이 '실력 향상'으로 도전했을 때 자주 해요. 간단하니까."

간단한 걸까. 꽤 어려운 게임 같은데. 세이에쓰 학생의 감각은 역시 우리와 많이 다르다.

"저기, 스도 씨." 마토가 느릿느릿 손을 들었다. "규칙을 추가하고 싶은데요."

"……뭔데?"

"'암살자'는 '표적'을 터치하면 이긴다고 했는데, 방금 설명한 대로라면 손을 피할 수도 있을 것 같아서요. '표적'은 정위치인 떡갈나무 앞에서 움직이지 않는다는 규칙을 추가해도 괜찮을까요?"

"물론이지." 스도 씨는 당연한 소리 좀 하지 말라는 모멸적인 어감을 담아서 대답했다. "'표적'은 각 세트를 진행하는 동안 정위치에서 한 발짝도 움직이지 않을 것. 쪼그려 앉거나 몸을 비트는 것도 금지. 이러면 돼?"

"그거랑 게임 중에는 모두 스마트폰을 금지하면 안 될까요? 같은 편이 몰래 문자 메시지로 지시하거나 그러지는 말았으면 해서요."

"그러지, 뭐. 플레이어도 포함해서 전부 스마트폰 전원을 끄는 걸로 하자."

"하나만 더요."

끈질긴 추가 세례에 스도 씨는 노골적으로 인상을 찌푸렸다.

"또 뭔데?"

"이왕 숫자 맞히기 게임을 하는 김에 보너스를 주는 건 어떨까요?"

"보너스?"

"'표적'과 '암살자'의 입찰 숫자가 일치하면 **딱맞춤상**으로 베팅 금액을 열 배 인상."

마토는 애인에게 뭔가 해 달라고 조르는 것처럼 귀엽게 몸을 배배 꼬며 통통 튀는 목소리로 제안했다.

세이에쓰 쪽 세 명은 잠시 침묵에 잠겼다. 니즈마 씨는 머리를 긁적였고, 스도 씨는 공원 시계로 시선을 돌렸다. 오케가와 씨가 고개를 설레설레 내저으며 마토 앞으로 나섰다.

"이모리야 씨, 그건 좀……."

"뭐, 괜찮아, 오케가와." 스도 씨가 말을 막았다. "좋아, 이모리야 씨. 그 규칙도 추가하자. 니즈마 선배도 괜찮죠?"

"플레이어끼리 동의했다면 난 간섭 안 해."

니즈마 씨의 말에 또 다른 심판인 구누기 선배도 고개를 끄덕였다.

스도 씨는 마토 쪽으로 고개를 돌리고 스마트폰을 꺼냈다.

"일단 '표적'과 '암살자'부터 정하자. 주사위 굴리기 앱이 있으니까 그걸로……."

"난 '암살자'가 좋은데." 마토가 눈을 치뜨고 다시 졸랐다. "안 돼요?"

지척에서 마토와 눈이 마주친 스도 씨는 입가를 씰룩하더니 바로 진지한 표정으로 돌아왔다. 스마트폰 전원을 끄고 호주머니에 넣었다.

"알았어. 난 마침 '표적'을 하고 싶은 기분이었거든. 그럼 역할은 정해졌군. 선배, 부탁드릴게요."

"그래. 이번 '실력 향상'의 종목은 '달마 인형이 셈했습니다'. 베팅 금액은 S칩 세 개이고 승자독식. 이의 없지?"

마토와 스도 씨는 일제히 고개를 끄덕였다.

"일단 첫 번째 세트 입찰부터. 종이에 숫자를 써서……. 그렇지, 이 돌 아래에라도 놓아둘까."

니즈마 씨가 큼지막한 돌을 두 개 주워서 자기와 구누기 선배 앞에 내려놓았다. 군데군데 어린애 같은 면모가 엿보여서 나는 쓴웃음을 지었지만 구누기 선배의 반응은 달랐다.

"확실히 누군가 보관하기보다 돌 밑에 놓아두는 편이 부정행위가 발생할 여지가 없겠군."

"들통날 법한 속임수를 쓰면 아무 재미도 없잖아. 규칙은 절대적, 그게 세이에쓰 방식이야."

니즈마 씨는 두 가지 색깔의 메모 패드에서 종이를 한 장씩 뜯어서 스도 씨와 마토에게 주었다. 스도 씨는 빨간색, 마토는 노란색. 둘 다 입찰할 숫자를 이미 정한 듯했다. 스도 씨는 우리에게 등을 돌리고 재빨리 글씨를 써넣었다. 마토는 근처에 있는 게시판 뒤쪽으로 갔다가 금방 돌아왔다.

두 사람은 동시에 돌을 들고 카지노 딜러처럼 아래에 아무것도 없다는 걸 보여 준 후, 접은 종이를 놓고 돌을 얹었다.

"각 플레이어는 정해진 위치로."

구누기 선배가 지시했다. 스도 씨는 공원의 상징인 떡갈나무로 향했고, 마토는 마흔 걸음 떨어진 입구로 걸어갔다. 나는 전에 없이 불안한 심정으로 그 모습을 바라보았다.

마토의 선택이 의문스러웠다.

마토는 '암살자'를 하겠다고 자청했다. 하지만 이 게임은 아무래도 '암살자'가 유리할 것 같지 않았다.

'표적'의 목표 소비량은 쉰 글자. '암살자'의 목표 소비량은 마흔 걸음.

다섯 세트로 평균을 내면 '표적'은 세트당 열 글자씩, '암살자'는 여덟 걸음씩 소비해야 한다.

만약 양쪽이 평균을 유념해서 입찰한다면 '암살자'의 입찰 수량이 '표적'의 입찰 수량을 항상 밑도는 셈이다. 즉, 모든 세트에서 확인을 피하고 이길 수 있다.

하지만 현실은 그렇게 녹록지 않으리라. '표적'의 입찰 수량이 한 번이라도 '암살자'의 입찰 수량을 밑돌면 그 시점에서 아웃이다. 그렇지 않더라도 다섯 세트 안에 '표적'을 건드리지 못하면 자동으로 '암살자'의 패배.

역시 힘들지 않을까.

사부리 회장은 강 건너 불구경이라는 양 철봉에 몸을 기댔다. 나는 다가가서 슬쩍 물어보았다.

"'암살자'는 유리한가요?"

"불리해." 즉시 답한다. "하지만 이모리야는 그쪽 취향인 것 같군."

"······왜요?"

"녀석은 항상 죽이는 쪽이니까."

겉모습이 예사롭지 않은 회장이 그렇게 말하자 농담으로 들리지 않았다.

"준비 OK요오."

마토가 듣기만 해도 기운이 쭉 빠질 것 같은 목소리로 말하며 손을 흔들었다. 스도 씨도 손을 흔든 후 떡갈나무 줄기로 몸을 돌리고 팔에 얼굴을 묻었다.

초등학교 2학년 때 이후로 약 팔 년 만에 보는, '달마 인형이 굴렀습니다'가 시작되기 직전의 구도. 추억과 다른 점이라면 당시보다 키가 컸다는 것, 특수한 규칙이 추가됐다는 것, 그리고 30만 엔이 걸렸다는 것.

구누기 선배가 한 발짝 앞으로 나서서 소리쳤다.

"제1세트, 시작."

4

 떡갈나무 앞에 서서 이모리야 마토가 출발점으로 가기를 기다리는 동안, 스도는 공원 시계로 시선을 돌렸다.
 11시 40분. 안심해서 가슴을 쓸어내렸다. 이 추세라면 오전 중에 헤어질 수 있으리라.
 어쨌거나 승부는 한순간에 판명 날 거니까.
 스도는 위험한 다리를 건너고 이미 안전권에 있었다.
 이 게임에서 가장 중요한 점은 역할을 정할 때 '표적'을 고를 수 있느냐 없느냐다. 스도가 스마트폰에 깔아 둔 주사위 굴리기 앱은 사용 전에 일정한 조작 방법을 거치면 주사위 눈이 높아지는 버그가 있으므로, 평소는 그걸 이용해서 '표적'을 선택했다.
 하지만 이번에는 운 좋게도 상대방이 '암살자'를 하겠다고 자청했다. 목표 소비량이 적으니까 '암살자'가 유리하다고 생각한 것이리라.
 역시 다른 학교 학생은 멍청하다니까.
 "준비 OK요오."
 차량 진입 방지봉 앞에서 이모리야 마토가 손을 흔들었다. 스도는 빙긋 웃으며 손을 흔들어 주었다. 그리고 떡갈나무 줄기로 몸을 돌리고 팔에 얼굴을 묻었다. 머릿속은 이미 '브레스마기아'로 가득해져 낮 12시부터 시작될 한정 이벤트와 온라인

대전을 생각하고 있었다.

스도에게 현실 세계에서 벌이는 승부는 시시한 놀이에 불과하다.

가상 세계에서 벌이는 승부가 훨씬 복잡하고 재미있다. 속성의 상성 차이, 아이템에 따른 능력치 가산, 개체의 능력치에 따른 선공과 후공 결정, AI가 펼쳐 내는 공격 패턴. 모든 것이 체계적으로 설계된 세계에서 육성해 둔 캐릭터로 싸움을 벌인다. 거기에는 진정한 수읽기가 있기에, 뇌세포를 소비할 가치가 있다.

현실의 승부는 완전히 다르다. 인간은 가상 세계의 전사들보다 훨씬 어리석다. '맹점'을 하나만 만들어도 쉽사리 우위를 차지할 수 있다.

'달마 인형이 셈했습니다'는 스도가 고안한 일격 필살의 게임이다.

십 분 정도로 나뉘는 승부. 기본은 '달마 인형이 굴렀습니다'와 똑같다. '표적'은 구호를 외치고 나서 돌아본다. 발음은 한 글자씩 또박또박. 스도는 말을 교묘하게 선택함으로써 규칙 속에 맹점을 하나 만들었다. 이모리야가 조건을 추가하자고 했을 때는 약간 오싹했지만, 바보 같은 여자애는 서 있는 위치와 스마트폰같이 아무래도 상관없는 부분만 거론했을 뿐, 정작 중요한 점은 확인을 게을리했다.

'표적'은 각 세트가 시작되기 전에 구호 글자 수를 입찰한다.

입찰한 글자 수만큼 말하고 나서 고개를 돌려 '암살자'를 확인한다.

입찰 수량의 상한선은 50.

하한선은 정하지 않았다.

즉, 규칙상 가능하다.

0글자 확인이.

"제1세트, 시작."

구누기라는 안경잡이 남학생이 선언했다.

그 직후에 스도는 말없이 돌아보았다.

이모리야 마토가 출발점에서 어리벙벙한 얼굴로 바라보았다. 의문을 표하듯 고개가 기울었고, 늘어질 대로 늘어진 카디건은 어깨에서 흘러내릴 것 같았다. 얼간이라는 말을 그림으로 그린 듯한 모습이었다.

저절로 입매가 풀어졌다.

'실력 향상'에 익숙지 않은 신입생들과 대결할 때 몇 번이나 보았던 광경이었다. 상대는 무슨 일이 일어났는지 이해조차 하지 못한다. 이제 막 걸어가려는데 왜 저러지? 깜박한 말이라도 있나. 회전이 느려 터진 머리로 그런 생각을 한다.

"1세트 끝났네요. 선배님들, 입찰 수량을 공개해 주십시오."

이런 전개에 익숙한 오케가와가 말했다. 니즈마와 구누기가 돌을 들고 메모지를 꺼내서 차례대로 숫자를 읽었다.

"'표적' 스도의 입찰 수량은 '0'이야."

어? 구경하고 있던 고다라는 여학생이 목소리를 높였고.

"'암살자' 이모리야의 입찰 수량 역시 '0'. 확인을 회피했어."

"……엇?"

스도도 목소리를 높였다.

구누기의 손을 바라보았다. 공개된 노란색 메모지에는 분명 스도가 적은 것과 똑같은 숫자가 적혀 있었다.

타닥타닥, 타닥……. 소년들이 노는 소리에 섞여 경쾌한 발소리가 들렸다.

이모리야 마토는 친척에게 용돈을 받은 어린애처럼 생글생글 웃으며 이쪽으로 돌아왔다. 무구하고 무심하며 무책임한 웃음이었으나 스도가 보기에는 으스스하기 짝이 없었다.

"예이, 맞혔다. 딱맞춤상이다."

현실 세계의 대결에서는 맹점을 찌른 사람이 이긴다.

적의 머릿속에 선입견을 심은 사람이 이긴다.

예를 들면 0은 입찰할 수 없다는 선입견. 규칙은 공평하다는 선입견. 그리고…….

"베팅 금액이 열 배가 됐네요."

적이 약하다는 선입견.

*

예상외의 일이 연달아 일어나서 나는 굳어 버렸다.

게임이 시작된 것과 동시에 스도 씨가 돌아보았고, 공개된 입찰 수량은 0이었고, 마토도 똑같은 숫자를 입찰해서 느닷없이 딱맞춤상을 받았다.

나는 추가된 그 규칙을 중시하지 않았다. 마토의 장난기가 발동했구나, 그 정도로만 받아들였다. 입찰 수량이 서로 일치하는 건 확률상 거의 불가능한 일이었으니까.

마토는 읽어 냈다.

스도 씨가 0글자 확인으로 단숨에 게임을 끝내려 한다는 걸 꿰뚫어 본 것이다. 처음부터 숫자를 맞힐 자신이 있어서 대담한 규칙을 제안했다. 승리를 확신했던 스도 씨는 깊이 생각해 보지 않고 그 조건을 받아들였다.

어쩌면 마토가 '암살자'를 선택한 것도 이걸 위해서…….

"니, 니즈마 선배……."

스도 씨는 미덥지 못한 말투로 판단을 부탁했다. 그를 두르고 있던 냉철함이 한 겹씩 벗겨져 나가기 시작했다. 니즈마 씨의 얼굴에서도 여유가 사라졌다.

심판은 재킷 소매 단추를 만지작거리며 한숨을 한번 쉬었다.

"조건을 추가했으니 어쩔 수 없지. 베팅 금액은 열 배, 이제부터는 S칩 서른 개를 걸고 대결한다."

S칩 서른 개, 3백만 엔.

"그건 그렇다 치고 문제가 하나 있다." 니즈마 씨가 사부리 회장을 보았다. "그쪽은 S칩이 세 개밖에 없잖아. 이러다 지면 나머지 스물일곱 개, 270만 엔은 어떻게 할 거지? 칩이 모자라면 현금으로 받아야 할 텐데."

"스마트폰 금지 규칙, 잠깐만 어겨도 될까?"

니즈마 씨가 승낙하자 사부리 회장은 어떤 사이트에 들어가더니 우리에게 보여 주었다. 동영상 사이트 같았는데, 마스크로 얼굴을 가린 란제리 차림 여자나 교복 치마 밑으로 뻗어 나온 다리같이 수상쩍은 분위기의 섬네일이 떠 있었다.

"라이브 스트리밍 사이트야. 시청자의 도네이션으로 돈을 벌지. 우리가 지면 여기서 이모리야에게 조금 그런 짓을 시킬게. 부족한 액수는 그 돈으로 메울 거야."

……뭐?

"자, 자, 잠깐만요." 무슨 뜻인지 이해한 후 나는 회장에게 따졌다. "그런 짓을 하면 안 되죠!"

"이모리야가 그러자는데 뭐 어쩌겠어."

생각지 못한 한마디에 또 굳어 버렸다. 구누기 선배는 벌레를 씹은 듯한 표정으로 입을 꾹 다물었다. 혹시 내가 도착하기 전에 역에서 나누었던 이야기는 이건가? 구누기 선배의 기분이 안 좋았던 것도 이것 때문에?

그렇다면 나도 구누기 선배에게 백 퍼센트 동의한다. 이건 너무나 불합리한 처사다. 큰돈이 걸린 승부라지만, 밑천은 이십 년 전에 운 좋게 굴러든 칩 세 개. 잃는다고 한들 호지로 고등학교에는 아무 손실도 없다. 애당초 마토는 회장의 계략에 말려든 '대리인'일 뿐이라 몸 바쳐 게임할 이유가 전혀 없는데.

그럴 이유는 전혀…….

나는 마토를 보았다. 화제에 오른 당사자는 나 몰라라 하는 표정으로 지역 지도가 붙은 게시판을 살펴보고 있었다.

"마토, 너 말이야."

"응?"

"무슨 짓을 하는지 아는 거야?"

"응."

"이쪽 봐!"

어깨를 붙잡고 억지로 돌려세웠다.

가까이에서 눈빛이 부딪쳤다. 예쁘게 생긴 얼굴 속의 의뭉스러운 눈동자를 들여다보았다. 일 년 내내 같이 있는데도 아주 오랜만에 보는 것 같았다.

"정말 알아? 졌다가는……."

"괜찮아, 고다."

끝까지 말하기 전에 말허리를 잘렸다.

이길 테니까 괜찮다는 뜻인지, 져서 벌칙을 받아도 괜찮다는 뜻인지, 나로서는 알 수 없었다. 평상시와 똑같이 속 편한 말투. 하지만 그 속에서 쇠공처럼 묵직하니 뒤흔들 수 없는 혼이 느껴졌다. 악문 이와 어깨를 붙잡은 손에 힘이 들어갔다.

이게 이모리야 나름의 각오일까.

에소라와 다시 만나는 게 그렇게까지 중요한 건가.

지금 마토에게는 목적이 있다.

세이에쓰의 학생회에 있는 중학교 동창생, 우키타 에소라와 싸우는 것.

베팅 금액을 끌어올린 것도 칩을 잔뜩 벌어서 에소라와 대등하게 맞붙기 위해서다. 마토는 에소라에게 '사과시키고 싶은 일이 있다'고 했다.

중학교 시절을 돌이켜 보면 확실히 졸업이 가까워졌을 무렵, 마토와 에소라 사이에 묘한 거리감이 생긴 것 같았다. 하지만 짐작 가는 계기는 없었다. 내가 모르는 곳에서 생긴, 내가 모르는 앙금.

입을 맞출 수도 있을 법한 거리에서 마주 보는데도 마토는 나를 보지 않았다.

에소라만 보고 있다.

"……어째서."

어째서 그렇게 에소라를.

아무도 막지 않았는데 저절로 말이 끊겼다. 어깨에서 손을 떼고 고개를 돌렸다. 마토는 아무 일도 없었다는 것처럼 카디건의 매무새를 가다듬었다.

"……뭐, 낼 수만 있다면 합법이든 비합법이든 상관없지만." 니즈마 씨가 아무렇지도 않게 무서운 소리를 했다. "그럼 게임을 속행하자. 제2세트 입찰할까."

새 메모지를 플레이어들에게 나누어 주었다. 스도 씨는 우리에게 등을 돌렸고, 마토는 펜을 빙글빙글 돌리며 아까처럼 게시판 뒤쪽으로 사라졌다.

머리를 팽팽 굴려, 하고 기원하는 수밖에 없었다. 이제 내게도 단순한 게임이 아니다. 3백만 엔과 친구의 존엄이 걸렸다.

기원한 효과는 미묘했다. 마토는 오 초쯤 만에 돌아와서 돌 밑에 종이를 숨겼다.

스도 씨는 마토보다 조금 늦었다. 3백만은 세이에쓰 학생에게도 큰돈이리라. 그의 얼굴에도 진지한 기색이 역력했다.

두 사람이 정해진 위치에 서자 구누기 선배가 말했다.

"제2세트, 시작."

*

스도는 입찰용 메모지를 쥔 채 펜을 움직이지 못했다. 세이에쓰에 입학한 후로 이런 일은 처음이었다.

당했다.

0글자 확인 전법을 간파당했고 베팅 금액이 높아졌다. 일격필살을 확신했던 스도는 이모리야 마토에게 조종당해 규칙을 추가하자는 요청을 받아들였다. 수읽기에서 이모리야가 스도에게 앞섰다.

현재 베팅 금액은 S칩 서른 개, 스도에게도 꽤 큰돈이다. 지면 소지금을 반 넘게 잃을 뿐 아니라 대량의 칩이 학교 외부로 유출된다. 세이에쓰 고교 학생회의 간판에 먹칠한 책임을 져야 한다.

눈을 감고 최악의 미래를 떨쳐 냈다.

상관없다. 이기면 그만이다.

'표적'이 유리하다는 사실은 여전히 변함없다. 이번 세트에서 이모리야보다 낮은 숫자를 입찰하면 이긴다. 큰돈을 따낸 것도 자신의 공적으로 돌아온다. 이모리야가 모자라는 돈을 어떻게 마련하든 알 바 아니다.

할 수 있겠느냐고? 당연하지. 다른 학교 학생과는 다져 온 세월이 달라.

확실히 0글자 확인 전법은 간파당했다.

하지만 승리를 향해 펼쳐진 경로는 단 하나가 아니다.

숫자를 썼는지 이모리야가 게시판 뒤쪽에서 돌아왔다.

스도는 은근슬쩍 오케가와에게 시선을 주었다.

파트너는 스도와 눈을 마주치지 않고 자기 오른쪽 귀를 긁은 후, 한쪽 발끝으로 땅바닥을 한 번 두드렸다. 아주 자연스럽고 흔한 몸동작이었다.

—2획.

두 사람 사이에서만 통하는 사인이다.

이모리야 마토는 누가 훔쳐볼까 봐 걱정됐는지 게시판 뒤쪽에서 숫자를 썼다. 칭찬할 만한 마음가짐이다.

하지만 소리까지는 완전히 감출 수 없다.

스도를 속여 넘겨서 방심했는지 이모리야는 아까보다 숫자를 꾹꾹 눌러쓴 듯했다. 사인펜을 종이에 대고 움직일 때 '찍' 하는 소리. 그게 두 번 울렸다. 보통 사람은 못 듣는 희미한 소리라도 오케가와에게는 문제없다. 그의 귀는 청각 정보를 결코 놓치지 않는다.

아무것도 모르는 대결 상대가 돌 밑에 메모지를 숨겼다. 스도는 즉시 분석에 들어갔다.

이모리야 마토는 2획으로 숫자를 썼다.

2획으로 쓸 수 있는 숫자라. 후보는 4, 5, 10, 11, 12, 13······. 7이나 9도 쓰는 방식에 따라서는 2획이다. 1도 아래쪽에 가로획을 덧붙였다면 2획인가.

이모리야가 적었을 가능성이 있는 숫자 가운데 가장 작은 숫자는 1. 그렇다면 그것보다 낮은 숫자는.

스도는 메모지에 '0'이라고 썼다.

이모리야보다 한 박자 늦게 돌 아래에 메모지를 감췄다. 오케가와가 사인을 보냈다는 걸 니즈마도 눈치챘겠지만 아무 말도 하지 않았다. 설령 지적한들 사인을 받았다는 걸 증명할 방법은 없다. '들통날 법한 속임수를 쓰면 아무 재미도 없잖아.' 반대로 말하면 들통나지 않을 속임수는 허용된다는 뜻이다.

제2세트 준비에 들어갔다. 떡갈나무 앞에 서서 팔에 얼굴을 묻었다. 준비 OK요. 아까와 마찬가지로 출발점에서 마토의 목소리가 들렸다.

그렇게 실실거리는 것도 이제 끝이다.

"제2세트, 시작."

구누기가 선언했다.

그와 동시에 스도는 돌아보았다.

마흔 걸음 떨어진 출발점, 손바닥 크기로 줄어든 '암살자'를 노려보았다. 이모리야 마토는 차량 진입 방지봉에 앉아서 다리를 살랑살랑 흔들고 있다.

─걸을 거지?

─최소한 한 발짝은 내디딜 거야.

─걸을 거잖아.

─걸어.

확신은 서서히 형태가 일그러져 애원으로 변했다. 스도는 망가진 컨트롤러로 캐릭터를 움직이려 하고 있었다. 직진하라는 명령을 수없이 입력했건만, 이모리야 마토는 그 자리에서 꼼짝도 하지 않았다.

"2세트가 끝난 것 같군." 구누기가 말했다. "입찰 수량을 공개하지."

"어……. 그래."

니즈마가 동요한 목소리로 응했다. 두 심판은 돌을 치우고 메모지를 꺼내서 읽었다.

"'표적' 스도의 입찰 수량은 '0'."

"'암살자' 이모리야의 입찰 수량도 '0'이다. 확인을 회피했어."

세게 얻어맞은 듯한 충격을 받았다.

스도는 믿기지 않는다는 심정으로 구누기가 펼친 메모지를 바라보았다. 시야 한구석에 비치는 오케가와도 자신과 똑같은 표정이었다.

선 두 개로 만든 그 숫자는 보통은 절대 사용하지 않을 방식으로 적혀 있었다.

"이, 이게 뭐야."

오케가와가 목소리를 토해 냈다.

그의 청각은 완벽했다. 스도도 사인을 제대로 파악했다. 이상했던 것은 이모리야가 숫자를 적는 방식뿐이었다. 왜 저런 식으로 0을? 사인을 보낼 걸 예상했다는 말인가? '2획'이라는 힌트로 스도가 0을 입찰하도록 유도했다고?

말도 안 된다.

그러기 위해서는 오케가와의 청각이 예리하다는 사실을 이모리야가 알고 있어야 한다. 방금 처음 만났는데 그럴 리 없다. 그런 일이 가능할 리가.

"잊어버리지는 않았겠지." 추가 공격을 하듯 구누기가 냉정하게 말했다. "또 딱맞춤상이야. 베팅 금액이 다시 열 배로 불어나."

"……앗."

발밑이 흔들리는 기분이었다.

떡갈나무에 등과 뒤통수를 부딪쳐서 단정하게 다듬은 스도의 머리가 흐트러졌다. 그대로 주저앉지 않고 버티는 것이 고작이었다. "해냈다!" 하고 실실 웃으며 이모리야 마토가 되돌아왔다. 깡충깡충 뛰는 토끼처럼 부츠를 신은 발로 경쾌한 스텝을 밟았다.

"이런." 니즈마가 체념한 듯 반쯤 웃으며 중얼거렸다. "수준이 다르네."

달마 인형이 셈했습니다, 제2세트 종료.
이모리야 마토, 현재 0걸음.
베팅 금액, 3천만 엔.

5

스도 씨가 안절부절못하는 모습을 보였다.
 마토가 우위에 섰다는 뜻이니까 마토를 응원하며 구경하는 내게도 기쁜 일이지만. 평소라면 그럴 테지만. 지금은 상대편 플레이어와 마찬가지로 마음이 심란했다.
 2연속 딱맞춤상.
 게임을 시작할 때 30만이었던 베팅 금액이 고작 십 분 만에 어마어마한 액수로 불어났다.
 이기면 S칩 3백 개, 즉 3천만 엔. 마토가 요전에 말했던, 에소라와 맞붙기 위한 군자금의 목표치에 도달한다. 전국 고등학교 야구 선수권대회에서 대활약해 드래프트 1순위 지명이라도 받지 않는 한, 고교생은 못 가질 돈이다. 세이에쓰 고교에서도 이만큼 가지고 있는 사람은 한 줌 아닐까. 하지만 잠깐. 지면 이쪽이 3천만 엔을 내야 한다는 뜻? 마토가 곤란한 꼴로 라이브 스트리밍을 해서? 당치도 않다. 절대로 안 된다.

혼란에 빠진 나와 달리 선배들은 냉정했다. 사부리 회장이 입을 열었다.

"자, 니즈마 씨. 이번에는 우리가 담보를 확인할 차례로군. 베팅 금액은 S칩 3백 개야. 그쪽 칩을 전부 합쳐도 그만큼은 안 될 텐데."

"……오늘 오지 않은 임원의 S칩까지 합치면 학생회가 보유한 S칩은 8백 개에 가까워. 진다면 나중에 그걸로 지불할게."

"좋아. 그럼 게임을 진행하자."

"자, 잠깐만. 열 배의 열 배라니 그런 게 어디 있어……."

"스도." 니즈마 씨가 불평하는 후배를 타일렀다. "규칙은 절대적이야. 구시렁구시렁 투덜대지 마. 쉽게 이길 거라 예상하고 터무니없는 조건을 받아들인 네 잘못이야."

"하, 하지만 저는……."

도망치듯 스도 씨가 공원 시계로 시선을 돌렸다. 뭔가 이상하다 싶었는지 니즈마 씨가 "야." 하고 물었다.

"무슨 볼일이라도 있어?"

"그, 그런 건 아닌데요."

"설마." 니즈마 씨가 흠칫 놀란 표정을 지었다. "'브레스 마기아'야?"

"저, 정오부터 한정 이벤트를 해서……."

스도 씨의 목소리는 당장이라도 사그라질 것 같았다. 니즈마 씨는 뭔가 말하려다 말고, 나지막하게 앓는 소리를 내며 이마에 손을 댔다.

"그래서 스도를 고른 건가?"

"네?"

"사이트에도 이벤트를 알리는 팝업창이 떴어. 이모리야는 네가 정오 전에 승부를 가르고 마무리하고 싶어 한다는 걸 꿰뚫어 본 거야. 그래서 자기도 급하다는 티를 내서 네가 게임에 나서도록 유도한 거지."

— 빨리 하죠. 샌드위치가 말라비틀어지겠어요.

— 빨리 끝나는 거면 뭐라도 상관없어요. 칩도 세 개 몽땅 걸어도 되고요.

"오케가와에게 맡기면 시간이 걸리는 게임을 제안할지도 모르거든. 직접 대결에 나서서 '달마 인형이 셈했습니다'로 재빨리 끝내는 게 스도 입장에서는 제일 바람직했어. 이모리야는 그 속내를 노려서 공격한 거야."

"노, 노려서 공격하다니, 뭣 때문에요?"

오케가와 씨가 물었다.

"'베팅 금액 열 배 규칙'을 추가하기 위해서. 스도는 한시라도 빨리 게임을 끝내고 돌아가고 싶었어. 그런 상황에서 상대가 성가시게 규칙을 추가하자고 제안하면 어떨까? 추가할지 말지를 놓고 다투면 시간이 많이 들잖아. 다소 무리한 조건이라도 스도라면 받아들일 가능성이 높았던 셈이지. 스도는 한 방에 게임이 끝날 것이라 확신했을뿐더러, 딱맞춤상이 나올 리 없다고 생각했을 테니까. 게다가 정위치니 스마트폰이니, 자잘한 규칙을 추가해서 안달이 난 직후였어. 경계심을 잘 허물어뜨린 거야."

마토가 '딱맞춤상'을 제안했을 때 오케가와 씨는 난색을 보였다. 하지만 스도 씨가 나서서 조건을 받아들였다.

"그 밖에도 이모리야 쪽에 이점이 있었어. 서두르는 이상, 스도가 제안할 게임은 얼핏 공평해 보여도 한순간에 결판이 나는 함정 게임 유일 가능성이 높아. 그런 전제를 파악했다면 0글자 확인 전법이라는 적의 전략도 예상하기 쉽겠지."

"……."

"넌 처음부터 이모리야에게 놀아났던 거다." 니즈마 씨는 스도 씨에게 말을 툭 내던지고 나서 혼잣말하듯 중얼거렸다. "세이에쓰 학생끼리라면 모를까……. 쟤는 오늘 우리를 처음 봤는데. 통찰력이 굉장하군."

"저기요, 저기요. 빨리 3세트 시작하죠."

적을 감탄시킨 통찰력도, 훌쩍 뛰어오른 베팅 금액의 중압감도 전혀 느껴지지 않는 목소리로 마토가 재촉했다. 한쪽 팔 끄트머리에서 이리저리 흔들리는 카디건 소맷자락. 이 상황에서도 게임을 즐기듯 옅은 웃음을 띤 얼굴은 세이에쓰 사람들뿐만 아니라 내게도 오싹함을 안겼다.

스도 씨는 떡갈나무를 주먹으로 후려친 후 고개를 들었다.

투지가 깃든 눈동자였다.

"아직 안 졌어……. 이 게임은 '표적'이 훨씬 유리해. 넌 남은 세 세트 안에 실수 없이 마흔 걸음을 걸어와야 하지. 내가 한 번이라도 움직임을 확인하면 내 승리야."

확실히 마토는 출발점에서 한 발짝도 움직이지 않았다. 절대로 유리한 상황이라고는 할 수 없었다.

"베팅 금액을 올리려고 여러모로 수를 쓴 모양인데……. 올려 본들 대결에 이기지 않으면 의미 없어."

"걱정하지 말아요." 마토는 메모지를 받아 들고 말했다. "다음 세트에 이길 거니까."

대담한 예언을 남기고 마토는 게시판 뒤쪽으로 사라졌다.

스도 씨도 입술을 바르르 떨며 종이에 숫자를 적었다.

두 사람이 메모지를 돌 아래에 숨겼고, 세 번째 입찰이 끝났다.

"스, 스도……."

"맡겨 둬."

스도 씨는 오케가와 씨의 걱정을 떨쳐 내듯 강한 어조로 말했다. 그는 흐트러진 머리를 매만진 후 허리를 쭉 펴고 떡갈나무로 향했다.

마토는 다시 공원 남쪽 출입구로 향했다. 한 발짝 내디딜 때마다 뒷모습이 작아져서 마흔 걸음이 얼마나 먼 거리인지 실감했다. 정해진 위치에 다다르기를 기다리는 동안 스도 씨는 마토의 뒷모습을 가만히 노려보았다.

죽이기라도 할 듯한 눈빛을 유지한 채 스도 씨는 떡갈나무로 몸을 돌렸다. 차량 진입 방지봉 앞에서 마토가 "준비 OK요오." 하고 손을 흔들었다.

구누기 선배가 헛기침을 하고 말했다.

"제3세트, 시작."

그리고 우리는 믿기지 않는 광경을 보았다.

*

"달, 마, 인, 형, 이, 셈."

오늘 처음으로, 아니, 이 게임을 고안하고 처음으로 스도는 어린애같이 구호를 외쳤다. 떡갈나무와 마주 서서 팔로 눈가를 가렸으므로 시야는 어둠에 휩싸였다.

말 그대로 암중모색이었다. 전략은 모조리 박살 났고 이제 오케가와의 보조도 없다. 어깨에는 세이에쓰 고교 학생이라는 자존심과 3천만 엔이 얹혀 있다. 관객석에서 노예의 대결을 구경하던 소년은 어느 틈엔가 투기장으로 끌려왔다. 주문도 아이템도 현금의 힘도 없이 맨몸 승부 대결을 강요당했다.

그래도 이길 수 있다.

'달마 인형이 셈했습니다'는 스도 본인이 고안한 게임이다. 정공법도 훤히 꿰고 있었다.

이 게임은 5세트제이기는 하지만, 실은 4세트가 끝난 시점에 승패가 결정되는 것이 특징이다. 서로 글자 수와 걸음 수라는 목표 소비량이 있으므로 마지막 세트에서는 남은 소비량만 겨루면 되기 때문이다.

4세트가 끝났을 때 일어날 수 있는 상황은 다음 세 가지다.

A. '표적'에게 남은 글자 수가 '암살자'에게 남은 걸음 수보다 적다. 예를 들어 '표적'에게 남은 글자 수가 열 개고 '암살자'에게 남은 걸음 수가 스무 개일 경우. 이때는 '표적'의 승리가 확정된다. 마지막 세트에서 '암살자'가 스무 걸음 다가오는 사이에 '표적'은 열 글자를 소비하고 돌아볼 수 있기 때문이다.

B. '표적'에게 남은 글자 수가 '암살자'에게 남은 글자 수보다 많다. 예를 들어 '표적'에게 남은 글자 수가 서른 개고, '암살자'에게 남은 걸음 수가 열 개일 경우. 이때는 '표적'의 패배가 확정된다. '표적'은 마지막 세트에서 30을 입찰해야 하므로 절대

로 열 걸음 안에 돌아볼 수 없다.

C. 양쪽에게 남은 목표 소비량이 동일하다. 예를 들어 '표적'에게 남은 글자 수가 열 개, '암살자'에게 남은 걸음 수도 열 개일 경우. 확인과 정지가 동시에 일어나면 회피로 처리하므로 이때도 '표적'의 패배다.

―내가 이기기 위해 쓸 수 있는 방법은 두 가지.

하나는 1세트와 2세트처럼 낮은 숫자를 입찰해서 이모리야의 움직임을 '확인'하는 방법. 하지만 만에 하나 이모리야에게 속내를 읽히면 B나 C의 상황이 초래된다. 현재 스도에게 남은 글자 수는 쉰 개, 이모리야에게 남은 걸음 수는 마흔 개. 원래 '표적'의 목표 소비량에 핸디캡 열 개가 있으니까 낮은 숫자를 계속 입찰하면 이모리야가 유리해진다.

덧붙여 낮게 입찰하면 숫자가 겹치기 쉬우므로 또 딱맞춤상이 나올 우려가 있다. 그것만은 절대로 피해야 한다.

―위험성이 너무 높아.

스도는 이 방법을 얼른 버리고 다른 방법을 선택했다.

나머지 두 세트에서 A상황을 만드는 것이다.

구체적으로 어떻게 하면 될까. 이번 세트와 다음 세트를 합쳐서 스도의 입찰 수량이 이모리야의 입찰 수량을 웃돌면 된다. 다만 핸디캡을 메우기 위해 10 이상 차이가 나도록.

쉽게 말하면 큰 수를 입찰한다는 뜻이다.

20이나 30 또는 그 이상. 50을 한꺼번에 입찰하는 방법도 있지만, 이모리야가 그걸 예상하고 40을 한꺼번에 입찰하면 단번에 결판난다. 40 이상은 하이 리스크다. 그렇다면 일단은 핸디캡을 메우고 움직임을 확인할 확률도 높은 10에서 15 정도가 타당하다.

이것이 입찰 직전까지 했던 생각이었다.

"했, 습, 니, 다……."

스도는 열 글자를 외쳤다. 구호는 계속 이어졌다.

'다음 세트에 이길 거니까.'

이모리야는 부주의한 발언을 했다.

우쭐했는지 스도를 깔보고서 뻔히 보이는 블러핑을 내놓았다.

이모리야가 '다음 세트에 이기기' 위해서는 마흔 걸음을 한 번에 나아가야 한다.

'나는 3세트에 대량 입찰을 할 수도 있다', 그런 위협이 담긴 한마디.

즉, 그 발언에는 스도의 대량 입찰을 견제하려는 의도가 있다.

이모리야의 목적은 B나 C상황을 만드는 것이리라. 스도에게 겁을 줘서 소량 입찰을 시키고 자신도 계속 '0'을 입찰한다. 그렇게 해서 핸디캡 열 개를 유지한 채 5세트까지 시합을 끌고 간다.

이 전략을 사용하면 이모리야에게 이점이 많다.

일단 3, 4세트에는 확실한 '안정권'에서 움직임 확인을 회피할 수 있다. 그리고 '0'이 겹치면 딱맞춤상으로 베팅 금액을 다시 불릴 수도 있다.

3, 4세트에서 숫자가 겹치지 않더라도 5세트에 비극이 기다린다. 이모리야는 스도에게 남은 글자 수를 정확하게 파악할 수 있으므로 마지막에 반드시 딱맞춤상이 나온다.

5세트를 앞두고 입찰할 때 가령 스도에게 남은 글자 수가 마흔다섯 개라면 이모리야도 '45'를 입찰하면 된다. 이모리야는 마흔 걸음을 나아가서 스도를 터치한다. 다섯 걸음이 남았지만, '표적'을 터치하면 승리한다는 규칙이므로 그 시점에서 게임은 끝난다. 다만 입찰한 숫자가 일치했기에 세 번째로 딱맞춤상이 발동된다. 이모리야는 이렇듯 승리와 3억을 동시에 거머쥐는 대역전극을 노리고 있으리라.

―욕심이 과했어, 이모리야 마토.

"달, 마, 인, 형, 이, 셈, 했, 습, 니, 다."

총 스무 글자를 외쳤지만 스도는 아직 구호를 끝내지 않았다.

3세트에 스도가 입찰한 숫자는 '49'였다.

허의 허를 찌른 대량 입찰. 상한선에서 하나를 뺀 건 혹시나 모를 딱맞춤상에 대비하기 위해서였다. 만약 이모리야가 '40'을 입찰했다면 이번 세트에서 승부가 갈린다. 접근한 이모리야가 몸을 터치해서 암살당한다. 스도는 절벽에서 뛰어내리는 듯한 심정으로 난생처음 결사적인 도박에 나섰다.

─이길 수 있어.

반드시 이긴다. 그저 실실거리기나 하는 다른 학교의 아마추어에게 질 리 없다.

"달, 마, 인, 형, 이, 셈, 했, 습, 니, 다. 달, 마, 인, 형, 이, 셈……."

서른 글자를 넘어서 네 바퀴째에 돌입했다. 마흔 번째 글자를 외친 순간 목소리가 조금 떨렸다.

등에 손이 닿지 않았다.

발소리도 들리지 않는다. 기척도 없다.

이모리야는 저 멀리 뒤쪽에 멈춰 서 있다.

수읽기에 이겼다. 안도감이 밀려왔다. '브레스 마기아'의 세계 랭킹에 처음 들었을 때를 뛰어넘는 기쁨을 현실 세계에서 느꼈다. 피가 끓고 살이 떨리는 기쁨이었다. 저도 모르게 들뜬 목소리가 나왔다.

"달, 마, 인, 형, 이, 셈, 했, 습, 니!"

나머지 아홉 글자를 외치고 팔에서 눈을 뗐다. 시야에 빛이 돌아왔다.

스도는 힘차게 몸을 돌렸다.

이모리야 마토는.

어디에도 없었다.

"……?"

오른쪽에서 왼쪽으로 고개를 돌렸다. 출발점. 벤치 앞. 없다. 시계 아래. 게시판 뒤쪽. 잔디밭. 놀이기구. 없다. 보이는 곳 어디에도 없다.

이해가 되지 않아서 심판들 쪽을 보았다. 니즈마와 구누기도, 오케가와도, 사부리와 고다라는 여학생도 입을 떡 벌린 채 출발점에 시선이 못 박혀 있었다.

그중 한 명, 사부리의 입술이 씨익 웃는 표정으로 올라갔다.

대조적으로 니즈마의 얼굴은 창백해졌다.

"저기, 니즈마 선배. 저 지금 돌아봤는데요."

"……."

"선배? 그, 이모리야는 어디에……."

"안 돼." 니즈마는 대답할 정신이 아닌 듯 그저 고개만 내저었다. "아, 안 돼."

묘한 분위기가 환희의 여운을 씻어 냈다. 뭐라 표현할 수 없는 불안감이 밀려와서 마음을 잠식하기 시작했다.

스도는 언성을 높여 친구에게 물었다.

"오케가와, 뭐가 어떻게 된 거야? 이모리야는 어디 있어?"

"이, 이모리야는······."
"걔는 어디 있냐고!"
오케가와는 팔을 들어 떨리는 손가락으로.
"밖이야."
산울타리 너머를 가리켰다.
"공원 바깥 둘레를 걷고 있어."

6

이번만큼은 나뿐만 아니라 모두 다 어안이 벙벙해졌다.

마토는 상식과 완전히 동떨어진 행동에 나섰다. 3세트가 시작되자마자 몸을 빙글 돌리더니 "달, 마, 인······." 하는 스도 씨의 구호에 맞춰 한 발짝씩 나아가서 네 걸음째에 공원 밖으로 사라졌다.

오케가와 씨가 한쪽 귀에 손을 댔다. 떨리는 목소리로 스도 씨에게 현재 상황을 알려 주었다.

"발소리가 들려······. 지금도 걷고 있어."
"게, 게임을 포기했다는 거야?"
"아니야." 사부리 회장이 말했다. "어이, 니즈마 씨. '암살자'의 승리 조건은 이거였지? '표적'에게 접근해서 몸을 터치하면

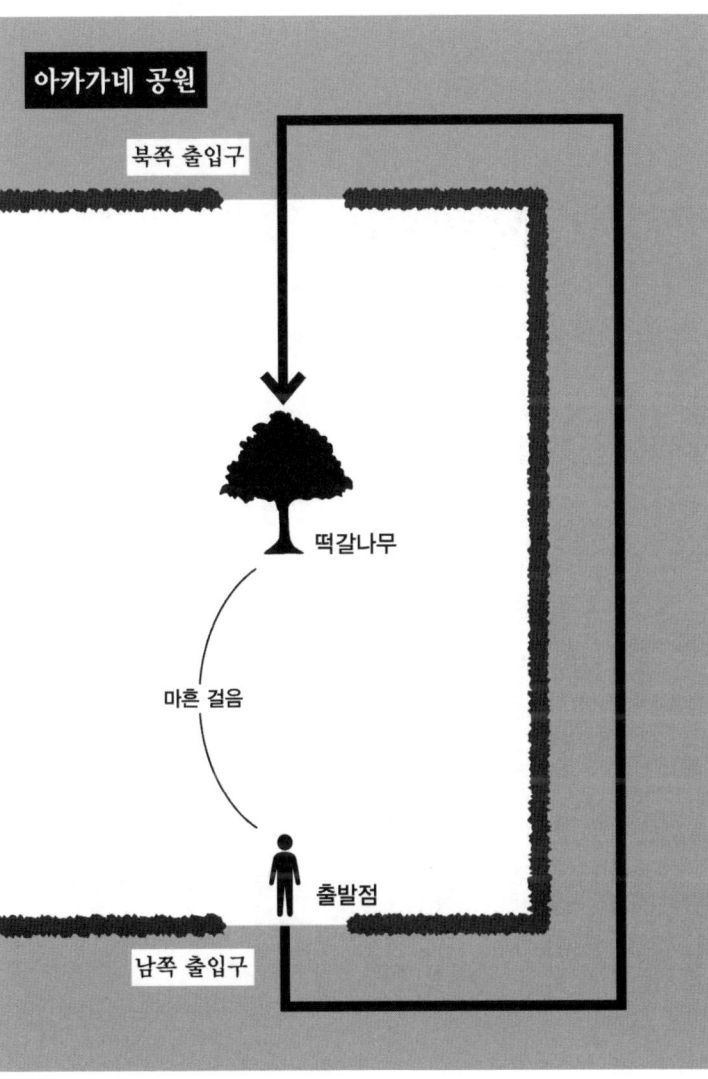

승리."

"……맞아."

"지켜야 할 사항은 입찰한 숫자만큼 일정한 리듬에 맞춰 걷는 것뿐이지. 직진으로 접근하라고 정한 적은 없어. 이모리야는 공원 밖으로 돌아가는 경로를 선택했다. 그뿐이야."

우리 시선은 자연스레 게시판으로 빨려 들었다.

지역 소식과 소년 야구 멤버 모집 공고에 섞여 공원 주변 지도가 붙어 있었다.

아카가네 공원은 주택가 한복판에 있고 공원 둘레는 도로다. 공원 출입구는 남쪽과 북쪽의 똑같은 위치에 하나씩 있으며, 어느 쪽으로 들어가도 정면에 떡갈나무가 보이는 구조다.

즉, 두 출입구를 잇는 선의 중심에 떡갈나무가 있는 셈이다.

마토의 출발점은 남쪽 출입구. '암살자'는 거기서 정면에 보이는 떡갈나무로 걸어가는 법이라고 생각했다. '달마 인형이 굴렀습니다'를 해 본 적 있는 사람이라면 누구나 그럴 것이라고.

하지만 분명 다른 경로가 하나 더 존재했다.

남쪽 출입구로 나가서 바깥을 돌아 북쪽 출입구로 다시 들어온 후 떡갈나무를 향해 똑바로 걸어가는, 아주 멀리 돌아가는 우회로가.

"무, 무슨 소리야." 스도 씨는 수긍하지 않았다. "내가 이미 돌아봤잖아. 이모리야가 이동하는 중이라면 확인에 성공한 거니까 내 승리야."

"아니지." 이번에는 구누기 선배가 입을 열었다. "규칙을 설명할 때 넌 이렇게 말했어. '암살자'가 걷는 모습을 눈으로 확인하면 '표적'의 승리라고. 넌 아직 '눈으로 확인'하지 못했잖아."

이제 시원한 계절인데 스도 씨의 이마에 땀이 맺혔다. 동시에 잔디밭에서 축구를 하는 소년들의 웃음소리가 들려왔다.

아카가네 공원 부지는 높이가 2미터쯤 되는 산울타리로 빈틈없이 둘러싸여 있다.

마토가 밖을 걸어도 공원 안에 있는 스도 씨는 절대로 그 모습을 눈으로 확인할 수 없다.

"그, 그런 억지가……."

"게임을 시작하기에 앞서 양쪽 모두 동의한 규칙이야. 이모리야는 그걸 이용했을 뿐이고."

"그, 그래도 그렇지, 계속 걷는다는 게 말이 돼? 입찰 규칙은 어떻게 된 거야!"

"제3세트가 진행 중이지만……. 상황이 상황이니만큼 먼저 공개할까."

구누기 선배가 돌 두 개를 들어 올리고 메모지 두 장을 펼쳤다.

스도 씨의 입찰 수량은 '49'.
마토의 입찰 수량은 '10,000'이었다.

달마 인형이 셈했습니다

"마, 만……?"

스도 씨의 얼굴이 일그러졌고, 사부리 회장은 "푸핫." 하고 웃음을 터뜨렸다.

"걷기 운동이 따로 없네. 구누기, 이건 규칙 위반이야?"

"위반은 아니죠. 마흔 걸음은 어디까지나 최단 거리를 택했을 때의 기준이니까요. 엄밀하게 따지면 '암살자' 쪽의 입찰 상한선은 정해진 바가 없습니다."

"아아, 그렇단 말이지!" 상대편 고교생 두 명의 천연덕스러운 대화를 스도 씨가 떨쳐 냈다. "알았어. 어쨌거나 녀석은 북쪽 출입구로 돌아와. 그 모습을 내가 '눈으로 확인'하면 되잖아."

"어떻게 볼 건데?"

니즈마 씨가 조용히 물었다.

"어, 어떻게라니 그냥 평범하게……."

"잊어버렸냐, 스도? 넌 그 자리에서 못 움직여. 이모리야가 추가한 규칙 때문에."

─'표적'은 정위치인 떡갈나무 앞에서 움직이지 않는다는 규칙을 추가해도 괜찮을까요?

─물론이지. '표적'은 각 세트를 진행하는 동안 정위치에서 한 발짝도 움직이지 않을 것. 쪼그려 앉거나 몸을 비트는 것도 금지.

퉁명스럽던 스도 씨의 얼굴이 경악으로 물들었다. 그는 보이지 않는 실에 조종당한 것처럼 떡갈나무 쪽으로 돌아섰다.

'표적'의 정위치는 떡갈나무 앞.

공원 북쪽 출입구는 그 나무 맞은편.

공원 출입구를 보고 싶어도 물리적으로 보이지 않는다. 어깨 너비보다 굵은 나무줄기가 스도 씨의 시야를 완전히 차단했으니까. 마토가 북쪽 출입구에서 떡갈나무를 향해 똑바로 걸어와도 나무 뒤에 있는 스도 씨는 절대 눈으로 확인할 수 없다.

"그, 그런 건 상관없어." 스도 씨는 끈질기게 반박했다. "내 몸을 터치하려면 이모리야는 나무를 돌아서 나와야 해. 건드리는 순간에 녀석이 보이겠지. 내 승리야!"

"그래, 순간이야." 구누기 선배가 고개를 끄덕였다. "'순간'이란 몸을 건드리는 행위와 눈으로 확인하는 행위가 동시에 일어난다는 뜻이지. 니즈마 씨, 규칙을 확인할게. 정지와 확인이 동시에 이루어졌을 경우는 어떻게 하기로 했지?"

니즈마 씨는 이미 모든 것을 깨달았다. 그는 눈을 감고 악문 잇새로 말을 밀어냈다.

"확인에 실패…… '암살자'의 세이프로 처리해."

규칙은 절대적. 그게 세이에쓰 방식이야.

몇 분 전에 꺼냈던 그의 말대로. 모든 것은 엄밀한 규칙에 따라서.

'표적'은 완전히 궁지에 몰렸다.

"스, 스마트폰이나…… 카메라로 확인을…….."

스도 씨는 계속 발버둥 치면서 억지를 썼다. 하지만 말꼬리가 금방 사그라들었다. 게임 중에 스마트폰 조작은 금지. 이것도 마토가 추가한 규칙이었다.

게임을 시작하기 전부터 패배는 결정됐던 셈이다.

입찰 규칙을 들은 시점에 마토에게는 이 경로가 보였다.

그래서 세세한 금지 사항을 덧붙였다. 그래서 얼핏 불리해 보이는 '암살자'를 선택했다. 그래서 베팅 금액이 잔뜩 뛰어올랐는데도 동요하지 않았다. 그래서 2세트가 끝났을 때 0걸음이었는데도 태연자약했다. 그래서 3세트가 시작되기 전에 "다음 세트에 이길 거니까." 하고 선언했다.

아니, 어쩌면 그 선언에도 다른 의도가 숨어 있었는지 모른다. 예를 들어 마토는 산울타리 너머에 몸을 숨기기까지 서너 걸음을 안전하게 나아가야 했다. 스도 씨가 소량을 입찰하면 마토에게는 불리했던 셈이다. 그래서 대량 입찰하겠다는 낌새를 풍겨서 스도 씨의 생각을…….

"콧노래가 들려……. 저 녀석, 노래를 하고 있군." 오케가와 씨는 녹초가 됐다는 듯 벤치에 앉았다. "〈이웃집 토토로〉에 나오는 〈산책〉이야."

잠시 후 공원 북쪽 출입구에 마토가 나타났다.

공원 안쪽의 혼란은 전혀 염두에 없다는 듯 화창한 토요일

오후에 어울리는 경쾌한 발걸음이었다. 떡갈나무와 직선을 이루는 곳에서 90도 방향을 틀어서 똑바로 공원에 들어왔다. 묶은 머리와 카디건을 살랑이며 쭉 빠진 다리를 교대로 움직여 리듬감 있게 한 걸음씩 떡갈나무로 다가갔다.

우리 반응을 보고 스도 씨도 '암살자'가 다가왔다는 사실을 알아차린 듯했다. 하지만 뒷걸음질조차 그에게는 용납되지 않는다. '표적'은 이제 어디로도 달아날 곳이 없다.

"오, 오케가와! 거울이야! 빨리 구해 와!"

"늦었어. 코앞까지 왔는걸······."

"어떻게 좀 해 봐! 3백 개가 걸렸다고!"

"이모리야에게 이길 수 있다고 생각했군." 경험자인 구누기 선배가 스도 씨에게 말했다. "그렇다면 그 시점에서 너는 진 거야."

그 한마디가 결정타였는지 스도 씨의 몸에서 힘이 쭉 빠졌다.

동시에 나무줄기 뒤편에서 쑥 뻗어 나온 손이 스도 씨의 운동복 자락을 만졌다.

"자, 터치."

7

우발적인 불상사다.

그건 충분히 잘 안다.

상대가 다른 학교 학생이라 너무 방심한 탓에 벌어진 상황. 베팅 금액 열 배 규칙을 받아들이는 바람에 초래된 대가. 세이에쓰 학생끼리 벌이는 긴장감 있는 대결이었다면 일어날 리 없는 사태다. 불행한 교통사고 같은 일이다. 그건 안다.

그렇지만.

아무리 그렇더라도.

나뭇잎 사이로 비치는 따뜻한 햇빛 아래 있는데도 니즈마는 몸이 얼어붙는 기분이었다.

겨우 십오 분. 고작 한 번의 게임으로 S칩 3백 개를 따냈다.

세이에쓰 학생의 S칩 평균 보유량은 열 개. 즉, 이건 세이에쓰 학생 서른 명에게서 가진 돈을 몽땅 빼앗은 폭거에 해당한다.

초심자의 행운은 아니다. 부정행위를 저지르거나 암약한 성과도 아니다. 이 녀석은 처음 해 보는 게임인데도 정면 승부로 스도를 박살 냈다. 규칙을 들으며 전략을 세우고, 게임이 어떻게 전개될지 읽고, 포석을 깔고, 일격에 쓰러뜨렸다.

마치 화살로 급소를 꿰뚫는 것처럼.

세이에쓰 고교의 대표로서 본래 느껴야 할 책임감이나 초조

함은 거의 느껴지지 않았다. 축 늘어진 스도를 위로하는 것도 잊어버렸다. 니즈마는 카디건을 입은 괴물을 바라보며 그저 감탄했다.

괴물이 니즈마에게 쑥 다가왔다.

그것은 입술에 희미한 웃음을 띤 채 나른한 소녀의 목소리로 말을 꺼냈다. 아주 평범한 말투였지만 몹시 무서운 내용이었다.

"모자라는 칩은 언제 받을 수 있을까요?"

니즈마는 기죽지 않았다.

머리를 쓸어 올리고 자기보다 키가 작은 이모리야를 응시했다.

"아직이야……. 아직 우리에게는."

"비장의 카드가 있다?" 이모리야가 말을 막았다. "알아요."

"……?"

"이번에는 이쪽이 '실력 향상'에 응할게요. S칩 3백 개를 걸고 놀아 보죠. 걔가 이기면 저는 빈털터리, 칩도 그쪽이 몽땅 무사히 회수. 문제가 싹 해결돼요. 그렇죠?"

예상외의 흐름에 니즈마는 머리가 조금 둔해졌다.

그 틈새로 잠식하듯. 이모리야 마토는 눈을 가늘게 뜨고 나지막한 목소리로 니즈마에게만 들리도록 말했다. 그것은 나이 어린 하급생이 니즈마에게 던지는 협박이자 명령이었다.

"우키타 에소라를 데려와."

*

 카페 벨로체에서 《지구의 긴 오후》*를 읽고 있는데 스마트폰이 울렸다.

 화면에 표시된 '니즈마'라는 이름을 본 순간, 빨대를 타고 올라오던 오렌지 주스의 움직임이 멈췄다. 채 일 초도 안 되는 순간이었지만. 바로 입술을 오므리고 다시 액체를 빨아들였다.

 책을 덮고 전화를 받았다. 더 조용한 카페라면 밖으로 나가야 할지도 모르지만, 벨로체는 서민들이 마음 편히 이용하는 곳이다. 그녀는 여기보다 더 비싼 카페에는 좀처럼 가지 않는다.

 "여보세요?"

 "아, 우키타? 어, 그러니까 말이야……."

 "얼마나 빼앗겼어요?"

 키득키득 웃으면서 물었다.

 니즈마 일행이 호지로 고교를 상대로 '회수 작업'을 진행하러 갔을 시간이다. 무사히 회수했다면 채팅방에 한 마디 올리는 것으로 끝난다. 굳이 전화를 했으니, 패배해서 S칩이 부족해졌다는 뜻이다.

 "……3백 개."

● 영국 작가 브라이언 올디스의 소설 《온실》의 일본 번역 제목. 자연재해로 약육강식의 세계가 되어 버린 지구가 배경이다.

"어머나." 예상보다 많았다. "깊이 생각해 보지도 않고 상대가 내건 조건을 받아들이니까 그런 거잖아요."

"어, 어떻게 알았어."

"이렇게 짧은 시간에 3백 개나 빼앗겼으니 베팅 금액을 끌어올리는 규칙이 있었다고 봐야겠죠."

"그것참, 정말 면목 없다. 아니, 사고를 친 건 내가 아니라 스도지만……. 그나저나 저쪽에서."

"추가로 '실력 향상'을 원한다든가?"

"……맞다. 널 지목했어."

"받아들일게요."

즉시 대답했다.

스도를 박살 내고 3천만 엔을 빼앗은 고교생이 누구인지 짐작 갔기 때문이다.

"조건이 하나 있어요. 회수한 칩은 다른 학생회 사람들과 나누지 않고 제가 전부 가질게요. 괜찮겠죠?"

"조금 생각해 볼 수 있을까?"

"안 된다면 저는 안 나갈 거예요."

"알았어, 알았어. 학교 외부로 유출되는 것보다는 훨씬 낫겠지." 니즈마가 목소리를 낮췄다. "미안하다, 우키타."

"왜 사과하세요? 제 돈이 늘어나는 건 좋은 일인데요."

통화가 끝나자 그녀는 바로 사진 폴더로 들어갔다. 어쩐지 옛날을 떠올리고 싶었기 때문이다.

 달력상으로는 고작 반년이지만 중학교 시절은 먼 옛날 기억처럼 느껴졌다. 고등학교에서 보낸 몇 달이 그만큼 농밀했다는 뜻일지도 모른다. 사진을 자주 찍는 편은 아니라서 저장된 사진은 그리 많지 않았다. 브이 사인. 초점이 흔들린 길고양이 사진. 배스킨라빈스의 트리플 팝. 비로 부옇게 흐려진 거리 풍경. 왜 찍었는지 기억도 잘 나지 않을 만큼 하잘것없는 생활의 조각들.

 문득 그중 한 장에 눈이 멈췄다.

 초봄 하늘을 배경으로 소녀 세 명이 나란히 서 있다. 품에는 졸업식 조화 꽃다발. 자신은 명랑하게 웃는 표정, 가운데 소녀는 입을 반쯤 벌렸고, 나머지 한 명은 모래같이 무표정했다.

 아아, 그러고 보니 '공유'하겠다고 했는데 깜박했다.

 메시지 앱에 들어가서 채팅방을 거슬러 올라갔다. 셋이 만든 채팅방은 아직 삭제하지 않았다. 사진을 선택해서 올렸다.

 오 초쯤 후에 읽음 표시가 떴다.

 읽음 '1'. 거의 간격 없이 '2'. 그리고 알림음과 함께 사진 밑에 새로운 메시지가 나타났다.

'다시 찍는 편이 낫겠네.'

메시지를 보낸 대화 상대는 '이모리야 마토'.

우키타 에소라는 즐거운 듯 채팅창을 바라보다가 아무 일도 없었다는 것처럼 다시 책을 펼쳤다.

오렌지 주스 잔 표면에 맺힌 물방울이 흘러내렸다.

물방울은 도중에 두 줄기로 갈라져 경쟁하듯 흘러내리다가 유리잔과 테이블의 경계선에서 다시 합쳐졌다.

포 룸 포커(4 ROOMS POKER)
 '포커' 변형 게임

① 카드 세 장으로 진행되는 포커 게임.
② 트럼프 카드 한 벌, 조커를 제외한 쉰두 장을 사용한다.
③ 조합은 로열 스트레이트 플래시 > 스트레이트 플래시 > 플래시 > 스트레이트 > 쓰리 카드 > 원 페어 순으로 강하다.
④ 숫자는 A>K>Q>J>10>9>8>7>6>5>4>3>2 순으로 강하다.
⑤ 무늬는 ♠>♥>♦>♣ 순으로 강하다.
⑥ 심판은 매 라운드, 플레이어에게 카드를 세 장씩 '분배'한다.
⑦ 플레이어는 받은 카드를 확인한 후 버릴 매수를 선언하고 해당 카드를 '파기'한다.
⑧ 카드를 파기했을 경우에는 '교환'으로 부족한 카드를 채울 수 있다.
⑨ 더 강한 조합, 숫자, 무늬로 카드를 맞춘 사람이 승리!

변형 규칙 : 포 룸

포 룸 포 커

4 ROOMS POKER

0

이 세상에서 제일 중요한 건 뭘까.

도심과 교외, 어른과 아이, 이상과 현실, 자유와 속박, 성실과 불성실, 온갖 것의 틈새에서 미지근한 물에 잠긴 것처럼 살았던 그 시절, 중학교 3학년인 우리에게 그 질문은 윤리 수업 때 교사가 뿜어내는 수면제 또는 미스터 도넛의 테이블에서 스트로베리 도넛에 곁들이는 심심풀이용 도구에 지나지 않았다.

"여유."

유산균 음료를 홀짝홀짝 마시며 에소라가 대답했다. 고다가 "왜?" 하고 재차 물었다.

"고다, 《드래곤볼》 봤어?"

"알아. 그거잖아. 개구리와 몸이 뒤바뀌는 이야기."

왜 그 부분만 아는 거냐고 핀잔을 주고 싶었지만 입에 도넛이 가득해서 자제했다. 에소라는 눈앞에 만화책을 펼쳐 든 것처럼 대사를 술술 읊었다.

"3권에서 손오공과 크리링이 수행을 시작하기 전에 스승인 무천도사가 이렇게 말해. 무도를 습득하는 목적은 싸움에 이기기 위해서도 사람들에게 칭송받기 위해서도 아니라고. '심신을 건강하게 단련해서 얻은 여유로 인생을 즐겁고 의욕적으로 지내기 위해서'래. 무천도사는 실없는 사람이지만 그 말은 진리라고 생각했지. 결국 인간이 하는 일은 전부 여유를 얻기 위한 행위야. 몸을 단련하는 것도, 뭔가 배우는 것도, 전쟁을 하는 것도, 돈을 모으는 것도."

고다 생각은 어때? 에소라가 쟁반에 떨어진 도넛 부스러기를 종이 냅킨으로 모으면서 물었다. 방금 그 주장이 에소라의 본심인지 아닌지는 알 수 없었다. 수조에 던져 넣은 유리병. 이 년 반을 함께 어울려도 에소라의 내면은 파악이 안 된다. 그게 재미있어서 함께 지낸다.

다른 한 명과 함께 지내는 이유는 조금 다르다.

음, 하고 고다는 팔짱을 끼고 미간에 주름을 잡았다. 진심으로 고민하는 듯했다. 골똘히 생각한 끝에 나온 대답은.

"……밥."

"밥."

"그리고…… 평화."

"어느 쪽이니?"

"밥이 먼저냐 평화가 먼저냐……. 토끼가 먼저냐 거북이가 먼저냐 같이 도돌이표를 그리는 문제야."

"고다, 닭이 먼저냐 달걀이 먼저냐야."

내가 슬쩍 정정해 주었다. 대회가 끝난 지 얼마 되지 않아서 마음이 풀어졌는지 이번 주에 고다는 맹한 구석이 두드러져서 좀 재미있다.

"마토는? 뭐가 세상에서 제일 중요해?"

고다가 내게 고개를 돌렸다. 그 움직임을 뒤쫓듯 단발머리 끝부분이 흔들렸다. 볕 드는 곳에 놓아둔 스노볼처럼 눈동자가 조용히 빛났고, 입술 가장자리에는 도넛에 뿌린 토핑이 한 알 붙어 있었다.

우리가 수조 속 물고기라면 이 아이는 바다에 부는 바람이다.

알기 쉽고, 마음 편하고, 구김살도 겉치레도 없고, 겉과 속이 똑같다. 전략만 신경 쓰는 내게 이 아이는 에소라와 정반대의 매력으로 다가왔고, 그렇기에 에소라와 마찬가지로 이질적이었다. 불안해질 만큼 무방비한데도 꺾이지 않는 건 어째서일까. 바람을 만질 수 있는 사람은 없어서일까, 마음속 깊은 곳에 굳은 심지가 있어서일까. 그 눈으로 바라볼 때마다 동경과도 비슷한 감정과, 깨끗이 씻겨 나가는 듯한 감정이 내 안에서 솟아오른다.

고다를 따라 나도 진지하게 생각해 보기로 했다. 벽에 머리를 대고 눈을 감았다. 이에 달라붙은 스트로베리 도넛의 단맛이 뇌까지 서서히 스며드는 듯한 기분이었다. 소거법을 되풀이해 답을 하나로 줄였지만, 어쩌면 처음부터 정해져 있던 답을 내놓을 용기를 얻기 위한 시간이 필요했는지도 모른다.

눈을 뜨자 고다는 여전히 대답을 기다리고 있었다. 나는 망설이면서도 입을 열었다.

"고다."

가게 밖에서 목소리가 들렸다. 지나가던 여학생 두 명이 고다에게 손을 흔들었다. 댄스부원들이다. 고다도 "오." 하고 손을 들더니 가방을 움켜잡았다.

"미안, 가 봐야겠어."

"회의?"

"송별회."

고다는 쓴웃음과 함께 680엔을 놓아두고 가게를 나섰다. 동아리 활동을 하지 않아 한가한 두 명만 테이블에 남았다.

지난주에 다치가와의 대공연장에서 기업이 주최한 중학생 댄스 대회가 열렸다. 고다는 장르 프리 솔로 부문에 탭댄스로 참가했고, 아쉽게도 준결승에서 떨어졌다. 준결승 상대는 숏츠

영상으로 유명해진 덥스텝 댄서로, 심사위원 몇 명과도 아는 사이였다. 관객석에 있던 나는 불만을 품으면서도 그 결과를 받아들였다. 인맥과 지명도로 이겨 나가는 것이 그 아이의 전략이었으리라. 그 아이는 그 아이 나름대로 최선을 다했을 것이다. 얻어 낸 여유로 인생을 즐겁게 지내기 위해.

"마실래?"

에소라가 음료를 내밀었다. 고다가 남기고 간 코카콜라였다. 나는 에소라와 콜라를 번갈아 쳐다본 후, 물방울로 젖은 잔을 받아서 빨대를 입에 물었다. 탄산이 빠지고 얼음도 녹아서 맛이 밍밍했다.

"마토, 고다가 어느 고등학교를 지망하는지 들었어?"

"아니."

"안 궁금해?"

"왜?"

"같이 가고 싶은 게 아닌가 싶어서."

신메뉴 광고로 눈을 돌렸다. 닭곰탕 라면. 도넛이랑 아무 상관도 없다.

"진로야 적당히 정하면 되지. 에소라는?"

"추천 전형으로 세이에쓰를 노려보려고."

"어, 갈 수 있어?"

깜짝 놀랐다. 이루마시에 있는 세이에쓰는 '명문'이라는 것

외에는 수수께끼로 가득한 사립 고교다. 추천 전형은 대학교 AO입시*에 가까운 형식으로 서류 심사와 자기소개 면접 결과로 결정한다고 들었다. 다만 기준이 상당히 특이해서, 그림으로 상을 받았다든가 앱을 개발해 몇백만 엔을 벌었다는 정도로는 탈락이라고 한다.

"뭔가 내세울 만한 것 있어?"

"시험에서 1등이라도 할까."

"그 정도로는 안 통할 것 같은데……."

"뭐, 이제부터 생각해 봐야지." 에소라는 손바닥에 턱을 괴더니 빨대에서 입을 떼지 않는 나를 놀리듯 덧붙였다. "맛있니?"

세상에서 제일 중요한 건 뭘까.

지금의 나는 정답을 안다. 0.2초 만에 대답할 자신이 있다.

그 대화를 나눈 지 일 년밖에 지나지 않았고, 변함없이 미지근한 물 속에서 살고 있고, 이렇다 할 인생 경험을 더 쌓은 것도 아니지만, 십 년 후든 팔십 년 후든 대답은 달라지지 않을 것이다.

이 세상에서 가장 중요한 것.

그것은…….

---

* 대학의 독자적인 기준으로 지원자의 자질을 다양한 측면에서 판단해 합격 여부를 결정하는 시험 방식

1

편의점에 호박과 삼각 모자가 장식됐고, 시부야에 큰 혼잡이 예상된다는 뉴스가 흘러오는 10월 하순 일요일. 나는 호지로 고등학교의 정문을 통과했다.

햇빛이 쨍쨍하고 구름 한 점 없어서 운동하기 좋은 날이라 그런지 운동장은 평일보다 더 붐볐다. 축구부가 고함을 질렀고, 야구부가 경쾌한 타격음을 울렸으며, 유도부는 열심히 달리기를 하고 있었다. 여자 육상부에서 활동하는 친구가 쉬고 있다가 "어라? 고다." 하고 말을 걸었다. 동아리 활동을 하지 않는 내가 왜 일요일에 학교에 왔는지 의아했나 보다. 나는 "학생회를 도우러 왔어." 하고 대답했다. 거짓말은 아니다. 아주 넓은 의미에서 본다면.

학교 현관 앞에 이미 세 명이 모여 있었다.

잘못 생각했나 싶어서 조금 후회했다. 휴일이라 사복 차림으로 왔는데, 사부리 회장과 구누기 선배 둘 다 단추가 두 줄 달린 교복 재킷과 슬랙스 바지를 단정하게 차려입었다. 마토조차 교복 차림이었다. 블라우스 위에 걸친 건 교복 재킷이 아니라 헐렁헐렁한 카디건이었지만.

"왔나."

덤으로 구누기 선배가 성가시다는 듯 시큰둥하게 말했다.

포 룸 포커 313

"중학교 친구랑 만날 수 있으니까 와야죠."

"잘 왔어." 마토가 말했다. "고다는 없으면 안 돼."

마토는 우산꽂이에 걸터앉아 옆에 딸기 맛 소다 캔을 놓아둔 채 카디건 소맷자락에 반쯤 덮인 손으로 S칩을 만지작거리고 있었다. 밝은 분홍색 손톱 영양제를 바른 고등학교 1학년의 손끝에 쥐여 있는 그 물건에는 십만 엔에 상당하는 가치가 있다.

"져도 상관없지?"

"응?"

"마토가 세이에쓰에서 빼앗은 칩을 에소라가 되찾으러 오는 거잖아. 전부 가져가더라도 이쪽은 본전이니 잃은 게 없는 셈이야."

마토는 딸기 맛 소다를 한 모금 마시고 그럴지도 모르지, 하고 대답했다. 자기 입맛대로 행동하는 것처럼 보이지만, 내리뜬 눈이나 힘이 들어간 표정 등이 평소의 마토와는 조금 달랐다.

"지면 곤란해." 사부리 회장이 말했다. "고생해서 계획한 일이란 말이야. 정신 바짝 차려."

"고다가 응원해 준다면 이길 거예요."

갑자기 책임이 막중해졌다.

호지로 고교 학생인 나로서는 마토를 응원해야 할까. 사실 에소라가 이겨서 전부 백지로 돌아가기를 바라는 마음도 없지는 않다. 그런 평화로운 결말은 찾아오지 않을지도 모르지만.

실은 나도 안다.

마토는 오늘 어떻게 해서든 이길 작정이다.

왜 에소라와 맞붙는 것에 집착하는지, '사과시키고 싶은 일'이 뭔지 나는 아직도 모른다. 돈을 뜯겼다거나 연애 문제로 다퉜다거나 SNS에서 험담을 들었다거나 그런 이야기도 들은 바 없다.

오늘은 큰돈의 향방보다 친구에 대해 모르는 점이 있다는 소외감이 마음에 더 크게 다가왔다.

"왔다."

사부리 회장이 한 발짝 앞으로 나섰다.

정문 쪽에서 남녀 한 쌍이 걸어왔다.

사립 세이에쓰 고교 학생회 임원.

3학년 니즈마 하루오와 1학년 우키타 에소라.

고작 반년 안 만났을 뿐이니까 당연하지만, 에소라는 헤어스타일도 키도 중학교 때와 다름없었다. 나로서는 섭섭하게도 둘 다 교복 차림이었다. 니즈마 씨는 현대적으로 디자인한 펄 그레이 빛깔의 스탠드 칼라 교복. 에소라는 같은 빛깔의 세일러복 위에 하늘색 후드 집업을 걸쳤다. 그 캐주얼한 복장은 무녀를 연상시키는 신비로운 외모와 그리 어울리지 않았다.

두 사람은 우리 앞까지 와서 멈춰 섰다. 벽시계는 오후 12시 반, 약속 시간에 딱 맞춰 왔다. 에소라가 살갑게 손을 들자 마토가 가볍게 손을 흔들었고, 나도 따라서 손을 흔들었다. 말을 꺼낼 순서를 살피듯 몇 초 침묵이 흘렀다.

"엄청 짧네." 일단 에소라가 마토의 치마를 가리켰다. "전철에서 위험하지 않아?"

"한 정거장이고 사람이 많이 안 타서 괜찮아."

"좀 세련돼졌네."

"에소라도 변했어." 마토는 우산꽂이에 앉은 자세로 다리를 꼬았다. "강한 느낌이 들어."

"옛날에는 약해 보였어?"

"옛날에는 아무 티도 내지 않았지. 옛날의 에소라가 더 좋았는데."

"난 지금 마토도 좋아. 자연스러운 분위기라."

"땡큐."

앙금이 있는 사람끼리 한자리에 모였다기보다, 지인과 우연히 역 앞에서 마주쳐 잠깐 차를 마시는 것 같은 대화였다.

"니즈마 씨, 칩을."

사부리 회장이 말했다.

"여기."

오늘 니즈마 씨는 요전과 달리 겉으로나마 친절한 태도도 보이지 않았다. 백팩에서 트렁크 형태의 칩 케이스를 꺼내 마토 앞에서 열었다.

일곱 칸으로 구분된 케이스의 여섯 칸에 테두리가 노란 합성수지 칩이 가득했다.

이 주 전에 스도 씨와 싸워 마토가 획득한 보수, S칩 3백 개.

마토는 일곱 번째 칸에 자기가 가지고 있던 S칩 세 개를 넣었다.

"이모리야 씨의 보유량은 303개. 우키타의 보유량은……."

"316개예요."

에소라도 자기 케이스를 열었다. 마토를 약간 웃도는 양의 칩이 담겨 있었다. 나는 무심코 주변을 살폈다. 벌건 대낮에 6,190만 엔이 공립 고교 현관에 모여 있다. 현실미가 없었다.

"플레이어는 세이에쓰 고교의 우키타 에소라와 호지로 고교의 이모리야 마토. S칩을 걸고 1 대 1 '실력 향상'을 진행할게. 게임은 칩을 남김없이 가져갈 수 있는 종목으로……. 괜찮지?"

니즈마 씨가 확인하자 당사자 두 명은 고개를 끄덕였다.

"그럼 게임을 정할까. 이번에는 우리가 도전자야. 이모리야 씨가 제안한다면 최대한 수용할게."

"그것 말인데요. 친구한테 맡기려고요."

"친구?"

"슬슬 오지 않으려나. 아, 왔다, 왔다. 누리베!"

라크로스부원들이 현관 앞을 지나가자 마토가 이름을 불렀다. 스틱을 어깨에 걸치고 흙으로 더럽혀진 유니폼 차림에 머리가 헝클어진 남학생이 다가왔다. 5월에 '구엔 시합'을 벌일 때 심판을 맡아 '지뢰 글리코'라는 게임을 진행한 1학년이다.

"뭔가요, 이모리야 씨."

"지금 한가해?"

"오전 연습이 끝나서 집에 갈 건데요."

"나, 지금부터 이 미소녀랑 6천만 엔을 걸고 대결할 건데 뭔가 좋은 게임 없을까?"

누리베가 미소녀라 불린 에소라를 본 후, 구누기 선배에게 시선을 돌렸다.

선배는 한숨을 쉬더니 사정을 간추려 설명했다.

누리베는 의외의 특기가 많은 사람인데, 그중에서도 으뜸가는 특기는 대응 능력이다. S칩과 '실력 향상'에 대해 아무런 의문도 제기하지 않고 설명을 다 들은 후, 흐리멍덩해 보이는 눈을 다시 에소라 쪽으로 돌렸다. 미소녀는 산뜻한 웃음으로 답했다.

"……이모리야 씨. 이 사람은 강한가요?"

"강해. 내가 아는 그 누구보다도."

"알겠습니다." 누리베는 손목에 찬 스마트 워치를 확인했다. "준비할 테니까 시간을 이십 분 정도 주세요. 오후 1시 정각에 옛 동아리 건물 현관홀에서 뵙겠습니다. 그리고 스마트폰을 네다섯 대 정도 빌릴 수 있을까요?"

"어, 네가 게임을 주관하려고?"

"예전에도 심판을 맡아본 적 있거든요." 누리베가 니즈마 씨에게 손을 내밀었다. "잠금 해제 상태로 부탁드립니다."

개인정보로 가득한 단말기를 친구도 아닌 남학생에게 빌려주려니 통 내키지 않았지만, 다른 사람들은 의외로 순순히 스마트폰을 넘겨주었다. 누리베는 총 다섯 대를 반바지 양쪽 주머니에 넣었다. 스마트폰을 게임에 사용하는 걸까. 다섯 대나? 누리베는 아무 설명도 없이 학교 건물 뒤편으로 사라졌다.

니즈마 씨가 에소라에게 물었다.

"별난 녀석이로군. 이모리야와 한패인 거 아니야?"

"그건 아닐 거예요."

"근거는?"

"마토는 그런 식으로 이기지 않으니까."

니즈마 씨는 과장되게 눈알을 굴렸다.

"우키타를 못 믿는 건 아니지만……. 만에 하나라도 대패하면 학생회 임원 모두 내신 점수가 날아갈 거야. 자칫하면 자비로 배상해야 할 수도 있고."

"걱정하지 마세요." 맑은 하늘이 비친 것처럼 밝게 웃는 얼굴로 에소라는 대답했다. "이길게요."

그 후로 이십 분간 우리는 학교 현관 앞에서 시간을 보냈다. 스마트폰을 빌려줬으니 지루함을 이길 방법은 대화뿐이다. 니즈마 씨는 그 상대로 사부리 회장을 선택했다.

"옛 동아리 건물이라니?"

"학교 건물 끄트머리에 있는 오래된 건물이야. 소방법이니 뭐니 걸리는 점이 많아서 철거할 예정이지."

"아, 그런 거 풍취가 있어서 좋은데. 우리 학교는 대학교 같은 구조라서 재미가 없어."

"누구 약 올리냐?"

마토는 치마를 팔랑거리며 구누기 선배에게 "자자, 보일락 말락 하죠." 하고 짓궂은 장난을 치고 있다. 다들 이미 짝을 지었기에 나는 에소라와 이야기를 나누었다.

"저기, 잘 지내?"

"평화로워."

어쩐지 마음에 걸리는 단어였다. 예전에 셋이 그런 이야기를 한 적 있는 것 같은데, 기억이 나지 않았다.

"고다는? 마토와 즐겁게 지내?"

"즐거운……가? 뭐, 평범하게 지내." 나는 고개를 숙여 갈라진 아스팔트 틈새에 돋은 잡초를 보았다. "좀 책임감이 느껴지기는 해."

"무슨 책임?"

"사실 일이 이렇게 돼 버린 건 내가 마토를 문화제 장소 선정 시합에 끌어낸 탓이거든. 마토는 싫어했는데……. 아, 물론 에소라와 만난 건 기뻐."

그런데.

고개를 들자 에소라가 보이지 않았다. 대신에 부드러운 감촉과 스위트 라임 같은 샴푸 냄새와 뺨에 닿은 머리카락의 간질간질한 감촉이 느껴졌다. 안겨 있었다. 갑자기 뭔가 싶어 동요했지만, 반년 만에 친구와 만났으니 포옹 정도는 매너일지도 모른다. 오, 오, 하고 서양인처럼 감탄사를 내뱉으며 에소라의 등을 두드렸다. 에소라는 잠시 후 포옹을 풀고 머리를 매만지며 웃음을 지었다.

"고다, 귀여워."

무슨 의미로 그런 말을 한 건지 나로서는 알 수 없었다. 확실히 에소라는 예쁘다고, 그저 멍하니 생각했다.

2

오후 1시가 되기를 기다렸다가 우리는 옛 동아리 건물로 이동했다.

학교 건물 뒤쪽으로 돌아간 순간, 차원을 이동한 것처럼 다른 학생의 모습이 사라졌다. 교직원용 주차 공간과 관리가 부실한 화단을 지나치자 허름한 건물이 보였다.

옛 동아리 건물은 호지로 고등학교 남서쪽 모서리에 자리한

L자형 목조 2층 건물이다. 지은 지 오십 년도 넘었다. 학교 건물이나 체육관과 달리 제대로 보수하지 않은 탓에 폐허 비슷한 분위기다.

작년까지는 인원수가 세 명에서 다섯 명 정도인 작은 동아리의 집합소였지만, 내진 강도와 스프링클러 미설치를 이유로 우리가 입학한 시점에 철거가 결정됐다. 현재는 동아리가 전부 나가서 아무도 없지만, 각 동아리방에는 아직 비품이 남아 있으므로 어떻게 정리할지를 두고 학생회가 고심 중이다. 실은 나와 마토도 지난달에 구누기 선배에게 불려 나와서 정리를 도왔다.

L자 안쪽 모서리에 있는 두짝문으로 들어가면 넓은 현관홀이 나온다. 슬리퍼가 없어서 다들 신발을 신고 들어갔다. 정면에 2층으로 올라가는 계단이 보였다. 벽에는 사진부가 멋대로 장식한 듯한 사진과 가입 권유 포스터가 남아 있었다. 남쪽 창문으로 들어온 햇빛이 먼지 쌓인 마룻바닥을 비췄다.

현관홀 왼편에 누리베가 있었다.

꼿꼿한 자세만 보면 유능한 심판 같지만, 라크로스부 유니폼이 그런 인상에 찬물을 끼얹는다. 손에는 자기 것인 듯한 태블릿PC를 들고 있었다. 누리베 앞에는 점심시간에 친구끼리 밥을 먹을 때처럼 책상 두 개가 마주 놓여 있었다.

책상 위에는 조그마한 빨간색 직사각형 상자와 뒤집힌 종이 두 장이 있었다.

누리베가 입을 열었다.

"지금부터 진행할 게임은 반년 전, 제가 '구엔 시합' 결승용으로 고안했지만 결국 채택되지 않은 게임입니다. 너무 어렵다는 이유였죠. 워낙 다방면으로 전략을 세울 수 있어서 이기기 위해서는 상대의 머릿속을 완벽히 읽어 내야 합니다. 하지만 큰돈이 걸린 대결이라면 이 게임이 어울리지 않을까 싶네요."

누리베가 책상을 가리켰다.

"이모리야 씨와 우키타 씨, 책상을 하나씩 골라서 앉으세요."

두 플레이어는 지시에 따랐다. 마토는 입구를 기준으로 안쪽에, 에소라는 앞쪽에 앉았다. 마주 앉은 두 사람은 서로를 보지 않고 책상 위에 있는 상자를 가만히 바라보았다.

빨간색 잉크로 인쇄한 격자풍 무늬. 측면에는 'STING'이라는 상표명.

아주 평범한 트럼프 카드 상자였다.

"게임은 1 대 1 포커입니다."

누리베가 담담히 선언했다.

"받은 카드에서 필요 없는 카드를 버리고 새로 카드를 뽑아서 강한 '조합'을 완성시킨다. 칩을 걸고 카드를 공개해 이긴 쪽이 칩을 얻는다······. 기본은 그게 전부입니다."

"포커는 별로 안 좋아하는데. 운과 블러핑 승부니까."

"난 포커 자체를 해 본 적 없어."

투덜거리는 에소라에 이어 마토가 아주 미덥지 못한 소리를 했다.

"안심하세요. 이건 운과 블러핑이 아니라 논리와 통찰력으로 승부를 겨루는 게임이니까요. 그리고 일반적인 포커 전략도 일절 통하지 않습니다. 자세한 규칙을 설명할게요."

누리베가 손가락을 세 개 세웠다.

"일단 손에 드는 카드는 **세 장**입니다. 이 종이에 카드 조합의 종류와 위력을 정리해 두었습니다."

누리베가 엎어 놓은 종이를 한 장 뒤집었다. 아주 잘 그린 일러스트와 함께 조금 변칙적인 '조합'을 정리해 두었다.

나는 동생과 몇 번 해 봐서 포커의 카드 조합은 안다. 투 페어, 풀 하우스, 포 카드가 없는 것 말고는 종류도 강약도 일반적인 규칙과 다름없는 듯했다.

보통 포커는 다섯 장으로 카드를 조합하지만 이 게임은 손에 든 카드가 세 장뿐이다. 방금 열거한 세 종류의 조합이 없는 건 당연하다. 투 페어와 포 카드를 세 장으로 만들기는 불가능하기 때문이다. 풀 하우스도 쓰리 카드에 원 페어를 더하는 특수한 조합이므로 세 장으로는 구현할 수 없다.

가지고 있는 카드가 적다는 것만이 이 게임의 특이한 점?

내가 고개를 갸웃거리거나 말거나 누리베는 트럼프 상자를 집어 들었다.

로열 스트레이트 플래시

세 장 다 같은 무늬고 숫자가 Q, K, A.

스트레이트 플래시

세 장 다 같은 무늬고 숫자가 연속됨.
※K→A→2는 성립 불가.

플래시

세 장 다 같은 무늬.

스트레이트

 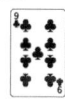

세 장의 숫자가 연속됨.
※K→A→2는 성립 불가.

쓰리 카드

세 장 다 같은 숫자.

원 페어

세 장 중 두 장이 같은 숫자.

숫자의 위력   2<3<4<5<6<7<8<9<10<J<Q<K<A
무늬의 위력   ♣<♦<♥<♠

※같은 조합끼리 맞붙었을 경우, 더 강한 숫자가 포함된 쪽이 이긴다.
※조합이 같고 숫자도 동일한 경우, 무늬가 더 강한 쪽이 이긴다.
※A→2→3으로 연속됐을 경우는 A를 가장 약한 숫자로 취급한다.

"마술부에 남아 있던 비품 중 하나를 가져왔습니다. 일반적인 트럼프라는 건 확인을 끝냈어요. 게임에는 이 **트럼프 카드 한 벌**만 사용합니다. 조커를 제외한 **쉰두 장**을 사용해 최대 4라운드를 진행하겠습니다."

플레이어 두 명은 설명을 들으며 자신만의 세계에 빠진 듯했다. 마토는 머리끝을 만지작거리며, 에소라는 발끝으로 리듬을 타면서 뭔가에 생각을 집중하고 있었다.

☂

승부는 이미 시작됐다.

우리는 보고 들은 사실에서 정보를 습득하고, 상상력을 발휘해 게임이 어떤 내용일지 추리하고 고찰하고 있다. 빨리 예상하면 그만큼 전략을 세울 시간도 많아지니까. 마토도 이미 머리를 굴리고 있을 것이다.

내가 '실력 향상'을 하는 건 S칩을 모으기 위해서고, 오늘도 그럴 작정으로 왔다. 하지만 이렇게 옛 친구와 마주 앉아 있으니 다른 의미에서도 마음이 들떴다.

마토. 내가 좋아하는 아이.

나를 제일 잘 이해해 주는 사람인 줄 알았는데 중학교 3학년 겨울에 작은 갈등이 생겨서 소원해졌다. 설령 6천만 엔이 걸린 대결일지언정 또 둘이 뭔가 할 수 있다니 아주 즐거웠다.

현재 상황에서 마음에 걸리는 점은 두 가지.

하나는 '조합 일람'에 적힌 주의 사항. 보충 설명치고는 **글씨가 너무 크다**. 일반적인 포커라면 좀 더 눈에 띄지 않는 형태로 덧붙였을 텐데. 크게 적었다는 건…… 위력이 똑같은 조합이 빈번하게 맞붙는 사태를 상정했다?

그리고 심판 역할인 누리베가 상자를 들어 올렸을 때. 손가락에 눌려서 상자 측면이 살짝 휘어진 것처럼 보였다. 속에 카드가 꽉 찼다면 그렇게 휘어질까?

어쩌면…….

◇

에소라의 시선이 '조합 일람'과 누리베의 손으로 향했다. 아무래도 뭔가 궁리하기 시작한 듯했다.

내 눈은 아직 그렇게 바쁘지 않다. 머릿속으로 누리베가 했던 말을 곱씹었다.

마음에 걸리는 부분이 몇 가지 있었다.

'지뢰 글리코'를 해 봤던 경험으로 판단컨대 누리베는 심판이라는 역할에 긍지가 있는 사람이다. 자신의 발언이 전부 '규칙'으로 적용된다는 사실을 잘 안다. 따라서 거짓말을 하거나 불

필요한 정보를 꺼내지 않는다.

일반적인 트럼프라는 건 확인을 끝냈다. 확인을, 끝냈다······.

상자에서 꺼내서 확인하고 도로 상자에 넣었다는 뜻? 이제부터 게임에 사용할 건데? 일을 두 번 하는 셈 아닌가? 카드를 직접 보여 줘도 됐을 텐데. 뭔가 보여 줄 수 없는 이유가 있나?

그렇다면 혹시······.

*

"누리베. 혹시나 해서 말인데 카드는." 하고 갑자기 마토가 입을 열었다.

"여기가 아니라 다른 곳에 있어?"

"여기가 아니라 다른 곳에 있어?"

에소라도 입을 모아 완전히 똑같은 질문을 했다.

누리베의 뺨에 땀이 흘렀다.

라크로스 연습을 했다니까 덜 닦은 땀이 흘러내렸을 뿐인지도 모른다. 하지만 내 눈에는 식은땀처럼 보였다.

아무것도 모를 두 사람에게 생각을 읽혔다는 사실에 놀라고 두려워서 흘리는 땀.

"······맞습니다."

누리베가 상자를 열었는데 거기에는 조커 두 장만 들어 있었다.

누리베는 상자를 내려놓고 태블릿PC를 두드렸다. 화면에 카지노 테이블 같은 배경과 트럼프 한 벌이 표시됐다.

"게임의 흐름을 설명하겠습니다. 일단 '**분배**'. 이 트럼프용 앱으로 두 분에게 나누어 줄 카드를 세 장씩, 총 여섯 장을 뽑겠습니다. 그 후에 제가 실물 카드가 있는 곳으로 이동해 앱의 결과에 대응하는 여섯 장을 가져와서 두 분에게 분배하겠습니다."

어쩐지 과정이 거추장스러웠다. 카드가 어디 있는지는 덮어 놓은 채 설명이 계속됐다.

"'분배'를 마치고 나면 '**파기**' 단계로 넘어갑니다. 각자 받은 카드를 확인한 후, 선공 쪽 플레이어부터 교환할 매수를 선언하고 필요 없는 카드를 버리십시오. 최대 세 장. 손이 비어도 상관없습니다. 버린 카드는 마지막까지 공개되지 않습니다."

누리베가 빨간색 비닐 테이프로 둘러친 책상 가장자리 공간을 가리켰다. 거기가 '무덤'이라는 건가.

"1회전은 도전을 받는 이모리야 씨가 선공. 2회전부터는 **그 전 게임에서 이긴 플레이어가 선공**입니다. 양쪽 다 '파기'를 마치고 나면 다음은 '**교환 시간**'입니다. 부족한 카드를 새로 뽑아서 손을 채웁니다."

"뽑는다고 해도 카드는 여기 없잖아." 에소라가 말했다. "교환하는 카드도 네가 뽑아 주는 거야?"

"아니요. 스스로 직접 뽑으러 갑니다."

이쪽으로 오시죠. 누리베는 그렇게 말하고 걸음을 옮겼다. 마토와 에소라가 의자에서 일어났고 우리도 뒤따라갔다.

어쩐지 불길한 예감이 들었다. 이제부터 보여 주려는 것이 이 게임의 핵심이자 분석 지옥으로 이어지는 입구일 것만 같았다.

그렇게 멀리 가지는 않았다. 누리베는 맞붙인 책상에서 3미터쯤 떨어진 홀 동쪽 복도로 향했다. 길이는 15미터가 넘어 보였고 막다른 곳까지 일직선이다. 왼쪽으로는 창문이 줄지었고 기둥 곁에는 소화기, 그 맞은편에는 수도가 있다. 오른쪽에는 문이 네 개 늘어서 있었다. 앞쪽부터 산악부, 과학부, 사진부, 마술부. 우리가 정리를 도우러 왔을 때와 다름없는 광경이었다.

딱 하나만 제외하고.

"……이건."

각 미닫이문의 유리 부분에 종이를 한 장씩 붙여 놓았다.

♣ ◇ ♡ ♠

"앞쪽부터 차례대로 **클럽 방, 다이아 방, 하트 방, 스페이드 방**입니다."

어리둥절해진 우리 앞에서 누리베가 설명을 이어 나갔다.

"각 방에는 무늬별로 **카드 열세 장을 뒷면으로 해서 놓아두었습니다**. 플레이어는 원하는 방에 들어가 자유로이 카드를 선

옛 동아리 건물

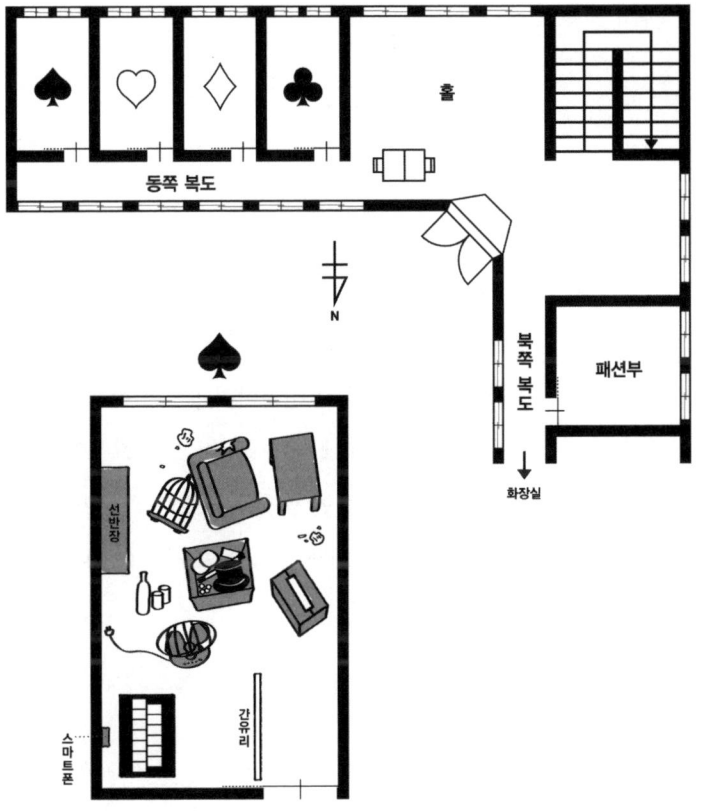

택합니다. 자신의 추리와 기억을 바탕으로 이상적인 조합을 완성시킬 수 있습니다. 다만 상대방도 그렇겠지만요."

이건 운과 블러핑 승부가 아니라.

논리와 통찰력의 승부.

"게임 이름은 '포 룸 포커'입니다."

3

'카드 교환'은 포커에서 가장 중요한 과정이라 할 수 있다.

어떤 카드를 새로 뽑느냐에 따라 조합이 결정되고, 베팅 금액이 결정되고, 승패도 90퍼센트쯤 결정된다. 다만 일반적인 포커에서 플레이어의 두뇌는 '교환'에 간섭할 수 있는 요소가 아니다. 뽑힐 확률 따위의 미덥지 못한 통계에 의지해 조금이라도 좋은 카드가 손에 들어오도록 신에게 기도하는 수밖에 없다.

그 카드 교환을.

자유롭게 할 수 있다는 것이다.

누리베는 복도를 성큼성큼 걸어갔다.

제일 안쪽 방인 '스페이드 방'의 문을 열더니 "들어가시죠." 하고 우리를 불렀다.

들어가자마자 왼쪽에 간유리 칸막이가 놓여 있었다. 연극부

같은 데에서 누리베가 가져온 걸까. 문은 방 오른쪽 모서리에 있으므로 그 칸막이 때문에 시야가 좁아졌다.

앞으로 나아가서 칸막이를 지나치자 방 전체가 눈에 들어왔다.

마술부가 사용했던 방이다. 가로 4미터에 세로 6미터쯤 되는 길쭉한 방으로, 정면 벽에 섀시 창이 두 개 달려 있었다. 정리가 제대로 되지 않은 실내를 창문부터 시작해 복도 쪽으로 살펴보았다. 쿠션이 찢어진 팔걸이의자, 텅 빈 새장, 실크해트며 균일가 매장에서 구입한 지팡이가 담긴 골판지 상자, 작은 선반장, 데이비드 코퍼필드 포스터, 구식 선풍기…….

그리고 방 왼쪽 모서리, 문에서 보았을 때 칸막이 너머에 해당하는 곳에는 책상이 하나 있었다. 검고 두꺼운 벨루어 원단을 그 위에 깔았는데, 바닥까지 닿는 길이라 책상이 푹 감싸였다. 점이라도 칠 듯한 분위기다.

책상 위에는 빨간색 트럼프 카드 열세 장을 뒷면으로 해서 놓아두었다.

"상단 일곱 장, 하단 여섯 장." 누리베가 말했다. "다른 방에도 여기와 똑같은 식으로 책상과 카드를 놓아두었습니다."

트럼프 카드 쉰두 장을 무늬별로 나눠서 방 네 개에 분배…….

"'교환 시간'을 어떻게 진행하는지 설명하겠습니다. 선공 쪽 플레이어부터 자리에서 일어나 여기 동쪽 복도로 가십시오. 후

공 쪽 플레이어는 홀에서 대기합니다. 하지만 복도를 보고 있으면 상대의 행동이 눈에 다 들어오겠죠."

나는 복도로 고개를 내밀어 홀을 확인했다.

정면에 마토와 에소라가 앉아 있던 책상이 보였다. 방향상 상대가 어느 방에 들어가는지 쉽사리 알 수 있다.

"플레이어는 원하는 방에 원하는 순서로 들어가도 상관없습니다. 몸의 일부가 바닥에 닿은 순간 '**입실**'로 간주합니다. 덧붙여 '입실' 횟수의 상한선은 교환하겠다고 선언한 카드 매수입니다. 또한 한번 들어갔다 나온 방에 다시 들어가기는 불가능합니다."

"한 라운드에 들어갈 수 있는 방은 최대 세 개?"

마토가 물었다. 새로 지은 집이라도 구경하듯 방을 유심히 둘러보고 있다.

누리베는 "그렇습니다." 하고 고개를 끄덕인 후 설명을 계속했다.

"실내에서 어떻게 행동하든 자유입니다. 마음대로 카드를 뽑아도 되고, 뽑지 않고 나와도 상관없습니다. 다만 만져도 되는 카드는 교환할 카드뿐입니다. 두 장 교환하겠다고 선언했다면 두 장까지, 세 장 교환하겠다고 선언했으면 세 장까지죠. 다른 카드를 만지거나, 카드 위치를 바꾸거나, 표시하거나, 한번 만진 카드를 되돌려 놓는 등의 행위는 금지입니다. 제가 원격으로 감시할 겁니다."

누리베가 태블릿PC의 탭을 전환했다. 화상회의 앱이 작동 중인지 화면이 다섯 개 떴다. 하나는 홀의 책상. 나머지 네 개는 동쪽 복도에 있는 동아리방인 듯했다. 동아리방을 촬영하는 카메라는 앵글이 전부 똑같았다. 바로 앞에 카드 열세 장이 놓인 책상이 있고, 그 너머에 간유리 칸막이가 보였다.

앱에는 원하는 카메라 화면을 메인 화면으로 크게 표시하는 기능이 있는 듯했다. 지금 메인 화면은 마술부로, 누리베 본인과 우리 모습이 비쳤다.

벽을 보니 접착테이프로 붙여 놓은 스마트폰 카메라가 이쪽을 향한 상태였다. 마토의 스마트폰이다. 감시 카메라로 사용하기 위해 빌려 달라고 한 건가. 앱도 멋대로 깔아서 준비했는지도 모르겠다.

마토가 책상으로 다가갔다. 스마트폰에 대해 불평할 줄 알았는데 아니었다. 카드에 얼굴을 들이대거나, 쪼그려 앉아 천을 만지거나, 벽과 책상 사이 약 30센티미터쯤 되는 틈새를 들여다보는 등 마치 형사처럼 행동했다.

"게임이 후반부에 접어들면 들어간 방에 카드가 없을 수도 있습니다. 그럴 때만 '입실' 횟수에 더하지 않고 이동하는 걸 인정합니다. 또한 게임을 원활하게 진행하기 위해 플레이어가 자리를 떠나는 시간은 **오 분**으로 제한하겠습니다. '교환 시간'의 규칙은 이상입니다."

누리베가 말을 마치자 마토와 에소라는 동시에 기묘한 반응을 보였다. 아주 중대한 이야기라도 들었다는 듯한 반응을.

마토는 책상에서 물러나 방 한복판에 서서 투명한 실에 조종당하는 것처럼 문 쪽을 보았다. 에소라는 생각이라도 하는지 천장을 올려다보았다.

그리고 책상을 가리키며 심판에게 질문했다.

"이 카드, 숫자 순서대로 늘어놓은 거야?"

"대답할 수 없습니다."

"……게임을 하면서 알아내라는 거구나." 에소라는 고개를 끄덕인 후 말을 이었다. "하나만 더. 카드를 분배할 때 네가 카드 순서를 바꾸기도 해?"

"아니요. 다만 카드 사이가 비었을 때는 간격을 세세하게 조정합니다."

"오 분이라." 구누기 선배가 중얼거렸다. "방 세 개에 들어간다면 방 하나당 머무를 수 있는 시간은 평균 일 분 사십 초……. 짧군."

어, 하고 나도 모르게 반응했다. 꽤 길다고 생각했기 때문이다.

"카드만 뽑으면 되니까 충분하잖아요?"

"시작할 때는 카드 쉰두 장이 전부 깔려 있지만, 분배와 교환이 진행될 때마다 몇 장씩 줄어들어. 어느 카드가 이미 사용됐고 어느 카드가 남아 있는지를 감안해서 어느 카드를 선택하면 되는지 백 초 만에 생각을 정리할 수 있겠어?"

"……."

이 게임의 난도가 얼마나 높은지 깨달았다.

두 명이 각자 카드를 세 장씩 가지고 총 4라운드를 진행한다. 사용하는 카드는 쉰두 장이다.

양쪽이 매번 카드를 세 장씩 교환한다고 치면 한 라운드마다 버리는 카드를 포함하여 최대 열두 장씩 카드가 줄어드는 셈이다. 그게 네 번 반복되면 마흔여덟 장, 마지막에는 네 장만 남아서 트럼프 한 벌을 전부 사용해 대결을 벌일 가능성도 있다.

그렇다면 게임 종반부에는 귀중한 카드 한 장을 차지하기 위한 쟁탈전이 펼쳐질 것이다.

지금 어떤 카드를 뽑느냐는 것만이 문제가 아니다. 무슨 카드를 남기고 강한 카드를 얼마나 확보해서 승부를 어떻게 결정짓느냐. 마토와 에소라는 수많은 가능성을 고려해 지혜를 짜내야 한다.

아니. 지혜를 짜내기 이전에 카드를 전부 엎어 놨다면, 원하는 카드를 뽑기는 불가능하지 않을까? 아직 게임이 시작되지도 않았는데 머리가 부글부글 끓는 것만 같았다.

그리고 기포가 터지는 것처럼 문득 깨달았다.

포커에는 '플래시'라는 카드 조합이 있는데…… 여기에는 무늬별로 모여 뭉쳐져 있으니…… 그 말은 곧…….

"여기서 끝이 아닙니다. 돌아가시죠."

생각을 입 밖에 꺼내기 전에 누리베가 걸음을 옮겼다. 우리도 뒤따랐다.

밖으로 나가기 전에 문득 마음에 걸려서 에소라처럼 천장을 올려다보았다.

꺼진 형광등과 나뭇결무늬 말고는 아무것도 없어서 공허한 풍경이 눈에 들어왔다.

홀로 돌아가 마토와 에소라는 다시 자리에 앉았다. 벽을 자세히 보니 거기에도 책상을 조감하는 앵글로 스마트폰을 붙여 놓았다.

누리베가 설명을 재개했다.

"선공과 후공 순서로 '교환 시간'을 마친 다음은 '**베팅**'입니다. 선공부터 베팅 금액을 제시하고 S칩을 내주십시오. 덧붙여 라운드별로 베팅 금액의 범위를 설정해 두었습니다."

아직 내용을 공개하지 않았던 종이를 뒤집었다. 이쪽 역시 손글씨였다.

베팅 금액 제한

	최저액	상한액
1라운드	20	50
2라운드	40	100
3라운드	80	200
4라운드	100	무제한

라운드마다 최저액과 상한액이 조금씩 높아진다.

"후공은 '**콜**', '**레이즈**', '**폴드**' 중 하나를 선언하십시오. 콜은 승부에 동의한다는 뜻입니다. 선공과 같은 액수의 칩을 내놓은 후 **가지고 있는 카드를 공개**합니다. 레이즈는 베팅 금액을 올리겠다는 뜻입니다. 선공과 같은 액수의 칩에 추가분을 더해서 내놓은 후 상대에게 선택권이 넘어갑니다. 폴드는 '포기'하겠다는 뜻입니다. 공개 절차를 거치지 않고 가지고 있는 카드를 버려서 회피할 수 있습니다. 다만 폴드한 플레이어는 벌칙으로 상대에게 칩을 주어야 합니다. 액수는 **그 시점에서 상대가 제시한 칩의 절반입니다.**"

마토와 에소라가 처음으로 시선을 마주쳤다.

"담보를 제시하고 양쪽이 동의했을 때는 현재 보유액보다 더 많이 베팅할 수도 있습니다."

"저기." 마토가 질문했다. "그렇다면 규칙상 선공이 덜컥 폴드를 선언할 수는 없는 거야?"

"그렇습니다. 선공은 반드시 최저액만큼은 베팅해야 합니다. 참가비라고 생각해 주십시오."

"폴드하면 승패는 어떻게 돼? 상대방의 승리?"

"편의상 그렇게 됩니다."

마토는 카디건 소맷자락을 만지작거리며 생각에 잠겼다. 시선이 홀의 두짝문 쪽으로 향했다. 아까도 마치 영적인 존재라도 보는 것처럼 문 근처를 봤는데. 뭘 보는 걸까?

"정리하면 분배, 파기, 교환을 거쳐 베팅. 그다음 카드 공개, 또는 버리기를 진행합니다. 승패가 결정되고 칩이 이동하면 한 라운드가 종료됩니다."

누리베가 설명을 마쳤다.

머릿속으로 정리해 보니 그렇게 복잡한 규칙은 아니었다. 세 장으로 카드를 조합하고, 카드 교환 방법이 특수하다는 걸 제외하면 일반적인 1 대 1 포커와 똑같다. ……일반적인 포커와는 비교도 안 되게 어마어마한 사고 능력을 요구하겠지만.

"오케이. 할까."

"재미있겠네."

내 걱정에는 아랑곳없이 두 사람은 간단히 승낙했다.

"저 두 사람, 중학생 때도 자주 대결했어?"

니즈마 씨가 물었다. 어땠더라? 늘 붙어 다니며 토론 같은 건 벌였지만.

"게임으로 맞붙는 건 처음일 거예요."

흠, 하고 니즈마 씨는 턱을 쓰다듬었다. 에소라가 이길 확률을 생각하는 것이리라.

마토가 승부에 강하다는 건 지난 몇 달 사이에 실감했지만, 에소라의 실력은 아직 모른다. 세이에쓰 학생회에서 '비장의 카드'로 일컫는 1학년 에이스. 중학생 때처럼 생뚱맞은 말과 행동으로 상대를 뒤흔들거나 하는 걸까.

"그러고 보니." 에소라가 입을 열었다. "선배들은 여기서 관전하는 건가요?"

"안 되나?"

"그렇지 않을까요? 포커잖아요? 구경꾼들의 반응 때문에 무슨 카드를 들고 있는지 드러날 수도 있어요."

"안심하십시오." 누리베가 대답했다. "북쪽 복도의 패션부 방에 노트북을 놓아두었습니다. 각 카메라 화면을 볼 수 있으니 여러분은 원격으로 관전해 주십시오."

"이벤트 운영팀 아르바이트라도 하는 거니?"

"지금은 라크로스에 매진하고 있습니다."

너무나 용의주도한 심판을 보고 에소라도 어이없다는 표정을 지었다.

그럼 힘내라, 우키타. 부탁한다, 이모리야. 선배들은 자기편 플레이어를 응원한 후 이동했지만 나는 조금 머뭇거렸다.

언제나처럼 곁에서 지켜볼 작정이었는데.

"마토……."

"고다." 내가 격려하려는데 마토가 먼저 입을 열고 묘한 소리를 했다. "내가 위험해지면 뛰어와."

북쪽 복도에서 제일 첫 방이 패션부 방이었다.

재봉 등으로 공간을 많이 사용해서 그런지 다른 방보다 두 배는 넓었다. 동아리원들이 깔끔한 성격이었나 보다. 잘 정리된 방에는 기다란 책상과 의자 네 개밖에 없었다. 책상 위에 펼쳐 둔 노트북에는 화상회의 화면이 떠 있었다. 이십 분 만에 용케 준비를 마쳤구나, 누리베.

나는 자리에 앉으며 선배에게 말을 걸었다.

"구누기 선배. 이 게임 말인데요……. 플래시를 간단히 만들 수 있죠?"

포커에는 같은 무늬로 카드를 통일시키는 플래시라는 조합이 있다. 무늬만 같으면 숫자는 뭐든지 상관없다.

그리고 방 네 개에는 카드를 무늬별로 배치해 놓았다.

그렇다면 **적당히 아무 방에 들어가서 적당히 카드를 세 장 뽑으면** 플래시가 완성되는 셈이다. 아무 고민을 하지 않고도 강한 조합을 만들 수 있다.

"그렇지." 구누기 선배가 대답했다. "서로 플래시는 대전제로 깔고 가는 셈이야. 이기기 위해서는 그것보다 강한 스트레이트 플래시나 로열 스트레이트 플래시를 만들어야 해."

"만들 수 있는 조합은 실질적으로 세 종류인 건가." 회장도 이야기에 끼어들었다. "같은 조합끼리 맞붙으면 숫자나 무늬로 승패가 결정되지……. 어느 라운드나 아주 근소한 차이로 승부가 날지도 몰라. 뭐, 그 이전에 무슨 수를 내려면 엎어 놓은 카드를 투시라도 해야겠는데. 구누기, 누리베가 어떤 식으로 카드를 배치했을 것 같아?"

"누리베는 공평한 성격입니다. 뭔가 법칙이 있을 거예요. 판단할 기회는 네 번……. 그렇게 복잡하지는 않을 것 같은데……."

"조합의 종류에, 법칙이라. 과연, 아주 심오하신 의견이로군."

니즈마 씨가 내 옆에 앉았다. 비아냥거리는 심정이 말투로 전해졌다.

"……니즈마 씨는 이 게임의 포인트가 뭐라고 생각하세요?"

"선공과 후공 중 어느 쪽이 유리한가."

"……?"

"선공은 먼저 입실하니까 강한 카드를 뽑을 수 있는 확률이 높아. 하지만 심판이 그랬잖아? 다른 카드를 만지는 건 금지라고. 즉, 선공이 카드를 뽑은 후에는 엎어 놓은 카드 사이에 구멍이 뻥 뚫리는 거야. 그러면 후공은 그걸 보고 선공이 뽑은 카드를 추측할 수 있겠지. 다른 방에서 더 강한 카드를 뽑으면 역전도 가능해. 정보를 얻는다는 측면에서는 후공이 더 유리한 셈이야."

법칙을 알아낸다면 말이지만, 하고 덧붙이며 니즈마 씨는 다리를 꼬았다.

"폴드를 선언하면 승패가 어떻게 되는지 이모리야도 확인했잖아. 각 라운드의 승패로 다음 게임의 순서가 정해져. 대결할 때 선공을 취해야 하는가, 후공을 취해야 하는가……. 쟤들은 지금 그걸 죽어라 생각하고 있지 않으려나."

화력을 중시하는 선공과 정보를 중시하는 후공.

나로서는 생각지도 못했던 견해였다.

"고다랬나? 넌 뭐가 포인트라고 생각해? 남한테 묻기만 하는 건 치사하잖아."

니즈마 씨가 놀리듯이 질문했다. 나는 노트북에 시선을 돌렸다. 마토와 에소라는 지금 케이스에서 꺼낸 S칩을 본인들 앞에 늘어놓는 중이었다.

게임에 관해서는 잘 모르지만 마토가 어떤 식으로 싸우는지는 안다.

마토는 항상 '이길 수 있다'는 생각을 상대에게 심어 준다.

"……어떻게 베팅을 성립시키느냐."

내가 중얼거리자 니즈마 씨가 눈썹을 치켜세웠다.

"후공은 상대의 카드 조합을 예상할 수 있어요. 선공도 그 사실을 알고요……. 그 상태로는 크게 베팅할 수 없잖아요? 대결하기 전부터 승패가 보이는 셈이니까요. 하지만 두 사람은 분명 그런 걸 바라지 않을 거예요."

마토도 에소라도 칩을 송두리째 빼앗을 작정으로 대결에 나섰다.

"그러니 지금 두 사람은…… 상대를 정면 대결에 끌어들일 방법을 모색하고 있겠죠."

생각난 대로 말했을 뿐이지만 니즈마 씨는 의외라는 듯 눈을 깜박깜박하더니 더는 비아냥거리지 않았다.

화면 속 두 사람이 칩을 다 늘어놓았다. 우리도 대화를 중단하고 게임에 집중했다.

누리베가 선언했다.

"그럼. '포 룸 포커' 1라운드를 시작하겠습니다."

4

✡

   누리베가 태블릿PC를 두드리자, 카드를 넘길 때처럼 종이가 스치는 듯한 효과음이 여섯 번 울렸다.

   분배할 카드가 정해진 모양이다. 머리에 까치집을 지은 심판은 태블릿PC를 들고 동쪽 복도로 걸어갔다.

   현재 내 컨디션은 평소와 다름없는 듯했다. 옥상 가장자리에 서서 내 보폭보다 약간 먼 곳의 발판을 바라볼 때 번지는 저릿저릿함. 평소와 똑같은 그 감각이 몸속 깊은 곳에서 느껴졌다.

   포커의 카드 조합. 규칙의 구멍. 그것이 있는 장소. 날씨. 천의 재질. 순서와 구성. 손을 쓸 타이밍. 에소라 쪽의 전략과 그에 대한 대처 등등. 생각할 일은 산더미처럼 많았다. 하지만 지금은 더 중요한 일이 있었다. 나는 뒤로 몸을 돌려 누리베의 움직임을 주시했다. 에소라도 옆으로 몸을 내밀었는지 의자 움직이는 소리가 났다.

   누리베는 복도 안쪽으로 가서 일단 '스페이드 방'에 들어갔다.

동시에 머릿속으로 숫자를 세기 시작했다.

"법칙, 어떻게 생각해?"

에소라가 말을 걸었다. 방해하는 걸까, 별생각 없는 걸까.

"아직 모르겠어."

"뭔가 있을 텐데. 상단이 일곱 장, 하단이 여섯 장……."

"적이랑 떠들어도 되는 거야?"

누리베가 복도로 나왔다. 방에 있던 시간은 십 초 정도였다. 예상보다 훨씬 빨랐다.

"적이기 이전에 친구니까."

"진심으로 승부에 임하는 편이 분명 재미있을 거야."

"마토는 지금 진심?"

"그걸 모르겠단 말이지. 나, 전력 질주하면 50미터 달리기가 십 초 나오는데, 좀비가 쫓아오면 훨씬 빨리 뛸 수 있을 것 같아. 그럼 진심이란 뭘까?"

"운동 좀 해야겠다."

"그런 이야기가 아니라."

누리베가 '하트 방'과 '다이아 방'에 들어갔다 나왔다. 걸린 시간은 역시 십 초 정도.

확신이 들었다.

각 방에 엎어 놓은 카드 열세 장을 어떻게 배치했는지 누리베는 완벽하게 기억하고 있다.

일일이 메모와 대조하거나 뒤집어서 숫자를 확인하지 않고, 확신을 품고서 카드를 척척 골라낸다. 간격을 세세하게 조정하겠다고도 했다. 배치한 순서를 완벽하게 기억하지 않고서는 모든 작업을 십 초 만에 끝내기는 불가능하리라.

역시 카드 배치 방식에는 법칙이 있다.

방 네 개에 공통으로 적용되는 비교적 단순한 법칙. 일단 기억하면 절대로 잊어버리지 않고, 간단히 카드를 투시할 수 있는 방법이다.

"하지만 단순한 수열은 아니겠지."

머릿속을 들여다본 것처럼 에소라가 말했다.

누리베는 약 일 분 만에 방 네 개를 전부 돌고 홀로 돌아왔다. 좌우 호주머니에서 빨간색 트럼프 카드를 세 장씩 꺼내 나와 에소라 앞에 놓았다.

'분배'가 끝났다.

세 장을 모아서 들고 귀퉁이를 살짝 젖혔다.

1라운드. 내가 받은 카드는.

♣4, ♣9, ♠7.

아무 조합도 성립되지 않아 꽝이다. 애당초 1라운드는 탐색 단계다. 어떤 카드를 받든 할 일은 정해져 있다.

"선공인 이모리야 씨부터 선언해 주십시오. 몇 장 파기하시겠습니까?"

"세 장."

"나도."

나는 카드를 전부 무덤에 엎어 놓았고, 에소라도 그렇게 했다.

1라운드에는 카드의 법칙을 알아내는 것이 선결 과제. 그러기 위해서는 세 장을 교환해 최대한 많은 카드를 뒤집어 정보를 얻어야 한다. 단순한 법칙이라면 적당히 세 장만 넘겨 봐도 정답에 가까이 다가갈 수 있으리라.

'포 룸 포커'에 '정석'이라고 부를 만한 것이 있다면, 1라운드에 우리의 선택은 정석을 무난히 따랐다고 할 수 있지 않을까.

누리베는 파기된 카드를 모아서 훑어본 후 트럼프 카드 상자에 넣었다.

"그럼 '교환 시간'으로 넘어가겠습니다. 선공인 이모리야 씨부터 가시죠. 자리에서 일어나는 것과 동시에 오 분을 재겠습니다."

나는 천천히 일어섰다. "먼저 갈게." 하고 정시 퇴근하는 회사원처럼 에소라에게 양해를 구한 후, 발을 내디뎠다. 등 뒤에서 에소라의 시선이 느껴졌다.

다급한 마음을 들키지 않도록 일정한 속도로 안쪽까지 나아갔다. 처음에는 '스페이드 방'에 들어가야 한다. 만사 제쳐 놓고 꼭 거기에 들어갈 필요가 있었다.

문을 열고 입실.

에소라의 시선에서 벗어나자 저절로 한숨이 새어 나왔다.

실내를 둘러보았다. 한 달 전, 구누기 선배가 정리를 도와달라고 부탁했을 때 이 방에도 들어왔다. 비품은 기억하는 것과 똑같은 위치에 있었다. 걸음을 빨리 옮겨서 행동에 나섰다.

스마트폰 카메라의 감시 범위는 책상과 간유리 너머의 문. 방의 절반뿐이다.

그리고 '교환 시간'에는 어떻게 행동하든 자유다. 누리베는 교환할 카드 외에 다른 카드는 만지면 안 된다는, 최소한 필요한 규칙만 제시했을 뿐이다.

이 게임에서 속임수를 허용한다고 은근히 암시한 셈이다. 방 네 개에 남겨져 있는 다양한 비품. 뭘 사용해서 뭘 조합하고 어떻게 행동할 것인가. '포 룸 포커'는 뒷공작으로 맞붙는 발상의 대결이기도 하다. 에소라도 그건 눈치챘을 터. 그리고 옛 동아리 건물에 대해 아는 만큼 이쪽이 유리하다.

시간을 일 분쯤 써서 몇 가지를 확인했다.

그리고 드디어 책상으로 다가갔다.

카드에 변화가 있었다.

상단 여섯 장, 하단 다섯 장.

한 장씩 줄었다.

내가 받은 카드 중에 스페이드는 한 장뿐이었다. 에소라도 한 장 받았다는 뜻이다.

여기는 틀렸나.

줄어든 카드가 자신이 받은 한 장뿐이라면, 적어도 '♠7'이 상단과 하단 중 어느 쪽에 속하는지는 알 수 있었다. 하지만 이래서는 아무것도 모른다. '세세하게 조정하겠다'고 선언한 대로 누리베는 카드 간격이 균등해지도록 빈틈을 메웠다. 상하단 모두 어느 위치의 카드가 빠졌는지는 구별이 되지 않았다.

'스페이드 방'에서 퇴실했다.

복도를 되돌아가서 '클럽 방'에 입실했다.

여기는 산악부가 사용한 방이다. 누레진 지도첩, 텐트 뼈대 같은 것, '착화용 탄화면'이라고 적힌 뚜껑 달린 캔, 2리터짜리 빈 페트병, 바퀴가 네 개 달린 사무용 의자……. 등산용품과 등

산에 관계없는 물건 등 잡다한 비품을 방구석에 뒤죽박죽 모아 놓았다. 이 방에 오래 머물 생각은 없었다.

재빨리 책상을 확인했다. 이번에는 당첨이었다.

상단 다섯 장, 하단 여섯 장.

줄어든 건 상단의 두 장, 내가 받은 카드뿐이다.

♣4와 ♣9가 '상단 일곱 장'에 포함되어 있었다는 사실을 알아냈다.

얻은 정보에 누리베의 성격을 더해서 상상했다.

1부터 13의 번호가 매겨진 트럼프 카드를 일곱 장과 여섯 장, 두 그룹으로 나누었을 때 늘어놓는 법칙.

가장 간단한 건 짝수와 홀수다. 홀수가 일곱 장이고 짝수가 여섯 장이니까 계산은 맞다. 하지만 '4'가 일곱 장 쪽에 포함됐으니 이건 아니다.

다른 법칙……. 4와 9가 일곱 장 쪽에 속하는 비교적 단순하고 기억하기 쉬운 법칙…….

"그렇구나."

'포 룸 포커' 1라운드. '교환 시간'이 시작된 지 삼 분.

에소라에게 보이지 않는 곳에서 나는 오늘 처음으로 웃음을 지었다.

*

심판과 플레이어 한 명이 남은 홀에는 아무 말도 없는 시간이 흘렀다.

누리베는 스마트 워치로 시간을 재며 태블릿PC로 이모리야 마토를 감시했다.

현재 이모리야 마토는 '클럽 방'에서 카드가 놓인 책상을 내려다보며 뭔가 곰곰이 생각하는 중이었다.

남은 시간은 이 분.

논리와 통찰력의 승부라고는 했지만, 포커인 이상 운도 다소 영향을 준다.

첫 번째 분배. 정보의 질로 따지자면 우키타보다 이모리야의 카드가 낫다고 할 수 있었다.

(법칙을 해독하기 위한 단서가 포함돼 있어. 1라운드에서 법칙을 알아

내도 이상하지 않아……. 어쩌면 이미 알아냈을지도…….)

동쪽 복도에서 문이 열렸다. 이모리야가 '클럽 방'에서 퇴실했다. 이어서 '하트 방'에 입실했다. 누리베는 터치 패널을 조작해 메인 화면을 '하트 방'으로 바꿨다. 관객석의 노트북 화면도 똑같이 조작되도록 설정해 두었다.

이모리야는 이미 방 두 개에 입실했지만 카드를 한 장도 뒤집지 않았다. 마지막으로 들어간 '하트 방'에서 반드시 세 장을 뒤집어야 한다.

(이모리야의 카드 조합은 하트 플래시 이상으로 확정…….)

누리베는 홀에서 대기 중인 플레이어를 힐끗 보았다.

우키타 에소라의 입가에는 부드러운 미소가 맺혀 있었다. 게임을 시작하기 전부터 지금까지 쭉.

♡

'하트 방'은 사진부가 사용했던 방이다. 창가에 놓인 기다란 책상에 낡은 카메라와 분해해 둔 렌즈가 남아 있었다. 암실을 설치했던 흔적인 듯 천장 구석에 커튼레일이 보였고, 벽에는 홀과 마찬가지로 흑백사진을 장식해 놓았다. 다른 학생을 몰래 찍은 것 같은 콘셉트의 사진도 있었는데, 예술이라고 하기에는 좀 미묘했다. 저러다 한번 호되게 혼나 봐야지.

나는 바로 책상으로 향했다.

법칙은 파악했다. 아마도 가장 강한 조합인 Q, K, A로 로열 스트레이트 플래시를 만들 자신이 있었다.

책상에 엎어 둔 카드는 상단 여섯 장, 하단 여섯 장이었다.

에소라가 상단 카드를 한 장 받은 모양이다.

벽에 걸린 시계를 보았다. 남은 시간은 구십 초. 우물쭈물 망설일 시간은 없다.

나는 상단 오른쪽 끄트머리의 카드에 손을 뻗었다.

예상이 맞는다면 이게 Q.

맞았다. ♡Q. 모나리자와 흡사하게 생긴 여왕이 내게 웃음을 지었다.

이어서 하단 오른쪽 끄트머리의 카드를 뒤집었다. 아마도 이게 K.

♡K. 예상이 적중했다.

그렇다면 틀림없이 상단 왼쪽 끄트머리 카드가 ♡A다.

그 위치의 카드에 손을 뻗었다. ……불안이 가슴을 스쳐서 약간 주저했다.

에소라에게 주어진 카드가 ♡A일 가능성은?

확률은 5분의 1. 위험성은 낮지만…….

나는 이제 모든 카드의 위치를 안다. ♡J는 하단에 있다. 입실했을 때 하단이 여섯 장이었으니 ♡J는 틀림없이 남아 있다. 그걸 뽑아서 K 스트레이트 플래시라는 '안전책'을 택해야 할까.

머릿속에서 천칭이 흔들렸다. 나아가야 할까, 멈춰야 할까. 카디건 호주머니에 있는 어떤 물건이 갑자기 무거워진 것처럼 느껴졌다. 이제 육십 초 남았다.

— 에소라는 강해.

게다가 아직 1라운드다. 위험을 감수하려면 지금밖에 없다.

나는 허공에 멈췄던 손을 그대로 뻗어서 상단 왼쪽 끄트머리의 카드를 뒤집었다.

"……에소라……."

머릿속에 가득했던 생각들이 전부 우키타 에소라의 미소로 뒤덮였다.

뒤집은 카드는 ♡4였다.

*

"……이모리야의 감이 빗나갔군."

구누기 선배가 혀를 차듯 툭 말했다.

우리는 패션부 방에서 노트북으로 '하트 방'에 있는 마토의 모습을 보고 있었다. 뒤집은 카드에 하트가 네 개라는 건 노트북 화면으로도 알 수 있었다.

화면 옆의 채팅란에는 글이 하나 올라와 있었다. 누리베는 배려심이 많은 사람이다. 우리가 상황을 파악할 수 있도록 '교환 타임'이 시작되자마자 짧은 글을 올렸다. 두 사람에게 나누어 준 카드와 버린 카드의 내역이었다.

이모리야 ♣4 ♣9 ♣7 → 전부 버림
우키타 ◇9 ♡A ♠10 → 전부 버림

에소라는 처음부터 에이스를 받았고, 그걸 주저없이 버렸다.

"퀸과 킹을 연속으로 뽑았으니 로열 스트레이트 플래시를 노렸나 보네." 사부리 회장이 추측했다. "하지만 ♡A는 우키타가 파기했어……. 한 방 먹었군, 운이 없네."

"애당초 어떻게 맞힐 수 있는 거야? 벌써 법칙을 파악했나?"

마토에게 우리 목소리는 닿지 않는다. 마토는 머리를 쓸어

올리더니 카드 세 장을 들고 카메라앵글에서 벗어났다. 이제 일 분도 안 남았는데 홀로 돌아가지 않아도 괜찮을까.

"혹독한 게임이야." 구누기 선배가 말했다. "카드를 조합하려 해도 조금만 실수하면 모든 것이 틀어져."

"하지만 K 플래시면 나쁘지 않잖아요? 보통은 이길 텐데요."

"우키타가 스트레이트 플래시 이상을 만들지 않는다면야."

제한 시간이 십 초 남았을 때 마토가 드디어 '하트 방'에서 나왔다. 메인 화면이 홀로 바뀌었다. 마토가 복도에서 뛰어와서 아슬아슬하게 의자에 앉았다. 태평하게 촐랑대는 소녀는 후우, 하고 디즈니 영화의 캐릭터처럼 보란 듯이 이마를 닦았다.

"이모리야 씨, 딱 오 분입니다. 후공인 우키타 씨. 가시죠."

에소라는 이 초쯤 마토를 쳐다본 후 자리에서 일어섰다.

"우키타가 받은 카드는 무늬가 제각각이었어. 법칙을 간파하기 위한 정보는 이모리야보다 적을 텐데……."

"아니. 정보량이라는 측면에서는 후공이 유리하다고 말했잖아. '하트 방'에 입실하면 왼쪽 끄트머리의 카드를 뽑았다는 걸 한눈에 알 수 있어. 거기서 뭔가 알아낼지도 몰라."

니즈마 씨가 추측한 대로 복도로 들어선 에소라는 마토가 들어간 방을 확인하듯 움직였다.

일단 '클럽 방'에 입실. 책상과 실내를 재빨리 둘러본 후 아무 카드도 뽑지 않고 나왔다.

이어서 '하트 방'. 균형이 무너진 카드 배열에 시선을 멈추더니 실내를 둘러보며 이십 초쯤 생각에 잠겼다. 하지만 역시 아무 카드도 뽑지 않고 퇴실했다.

에소라는 마지막으로 '스페이드 방'에 들어갔다. 칸막이 너머에서 모습을 드러낸 순간, 입가에 맺힌 웃음이 더 커진 것처럼 보였다. 간유리 너머로 한 번 돌아가서는 문 앞에서 뭔가를 했다. 그리고 책상으로 다가가는가 싶더니 카메라앵글에서 벗어나 방 안쪽으로 향했다. 아까 마토도 그랬는데.

십 초쯤 후에 카메라앵글 안으로 돌아온 에소라는 깊이 생각하는 낌새도 없이 상단에 줄지은 카드 여섯 장 중 왼쪽에서 세 번째부터 다섯 번째에 해당하는 세 장, 즉 상단 중앙 부근에 배치된 세 장을 연달아 뒤집었다.

결과는 ♠6, ♠8, ♠9.

"9 플래시……. 맞붙으면 이모리야가 이겨."

"법칙을 알아낸 것 같은 느낌은 아니었지. 정보 수집을 우선해서 무작위로 뽑았나. 니즈마 씨, 댁의 천재 소녀는 기대했던 만큼은 아닌 것 같은데."

선배와 회장의 목소리가 자연스레 들떴다. 니즈마 씨는 그저 어깨를 으쓱하기만 했다.

남은 시간 일 분. 마토와 달리 에소라는 시간을 많이 남기고 홀로 돌아왔다.

"그럼 '베팅'으로 넘어가겠습니다. 이모리야 씨부터 제시해 주시죠."

"50."

마토는 아무 망설임도 없이 S칩 더미를 앞으로 밀었다.

1라운드에서 베팅할 수 있는 액수는 S칩 스무 개에서 쉰 개. 느닷없이 상한액……. 에소라의 카드를 꿰뚫어 본 것처럼 세게 나갔다.

누리베는 에소라에게 시선을 돌리고 말없이 응답을 기다렸다. 에소라는 가볍게 팔짱을 끼고 마토를 바라보았다.

"'하트 방'에 카드를 뒤집은 흔적이 있었어."

"응." 마토가 대답했다.

"끄트머리 카드를 가져갔던데."

"뭐, 그렇지."

"법칙을 알아내기 위해 뒤집었다고 보기에는 부자연스러워." 에소라는 혼잣말하듯 말을 이었다. "'하트 방'에 앞서 네가 들어간 '클럽 방'에서는 상단 카드가 두 장 줄어들었더라고. 내가 처음에 분배받은 카드에 클럽은 없었으니까 마토에게는 유용한 정보였을 거야……."

"……."

"'하트 방'에 들어가기 전에 법칙을 알아낸 거지?"

"……."

"그럼 제일 강한 조합을 만들려고 할 거야."

"누리베가 기다리잖아. 콜? 아니면 폴드?"

마토가 재촉했다. 에소라는 말없이 생각에 잠겼다.

"폴드야." 사부리 회장이 말했다. "말을 들어 보니 우키타는 이모리야가 K 플래시를 조합했다는 것까지 읽어 냈어. 승부 대결에 나설 리 없지."

확실히 폴드밖에 없으리라. 쉰 개의 반액인 스물다섯 개를 마토에게 주어야 하지만 전액을 다 잃는 것보다는 낫다.

그렇게 생각했을 때 에소라가 기묘한 행동을 했다.

후드 집업의 호주머니에 손을 넣어 트럼프 카드 세 장을 꺼냈다. 그걸 부채꼴로 펼치고 마토 쪽으로 내밀었다. 도둑잡기에서 상대가 패를 뽑을 때처럼.

"마토. 이렇게 카드를 보여 줄 수 있어?"

마토의 표정이 눈에 띄게 굳어졌다.

대조적으로 에소라의 입꼬리는 부드럽게 올라갔다.

"콜."

에소라는 같은 액수의 칩을 앞으로 밀어 놓고 카드 세 장을 공개했다.

마토도 카디건 호주머니에서 카드를 꺼내 책상에 던졌다.

"엥?" 사부리 회장이 목소리를 높였다.

에소라가 공개한 카드는 ♠6, ♠8, ♠9.

마토가 공개한 카드는 ♡4.

단지 그것뿐.
단 한 장뿐이었다.
"이······." 누리베조차 말문이 막혔다. "이모리야 씨는 카드 조합에 실패······. 1라운드는 우키타 씨의 승리입니다."
우리는 얼떨떨한 기분으로 노트북 화면을 들여다보았다.
"뭐야, 저게!" 회장이 소리쳤다. "Q랑 K는 어디 갔어!"
"숨겼나." 구누기 선배는 놀랐으면서도 냉정한 면모를 보였다. "이모리야는 카드를 뽑은 후에도 '하트 방'에 잠시 머물렀어. Q와 K를 숨겨서 보존했다······."
"누리베. 이거 규칙 위반이야?"
화면 속에서 마토가 물었다. 졌는데도 여유가 있었다.
"이런 상황은 예상하지 못했습니다만, 규칙 위반은 아니에요. 하지만······."
"앞으로 이런 상황을 피하고 싶으면 규칙을 추가해. 이후 카드 보존은 금지. 뽑은 카드는 반드시 그 라운드 안에 소비할 것."
"······그렇게 하죠. 이모리야 씨가 뽑은 두 장은 지금 어디 있습니까?"

"물론 '하트 방'에 숨겨 놨지. 어지간해서는 못 찾아낼 곳에."

"장소만 확인해도 괜찮을까요?"

마토는 선뜻 승낙하고 누리베와 함께 복도로 향했다.

에소라는 차분히 칩 쉰 개를 자기 쪽으로 끌어당겼다. 승리를 기뻐하는 낌새는 없었다. 이기는 게 당연하다는 듯한 분위기였다.

"왜 보존한 거지?"

회장이 언짢은 기분을 드러냈다. 니즈마 씨가 생각을 정리하듯 천천히 말을 꺼냈다.

"이모리야 관점에서 생각해 볼까. 방 세 개를 돌아다닌 결과 '스페이드 방'과 '하트 방'에서 상대방에게 카드가 한 장씩 넘어갔다는 사실을 확인했어. 즉, 우키타가 분배받은 카드는 무늬가 제각각이라는 뜻이지. 법칙을 간파하기에는 정보가 모자라. 따라서 우키타의 카드 조합은 평범한 플래시가 될 가능성이 높아. 한편 우키타는 선공인 이모리야가 1라운드치고는 대담하게 카드를 뒤집었다는 점에서 '이모리야는 법칙을 알아냈다'는 사실을 꿰뚫어 볼 거야……. 여기까지 예측했다고 치자."

카드 배치의 법칙을 알아차린 마토의 카드 조합과 그렇지 않은 에소라의 카드 조합.

"그럼, 우키타의 카드 조합으로는 이모리야에게 못 이겨. 못 이긴다는 걸 알아차렸다면 우키타는 폴드를 선언하겠지."

그럴 때는 폴드를 선언한 쪽의 패배다.

즉, 카드 한 장으로도 승리를 얻을 수 있다…….

"그, 그래서 보존했다는 건가요? 어차피 폴드로 이길 거니까?"

"그렇지만 우키타는 그걸 포함해서 전부 다 꿰뚫어 봤다……. 그런 거려나? 카드를 숨겼는지 안 숨겼는지는 한번 떠봤을 뿐인지도 모르지만."

"보존해 놓는다고 이득이 있나?" 회장은 여전히 의문스러운 표정이었다. "나중에 ♡JQK를 만들 작정이라고 해도, 우키타가 ♡J를 분배받거나 먼저 뽑아 버리면 아무 의미도 없잖아."

"마지막 라운드를 위한 포석일지도 모르죠." 구누기 선배가 말했다. "하트 로열 스트레이트 플래시는 이미 깨졌어요. 무늬의 위력이 강한 다른 카드도 4라운드 전에 소비될 테고요. 게임 종반부에 K 플래시를 조합할 재료는 큰 의미를 띨 겁니다……. 규칙을 추가함으로써 우키타 쪽에서 카드를 보존하지 못하도록 견제했다고 볼 수도 있어요."

나는 선배 옆에서 고개를 끄덕였지만 완전히 이해한 건 아니었다. 칙칙한 색깔의 감정이 소용돌이쳤다. 홀로 뒤처진 것 같아서 어쩐지 화가 났다.

느닷없이 기발한 책략을 사용한 마토와 그걸 꿰뚫어 본 에소라. 고등학교에서 나와 보낸 반년 정도는 단번에 날려 버릴 만큼 에소라가 마토를 더 잘 이해하는 것 아닐까. 내 나름대로 마토와 친하게 지내는 줄 알았는데, 마토는 마음속 깊은 곳에서 따분해했던 것 아닐까. 그런 생각이 고개를 쳐들었다.

애당초 나는 마토가 어떻게 K와 Q를 뽑을 수 있었는지도 모른다.

"저기, 결국 법칙은 뭐였……?"

내가 말을 꺼내는 것과 동시에 마토와 누리베가 홀로 돌아왔다. 에소라가 웃음을 지었다.

"카드를 뒤집기도 전에 법칙을 알아내다니 대단하네."

"분배 운이 좋았을 뿐이야. 에소라도 이미 알아냈잖아."

에소라는 고개를 끄덕였다.

"소수지."

―소수.

1보다 큰 자연수 중에서 1과 자기 자신만으로 나누어떨어지는 숫자.

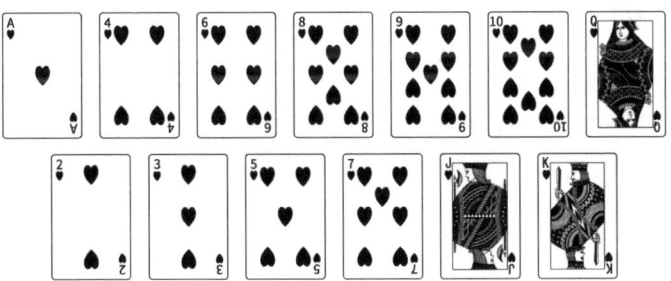

"아, 그렇구나."

사부리 회장이 동아리방에 남아 있던 노트를 한 장 찢어 내서 재빨리 그림을 그렸다.

"이거야. 그냥 수열에 따라 늘어놓은 거지. 다만 소수가 하단, 비소수가 상단. 중학교 수준의 지식만 있으면 간단히 외울 수 있어."

"상단 일곱 장에 4와 9가 포함된 수열이라……. 확실히 이모리야가 가지고 있던 정보로 간파할 수 있겠군."

듣고 보니 아주 단순한 법칙이었다. 마토가 '하트 방'에서 그런 식으로 카드를 뒤집을 만도 했다. 에소라도 상단에서 6, 8, 9를 뒤집고서 확신을 얻었으리라.

"그럼 2라운드로 넘어가겠습니다."

누리베가 말한 것과 동시에 채팅란에 새로운 글이 올라왔다. 그걸 보고 나는 다시 초조해졌다.

1라운드 종료
이모리야 마토 253개
우키타 에소라 366개

마토는 1라운드부터 S칩 쉰 개를 잃었다.
에소라와 이미 백 개 넘게 차이가 벌어졌다.

나는 쿵쿵 뛰는 가슴을 진정시키려 애썼다. 심장이 터질 것만 같았다.

카드를 '보존'했다는 사실을 에소라가 눈치챘다. 그뿐이라면 아직 괜찮다.

문제는 그 한마디……. 그 말이 나온 순간, 공포가 온몸을 감쌌다. 에소라는 강하다. 이기기 위해서는 수많은 위험을 무릅써야 한다. 그건 안다. 알지만.

─무섭네.

허공으로 한 발짝 내디디는 수준이 아니다.

발판이 몇 미터나 떨어진 데다 안개 속에 있는 것만 같았다. 좀비에게 쫓기다가 도움닫기를 해도 과연 닿을지 말지 자신이 없었다.

공포의 정체는 씻어 내기 어려운 의혹이었다.

1라운드에서 조작한 카드 '보존'에 담긴 내 진짜 의도까지 에소라가 읽어 낸 건 아닐까?

5

아까와 똑같은 과정을 거쳐 누리베가 카드 분배를 마쳤다.

모니터 속, 오후의 부드러운 햇살이 비치는 홀에서 두 소녀가 카드를 확인했다.

1라운드에서 마토가 졌으므로 선공과 후공이 바뀌었다. 이번에는 에소라와 마토 순으로 카드를 파기했다.

"두 장."

"세 장."

"그럼 '교환 시간'으로 넘어가겠습니다. 선공인 우키타 씨부터 가시죠."

에소라는 파기하지 않은 카드 한 장을 후드 집업 호주머니에 넣고 동쪽 복도로 향했다. 마토는 의자 방향을 바꿔서 그 뒷모습을 주시했다.

누리베가 화면 옆의 채팅란에 카드 파기 내역을 올렸다.

이모리야 ♣K ◇5 ◇8 → 전부 버림
우키타 ♣J ♡6 ♡7 → ♡6 ♡7 버림

"에소라, 스트레이트 플래시의 재료를 버렸어······."

"8 스트레이트 플래시 정도로는 못 이긴다고 판단했겠지." 내

말에 사부리 회장이 대꾸했다. "둘 다 법칙은 알아냈어. 이제부터는 누가 강한 카드를 뽑느냐야."

"♣J를 남겨 뒀으니 클럽 K 스트레이트 플래시를 노리는 걸까요?"

"그것밖에 없겠지. 하지만……."

메인 화면이 '클럽 방'으로 바뀌었다. 에소라가 입실한 것이다. 에소라는 바로 책상으로 가서 엎어 놓은 카드를 바라보았다.

상단 다섯 장, 하단 네 장.

에소라는 상단으로 손을 뻗어 오른쪽 끄트머리의 카드를 뒤집었다. 결과는 ♣Q.

이제 ♣K를 뽑으면 파기하지 않고 남겨 둔 ♣J와 합쳐서 K 스트레이트 플래시라는 꽤 강한 조합이 완성된다. K(13)는 소수니까 위치한 곳은 하단 오른쪽 끄트머리.

그러나.

"♣K는 이모리야가 버렸어."

구누기 선배 말대로다. 핵심이라 할 수 있는 카드는 이번에 마토가 분배받아서 버렸다. 즉, 지금 하단 오른쪽 끄트머리에 있는 카드는 ♣7이다.

1라운드에 '하트 방'에서 일어났던 것과 똑같은 상황이다. 다만 이번에는 마토가 되갚아 주는 쪽.

"뽑아라, 뽑아라, 뽑아."

사부리 회장이 주문을 외듯 중얼거렸다.

에소라의 손이 활공하듯 카드 하단으로 나아가다가.

다시 상단 오른쪽 끄트머리를 뒤집었다.

♣10.

니즈마 씨를 포함해 관객 모두가 할 말을 잃었다.

♣7의 함정을 피해 ♣10JQ로 스트레이트 플래시를 완성했다.

"왜, 왜 바꾼 거지?" 나는 의문을 드러냈다. "오른쪽 끄트머리가 10이라는 걸 알 만한 요소가 있었나요?"

"없었을 텐데." 회장이 내뱉듯이 대답했다. "감인가?"

"4와 9라……." 구누기 선배가 중얼거렸다. "이모리야는 '4와 9가 상단 일곱 장에 포함된다'라는 정보를 통해 소수와 비소수로 카드를 배치한다는 법칙을 간파했어······. 다른 조합이었다면 알아낼 수 있었을까요?"

회장은 입을 꾹 다문 채 구누기 선배를 보았다.

"예를 들어 6과 10이었다면. 4와 8이었다면? 소수와 비소수로 그룹을 나누었다는 사실을 단번에 꿰뚫어 볼 수 있을까요?"

"······."

"다른 가능성을 배제하고 소수와 비소수라고 단정하려면 홀수와 짝수 조합을 뽑아야 할 겁니다. 상단에 포함되는 홀수는 A(1)와 9뿐. A는 비소수 말고도 워낙 다양한 구분법에 포함돼서 크게 도움이 되는 정보는 아니에요······. 즉, 이모리야는 9를 뽑았다는 추측이 서죠."

선배는 소거법을 진행해 나갔다.

"그렇다면 이모리야가 뽑은 나머지 한 장은 10일 수 없습니다. 9와 10만 보고는 단순한 수열로 카드를 배치했을 가능성을 배제할 수 없어서 딱 잘라 비소수로 단정하지 못할 테니까요······."

무슨 말을 하려는 건지 나도 이해했다.

에소라가 '클럽 방'에 들어갔을 때 남아 있던 카드는 상단에 다섯 장, 하단에 네 장이었다. 1라운드보다 하단에서 두 장이 줄었다.

그중 한 장은 에소라가 분배받은 ♣J로 확정된다.

다른 한 장은 마토가 분배받은 카드. 그건 ♣K일 가능성도 있다.

상단은 줄어들지 않았다. 그리고 1라운드에서 소비된 카드는 10 말고 다른 카드일 것이다.

즉 ♣10은 무사하다는 결론이 나온다.

"논리적……이라고 할 수 있나? 이제 모르겠군."

에소라를 응원하는 니즈마 씨마저 고개를 절레절레 흔들었다.

아까 카드를 보존한 사실을 간파한 것도 그렇고, 이번에 밝혀진 추리도 그렇다.

우키타 에소라는 이모리야 마토의 사고방식을 절대적으로 신뢰하고 있다.

에소라는 그걸 '논리'라고 부를지도 모르지만, 곁에서 지켜보는 우리에게는 전위 예술가의 붓놀림같이 일그러진 뭔가로밖에 보이지 않았다.

신 내린 것 같은 선택을 보여 준 에소라는 카메라앵글에서 빠져나가 '클럽 방'에서 일 분쯤 시간을 보냈다.

이어서 '다이아 방'에 입실. 카드는 건드리지 않고 다시 카메라앵글에서 벗어났다. 나는 지난달 과학부실에 들어갔을 때를 떠올렸다. 철제 책상 위에 뉴턴의 요람, 알코올램프, 포르말린 표본이 죽 놓여 있었는데, 방이라기보다 본관에 다 수용하지 못하는 물건을 놓아두기 위한 창고 같은 분위기였다. 인체모형도 하나 있어서 마토가 같이 사진을 찍었던가. 그날 정리에 진전이 없어서 비품은 여전히 대부분 방치돼 있을 것이다.

삼 분 후, 에소라가 홀로 돌아와서 후드 집업 호주머니에 양손을 넣은 채 의자에 앉았다.

교대하듯 후공인 마토가 복도로 향했다.

마토는 '스페이드 방', '다이아 방', '클럽 방' 순서로 입실한 후 또 제한 시간에 아슬아슬하게 돌아왔다. 마지막으로 들어간 '클럽 방'에서 시간을 이 분 넘게 사용했다.

자리에 앉은 마토는 콧김이 거칠었다. 표정도 늠름하니 그야말로 승부사라는 느낌이다. 내 호주머니에 든 카드의 조합은 ♣Q 스트레이트 플래시.

마토의 카드 조합은?

'하트 방'에는 들어가지 않았으니 보존한 카드는 사용하지 않았다. 하지만 나보다 강한 조합을 만들었을 가능성은 크다. '다이아 방'과 '스페이드 방'에는 아직 Q, K, A가 남아 있을 테니까.

"그럼 '베팅'으로 넘어가겠습니다. 우키타 씨부터 제시해 주시죠."

로열 스트레이트 플래시? 아니면 스트레이트 플래시?

내가 읽은 바로는 둘 다 아니다.

"입실 순서가 이상하더라." 일부러 생각을 입 밖으로 꺼냈다. "보통은 내가 들어간 '클럽 방'과 '다이아 방'을 먼저 확인하고 싶지 않을까? 그러면 선공이 뽑은 카드를 추측해서 카드를 조합할 수 있어. 그런데 마토는 복도 안쪽에서 '스페이드 방', '다이아 방', '클럽 방' 순서로 들어갔지. 마치 처음부터 뽑을 카드를 정해 놓고 효율을 중시해서 움직인 것 같아."

"스페이드로 로열 스트레이트 플래시를 만들었다면 에소라의 카드 조합이 어떻든 상관없잖아."

"그러게. 가장 강한 무늬로 가장 강한 조합을 만든 것처럼 보이네. ······너무 그래 보여."

나는 S칩 더미를 앞으로 밀어냈다.

"40."

최저 베팅 금액이었다.

"레이즈. 50."

마토가 바로 열 개를 더 높였다. 표정에서도 목소리에서도 아무것도 읽어 낼 수 없었다. 칩을 쥔 손도 떨리지 않았다.

하지만 내게는 그 이면에 숨겨진 긴장감이 보였다.

마토에 대해서라면 뭐든지 다 안다.

마토는 내가 좋아하는 아이니까.

"······콜."

나는 승부를 선언했다. 카드 공개. 두 사람의 카드가 처음으로 맞붙었다.

내 카드는 ♣10, ♣J, ♣Q.
한편 마토는 ♣A, ◇A, ♠A.

"스트레이트 플래시 대 쓰리 카드. 2라운드도 우키타 씨의 승리입니다."
마토는 새치름한 표정을 일그러뜨리고 칩을 이쪽에 넘겨주었다.
"마토, 포커 잘 못 하는구나."
"처음이라니까……. 왜 이길 거라고 생각한 거야?"
"아까 보존한 카드. ♡Q와 ♡K를 비장의 무기로 사용하려면 사전에 로열 스트레이트 플래시를 깨뜨릴 필요가 있어."
어떻게 하면 깨뜨릴 수 있는가? 조합에 필요한 A카드를 각 무늬에서 없애면 된다. ♡A는 이미 내가 파기했으니까 다른 방 세 개를 돌며 쓰리 카드를 만들면 된다.
"2라운드는 아직 베팅 상한액이 낮으니까 그 수를 쓰지 않을까 싶었어. 공원에서 어떤 대결을 펼쳤는지 스도 선배에게 들었지. 마토는 마지막에 승패를 뒤집어. 나머지는 전부 사전 공작에 사용하는…… 그런 전략을 써."

포 룸 포커

미소를 짓자 마토는 멋쩍은 듯 눈썹을 모으더니 도망치는 것처럼 시선을 돌렸다. 시선은 줄어든 칩을 훑고, 누리베의 태블릿PC를 훑은 후…… 문의 한쪽 구석으로 향했다.
 뭘 보고, 무슨 생각을 하는지 나는 다 안다.

*

 화면 속에서 에소라에게 넘어가는 칩 더미를 우리는 우울한 기분으로 바라보았다.
 "이걸로 2연패……."
 플래시 이상이 대전제인 이 게임에서 마토의 카드 조합은 A 쓰리 카드였다. 무슨 의도였는지는 에소라가 설명했지만, 나는 그 전략에 가치가 있는지 모르겠다. 두 사람의 자금은 이미 큰 차이가 난다.
 이렇게 느긋한 방식으로 정말 이길 수 있을까?
 "저 풋수가 너무 욕심을 냈어." 사부리 회장이 말했다. "레이즈가 아니라 폴드를 선언했어야지. 그럼 카드도 공개하지 않잖아? 각 방에 A가 남아 있다는 착각을 우키타에게 심어 놔야 일이 쉬워질 텐데."
 "……지면서도 포석은 깔고 있습니다. 마지막에는 이모리야가 이길 거예요."

"지금까지는 그렇겠지." 니즈마 씨가 흔들림 없는 구누기 선배에게 톡 쏘아붙였다. "우키타는 그것도 전부 읽고 있어."

2라운드 종료. 각자 보유한 S칩은.
이모리야 마토, 203개.
우키타 에소라, 416개.

게임이 시작된 지 약 삼십 분. 순식간에 2라운드, 전체 라운드의 절반이 끝났다. 그리고 칩은 2백 개 넘게 차이 난다. '에소라가 압승을 거둬서 마토는 본전'이라는 이상적인 형태에 가까워지고 있지만, 마토가 반격하길 바라는 마음도 있고……. 모순된 심정이 서로 부딪쳐서 나는 마음을 진정시킬 수가 없었다.
"우키타 에소라는 강해."
회장이 반추하듯 그런 말을 꺼냈다.
하지만 나는 아직 몰랐다. 에소라가 정말로 얼마나 강하고 무서운지를. 우리는 맑은 하늘 아래서 거칠어진 파도 소리와 땅이 울리는 소리를 듣고 전전긍긍하는 무지한 마을 사람에 불과했다.
재앙이 직격하는 건 약 이십 분 후.
파란의 3라운드가 시작됐다.

6

⚐

 오늘 입고 온 카디건은 레이온 원단으로 만든 여름가을용이라 방한성은 별로 좋지 않다.
 하지만 옷 안이 땀으로 축축한 게 느껴졌다.
 아까 딸기 맛 소다를 다 마셨는데도 목이 바싹 말랐다. 손에 힘을 주지 않으면 저절로 떨릴 것 같았다. 스스로도 인정하지 않을 수 없을 만큼 긴장했다. 에소라와 대결하기가 두려웠다.
 3라운드부터가 본 게임이다.
 이제부터 일거수일투족이 승패에 직결된다. 무엇 하나도 틀려서는 안 된다. 작전 변경도 후퇴도 내게는 남아 있지 않았다.
 누리베가 복도에서 돌아와 카드를 분배했다. 나는 카드 귀퉁이를 살짝 젖혔다.
 등골에 소름이 쫙 돋았다.

 ◇6, ♡J, ♠J.

 "선공인 우키타 씨. 몇 장 파기하시겠습니까?"
 "세 장."

"후공인 이모리야 씨는?"

"……두 장."

나는 ♡J를 남기고 다른 두 장을 무덤에 엎어 놓았다.

"'교환 시간'으로 넘어가겠습니다. 우키타 씨부터 가시죠."

휘파람이라도 불 것같이 속 편한 표정으로 에소라가 동쪽 복도로 향했다.

에소라가 '클럽 방'을 지나쳤을 때 안도의 한숨이 새어 나올 뻔했다. 첫 번째 관문은 통과.

'클럽 방'에는 강한 카드가 남아 있지 않아서 99퍼센트 지나칠 것이라 예상은 했지만……. 앞으로 내게 확실한 도박은 하나도 없다. 발판은 저 멀리 흐릿하게 보일 뿐이고, 그 밑에는 허공이 아니라 바늘 산이 펼쳐져 있다.

— 제발 부탁한다.

침을 삼키며 빌었다.

내 친구가 내 기대에 부응해 주기를.

*

"좋은데요, 이거."

채팅란에 올라온 내역을 보며 나는 들뜬 목소리로 말했다.

이모리야 ◇6 ♡J ♠J → ◇6 ♠J 버림

우키타 ♣8 ◇Q ♠2 → 전부 버림

마토가 ♡J를 분배받았다.

보존해 둔 두 장과 합치면 ♡JQK로 스트레이트 플래시를 확실하게 만들 수 있다.

후반전에 접어들고서야 '보존'의 강점이 이해됐다. 각 방의 카드에 조금씩 '구멍'이 생겨서 연속된 숫자를 뽑기가 어려워졌다. 관전하는 우리가 보기에도 그러니까, 플레이어 시점에서는 더 알쏭달쏭하리라.

지금은 에소라의 '교환 시간'이다. 에소라는 일단 '하트 방'에 들어갔다.

간유리 칸막이를 돌아 들어가서 엎어 놓은 카드를 확인했다.

상단 세 장, 하단 세 장.

게임을 시작했을 때와 비교해 책상 위의 카드가 많이 줄어들었다.

"이 방은 그냥 넘어가겠군." 니즈마 씨가 말했다. "이제 쓸 만한 조합을 못 만들 거야."

화면 속의 에소라는 자판기에서 음료라도 선택하듯 허리에 한 손을 대고 입술을 삐죽 내민 후.

상단의 세 장을 연달아 뒤집었다.

♡8, ♡9, ♡10.

"스트레이트 플래시?" 사부리 회장이 소리쳤다. "어떻게 맞혔지?"

아무도 대답하지 못했다. 에소라는 숙고하는 낌새조차 없었다. 초능력이 아닐까 싶을 만큼 카드를 잘 뽑아낸다.

"어, 어쩐지 처음부터 카드가 보인 것 같은······."

"······보였는지도 모르지."

구누기 선배가 펜을 잡고 아까 회장이 그린 그림에 가위표를 쳤다.

"지금까지 빠진 하트 카드를 정리해 볼까. 일단 1라운드에서 우키타가 파기한 ♡A. 이모리야가 1라운드에서 뒤집은 ♡4, ♡Q,

♡K. 다음으로 2라운드에서 우키타가 파기한 ♡6과 ♡7. 우키타 시점에서 이미 사용된 카드를 지우면…… 이렇게 돼."

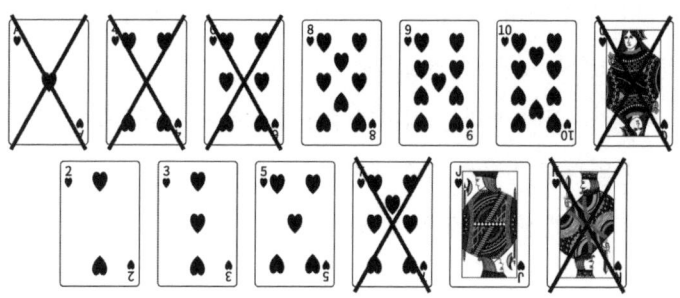

"'하트 방' 책상의 상단에 카드가 세 장 남았다면 내역은 반드시 8, 9, 10인 셈이야."

"한순간에 기억과 대조했다는 뜻이야? 이, 이걸 외울 수가 있어?"

아까 에소라의 실력을 칭찬했던 니즈마 씨조차 안색이 창백해졌다.

2회전부터 연속으로 신들린 듯 스트레이트 플래시를 만들었다. 하지만 에소라 입장에서는 '건실'하게 한 발짝 한 발짝 나아갔을 뿐인지도 모른다. 위험은 무릅쓰지 않고, 논리에 따라, 위치가 확실히 보이는 카드만 조합한다.

구누기 선배가 펜을 놓고 "하지만." 하고 말을 이었다.

"이모리야는 이번 라운드에 K 스트레이트 플래시를 만들 거야. 우키타는 10이 제일 높은 숫자니까 못 이겨."

화면 속의 우키타에게 그 예언은 들리지 않는다. 우키타는 카드 세 장을 호주머니에 넣고 카메라앵글 밖으로 사라졌다. 일 분쯤 후에 퇴실해서 '다이아 방'으로 이동. 거기서도 카메라 앵글 밖으로 사라졌다가 삼 분쯤 지나서 홀로 돌아왔다.

세 장을 교환하겠다고 선언했는데 방 두 개에만 들어갔다.

"딱 오 분입니다. 이어서 이모리야 씨, 가시죠."

마토가 자리에서 일어나자 누리베가 시간을 재기 시작했다. 복도로 향하는 발걸음이 지금까지보다 빨랐다. 거의 잔달음질이었다.

모든 것은 시간과의 승부다.

"구누기, 어떻게 생각해? 잘될까."

"확률은 반반이겠죠. 다만."

우리는 각 방의 카메라 화면을 볼 수 있기에 마토가 뭘 하려는 건지 이미 파악했다.

2라운드에 '클럽 방'에 들어갔을 때. 마토는 실내에 어떤 수를 썼다.

그건······.

"이모리야답게 어처구니없는 전략이라고 생각합니다."

복도에 들어서자마자 나는 '클럽 방'의 문을 열었다.

성큼성큼 입실하는 척하면서 문 바로 앞으로 옮겨 둔 바퀴 달린 사무용 의자에 한쪽 발을 얹었다. 이어서 다른 발도. 얼른 오른손으로 벽을 짚어서 넘어지지 않도록 균형을 잡았다. 시트에 무릎을 댄 자세로 몸을 일으키고 등받이를 꼭 끌어안는 자세를 취했다.

간유리 칸막이 너머로 고개를 내밀어 벽에 붙은 스마트폰을 보았다. 감시하고 있을 누리베를 쳐다본다.

규칙 위반 아니지?

나는 벽을 손으로 짚으며 의자를 타고 나아갔다.

큰 소리가 나지 않도록 신중하게. 그러면서도 시간 손실을 최소한으로.

목표 지점은 문 맞은편에 있는 섀시 창문이다.

1라운드에 입실했을 때부터 이 방의 사무용 의자에 눈독을 들였다. 비품을 몇 개 치우면 문에서 창문까지 일직선 통로가 생긴다는 것도 알고 있었다. 2라운드 후공으로 '클럽 방'에 입실했을 때, 나는 방 안쪽에서 사무용 의자를 문 바로 앞으로 이동시켰다. 그러는 김에 잠깐 타는 연습도 했다.

입실의 정의는 '몸의 일부가 바닥에 닿는 것'.

의자를 타고 이동하면 문에서 창문으로 방을 가로질러도 '입실'로 처리되지 않는다. 바퀴 네 개는 예상보다 더 불안정해서 한 바퀴 돌 때마다 끼익끼익 소리가 났다. 방향을 조정하기도 힘들었다. 벽이나 선반에 살짝 튀어나온 부분을 붙잡고 필사적으로 나아갔다. 원래 나는 신체 능력이 그리 좋지 못하다. 이번 일을 마치면 에소라의 조언대로 운동이라도 할까 싶었다.

일 분쯤 걸려서 6미터를 나아갔다.

창문을 열고 의자에서 밖으로 몸을 내밀었다. 로퍼로 땅바닥을 밟았다.

후우, 하고 한숨 돌린 후 왼쪽을 보았다. 학교를 둘러싼 울타리와 동아리 건물 사이에 끼인 뒤뜰 같은 공간. 앞쪽부터 안쪽을 향해 과학부, 사진부, 마술부의 창문이 줄지어 있다.

어디로 갈지는 이미 정했다. 1라운드에 카드를 '보존'하기로 선택한 시점에 이 계획을 세웠다. 아까 입실했을 때 창문 자물쇠가 망가진 것도 확인했다.

그다음은 몇 가지에 도박을 걸어 보는 수밖에.

땀이 흥건한 손으로 주먹을 부르쥐고 걸음을 옮겼다.

*

일단 무사히 이동한 듯했다.

마토는 사무용 의자를 타고 카메라앵글 밖으로 사라졌다. 그다음 행동은 우리도 좇을 수가 없다. 그저 성공하기를 바랄 뿐이다.

이 게임의 열쇠는 상대를 어떻게 정면 대결로 끌어들이느냐다. 게임을 시작하기 전에 나는 그렇게 예상했다.

마토는 지금 그러기 위해 움직이는 것이다.

목표는 방에 들어간 기록의 위장. 창문으로 밖에 나갔으므로 마토는 복도를 지나다니지 않고, 즉 에소라에게 들키지 않고 각 방에 드나들 수 있다.

예를 들면 창문으로 '하트 방'에 들어가서 ♡JQK로 스트레이트 플래시를 만든다. 그 후에 창문으로 '클럽 방'에 돌아와 평범하게 바닥을 걸어서 복도로 나왔다고 치자. 실제로는 '하트 방'과 '클럽 방' 순서로 입실했지만, 에소라에게는 마토가 '클럽 방'에 오래 머물렀던 것처럼 보일 것이다. 따라서 마토의 카드 조합이 ♡JQK일 것이라고 예측하기는 절대로 불가능하다.

구누기 선배 말마따나 방법 자체는 어린애 눈속임이다. 하지만 정보량이 큰 영향을 끼치는 '포 룸 포커'에서는 효과적인 속임수라고 할 수 있겠다.

'클럽 방'에는 7 이하 카드밖에 남아 있지 않으므로 마토가 클럽으로 카드를 조합했다는 착각을 심어 주면 에소라는 자신의 승리를 확신한다. 그때 진짜 조합인 K 스트레이트 플래시로 허를 찌른다.

홀에 있는 누리베는 마토의 행동을 '규칙 범위 내'라고 간주한 듯 침묵을 지켰다. 에소라도 이변을 알아차린 기색은 아니었다.

"잘될 것 같네요."

내 말에 구누기 선배가 "그러게." 하고 대꾸했다. 니즈마 씨는 부루퉁한 얼굴로 다리를 덜덜 떨기 시작했다.

마토의 '교환 시간'이 시작되고 이 분이 지났을 때.

"……잠깐만." 사부리 회장이 입을 열었다. "뭔가 이상하지 않아?"

뭐가 이상하냐고 묻기 전에 회장이 노트북으로 달려들었다. 터치패드를 조작해 '다이아 방' 영상을 전체 화면으로 바꾸었다.

화면 전체에 뿌연 안개가 끼어 있었다.

안개가 점점 짙어지며 방의 윤곽을 감춘다. 영상에 문제가 생긴 걸까?

아니.

이건 혹시.

"……불이야!"

나는 소리를 지르면서 방에서 뛰쳐나갔다.

나머지 세 명의 발소리도 뒤따라왔다. 나는 홀에 있는 누리베와 에소라를 지나쳐 동쪽 복도로 뛰어들었다. 다이아가 그려진 종이를 붙여 놓은 과학부 방의 문을 열었다.

가득 차오르던 연기가 이쪽으로 밀려와서 눈과 코를 자극했다. 아무래도 불이 난 곳은 창가인 듯했다. 철제 책상 위에서 뭔가가 활활 타오르고 있었다. 불똥이 날아다니는 광경이 아무래도 불길했다. 당장이라도 다른 곳에 옮겨붙어서 큰불로 번질 것만 같았다.

드르륵! 문 맞은편에서 창문이 열렸다. 밖에 있던 마토가 허둥지둥 방으로 들어왔다. 나와 눈이 마주쳤다.

"고다, 소화기!"

소화기. 아, 그렇지. 분명 복도에.

몸을 돌려 방을 나섰다. 문 앞으로 선배들과 누리베까지 몰려왔길래 "비켜요!" 하고 벌컥 소리쳤다. 기둥 옆에 있는 소화기를 움켜쥐었다. 4킬로그램 정도는 될 텐데 전혀 무겁게 느껴지지 않았다. 방으로 뛰어가서 마토에게 넘겨주었다. 친구도 평소의 나른한 모습은 온데간데없이 소방관 뺨칠 만큼 재빨리 움직였다. 안전핀을 뽑고 호스를 빼서 철제 책상을 향해 소화 약제를 분사했다.

분말식 소화기였다. 어쩌고산암모늄이었던가? 성분은 잘 모르지만, 아무튼 화재 진화에 특화된 하얀 가루가 눈보라처럼 세차게 흩어졌다. 불길과 마토가 통째로 하얀 연기에 휩싸였다. 불길은 분사된 분말을 맞고 한순간 커졌나 싶더니 야단맞은 어린아이처럼 금방 몸을 움츠렸다. 분말에 가려진 마토는 분사를 멈추지 않고 천천히 철제 책상으로 다가갔다. 분말식 소화기로 진화한 후에도 다시 불이 살아날 위험성이 있으므로 방심은 금물이다. 초등학교 때 방재 훈련을 받으며 배운 내용이 떠올랐다.

창가가 소화약제로 범벅이 됐을 무렵에야 불이 완전히 꺼졌다. 마토는 숨을 쌕쌕 몰아쉬며 바닥에 주저앉았다. 나도 힘이 쭉 빠졌다. 화재를 초기 진화하다니, 십육 년 하고 두 달을 살면서 처음 겪는 일이었다.

"까, 깜짝이야. 왜 갑자기 이런 일이……."

"수렴 화재야." 마토가 익숙지 않은 말을 꺼냈다. "알코올램프의 알코올에 적신 손수건을 철제 책상에 펼쳐 놔. 산악부 방에서 가져온 탄화면을 그 위에 올려놓고. 마지막으로 사진부 방에서 가져온 볼록렌즈를 탄화면에 초점이 맞도록 창문에 붙여. 창문은 남향이고 오늘은 구름이 없어서 햇살이 강해. 내버려두면 일이 분 안에 불이 붙겠지."

"……뭐야, 그게."

마치 누군가가 그랬다는 것 같은 말투다.

하지만 마토가 가리킨 곳을 보고 내 얼굴에서 쓴웃음이 사라졌다. 창문에는 분명 5백 엔 동전 크기의 렌즈가 접착테이프로 붙어 있었다. 책상 위에서 가느다란 연기를 폴폴 피우는 숯덩

이도 손수건 같은 형태로 보였다.

—대체 누가.

생각해 볼 필요도 없었다.

마토에 앞서서 이 방에 들어간 사람은 한 명뿐이다.

나는 휘청휘청 복도로 나갔다. 모여 있는 사람들 속에서 그 모습을 찾았지만 없었다. 나는 홀 쪽을 보았다.

우키타 에소라는 전혀 동요한 기색 없이 자기 자리에 편안히 앉아 있었다. '교환 시간'의 규칙에 완벽히 따르겠다는 것처럼.

"에소라……. 너 설마."

내가 따지려 들 때였다.

"이모리야 씨." 누리베의 말에 정신이 흐트러졌다. "십 초 남았습니다."

처음에는 무슨 뜻인지 몰랐다. 선배들과 마토 본인도 어리둥절한 표정으로 누리베를 보았다.

"5, 4……."

마토의 얼굴이 새파랗게 질렸다. 벌떡 일어서서 '다이아 방'의 카드가 놓인 책상으로 달렸다.

하지만 뻗은 손이 카드에 닿기 전에.

"이모리야 씨, '교환 시간'이 끝났습니다. 홀로 돌아가십시오."

심판이 한없이 무자비한 말을 내뱉었다.

사부리 회장이 반쯤 웃는 얼굴로 라크로스 유니폼의 소매를 붙잡았다.

"저기, 잠깐만. 긴급사태였잖아. 보통 이럴 때는 시간을 멈추는 거 아니야?"

"여러분이 개입한 건 불문에 부치겠습니다. 여러분도 빨리 패션부 방으로 돌아가십시오. 게임을 속행하겠습니다."

"진심으로 하는 소리야? 야!"

"6천만 엔이 걸린 승부잖습니까." 누리베가 말허리를 잘랐다. "저도, 이모리야 씨도, 우키타 씨도 진심입니다."

'포 룸 포커' 3라운드.

마토는 에소라를 속이기 위해 창문으로 '입실'한다는 기발한 전략을 사용했다.

하지만 에소라는 예상을 훨씬 뛰어넘는 방해 전략을 구사했다.

홀에서 움직이지 않고 마토의 카드 조합을 저지하는 방법.

마토가 사고에 대처하도록 해서 오 분이라는 제한 시간을 물리적으로 빼앗는 것이었다.

"누리베, 하나만 알려 줘." 마토가 복도로 나왔다. 고개를 푹 숙여서 얼굴이 앞머리에 가려졌다. "방금 '교환 시간'을 진행하는 동안 규칙에 어긋나는 점이 있었어?"

"없었습니다."

"……그렇구나. 그럼 돌아가자."

"마토……."

"고다, 달려와 줘서 고마워." 목소리가 잔뜩 잠긴 것이, 마토는 뭔가를 체념한 것만 같았다. "고다 덕분에 '다이아 방'에서 나오지 않고 소화기를 사용할 수 있었어. 내가 드나들었다면 '재입실 불가' 규칙을 위반해서 졌을 거야."

반론할 기력도 없었다.

게임이 이러쿵, 규칙이 저러쿵. 대체 무슨 의미가 있다는 건가. 진들 아무것도 잃지 않는데 그렇게까지 할 이유가 어디 있지.

어금니를 악물었다. 불이 나서 충격을 받았고 가슴이 조마조마했다. 도무지 이해가 가지 않아서 소외감을 느꼈다. 그런 감정들이 렌즈로 모은 빛처럼 한꺼번에 밀려왔다. 빛은 내 심장을 그을렸고 마침내 불이 붙었다.

"……몰라, 맘대로 해."

툭 내던지듯이 말하고 마토에게 등을 돌렸다.

소화기를 들었던 팔이 이제야 둔하게 아파 왔다.

"이 일, 몰래 넘어갈 수는 없겠지."
"안 되겠죠."
"구누기가 불꽃놀이를 하다가 사고를 쳤다고 할까."
"변명할 거면 좀 더 그럴싸한 편이 낫겠는데요."

학생회 임원들의 대화를 들으며 패션부 방으로 돌아갔다.

'다이아 방'이 전체 화면으로 표시돼 있어서 해제했다. 홀에서는 에소라가 의자에 앉은 마토에게 미소를 짓고 있었다.

"소란스럽던데."

"불이 좀 났거든."

"어머나, 큰일 날 뻔했네."

"선공으로 '다이아 방'에 들어갔을 때 손을 쓴 거야?"

"규칙상 '교환 시간'에 어떻게 행동하든 자유잖아?"

"언제부터 그런 생각을 했어?"

"규칙을 듣다가. '소방법이니 뭐니 걸리는 점이 많아서 철거할 예정'이라고, 기다리는 시간에 너희 학생회장님이 그렇게 말했잖아. 천장을 보니 확실히 스프링클러도 화재경보기도 없더라. 1, 2라운드에 적당한 도구도 모았으니 시도해 볼까 싶었지."

생각났다. '스페이드 방'에서 규칙을 들을 때, 에소라는 분명 천장을 쳐다보았다. 형광등 말고는 아무것도 없는 천장을. 그리고 2, 3라운드 때도 각 방에서 묘하게 오래 머물렀다. 수렴 화재를 일으키기 위한 도구를 모으고 설치한 건가.

"일단 말해 두겠는데 방화야, 이거. 우리 학교를 불사를 생각이야?"

"복도에 소화기가 있었고, 마토가 알아차리고 끌 줄 알았거든. 실제로 그렇게 됐잖아? 예상보다 불이 늦게 붙은 것 같아서 좀 조마조마했지만."

그리고, 하고 에소라는 말을 이었다.

"만에 하나 불타더라도 그렇게 문제일까? 아무도 없는 데다 어차피 철거할 예정이잖아?"

우리는 깜짝 놀라서 화면 속 후드 집업 차림의 아담한 소녀를 바라보았다. 방금 그 말이 정말로 에소라의 입에서 나온 게 맞는지 의심하듯이.

니즈마 씨가 머리띠로 넘긴 머리를 긁적였다.

"이모리야가 동아리 건물을 더 잘 아는 만큼 유리할 줄 알았는데…… 반대였군. 환경적인 이점은 우키타에게 있었어. 철거 예정인 다른 학교의 동아리 건물, 우키타는 아무 애착도 없을 테니 망설임 없이 불태울 수 있어."

"이해가 안 되네." 화면 속에서 마토가 말했다. "카드 무늬가 그려진 종이 때문에 복도에서는 방 안이 안 보여. 불이 난 걸 내가 못 알아차리면 어떻게 하려고 했어?"

"창밖에서 보면 반드시 알아차리겠지?"

내 옆에서 구누기 선배가 입을 떡 벌렸다.

사무용 의자를 사용해 이동하는 전략을 에소라는 예상했다.

마토가 바깥 경로를 이용하려 한다는 것도 알고 있었다.

알았을 뿐만 아니라, 일부러 그걸 방해 공작에 활용했다.

"'베팅'으로 넘어가겠습니다. 선공인 우키타 씨부터 제시해 주시죠."

누리베가 게임을 진행했다. 촌극이었다. 마토는 카드를 뽑지

조차 못했다. 가진 카드는 한 장뿐, 1라운드와 마찬가지로 카드 조합에 실패. 에소라가 질 리 없다.

따라서 제시할 베팅 금액은 하나뿐.

"2백 개."

✄

"……폴드."

나는 에소라가 베팅하자마자 대답했다.

선택지가 그것밖에 없었다.

에소라는 예상했다는 듯 고개를 끄덕이고 후드 집업 호주머니에서 꺼낸 카드를 무덤에 엎어 놓았다. 나도 카디건 호주머니에서 ♡J를 꺼내 그 위에 뒷면으로 내려놓았다. 카드는 바로 누리베가 회수해서 트럼프 카드 상자에 넣었다. 기껏 손에 들어온 좋은 카드는 햇빛을 보지 못하고 게임에서 퇴장했다.

S칩이 이동했다. 에소라가 제시한 베팅 금액의 절반에 해당하는 백 개를 빼앗겼다.

3라운드 종료. 각자 보유한 S칩은.

이모리야 마토, 103개.

우키타 에소라, 516개.

고다와 선배들은 화면을 바라보며 머리를 끌어안았을지도 모르겠다.

나는 고개를 숙이면서도 의외라고는 생각지 않았다. 에소라의 전략은 잘 안다. 에소라는 늘 이렇게 싸운다.

그때도 그랬다.

7

중학교 3학년 겨울.

2학기 기말시험.

조례 시간 오 분 전에 등교했는데 교실은 저릿저릿한 정적으로 가득했다. 평소 같으면 시험 기간에도 반 아이들은 뷔페에서 너무 많이 담은 음식을 처리하듯 타성에 빠진 얼굴로 노트를 들여다볼 것이다. 하지만 오늘 아침, 다들 익숙지 않은 고급 프렌치 레스토랑에 온 것 같은 분위기였다. 입시가 가까워졌으니 그럴 만도 하겠구나 싶었다.

특히나 신경이 곤두선 건 추천 전형을 노리는 아이들이었다.

추천 전형의 합격 여부는 1월에서 2월 사이에 발표되므로, 이번 시험 성적으로 결정된 내신 점수가 반영된다. 가장 최근 학력고사인 2학기 기말시험을 가장 중요시하는 고등학교도 있기에, 추천 전형을 노리는 학생들에게는 오늘부터 며칠이 입시나 마찬가지였다.

내 옆자리에서도 다케미야라는 학생이 눈에 불을 켜고 참고서를 들여다보았다. 다른 친구가 인사하러 와도 "지금 집중해서 보는 중이라." 하고 무시했다.

"아, 미안. 히시가와를 노리려면 그래야지."

고다가 소속된 댄스부의 부장이라 나도 다케미야에 대해 조금은 안다. 히시가와를 지망한다는 이야기는 유명했다. 스포츠와 예술에 많이 투자하고, 국내에서도 몇 안 되는 댄스 전문 학과가 있는 가마쿠라의 고등학교다. 추천 전형에 합격하면 기숙사와 학비도 지원해 준다고 한다. 난키 중학교 댄스부는 공립 중에서는 비교적 특출하므로 추천 전형의 기회를 얻었지만, 정원은 한 명뿐이고 매년 합격자가 나온다는 보장도 없다.

"그래도 요전번 실기시험을 잘 쳤다고 하지 않았어?"

"아직 방심은 못 해. 경쟁자도 있으니까." 집중한다고 했으면서 다케미야는 말을 멈추지 않았다. "영어가 3등 이내면 가산점을 준대. 1등을 할 마음으로 죽어라 공부해야지."

"미야는 영어 성적 20등 정도잖아."

"그러니까 지금 공부하는 거 아냐."

1등이라는 말에 지난번 미스터 도넛에서 나누었던 대화가 떠올랐다.

에소라의 자리로 다가갔다. 창가에 앉은 에소라는 노트도 스마트폰도 들여다보지 않고, 낙엽 향기를 즐기듯이 느긋하게 바깥을 바라보고 있었다.

"여유 있는걸."

"그렇게 보인다니 기쁘네. 세상에서 제일 중요한 걸 가지고 있다는 뜻이니까."

"시험에서 1등 하겠다고 하지 않았나."

"할 거야."

에소라는 그늘 한 점 없이 밝은 얼굴로 대답했다.

자신 있다는 수준이 아니라 확정된 미래를 예언하는 듯한 말투였다. 커닝이라는 말이 뇌리를 스쳤다. 부정행위로 좋은 성적을 받아서 세이에쓰에 붙을 생각일까. 쓸데없는 생각만 하는 내가 보기에도 너무나 조악한 발상이었다. 불확실하고 위험성도 크다. 낙담과 비슷한 기분이 나를 덮쳤다.

수조에 던져진 유리병.

그건 내 지나친 생각이었을지도 모른다.

신비해 보이는 에소라의 정체는 해파리처럼 물속을 너울거릴 뿐인, 맹한 성격의 4차원 소녀에 불과했는지도.

"뭐, 열심히 해."

에소라의 자리에서 물러났다. 나는 근처 호지로 고등학교에 정시로 지원할 예정이고, 분명 문제없이 붙을 테니 솔직히 시험은 아무래도 상관없었다. 나는 정글 크루즈*를 타듯 교실을 어슬렁어슬렁 돌아다녔다.

교실 가장자리에는 고다가 앉아 있었다. 미간에 주름을 잡고 양쪽 귀에 이어폰을 낀 채 충혈된 눈으로 리스닝 앱을 노려보고 있었다.

나는 말을 걸지 않고 내 자리로 돌아갔다.

일주일 후. 기말시험 결과가 나왔다.

난키 중학교에서는 대대적으로 등수를 발표하거나 점수를 불러 주지는 않는다. 학생에게 각 교과의 점수와 평균점을 정리한 성적표를 나누어 줄 뿐이다. 쇼핑 목록의 영수증같이 길쭉한 종잇조각이 학생들의 운명을 결정하다니, 어쩐지 신기하기도 했다.

내 이름을 듣고 성적표를 받은 순간, 나는 그 자리에 멈춰 섰다.

내 점수는 지금까지와 별 차이가 없었다. 평소대로다.

다만.

주요 다섯 과목의 평균점이 현저하게 낮았다.

선생님도 잔소리를 했다. "평균점이 왜 이렇게 떨어졌어? 실망이다." "문제 수준은 바꾸지 않았는데. 좀 더 긴장감을 품고 수험에 임하도록 해."

● 보트로 정글을 탐험하는 기분을 맛볼 수 있는 디즈니랜드의 놀이기구

문제 수준은 바꾸지 않았다.

나는 에소라가 무슨 짓을 했는지 알아차렸다.

종소리와 함께 종례 시간이 끝났다. 나는 수수한 학교 가방을 들고 교실을 나서는 뒷모습을 쫓아갔다. 학교 현관 밖에 있는 단풍나무 아래서 말을 걸었다.

"에소라."

윤기가 흐르는 검은 머리를 휘날리며 소녀가 돌아보았다. 나는 해야 할 말을 찾았다.

"시험 어땠어?"

"아주 잘 쳤어. 분명 1등일 거야."

아무 악의도 풍기지 않는 명랑한 웃음이었다. 하교하는 학생들은 우리에게 눈길 한번 주지 않고 수다를 떨거나 하품하면서 옆을 지나갔다.

"······시험에서 확실히 1등을 할 수 있는 방법이 생각났어."

"뭔데? 커닝?"

"응. 하지만 커닝하는 건 본인이 아니야."

에소라에게 한 발짝 다가섰다. 나뭇가지가 만드는 그늘 아래로 나도 발을 들여놓았다.

"성적이 높은 사람에게 가짜 문제를 퍼뜨리는 거야. 다음 시험에서 사용될 문제로 위장해서. 진로가 걸린 중대한 시험이니 다들 덤벼들겠지. 평균점이 확 떨어져서 그 지뢰를 밟지 않는 사람만 등수가 높아져."

일을 꾸민 사람은 당일 평범하게 시험을 쳐서 평소와 비슷한 점수를 받으면 된다.

그래도 경쟁자들의 점수가 낮아지니까 상대적으로 1등을 빼앗을 수 있다. 시험을 친 후에 함정이었다는 걸 눈치채도, 커닝할 작정이었다고 나서는 학생은 없으리라.

사람은 누구나 살아가는 방식과 환경에 최적화된 전략을 지니고 있다. 일상 속의 사소한 일들도 따져 보면 아주 작은 생존경쟁이므로, 다들 무의식중에 전략을 사용한다. 수학여행 조편성도, 부모님에게 용돈을 조를 때 하는 말도, 연애도, 수험도, 댄스 대회 준결승도. 거기에 공정함을 판정하는 신은 없으며, 나도 생존을 위해서라면 무슨 짓을 하든 상관없다는 극단적인 생각을 품기도 한다.

하지만 생각하는 것과 실행에 옮기는 것은 하늘과 땅 차이다.

"왜 이런 짓을······. 에소라는 원래 성적 좋잖아. 부정행위를 하지 않아도 1등은 할 수 있을 텐데. 그리고 시험 1등 정도로는 세이에쓰에······."

"제프 마."

묘한 말이 끼어들어서 나는 "뭐?" 하고 물었다.

"몰라? 라스베이거스의 카지노에서 속임수로 큰돈을 번 대학생이야. 그 실적을 장학금 심사 자리에서 프레젠테이션해서 합격하려고 했지. 영화로 봤을 뿐이니까 각색일지도 모르지만. 아무튼 이거라면 나도 할 수 있을 것 같아서."

에소라의 로퍼 밑에서 낙엽이 메마른 소리를 냈다.

"세이에쓰에서 면접을 볼 때, 학년 전체의 시험 결과를 조작했다는 '실적'을 이야기하면 반응이 좋지 않을까?"

우키타 에소라라는 인간의 생존 전략이 비로소 눈에 들어왔다.

에소라는 그걸 교묘하게 감춘 것이 아니었다. 그저 보여 주지 않았을 뿐이다. 내 척도로는 보이지 않았을 뿐.

수조에 던져진 유리병.

병 안에 든 내용물은 투명한 독이다.

그리고 우키타 에소라는 물을 더럽히고 물고기들을 죽이는 것을 전혀 주저하지 않았다.

나는 결국 아무 말도 하지 못했다.

에소라에게 설교해 봤자 헛수고일 테고, 선생님에게 고발할 엄두도 나지 않았다. 애당초 에소라가 실제로 그랬다는 증거도 없다. 그리고 솔직히 선을 넘은 방법으로 목표를 달성한 에소라에게 감탄하는 마음도 조금은 있었다.

새해가 밝자 추천 전형을 노렸던 반 아이들의 한탄이 간간이 들려와서 나는 양심의 가책을 느끼면서도 이어폰으로 귀를 막았다. 이 일은 나와 에소라만 아는 비밀로서 가슴속에 담아 두었다.

하지만.

벌은 그 후에 기다리고 있었다.

8

내 시야에는 도시가 건설돼 있었다.

좌우에 늘어선 노란색 탑의 거리는 수십 개씩 쌓아 올린 516개의 S칩이다. 처음에는 책상 한쪽에만 쌓았지만, 너무 늘어나서 다른 쪽에도 쌓았다. 십오 분 후에는 나머지 칩이 더 추가돼서 도시는 더 확장되겠지. 6천만 엔은 내게도 미지의 큰돈이라 가슴이 두근두근했다.

돈벌이를 좋아하는 건 아니다.

하지만 여유를 얻기 위해서는 돈이 필요하다.

싱글 맘인 엄마를 보고 알게 됐다. 초등학교 2학년 시절 비가 내리던 어느 날, 새 우산을 쓰고 하교하는데 저 앞에 파트타임 일을 마치고 집에 가는 엄마가 보였다. 빼빼 마른 등을 웅크리고 걷는 엄마는 테이프로 구멍을 여러 개 때운 비닐우산을 쓰고 있었다. 우리 우키타 집안은 다른 집보다 가정 형편이 조금 어려웠다. 그 '조금'이 아주 컸다. 차이가 확실히 존재하는데도 다들 무시하고, 흘려 넘기고, 노력을 강요한다. 나는 고등학교를 졸업할 때까지 보란 듯이 노력해서 그 차이를 메울 작정이었다. 이제부터는 엄마의 부담을 줄이고 나도 편한 인생을 살아야 한다.

탑 사이 중심가를 따라가자, 황갈색 머리를 길게 기르고 오버핏 사이즈의 카디건을 입은 공주님이 모래를 씹은 듯한 표정을 짓고 있었다.

함락 직전이라는 인상. 녹초가 돼서 고개를 숙인 채 필사적으로 역전할 방법을 모색하는 것처럼 보인다. 마토는 요 반년 사이에 연기가 꽤 늘었다.

누리베가 헛기침했다.

"4라운드를 시작하기 전에 우키타 씨에게 확인하고 싶은데요."

"상대가 베팅할 돈이 부족하면 어떻게 하겠느냐는 거지? 보유한 금액을 넘어선 베팅도 인정할게. 담보는 마토가 알아서 하라고 하고."

"공원 때와 똑같은 담보야."

마토가 즉시 대답했다.

"괜찮겠니?"

"그쪽이야말로 괜찮겠어? 나, 이번 라운드에 역전할 건데."

대담한 말이었지만 말투에 패기가 없었다. 나는 "기대할게."라고만 대꾸했다.

마토는 스도 선배와 대결했을 때 돈이 부족하면 라이브 스트리밍 사이트에서 벌어서 메꾸겠다는 과격한 조건을 내걸었다고 한다. 물론 친구에게 그런 짓은 시키고 싶지 않으니까 남은 S칩 103개만 회수하면 나머지는 면제해 줄 작정이었다. 마토가 꼭 내겠다고 한다면 뭐, 말리지는 않겠지만.

"4라운드를 시작하겠습니다."

누리베가 우리에게 보이지 않도록 앱을 작동시켰다. 각 방에서 카드를 가져오는 과정이 되풀이됐다.

분배받은 세 장을 손바닥으로 덮으면서 젖혔다.

♣3, ♣7, ◇10.

신통치 않은 카드였다. 오히려 그래서 좋다.

"선공인 우키타 씨, 몇 장 교환하시겠습니까?"

"세 장."

마지막 라운드는 세 장을 교환한다. 처음부터 그러기로 정했다. 마토도 "세 장." 하고 선언했다. 분배받은 카드 여섯 장이 무덤으로 직행했다.

현재까지 카드를 몇 장이나 사용했는지 짚어 보면.

1라운드, 열두 장(그중 두 장은 마토가 보존).

2라운드, 열한 장.

3라운드, 아홉 장(마토가 두 장을 못 뽑아서).

그리고 지금 여섯 장이 사라졌으니 총 서른여덟 장이다.

쉰두 장 중 방 네 개에 남은 카드는 열네 장.

"이제 '교환 시간'으로 넘어가겠습니다. 그럼 선공인 우키타 씨부터……."

"아, 잠깐만." 마토가 끼어들었다. "화장실에 다녀와도 돼? 전신만신 엉망진창이라 정리를 좀 하고 싶은데."

옷소매와 머리카락에 소화약제가 튀어서 확실히 볼품없기는 하다. 의견을 묻듯 누리베가 나를 보았다.

"알았어. 내 탓이니까. 돌아올 때까지 기다릴게."

"그럼 이모리야 씨가 돌아오면 게임을 재개하겠습니다."

"고마워."

마토는 자리에서 일어나 부리나케 북쪽 복도로 사라졌다.

물론 그저 화장을 고치러 간 건 아니다.

나는 진짜 목적이 뭔지 안다. 1라운드 때부터 마지막 라운드의 이 타이밍에 마토가 자리를 뜰 것이라 예상했다. 문제는 심판이 이걸 어떻게 판단하느냐다. 나로서는 그냥 넘어가 주면 좋겠는데…….

괜한 걱정이었다. 누리베는 태블릿PC에 시선을 고정한 채 눈썹 하나 까딱하지 않았다. 세이에쓰에 편입시키고 싶을 만큼 멋진 인재다.

삼 분쯤 지나서 마토가 돌아왔다.

"기다리게 해서 미안."

"그럼, 갈게?"

내가 자리에서 일어나자 누리베가 시간을 쟀다. 등에 꽂히는 마토의 시선에는 숨길 수 없는 긴장감이 담겨 있어서 바늘로 쿡쿡 찌르는 듯한 느낌이었다.

동쪽 복도로 들어가서 곧장 안쪽으로 향했다. 카드가 별로 안 남았으니 약간의 차이가 승부를 결정짓는다. 가장 강한 무늬인 스페이드 카드를 뽑으려는 건 자연스러운 선택이다.

'스페이드 방'에 입실했다.

일단 실내를 찬찬히 둘러보았다. 창문으로 비쳐 드는 오후 햇살. 데이비드 코퍼필드 포스터. 치우지 않은 갖가지 비품. 찢어진 팔걸이의자, 빈 새장, 분위기에 어울리지 않는 전통식 선반장, 그리고 선풍기.

카드가 놓인 책상으로 다가갔다.

책상 위에 카드는 한 장도 없었다.

사용된 스페이드 카드 중에 내가 파악하고 있는 건 몇 장이나 될까?

일단 1라운드. 내가 분배받은 ♠10과 내가 조합한 ♠689. 마토가 분배받은 카드에 하단의 한 장이 포함돼 있었다는 것도 안다. 이건 X라고 하자.

2라운드, 마토의 쓰리 카드에 사용된 ♠A.

그리고 3라운드에 내가 분배받은 카드에 포함된 ♠2.

남은 카드는 3, 4, 5, 7, J, Q, K. 이 가운데 소수에 해당하는 3, 5, 7, J, K 중 하나가 X. X를 빼면 나머지는 여섯 장. 하지만 책상 위에는 한 장도 없다.

나머지는 어디 있지?

가능성이 있다고 한다면 마토가 분배받은 카드다. 2라운드에서 4라운드까지 마토가 분배받은 카드 아홉 장에 스페이드가 여섯 장 포함돼 있었다. 그리고 전부 파기된 셈이다. 내게는 불운이지만 일어날 수 없는 일은 아니다.

완전히 꽝이네. 얼른 퇴실해서 다음 방으로.

보통은 그렇게 생각하겠지.

"아쉽게 됐네."

전부 예상대로였다.

1라운드 진행 중에 위화감을 느꼈다.

규칙에 대한 설명을 들을 때 모두와 함께 이 방에 들어왔다. 나는 방을 둘러보고 물건의 배치와 특징을 대강 머릿속에 넣었다. 오른쪽 창문의 자물쇠는 나사가 헐거운 걸 보니 분명 망가졌다. 포스터는 왼쪽 윗부분이 떨어졌다. 빈 새장은 30도쯤 기울어진 상태로 의자 등받이에 기대어져 있다. 선풍기 코드는 콘센트에 꽂혀 있지 않다 등등.

하지만 1라운드 '교환 시간'에 다시 여기 들어왔을 때, 작은 변화가 있다는 걸 알아차렸다.

선풍기 코드가 콘센트에 꽂혀 있었다.

1라운드는 내가 후공. 그 전에 이 방에 들어온 사람은 선공인 마토뿐이니까 마토가 일부러 플러그를 꽂았다는 뜻이다.

나는 선풍기로 다가갔다. 밑받침 부분에 '전원', '약', '중', '강', '회전' 총 다섯 개의 버튼이 달린 구식으로, '강'과 '회전'이 눌려 있었다. 하지만 날개는 돌아가지 않았고 선풍기 목도 움직이지 않았다.

몇 분 전 마토의 모습이 뇌리에 떠올랐다. 마토는 이 방에서 설명을 들을 때도, 홀에 돌아간 후에도 문 옆의 벽에 있는 물건을…… 전기 스위치를 가만히 쳐다보았다.

나는 '스페이드 방'의 스위치를 두 번 눌러 형광등이 켜지지 않는 걸 확인했다.

누전차단기를 내려놓았다. 홀도 동아리방도 남향 창문으로 햇빛이 비쳐서 충분히 밝기에 깜박했는데, 생각해 보면 당연하다. 건물은 철거할 예정이고, 동아리도 다 나갔으니까.

그리고 그 순간 마토의 전략을 알아차렸다.

선풍기는 책상의 대각선 앞에 놓여 있고, 날개 높이도 책상과 거의 일치한다.

만약 이 상태로 누전차단기를 십 초쯤 올린다면?

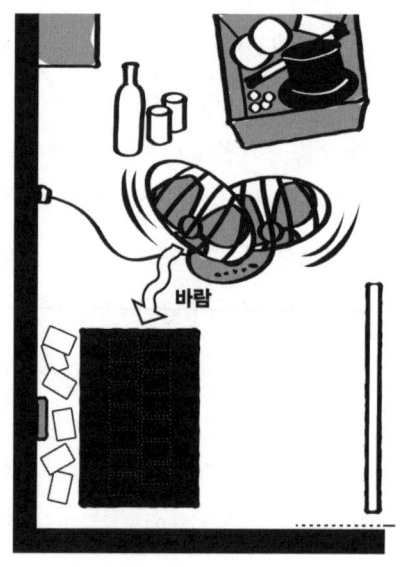

전기가 들어온 순간, 아무도 없는 방에서 선풍기가 작동된다. 선풍기는 천천히 회전하고 강풍이 책상 위를 휩쓴다. 책상을 덮은 검은 천은 두꺼운 벨루어 원단이므로 선풍기 바람 정도로는 움직이지 않으리라. 하지만 그 위의 카드는 확실히 날아간다. 그리고 책상과 벽 사이에 있는 약 30센티미터쯤 되는 틈새로 떨어진다.

선풍기가 왕복 회전할 만큼 기다렸다가 다시 누전차단기를 내리면 선풍기는 꺼진다.

그 후에 입실한 플레이어가 이 전략을 알아차리기는 아주 어려우리라. 게임 종반부라면 카드가 없어도 이상하지 않고, 천을 덮어 놔서 책상 뒤쪽도 보이지 않는다. 책상 옆으로 돌아가서 틈새를 들여다보지 않는 한, 카드가 떨어졌다는 사실을 눈치챌 수 없다.

자신의 '교환 시간'에 카드 위치를 바꾸는 건 규칙 위반이다.

하지만 그 외의 시간에 방 말고 다른 곳에서 '사고'라는 핑계를 댈 수 있을 만한 방법으로 위치를 바꿨다면.

이 트릭의 목적은 두 가지다.

일단 남은 카드의 숫자를 오인시키는 것. '카드가 없을 때는 입실 횟수에 더하지 않고 이동 가능'하다는 규칙에 따라 내가 네 번째 방에 들어간 순간 패배다.

만약 그렇게 되지 않더라도 '나머지 스페이드 카드를 독점'한다는 강점이 있다. 카드가 카메라앵글에서 벗어났으므로, 뒤집어서 앞면을 확인하는 부정행위도 가능하다. 카드가 별로 남지 않은 마지막 라운드에서 정공법으로 연속된 숫자 세 개를 뽑기는 어렵다. 가장 강한 무늬인 스페이드를 독점해, 스트레이트 플래시를 만들면 거의 승리 확정이다.

마토는 누전차단기가 어디 있는지도 알고 있었으리라. 마치 아까 화재로 당한 만큼 되갚아 주겠다는 듯한 일격. 홈에서 싸우는 마토밖에 활용할 수 없는 이점을 살린 트릭.

단순하면서도 효과적인, 좋은 전략이다.

나는 책상을 돌아가서 벽과 책상 사이의 틈새를 들여다보았다.

"역시나."

바닥에 카드 여섯 장이 흩어져 있었다.

네 장은 앞면이고 두 장은 뒷면이었다. 앞면이 보이는 카드는 ♠5, ♠J, ♠Q, ♠K.

나머지 두 장도 뒤집어서 확인했다. ♠3과 ♠4.

나는 ♠J, ♠Q, ♠K를 집어서 후드 집업의 호주머니에 넣었다. 가장 강한 무늬로 조합한 K 스트레이트 플래시. 2라운드에 마토가 ♠A를 사용해서 로열 스트레이트 플래시는 이미 깨졌다. 즉, 현재 '포 룸 포커'에서 ♠JQK보다 강한 조합은 존재하지 않는다.

내 승리가 확정됐다.

하지만 아직 할 일이 남았다. 속임수를 간파했다는 걸 마토에게 들키지 않아야 한다.

'스페이드 방' 퇴실. 방에서 보낸 시간은 삼십 초 정도였다.

카드가 별로 남지 않은 '하트 방'에 들러 일 분쯤 시간을 보냈다. 이어서 '다이아 방'. 탄내가 남은 방에서 벽에 기대어 일

분, 이 분······. 시간이 아슬아슬해지기를 기다렸다가 허둥대는 척하며 홀로 돌아갔다.

"안 늦었지?"

"사 분 오십 초. 괜찮습니다."

"아아, 다행이다."

나는 의자에 앉았다. '실은 방 하나에 더 들어갈 수 있었는데 시간이 모자랐네'라는 표정으로. 이를 악물었는지 마토의 턱이 살짝 움직였다.

첫 번째 목표는 실패했으니 두 번째 목표로 방향을 전환했겠지.

"다음으로 이모리야 씨, 가시죠."

"응."

마토가 자리에서 일어섰다.

어깨에서 흘러내린 카디건을 끌어올리며 '스페이드 방'으로 들어갔다.

마토는 ♠345를 꺼내서 스트레이트 플래시를 만들리라. 아니면 비교적 카드가 남아 있는 '다이아 방'에서 스트레이트 플래시를 만들든가. '하트 방'에서 멋지게 ♡J를 뽑고 보존한 카드를 합쳐서 ♡JQK를 만들지도 모른다.

하지만 내 호주머니에 ♠JQK가 있는 이상, 전부 헛수고다.

'스페이드 방', '하트 방', '다이아 방'. 마토는 나와 똑같은 방을 돌고 사 분쯤 지나서 돌아왔다. 겉모습만 보면 칠칠하지 못하게 출랑대는 기분과 같지만, 눈동자가 활활 불타오르고 있는 것이 느껴졌다. 그 열기가 나의 냉정함과 맞부딪치면서 대류가 발생해 홀의 공기가 빙글빙글 소용돌이쳤다.

나는 이런 분위기를 꽤 좋아한다.

비 내리는 날, 나만 우산을 쓰고 있는 기분과 비슷하다.

"'베팅'으로 넘어가겠습니다. 선공인 우키타 씨부터 제시해 주시죠."

"103개."

나는 손을 뻗어 노란색 탑 몇 개를 움직였다. 마토가 가진 칩과 딱 똑같은 숫자다. 누리베가 마토를 보았다.

"이모리야 씨, 어떻게 하시겠습니까?"

"……보유한 금액보다 많이 베팅해도 된다고 아까 정했지."

"네."

"레이즈. 천 개."

네? 심판이 괴상한 목소리로 고함을 질렀다.

나는 고양감으로 가슴이 끓어올랐다.

확실히 그렇다. 보유액을 초과해도 괜찮고 4라운드에는 상한액도 없으니, 규칙상 게임에 사용하는 칩의 총액을 한참 넘어서는 베팅도 가능하다.

"마토. S칩 천 개면 1억 엔이야. 지면 빚이 9천만 엔이라고."

"좀비에게 쫓겨 보고 싶어졌거든."

마토는 아무렇지도 않게 대답했다. 턱없는 블러핑, 운을 하늘에 맡긴 도박. 그렇게 자포자기한 모습을 연출했지만 실제로는 그렇지 않다. 호주머니 속 카드로 나를 이길 자신이 있는 것이다. 마지막 라운드에서 스트레이트 플래시는 아주 강력한 조합이니까 대담하게 나오는 것도 이해는 간다.

'실력 향상'에 익숙한 나도 입가가 씰룩대는 걸 억누를 수 없었다.

나는 옛 친구와 시선을 마주치고 거짓 없는 본심을 밝혔다.

"마토. 오랜만에 만나서 반가웠어."

"응."

"승부와 관계없이 또 만나서 차라도 마시자."

"별로 비싸지 않은 곳에서."

"……콜."

우산 끝부분으로 친구의 심장을 찌르듯 선언했다.

승부가 성립돼서 카드를 공개한다. 마토는 카디건 호주머니에서, 나는 후드 집업 호주머니에서. 동시에 꺼낸 카드 세 장을 책상에 펼쳤다.

내 카드는 ♠J, ♠Q, ♠K.

마토의 카드는 ♠3, ♠4, ♠5.

누리베가 눈썹을 치켜올렸고, 마토가 영혼을 뱉어 내듯 길게 숨을 내쉬었다. 나는 아무 반응도 하지 않았다. 예정대로 승리했을 뿐이다.

"선풍기를 사용한 트릭은 재미있었지만, 역전을 위한 비책치고는 시원찮았어."

"들통났구나."

"1라운드부터 알고 있었지."

"역시 대단해."

"누리베가 그랬잖아. 이 게임에서 이기려면 상대의 머릿속을 완벽히 읽어 내야 한다고."

그런 의미에서는 간단한 게임이었다고 할 수도 있다.

난 마토에 관해서라면 뭐든지 다 아니까.

"어려운 게임이었어." 마토의 감상은 정반대였다. "상대를 어떻게 정면 대결로 끌어들이느냐, 그게 이 게임의 핵심이거든. 그러려면 승리를 확신시켜야 해."

내게 지고 나면 다들 이렇게 말이 많아진다. 나는 말을 흘려들으면서 마토의 나머지 칩에 손을 뻗었다. S칩 619개. 케이스에 다 들어가지 않으니 둘로 나눠야겠다.

누리베가 내 손목을 살짝 잡았다.

"……?"

의아한 표정의 나와 무표정한 심판이 마주 보았다. 누리베가 입을 열었다.

동시에 마토의 목소리가 들렸다.

"힘들었어."

"4라운드는."

"이길 수 있다는 확신을 에소라에게 심어 주는 건."

"이모리야 씨의 승리입니다."

9

"……무슨 소리야?"

나는 실소를 흘렸다. 유능한 줄 알았는데 마지막에 오심을 할 줄이야.

"둘 다 스페이드로 스트레이트 플래시를 만들었어. 그럼 더 높은 숫자로 판가름해야 하는데 난 K고 마토는 5잖아. 당연히 내가 이겼지."

"아니요."

누리베가 마토의 카드로 손을 뻗어 한 장씩 뒤집었다. 빨간색 잉크로 인쇄한 격자풍 무늬. 별다른 특색 없이 평범한 트럼프 카드다.

이어서 내 카드로 손을 뻗어 똑같은 동작을 되풀이했다.

두 눈을 의심했다.

뒷면이 파랗다.

무늬와 디자인은 똑같다. 다만 파란색이었다. ♠J, ♠Q, ♠K, 세 장 전부 그랬다.

누리베가 호주머니에 넣어 둔 작은 빨간색 상자를 꺼냈다.

"게임에는 이 트럼프 카드 한 벌만 사용한다고 처음에 말씀드렸습니다. 규정에 어긋난 카드를 사용했으므로 우키타 씨의 카드 조합은 성립되지 않습니다."

나는 입을 떡 벌린 채 아무 대답도 하지 못했다.

이런…… 이런 건 마법이라고밖에 표현할 방법이 없다.

어떻게? 어느 틈에? 바꿔치기할 틈은 없었을 텐데. 카드는 쭉 내 호주머니에 넣어 놨으니까.

잠깐만.

'스페이드 방'에서 바닥에 떨어진 카드를 발견했을 때. J, Q, K는 처음부터 앞면이었다. 나는 승리를 확신하고 세 장을 집어서 호주머니에 넣었다.

그때 뒷면을 확인했던가?

설마.

— 설마.

나는 마토를 보았다. 옛 친구는 오랜 여행을 마친 순례자처럼 피로감과 안도가 뒤섞인 표정으로 의자에 편안히 앉아 있었다. 그리고 손을 천천히 움직여 카디건 호주머니에서 뭔가를 또 꺼냈다.

누리베가 가지고 있는 상자와 똑같이 'STING'이라고 적힌 파란색 트럼프 카드 상자.

"……언제부터…….."

"처음부터."

마토가 설명했다.

"트럼프 카드에 대해 설명을 들었을 때, 누리베의 한마디가 마음에 걸렸지. '마술부에 남아 있던 비품 중 하나를 가져왔습니다'라고 했잖아. 비품 중 하나라면 마술부 방에는 트럼프 카드가 두 개 이상 있을지도 모르니까. 그 트럼프 카드를 사용하면 에소라에게 가짜 카드를 쥐여 줄 수도 있겠다 싶었지."

규칙을 설명할 때 초반부에 그런 말이 나왔었다.

카드가 다른 곳에 있다는 사실을 둘이 동시에 맞히기 전에.

"1라운드에 다른 트럼프 카드가 있는지 확인할 필요가 있었어. 그래서 제일 먼저 마술부 방에 들어가서 수색했지. 바로 찾아냈어. 선반장 서랍에 들었더라. 그런데 뒷면이 파란색이더라고. 뭐, 어쩔 수 없지. 트럼프 카드는 보통 색상이 빨간색과 파란색 두 종류뿐이니까……. 난 그 트럼프 카드를 호주머니에 넣었어."

1라운드. 선공인 마토는 우선 '스페이드 방'에 입실했다. 선풍기 트릭의 사전 준비를 위해서인 줄 알았다.

실은 목적이 하나 더 있었던 것이다. 방 네 개 중에 마술부 방에만 있는 물건, 두 번째 트럼프 카드를 찾는다는 목적이.

"뒷면 색깔이 다른 이상, 에소라를 속이려면 가짜 카드를 앞면인 상태로 넘겨줘야 해. 그전부터 눈여겨봤던 선풍기와 누전차단기를 같이 써먹기로 했지."

바람에 날려 간 카드는 앞면과 뒷면이 뒤죽박죽된 상태로 바닥에 떨어진다.

전부 앞면이었다면 나도 의심했을지 모른다. 하지만 뒷면인 카드도 두 장 있던 데다 빨간색 무늬였기에, 의심의 싹은 교묘하게 덮여 가려져 버렸다.

"1라운드에 카드를 공개했을 때 두 가지 사실을 확인했어. 일단 한쪽 플레이어가 카드 조합에 실패해도 누리베는 게임을 멈추지 않아."

내 머릿속에 폭풍우가 몰아쳤다.

1라운드에 마토는 카드를 두 장 보존하고 한 장만 가지고 있었다. 내가 폴드를 선언할 것이라 예상하고 대담한 블러핑에 나선 줄 알았다.

아니다. 마토는 실험한 것이다.

"또 하나는 에소라가 카드를 보관하는 방법. 에소라는 가져온 카드를 후드 집업 호주머니에 넣어 두고 베팅할 때도 꺼내지 않았어. 만약 책상에 엎어 놓거나 하면 뒷면 색깔을 알아차릴 테니 가짜 카드 작전은 물 건너가지. 뭐, 카드를 모아 온다는 시스템상 보통은 호주머니에 넣을 테니, 그렇게 걱정하지는 않았지만."

하지만 약간 조마조마했지. 마토는 그렇게 말하고 자기 카드를 주워서 부채꼴 모양으로 펼쳤다.

"콜을 선언하기 전에 '이렇게 카드를 보여 줄 수 있어?' 하고 물어봤잖아. 카드를 보존한 일뿐만 아니라 가짜 카드 작전도 들통난 게 아닌가 싶어서 심장이 멎는 줄 알았다니까."

폭풍우가 강해졌다. 나만이 가지고 있었을 우산이 날아가서 온몸이 흠뻑 젖었다.

나는 목소리를 쥐어짰다.

"……이해가 안 돼."

"뭐가?"

"언제 가짜 카드를 놓아둔 거야? ♠JQK를 바닥에 놓아둬도 큰 문제가 남잖아. 책상 위에 진짜 ♠JQK가 남아 있을 가능성이 있으니까. 만약 그 상태로 카드를 날려 보내면 바닥에 똑같은 카드가 두 장 있는 광경을 내가 볼지도 모르는걸."

"그렇지. 그래서 가짜 카드를 배치하면서 동시에 진짜 ♠JQK를 게임에서 제거해야 했어."

"카드를 분배받을 때 세 장 다 왔어?"

"그렇게까지 운이 좋지는 않아. 마지막 라운드에 분배받은 카드도 ♣5, ◇3, ♡2였고."

"손에 들어오지 않았다면 마토에게 ♠JQK를 제거할 기회는 없었을 텐데. 넌 1라운드와 2라운드에서 다른 카드를 뽑았고, 4라운드는 내가 선공이었잖아."

"3라운드야."

"3……? 말도 안 돼. 3라운드 때는 내가 발목을 붙잡아서……."

"'불이 늦게 붙은 것 같아서 좀 조마조마했지만.' 에소라, 그렇게 말했잖아."

폭풍우가 그치고 차갑고 건조한 감각이 나를 덮쳤다.

눈앞에서 활시위를 당기고 있는 듯한…… 게임을 하면서 처음 느껴 보는 정체 모를 감각. 마토는 담담히 말을 이었다.

"밖으로 나가자마자 불이 났다는 건 알아차렸어. 하지만 한 번은 그냥 지나쳤지. '스페이드 방'에 들어가서 상단과 하단의 오른쪽 끄트머리 카드를 뒤집었어. ♠Q와 ♠K더라. ♠J는 3라운드에 분배받아서 이미 파기했고. 이걸로 ♠JQK의 소재는 전부 확인했으니 책상과 벽 틈새에 가짜 카드를 배치했지. 그 후에 창문으로 나와서 '다이아 방'에 뛰어든 거야."

"……."

"정말이야?"

묻는 목소리가 들렸다. 어느 틈엔가 선배들과 고다가 홀로 나와서 누리베 옆에 서 있었다. 다들 새파랗게 질린 얼굴이었다. 나처럼.

"이모리야가 '스페이드 방'에 들어갔다면 우리도 알아차렸을 텐데요."

"아니야. 구누기. 그때 '다이아 방'을 전체 화면으로 표시해서 다른 방은 보이지 않았어. 그사이에 작업한 건가……."

"3라운드에 이모리야는 두 장을 교환했지. '클럽 방'은 의자를 타고 들어갔으니까 입실한 걸로 계산하지 않아. 그 후에 '스페이드 방'과 '다이아 방'으로 방 두 개……. 계산은 맞나."

내 패배라는 예상외의 일이 발생했지만 니즈마 선배는 결과를 받아들인 것 같았다. 이렇게까지 하는데 어떻게 당해 내겠느냐는 듯이.

나는 마토에게 고개를 돌렸다. 물어보고 싶은 것이 남았다.

"불이 났는데 무시하고 지나가다니 그게 말이 돼? 미리 예상한 게 아닌 한 그런 반응은 안 나올 거야."

"예상했어. 누리베가 규칙을 설명할 때 에소라가 천장을 쳐다봤으니까."

마토는 당연하다는 듯 대답했다.

"불을 낼 만한 도구가 방에 갖춰져 있다는 것도 알고 있었고, 복도에서는 알아차리기 힘들 테니 내가 외부 경로를 사용할 타이밍에 맞춰서 손을 쓸 거라고도 생각했어."

"……그럼 마토는 3라운드 때 평범하게 카드를 뽑은 거야? 집은 카드는 세 장이었어?"

"응. 하지만 홀로 돌아왔을 때는 한 장이었고."

"보존은 금지했잖아."

"그래, 보존은 금지지만 폐기는 금지하지 않았지."

"폐기……. 어디에서 어떻게?"

"'다이아 방'에 물건을 없애기에 안성맞춤인 인류 최고의 발명품이 있었잖아."

―불.

내가 준비했고 마토도 예상했던 불.

고다가 소화기를 가지러 간 사이에 마토는 '다이아 방'에 혼자 있었다. 종이로 만든 작은 카드 두 장은 한순간에 불타서 사라졌으리라.

"뭐, 좀 너무했나 싶기는 해서 누리베에게 '규칙에 어긋나는 점이 있었어?' 하고 물어봤더니 누리베의 대답은 '없었다'였지."

"저는 전부 규칙에 어긋나지 않았다고 판단했습니다. 우키타 씨의 방화도, 이모리야 씨의 카드 바꿔치기도, 카드 소각도요. 1라운드에 추가한 규칙은 '뽑은 카드는 반드시 그 라운드 안에 소비할 것'이었습니다. 카드 조합에만 사용해야 한다고는 하지 않았어요."

'포 룸 포커'는 서로 발상을 맞부딪치는 게임이다. '교환 시간'에는 수많은 속임수가 허용된다.

"그러고는 4라운드 '교환 시간' 전에 기계실에 가서 누전차단기를 올렸다 내리기만 하면 되지. 바람에 날아간 카드 세 장이 바닥에 배치한 가짜 카드와 섞여서 어색함을 감춰 줘. 후공인 내가 '스페이드 방'을 들여다봤을 때 가짜 카드가 없어졌으면 승리 확정. 카드 조합이 아무리 약하든, S칩을 몇천 개 걸든 반드시 이기는 거지."

그리고 실제로 마토는 천 개를 걸었다.

"선풍기 트릭도 내가 눈치챌 걸 알고 있었던 거구나."

"플러그를 꽂아서 방에 차이가 생겼지. 에소라라면 모를 리 없어."

가슴을 꽉 메웠던 두려움이 사라지고, 구름 사이로 맑은 하늘이 드러나듯 기쁨과 싱숭생숭함에 가까운 감정이 흘러들었다.

계산에 큰 착오가 있었다.

마토에 관해서라면 뭐든지 다 안다.

마토도 나에 관해서라면 뭐든지 다 안다.

포 룸 포커 425

"……어디서부터 이걸 전부 준비해 놓은 거냐."

구누기라는 남학생이 중얼거렸다. 유령이라도 본 것처럼 딱딱하게 굳은 눈빛이었다.

"4라운드에 이모리야는 우키타가 가짜 카드를 뽑도록 선공을 넘겨야 했어. 그래서 3라운드에 진 거야. 3라운드에 이모리야는 우키타가 수렴 화재 트릭을 쓸 수 있도록 선공을 넘겨야 했어. 그래서 2라운드에 진 거야. 우키타는 이모리야가 외부 경로를 사용해 이동하는 걸 전제로 수렴 화재 트릭을 고안했지. 2라운드에 이모리야는 외부 경로를 사용할 준비를 하기 위해 후공을 택해야 했어. 그래서 1라운드에 진 거야……."

모두가 이 결과에 다다르기까지 마토가 걸어온 좁고 위험한 길을 상상하고 있는지, 놀라는 것도 잊고서 침묵을 지켰다.

마토 본인도 아무 대답이 없었다.

"마무리하겠습니다." 누리베가 끼어들었다. "최종 성적은 우키타 씨 0개, 이모리야 씨 1,103개입니다. 어떻게 지불할지는 두 분에게 맡기겠습니다."

"아, 그렇지." 사부리라는 학생회장이 그제야 생각났다는 듯 소리쳤다. "S칩 천백 개. 1억 1천 엔이야! 잘했어, 이모리야. 이로써 내 노고도 보답을……."

"S칩은 전부 세이에쓰 학생회에 돌려줄게요. 빚도 없는 걸로 하고요."

마토의 한마디에 주먹을 불끈 쥔 학생회장의 자세가 어정쩡해졌다.

"야, 야, 말이 다르잖아. 돈은 학생회가 가져도 상관없다고 빙수 가게에서 약속한 거 잊어버렸어?"

"어̇느̇ 학̇생̇회̇라고 말한 적은 없는데요."

사부리 씨는 입을 뻐끔뻐끔하더니 옆에 있는 구누기 씨를 쳐다보았다. 부하는 그저 어깨만 으쓱했다.

내가 조심스레 끼어들었다.

"고마운 제안이지만 승부는 승부니까. 딱히 배려해 주지 않아도 돼."

"아니, 처음부터 그렇게 하기로 정했어. 에소라, 대신 내 부탁을 하나 들어줘."

"……뭔데?"

마토는 내 눈을 들여다보며 똑똑히 말했다.

"나랑 함께 고다에게 사과하자."

10

나는 눈을 깜박거렸다. 무대 가장자리에 서 있다가 느닷없이 스포트라이트를 받아서 당황하고 만, 그런 기분이었다.

"어…… 뭐야?"

마토는 예전부터 에소라에게 사과를 시키고 싶은 일이 있다고 했다.

자신과 에소라 사이에 생긴 갈등을 해소하고 싶은 줄 알았다. 하지만 사과받는 사람이 마토가 아니라 나라니? 전혀 짐작 가는 바가 없었다.

게다가 마토가 '나랑 함께'라고 한 것이 더 마음에 걸렸다.

에소라는 어이없다는 듯 고개를 내저었다.

"설마 싶기는 했는데, 진짜로 그게 목적이었어?"

"이것보다 중요한 일은 없어."

"나는 좋은 뜻으로……."

"그것도 포함해서 사과하는 거야."

"……승자의 말에 따를게."

에소라가 의자를 뒤로 밀면서 일어섰다. 마토도 일어나서 내게로 몸을 돌렸다. 염색한 머리, 짧게 접어 올린 치마, 헐렁헐렁한 카디건. 하지만 눈빛은 날카롭고 흔들림이 없었다. 평소와는 완전히 다른 친구의 모습에 나도 모르게 등을 쭉 폈다.

"고다. 일 년 전에 말 못 했던 일이 있어."

"으, 응."

"중학교 3학년 때 히시가와 고등학교의 추천 전형을 노렸지."

"……응."

댄스 전문 학과가 있는 가마쿠라의 명문고. 나와 댄스부 부장인 다케미야라는 학생이 한 명뿐인 합격자를 놓고 경쟁했다. 시험관 앞에서 실력을 선보이는 실기시험에서도, 승부처인 기말시험에서도 나는 온 힘을 다했다. 결과가 제법 괜찮았다는 자각도 있었다. 하지만.

"하지만 이변 없이 떨어져서……."

"에소라가 시험 결과를 조작한 거야. 에소라는 그 실적으로 세이에쓰 고교에 들어갔고."

내가 당황하거나 말거나 마토는 설명을 계속했다. 놀랄 만한 방법이 밝혀졌다. 성적이 우수한 학생에게 가짜 문제를 퍼뜨려서 상대적으로 자신의 점수를 높이는, 손을 더럽히지 않는 부정행위.

"……금시초문인데."

"고다에게는 가짜 문제를 보내지 않았으니까."

"그리고 다케미야에게도 보내지 않았지." 마토가 에소라의 말을 이어받았다. "히시가와의 댄스 추천 전형은 실기를 중시하지만 영어가 3등 이내면 가산점을 줘. 다른 경쟁자가 사라지자 상대적으로 다케미야의 등수가 껑충 뛰어올라서 3등을 차지했지. 분명 그래서 우선순위가 바뀐 거야."

그날은 지금도 기억에 생생하다.

1월 어느 아침, 다케미야가 교실로 뛰어 들어와서 히시가와에 붙었다고 소리쳤다. 친구들과 동아리원들이 다케미야를 얼싸안고 저마다 축하의 말을 던졌다. 나도 그 주변에 서서 축하했지만, 마음은 허공으로 떨어져 내렸다.

착지가 어땠는지는 잘 기억나지 않는다. 화려하게 자세를 유지했는지, 푹신한 매트 위로 떨어졌는지, 아니면 내장이 퍽 터졌는지.

아무튼 그날을 경계로 가슴속에서 뭔가가 뚝 끊어져서 탭댄스와 거리를 두게 됐다.

구누기 선배가 사부리 회장에게 물었다.

"회장님, 예전에 이모리야에 대해 조사했다고 하셨는데……."

"내가 입수한 건 이모리야와 우키타가 졸업하기 전에 소원해졌다는 이야기뿐이야. 그 속사정까지는 몰랐네."

"정말 너무하지. 하지만 문제는 그게 아니야."

마토는 나만 보면서 나만을 향해 이야기했다.

"추천 전형 결과가 나오고 나서 에소라에게 따졌어. 고다가 2차 피해를 당했는데, 이렇게 될 줄은 상상하지 못했냐고. 그랬더니 에소라가."

"마토를 위해 그런 거야."

에소라가 고개를 숙인 채 후드 집업의 끈을 만지작거리며 말했다.

"고다가 히시가와에 떨어지면 마토가 기뻐할 줄 알았어. 같은 고등학교에 갈 수 있으니까."

침묵을 메우듯 본관에서 브라스밴드부가 연습하는 소리가 들렸다. 나는 마토와 에소라를 번갈아 쳐다보았다. 가치관을 공유하고 서로 이해하는 두 소녀를 보았다. 머릿속이 충격으로 흔들리는 건 입시의 속사정을 알게 된 탓이 아니었다.

마토는 제멋대로 살아가고, 멘탈이 강하고, 타산적인 면도 있어서.

혼자서도 어디서든 잘 살 줄 알았는데.

"……마음 한구석으로는 기쁘기도 했어." 마토가 쥐어짜듯 말했다. "그래서 지금까지 말할 수가 없어서……."

'나비의 날갯짓은 무서워요.' 마토가 사부리 회장과 맞붙었을 때 했던 말이 머릿속에 되살아났다. '그렇게 무거운 짐은 딱 질색이야.' '구엔 시합' 결승을 앞두고 마토는 우리의 운명을 짊어지는 게 내키지 않는 기색이었다. '인생은 무를 수 없잖아.' 카루타부를 도와주었던 7월의 어느 날 방과 후에도 마토는 기분 나쁘다는 듯 그렇게 말했다.

"우리는 세상에서 제일 중요한 걸 고다에게서 빼앗았어. 미래를 망친 거야. 받아 줄 수 없겠지만 사과할게……. 미안해."

"……미안해."

긴 머리카락이 황갈색 선을 그리며 내 허리 높이까지 내려갔다. 에소라도 치마 앞에 두 손을 모으고 머리를 깊이 숙였다.

불가침 학교에 도전한 몇 달간에, 불까지 지르며 겨루었던 승부 대결에, S칩 천 개의 빚에 맞먹는 1억 엔 가치의 사과였다.

누리베와 니즈마 씨의 시선도 느껴졌다. 스포트라이트가 더 강해졌다. 나는 심호흡을 하면서 방금 밝혀진 비밀로 가슴을 적셨다. 우물 속에 손을 넣어 나의 솔직한 마음을 건져 올려서 불필요한 진흙을 떨어냈다.

"시험을 조작하다니 너무해."

일단 그 점은 짚고 넘어가기로 했다. 커닝을 꾀했으니까 자업자득이라고는 하지만, 나 말고도 계획이 뒤틀린 학생들이 있을 것이다. 에소라는 순순히 "맞아." 하고 대답했다.

"다시는 그러지 마. 그리고 게임이라고 해서 학교에 불을 지르지도 말고."

"맹세할게."

"하지만 히시가와에 떨어진 건 딱히 아무렇지도 않아."

마토가 고개를 들었다.

"시험 결과가 얼마나 영향을 줬는지는 모르는 일이고……. 정말로 히시가와가 괜찮은 건지 고민도 좀 됐어. 거기 가면 내 인생은 탭댄스로 가득 차서 다른 길로는 나아갈 수 없었을 거야. 하지만 프로가 될 자신까지는 없었거든. 내가 그렇게까지 탭댄스를 좋아하는지도 솔직히 잘 모르겠고……. 마토가 같이 호지로에 가자고 말했다면 진로를 바꾸지 않았으려나."

그러니까, 하고 나는 마토를 바라보았다.

"다음부터는 확실하게 말해."

딱딱하게 굳어 있던 마토의 표정이 풀어졌다. 세게 잡아당긴 활시위에서 손가락이 떨어졌다. 발사된 화살은 엉뚱한 방향으로 날아갔고, 찢어발겨진 공기가 바람을 불러들였다. 속내를 표현하는 데에 서툰 친구는 어깨를 움츠리며 작은 목소리로 "응." 하고 대답했다.

휴우우, 하고 거창한 한숨 소리가 끼어들었다. 니즈마 씨가 바닥에 웅크려 앉아 있었다.

"지릴 뻔했네. 빚을 1억 엔이나 지고 돌아가야 하나 싶어서……."

"저희 일에 휘말리게 해서 죄송해요." 에소라가 말했다. "S칩은 선배들께 돌려 드릴게요."

"그야 당연하지."

"원래 제 것이었던 316개는 빼고요."

"뭐라카노."

좀 감동했다. 뭐라카노, 라는 사투리를 눈앞에서 실제로 들어 본 건 처음이다.

"한 번 더 진심으로 사과해 줘야겠어." 회장이 에소라의 어깨를 두드렸다. "불이 났었다고 교무실에 보고해야 하니까."

"아, 네."

"제 불찰이었던 걸로 하죠." 누리베가 딱 잘라 말했다. "게임에서 벌어진 해프닝을 책임지는 것도 심판의 역할입니다."

"누리베……. 나, 구누기 선배에서 그쪽으로 갈아탈게."

"아니요. 전 여자친구가 있어서요."

"난 널 태운 적 없는데."

"자, 정리는 우리가 할게." 니즈마 씨가 고양이를 쫓듯 손짓했다. "민폐 소녀들은 이제 나가. 싸우든 화해하든 알아서 해."

말 뒷부분에서 내게 눈짓하는 것이 느껴졌다.

이왕 이렇게 됐으니 호의를 감사히 받아들이기로 했다. 나는 마토에게 다가가 카디건 소맷자락에 억지로 손을 넣어서 주춤하는 마토와 깍지를 꼈다. 다른 손으로는 에소라의 손을 잡았다.

"어디 들렀다 가자. 당분 보충할 수 있는 곳. 아, '카루타 카페'라든가."

"……거기는 그만두는 편이 좋지 않을까?"

"카루타 카페? 그게 뭐야? 궁금하네."

2 대 1로 목적지가 정해졌다. 나는 두 사람의 손을 잡아끌며 옛 동아리 건물 밖으로 나갔다. 먼지 냄새와 탄내에서 벗어나 나는 오후의 햇살에 따뜻해진 공기를 실컷 들이마셨다. 마토와 에소라의 스마트폰을 두고 왔다는 게 생각났지만, 돌아가는 길에 가지러 가면 되겠지. 분명 할 이야기가 산더미처럼 많을 테니까.

비범한 시점에서 세상을 바라보는, 위험하고 종잡을 수 없는 친구가 있다.

주저라는 두 글자가 사전에 없는, 미소 뒤에 남다른 재능을 숨긴 친구가 있다.

그런 친구들을 보통 세상으로 끌어내려 뾰족한 부분을 깎고 마음을 채워서 일상에 붙들어 놓는다. 그리고 정말로 곤란할 때만 힘을 빌리고 도움을 받는다.

그것이 내 전략인지도 모른다.

에필로그
EPILOGUE

세상에는 몇 번을 찾아가도 익숙해지지 않는 곳이 존재한다.

예를 들면 사립 세이에쓰 고교의 현대적인 학교 건물이 그렇다. 복도에는 게시판 대신 교실 변경과 동아리 활동 정보를 내보내는 모니터가 군데군데 걸려 있다. 복도에는 먼지 한 톨 없고, 가끔 로봇 청소기와 마주친다. 내벽은 동마다 다른 색깔로 구분해서 칠했고, 건물 전체에 에어컨이 나온다.

D동으로 연결 복도를 건너가서 빈 교실의 문을 열었다.

이미 준비를 마쳤는지 책상을 다 치워 놓았다. 《베니스의 상인》을 읽던 긴 머리 남학생이 고개를 들었다.

"늦었잖아."

"아, 죄송해요. 니시도쿄에서 오느라."

칠칠하지 못하다는 말을 그림으로 그린 듯한 분위기의 여학생이 우리 사이에서 앞으로 나서서 의자에 앉았다.

"네가 요즘 소문난 다른 학교 학생?"

"이모리야 마토입니다아."

"3학년 신조지야. ······우키타 같은 타입일 줄 알았는데 좀 의외로군."

"공부하는 것보다는 유튜브로 인도 노점 같은 구경거리를 보는 걸 더 좋아해요."

나, 에소라, 니즈마 씨가 마토 뒤편에 늘어섰다. 창문으로 보이는 하늘은 잿빛 구름에 뒤덮였고, 첫눈이 흩날리기 시작했다.

'포 룸 포커'로 대결한 지 한 달쯤 지났을 무렵, 니즈마 씨에게 연락이 왔다.

— 어이, 이모리야. 상담할 일이 있는데.

"게임을 준비했다면서요?"

"응. 간단한 게임이야."

— 지난 몇 년간 세이에쓰의 장학금 제도는 제대로 기능하지 않았어. 매년 극히 일부가 S칩을 독점하고 나머지 학생은 군침만 삼켜야 했지. 사회의 축소판이라며 넘길 수도 있겠지만, 난 솔직히 재미없어. 좀 더 좋은 방법이 있을 거야.

"게임 이름은 '수확제'. 서로 패를 뽑고, 한 쌍을 이룬 카드가 있으면 버려. 꽝이 한 장 있는데, 마지막까지 그걸 가지고 있는 사람의 패배야."

"요컨대 도둑잡기?"

"그렇지. 다만 패가 좀 특수해."

―그런데 이모리야. 만약에 말이야······. 네가 세이에쓰에서 상위권을 차지하고 있는 S칩 보유자들을 유린해서 10억 엔을 전부 외부로 유출시킨다면······. 제도 자체를 박살 낼 수 있지 않을까?

"이게 게임에 사용하는 패야."

신조지 씨가 옆에 놓아둔 골판지 상자를 열었다. 안에 든 물건은 트럼프도, 다른 카드도 아니었다.

주식회사 메이지를 대표하는 초콜릿 과자 '기노코노야마'와 '다케노코노사토'가 열 상자씩 들어 있었다.

"'다케노코' 쪽에 과자 다섯 개를 뺀 상자가 하나 섞여 있어. 그게 조커야. 그리고 하나 더. 각자의 패는 손에 드는 게 아니라 여기 올려놔."

신조지 씨는 묵직한 소리와 함께 금속 양팔 저울을 책상에 올려놓았다.

마토는 황갈색 머리를 만지작거리며 이미 전략을 세우고 있는 듯했다. 양팔 저울의 접시에서 골판지 상자, 교실 전체로 시선을 옮겼다. 신조지 씨에게는 보이지 않는 책상 아래에서 스마트폰 자판을 두드렸다.

나는 니즈마 씨 등 뒤에 숨어서 살그머니 스마트폰을 확인했다. 예상했던 대로 나, 마토, 에소라가 있는 채팅방에 메시지가 올라왔다.

'에어컨 관리 어디.'

'C동 1층 시설 관리실.'

바로 에소라가 답신했다. 마토는 책상 아래에서 답신을 확인하고 추가로 메시지를 보냈다.

'나중에 고다에게 부탁할 게 있어.'

나는 동의한다는 뜻의 이모티콘만 보냈다. 또 어딘가로 뛰어가라고 할까, 아니면 연극을 시킬까. 공이 드는 요구라면 나중에 뭔가 얻어먹도록 하자.

니즈마 씨가 마토 옆에 서서 S칩이 담긴 트렁크 세 개를 책상에 올려놓았다. 덜커덕, 덜커덕, 덜커덕. 양팔 저울에 뒤지지 않는 묵직한 소리가 이어지자 신조지 씨가 주춤했다.

"재미있을 것 같네요."

늘어질 대로 늘어진 카디건을 입은 소녀는 책상 위로 손깍지를 끼고 빈틈투성이인 웃음을 상대에게 던졌다.

"자세한 규칙을 들어 볼까요?"

1판 1쇄 발행 2025년 6월 19일
1판 4쇄 발행 2025년 9월 24일
지은이 아오사키 유고 | **옮긴이** 김은모 | **펴낸이** 최원영
편집부장 윤영천 | **편집부** 윤정원 김서연 이지윤 | **북디자인** 형태와내용사이
본문조판 양우연 | **국제업무** 박진해 조은지 남궁명일 | **마케팅** 김민원 조은걸
펴낸곳 (주)디앤씨미디어 | **출판등록** 2002년 4월 25일 제20-260호
주소 서울시 구로구 디지털로 32길 30 코오롱디지털타워빌란트 1301-1308호
전화번호 02.333.2513 | **팩스** 02.333.2514

ISBN 979-11-92738-52-9 03830

정가 18,200원

* 잘못 만들어진 책은 구매처에서 바꾸어 드립니다.